千寻文化

Qianxun—Culture

—图书·影视—

我想他平平安安的，
活到老。

# 摘星

余醒 著
YUCHENG WORKS

陕西新华出版传媒集团
三　秦　出　版　社

图书在版编目（CIP）数据

摘星 / 余醒著 . — 西安：三秦出版社，2021.12
ISBN 978-7-5518-2484-2

Ⅰ . ①摘… Ⅱ . ①余… Ⅲ . ①长篇小说 - 中国 - 当代
Ⅳ . ① I247.5

中国版本图书馆 CIP 数据核字（2021）第 220303 号

# 摘 星

余醒 著

出版发行　陕西新华出版传媒集团 三秦出版社
社　　址　西安市雁塔区曲江新区登高路 1388 号
电　　话　（029）81205236
邮政编码　710061
印　　刷　长沙鸿发印务实业有限公司
开　　本　710mm × 1000mm 1/16
印　　张　22
字　　数　348 千字
版　　次　2021 年 12 月第 1 版
　　　　　2021 年 12 月第 1 次印刷
标准书号　ISBN 978-7-5518-2484-2
定　　价　54.80 元

网　　址　http://www.sqcbs.cn

CONTENTS

# 目 录

## Chapter 1
# 为你千千万万遍

纪之楠看到父亲发来的相亲对象的资料时，忍不住在化妆间里笑出声。在旁边坐着的助理莉莉把脑袋从手机前抬起来，问怎么了。纪之楠按灭手机屏幕，苦笑着摇摇头。

经纪人周茹刚好推开门进来，皱眉道："待会儿上台可别这么笑。"

纪之楠没回应她，把手机往兜里一揣，靠在椅背上闭目养神。

周茹小声问莉莉："又怎么了？"

莉莉茫然道："不知道啊。"

周茹拿着等下上台的讲稿，想跟纪之楠再对一遍，纪之楠摇头表示拒绝，从头到尾眼睛都没睁开过。周茹没办法，把讲稿丢给莉莉，踩着高跟鞋"噔噔噔"地出去了。

纪之楠近来不太对劲。虽然纪之楠从前也是端着贵族的矜贵架子，可在工作上配合度还算高，再加上是真喜欢演戏，身边人的话总能听进去七八分，然而自从上次在某真人秀里不慎落水，醒来复工后整个人就变了，对待工作消极怠慢，面对摄像头时莫名其妙地魂游天外，还经常露出这种让人浑身硌硬的笑容。可她又没法说什么，就算纪之楠这会儿发疯说不上台了，她也只能跟在后面帮忙擦屁股，给电视台赔礼道歉。

在她接手纪之楠之前，纪家老爷子就知会过她了：“小楠想做什么都可以，只要不丢我纪家的脸。”

想到这里，周茹便放宽了心。纪之楠进娱乐圈本就是玩票性质，谁认真谁就输了。所幸直播没有出什么差错，纪之楠台词本就不多，给最佳新人组合颁了奖之后，便回到嘉宾席继续做花瓶。

莉莉在后台刷微博，看看有没有关于纪之楠的黑料，好及时发现并处理干净。这是她主动申请揽下来的活儿。今天超话里还算风平浪静，出来的新图都是前线粉丝们发出来的红毯照，照片上纪之楠身着灰色小礼服，面无表情地迈着步子往前走。别家明星都想尽办法在红毯上多逗留一会儿，只有纪之楠巴不得快些走完赶紧回家似的。

莉莉好不容易刷到一张拍到纪之楠正脸的照片，前线用来配图的文字是：无论何种姿态，你在我眼里都是最美的。

莉莉无奈叹气，深以为然。只要没什么涉及大是大非的人品问题，在娱乐圈里有高颜值便是胜利。哪怕纪之楠只是在嘉宾席坐着当背景板，摄像机时不时扫拍到，邀请费也算花得超值了。

晚上离开颁奖现场走的专用通道，纪之楠反倒懒散起来，慢吞吞走到车上，解开扣得严实的衬衫领口，坐下就开始打瞌睡。

“纪老师，回家吗？”莉莉问。

纪之楠突然睁眼：“家？哪个家？”

莉莉眨眨眼睛，心想：难道纪老师在外面还有家？

“哦，”纪之楠点了点头，自问自答，“回家吧。”

油门一踩，司机将车辆开到城郊别墅区。纪之楠在门口下了车，走进小区，晃荡好几圈，最后抓住一个开着巡逻车的保安，才找到自己家的大门。纪之楠方向感极差，一个人出门必须开着导航，跟着导航的语音提示走。不过纪之楠很少一个人，也很久没回这个家了。

进门还在玄关处，纪之楠就看见客厅里亮着灯，抬腕看时间，快十一点了，作息规律的老爷子居然还没睡下。

纪之楠又把脚缩回皮鞋里，转身准备走。

“小楠，过来。”低沉的声音从屋里传来，纪之楠无奈，换上拖鞋，走进客厅。

在沙发上坐下，另一头是父亲纪安东。纪安东慢呷一口茶，说：“今天发给你的资料，收到了吗？”

纪之楠右手玩弄左腕上的袖扣，说：“收到了。”

“对方的条件还满意吗？”

这问题像走流程的场面话，纪之楠偏偏不按格式回答，唇角微微勾起：“如果我说不满意，能给我换一个？”

纪安东似乎没料到纪之楠会是这样的反应。从前纪之楠就跟他不太对付，不过也仅限于冷淡疏远，还从未当面顶撞过他。他的脸色沉下来，斟酌片刻后说：“当初你答应过我，让你进娱乐圈，以后的婚姻大事就由家里做主。”

左腕上的袖扣被扯脱了线，纪之楠笑道：“我记得呢，您别紧张。您想让我和谁结婚，我就和谁结婚，我哪有拒绝和选择的权利……”

纪安东脸色越发不好，低斥道：“胡说！”

纪之楠特别乖地噤了声。

“那秦家少爷在你们这辈里是数一数二的人才，配你绰绰有余！”

纪之楠连连点头：“对，您说得对，配我这种不学无术的废物，确实暴殄天物。”

纪安东瞪大眼睛看着纪之楠，像在看什么怪物。他打听到的信息分明都是纪之楠对秦家大少爷颇有好感，圈里聚会向来不参加，但只要秦魏宇在，纪之楠必会出席，为何现在的状况与他了解到的大相径庭？他不知道哪个环节出了错。

纪之楠感觉闹够了，站起来打了个哈欠，慵懒道：“逗您呢，瞧您吓得。”纪之楠捏了捏手里那颗被硬生生揪下来的扣子，“这么个青年才俊，我才舍不得让给别人。尽快安排见个面吧，正好我这几天空闲，没什么通告。”

纪安东被纪之楠变幻莫测的态度弄得一愣一愣的，头一回觉得纪之楠不是他印象中那个听话、好拿捏的软柿子了。

过了两天，纪之楠没有接到父亲的相亲通知，反而接到二哥纪之樟的电话。

“我刚听说爸爸给你定了婚事，你是怎么想的？如果不愿意，我去跟爸说说。”

纪之楠正在后台化妆，电话开着免提，明显感觉到化妆师手上的粉刷顿了顿，旁边坐着的莉莉也不安分地倒吸一口气。纪之楠不以为然，端详镜子里自己的脸，眼前却浮现出纪之樟那张儒雅的面孔。纪之槐和纪之樟都是端正俊朗的长相，只有自己，五官与他们截然不同，或者，用“鹤立鸡群”这个词更合适。

电话那头的纪之樟迟迟没听见回应，问：“喂？小楠你在听吗？”

纪之楠回过神来：“在听在听，你继续。”

纪之樟：“……”电话“啪”地挂了。

莉莉小心翼翼地问：“咱二哥？”

纪之楠睨她：“怎么？”

莉莉忙摇头：“没什么没什么。”想想又忍不住问，“纪老师，您要结婚啦？”

“是啊。”

莉莉掩嘴惊呼：“和谁？”

纪之楠挑眉：“很好奇？”

莉莉拼命点头。

“到时候就知道了。”

莉莉嘴角瞬间垮下来：“好吧。”

化完妆准备进棚，走到半道上，纪之楠突然转身问：“你觉得什么样的人配得上我？”

莉莉大脑飞速运转：“那……那必须是人中龙凤！”

纪之楠听了果然高兴，拍拍她的肩膀：“去帮我买杯鸳鸯奶茶，要去冰。”

莉莉疑惑道：“您不减肥啦？”

纪之楠像猫一样眯起眼睛：“人生苦短，何苦来哉？”

两天后，周茹在公司会议室抓到躲在角落吃烧烤的纪之楠，才知道莉莉口中的“纪老师最近彻底放飞了”所言非虚。整个屋子里弥漫着烧烤的油腻味，周茹看着满桌的竹签，恨铁不成钢地叉着腰：“你还要不要这张脸了？明天有个广告拍摄，长痘可怎么办？”

纪之楠吃完最后一根羊肉串，喝口水压压，然后说：“叫后期修掉就好。”

“我的祖宗，那可是个护肤品广告！”

“护肤品？”纪之楠皱了皱眉，“不拍，推掉。”

周茹扶额，经过这大半个月的连番打击，她好像越来越能适应纪之楠这副不懂事的模样了。

“是不是快结婚了，所以打算退圈？”

纪之楠想都没想，道：“不退圈。”

周茹松了口气，她以为按这祖宗最近的脾气，说出结婚后要回家相夫教子的话也算不上稀奇。纪之楠虽不太听话，却是她带过的艺人中最红的一个，而且今年才二十一岁，还有不小的潜力待开发，作为经纪人，要她放掉这样一个可能成为顶级流量的艺人，她心里自然不愿意。

“那你和对象商量好了吗？公开还是不公开？”

纪之楠一愣，眼神有些迷茫。

周茹耐心地解释：“相信你自己也清楚，以你现在的路线和定位，不公开对你比较有利。不过非要公开也不是不行，你得告诉我对方的资料信息，我让公关部那边早做准备……”

“不用了，”纪之楠打断她的话，“不公开。”

周茹见纪之楠答得干脆，试探道：“要不要跟你家那位商量下？”

她从莉莉口中只得知纪之楠有了结婚对象。这本是件稀松平常的事情，但是纪之楠身处娱乐圈，说不准哪天就要被迫公开。这对今后的工作部署，包括纪之楠今后的发展路线都有影响，所以提前做好准备很有必要。

“不用，他巴不得不公开呢。”纪之楠轻松道，置身事外的态度好像在说别人的事。

“那么，可以让我知道他是谁吗？”

周茹话音未落，纪之楠放在桌上的手机突然铃声大作。纪之楠把手机拿起来一看，把屏幕对着周茹摆了摆：“喏，就是他。”说着便接了起来。

电话那头传来一个低沉而富有磁性的男声：“你好，我是秦魏宇。”

纪之楠原以为自己已经做好准备，可听到声音后脑中瞬间一片空白，握着手机的手指微微颤抖。这个声音似乎响在很久以前，又好像上一秒还徘徊在耳畔，唯独没有变的是，在听到这个声音的一刹那，纪之楠心脏依旧重重跳了一下。

纪之楠正在赶往广告拍摄现场的路上，那个护肤品广告最终没能推掉。保姆车开得平稳缓慢，即便如此，纪之楠还是眉头深锁，面色苍白，每当车子等红灯刹停，都捂住口鼻，一副要吐不吐的样子。

昨天闹了一夜肚子，天蒙蒙亮时纪之楠才勉强睡了一会儿。莉莉到酒店叫纪之楠起床，见纪之楠靠着门框往下滑，吓了一大跳，忙要带纪之楠去医院。纪之楠摆摆手说没事，恹恹地扶着墙挪去卫生间照镜子，摸摸脸觉得这样也好，一夜之间就憔悴了，上镜肯定特显脸瘦。

周茹今天特地抽时间陪纪之楠一起去。这祖宗昨天刚大手一挥就豪迈地说"推掉"，她生怕今天拍摄出岔子。

实际上，纪之楠已经没有力气整幺蛾子了，虚弱得站都站不稳，导演于心不忍，弄了张高脚凳过来，只拍上半身的几个片段，就让纪之楠靠墙坐着。

"你们家纪之楠真是个敬业的好演员，病成这样还坚持工作，这种精神在现在的青年演员中已经很少见了！"拍完后，导演特地找到周茹大力夸赞。

周茹心道瞎猫碰上死耗子，脸上却带着灿烂笑容，代替纪之楠把这番夸奖尽数收下。

离开摄影棚，莉莉眼明手快地给纪之楠披上厚重的羽绒服。时值年底，外面寒冬料峭，有一拨粉丝不知道从哪里得来消息，成群结队地蹲在外面等，看见人出来便站起来一拥而上，花和礼物瞬间将纪之楠包围，中间还夹杂着各种长枪短炮，"咔嚓咔嚓"对着纪之楠猛拍。

"楠楠今天脸色不太好，是不是不舒服啊？"有个经常接送纪之楠上下班的小粉丝担忧地问。

莉莉张开双臂护着纪之楠，一边杀出一条路，一边抽空回答粉丝："是的是的，生病了。"

人群一下子炸开了，姑娘们的哀号声此起彼伏。周茹在边上静静看着，已经可以想象今天晚上纪之楠的超话里会是怎样一番景象。

保姆车里早早开了暖气，纪之楠一上车，墨镜镜片就糊上一层水雾。纪之楠不耐烦地摘掉墨镜，双手抱臂歪在车后座，一个人占了一整排。

车子开起来，周茹回头看了看，说："你的胃现在已经接受不了大荤大油的食物，昨天不要命吃那么多，现在知道难受了吧？"

纪之楠不满地哼唧一声："你不是让我再瘦点儿吗？"

周茹不知该气还是该笑："我是让你通过改善饮食类目，增强运动，降低体脂率，这样才有线条感，穿衣服有型。谁叫你通过破坏肠胃以达到减肥目的？”

纪之楠把头往里侧了侧，不搭理她。

莉莉刷了会儿微博，也回头看一眼。其实纪之楠并不胖，只是脸颊稍稍有些婴儿肥，笑起来有点显圆。镜头本就挑人，明明不胖的人生生能被拍胖二十斤，纪之楠本人分明很瘦了，又骨架纤细，浑身上下都透着单薄的稚气。

瞧着纪之楠裹着衣服缩成一团的样子，莉莉没来由地有些心疼。她想这大约就是粉丝们口中常说的“姨母心泛滥”吧。她从刚才粉丝送的东西里把一杯热奶茶挑出来，趁着大明星迷迷糊糊醒过来的工夫，插上吸管递过去。

纪之楠胃里空着，也不敢乱吃东西，喝了两小口就递还给莉莉，躺回去继续睡。

过了约莫五分钟，莉莉突然“啊”了一声，高亢的声音在密闭的车厢里分外刺耳。纪之楠把头往衣服里埋，盖住耳朵打算两耳不闻窗外事，结果下一秒，衣服就被莉莉猛地拉下来，被迫露出整张脸。

“纪老师，我错了！刚才你老公打电话说要过来看你，我忘了跟你说！”莉莉趴在椅背上举着手机冲着纪之楠喊。

纪之楠本没打算理她，听见“你老公”三个字，浑身一个激灵，倏地睁开眼：“谁？”

“你老公！”莉莉大声重复，“那个秦什么……”

“秦魏宇。”周茹接话道。

纪之楠的脸上刚给暖气蒸出点红晕，好不容易展平的眉心又开始打结：“他来过电话？”

于是莉莉把事情原原本本说了一遍。刚才在拍摄期间，显示为“秦魏宇”的号码突然来电，莉莉接起来，告诉他自己是纪之楠的助理。他问纪之楠在做什么，莉莉如实回答，然后不知是哪根筋搭错了，她就把纪之楠今天生病不舒服这件事告诉了他。

“他说马上过来，叫你在那儿等他一会儿，后来……后来导演跟我说话，再后来我们收拾东西出门，好多粉丝，我就……我就给忘了。要不咱们现在往回赶？不知道他还在不在那儿。”莉莉说着说着快哭了，这可是纪之楠的对象，如果因为她的大意给搞糊了，那可怎么办？

纪之楠绷着脸，看不出什么情绪，伸手把手机接过来，瞟一眼屏幕上孤零零的一个未接来电，然后把手机揣兜里，淡淡道："没事，不怪你。继续开，我想回去休息。"

莉莉平静了一会儿，小声问："不回个电话吗？他……他好像挺关心你。"

纪之楠没再睡着，嘴角露出转瞬即逝的讥诮笑容，闭着眼回答："不用。"

"好吧。"莉莉还是有些愧疚，"等下如果他再打来，帮我跟他说句抱歉，我不是故意不转达的。"

纪之楠点头，心想他不会再打来。

秦魏宇果然没有再打来。

房间隔音很好，屋子里鸦雀无声，连外面时钟的嘀嗒声都听不见分毫，可纪之楠还是没能睡个好觉。

之后的几天，纪之楠都闲在家中。大半个月前出事故的那场真人秀，正好是那一季的收官之作，拍真人秀之前，纪之楠刚从一个古装戏剧组里杀青出来。

公司原本在春节前安排了不少通告，包括两个电视台的跨年晚会的录制，还有一个访谈类节目。结果真人秀落水的事情一出，下到经纪人周茹，上到公司高层都乱了阵脚。纪之楠当时在医院昏迷数日，不仅那家电视台在网上被骂，而且公司也跟着受纪之楠粉丝的指责，官方微博下面一片骂声。

"大冬天让楠楠落水，你们都是干什么吃的？"

"明知道我楠怕水，还接这个真人秀，我家的心肝宝贝你们不心疼，我们自己心疼！"

"我们楠楠去年还很爱笑，今年都不怎么笑了。"

"楠楠赶紧离开这个破公司，出来自己开工作室，我们挺你！"

"破公司压榨我楠，天打雷劈！"

公司面临开张以来最大的舆论危机，迅疾地发微博安抚粉丝的同时，当机立断把纪之楠接下来的行程砍去大半。于是从现在一直到年后，纪之楠一个行程都没有。周茹嘱咐纪之楠在家好好休息，有空的话看看剧本，挑挑年后要拍的戏就行。纪之楠看了两天剧本，把自己觉得顺眼的挑出来放在一边，打算回头细读。

中午点了个外卖，纪之楠抱着奶茶坐在门口等，屋里开着暖气，叫人完全感觉不到外面的阴冷。纪之楠现在住的这处小公寓，是母亲离开之前留下的房产。

“这是用我自己的钱买的，跟你父亲没有半点儿关系。”纪之楠记得母亲把钥匙交给自己时这样说。

拍完广告的第二天，纪之楠就收拾东西搬进来了。出院后纪之楠想一个人待着，所以一直住在酒店，城郊别墅的那个家也鲜少回去。这次纪之楠搬出来，父亲没有提出任何异议，当真是除了婚姻大事，别的一概不管不问。

环顾四周，这个一居室虽然不大，家电也十分老旧，但一个人生活足够。说起来，要不是因为那次落水，纪之楠可能根本记不起来还有这么一处地方。想到这里，纪之楠缓缓呼出一口气，有些东西还是可以改变的，比如现在……

手机在口袋里响了一下，纪之楠以为是垃圾短信，等拿到外卖坐在餐桌边，才漫不经心地掏出来看。

秦魏宇：身体好些了吗？

纪之楠刚塞进嘴里的牛肉丸险些被喷出来。在纪之楠的记忆中，秦魏宇从未给自己发过短信。不，应该说秦魏宇这个人，从来不发短信。

“一个电话半分钟能解决的事情，为什么要去编辑短信，等对方回复，再回复过去？这样冗长的过程，还要透过文字揣测对方真正的意图，简直低效又无聊。”

纪之楠还能完整想起，不久前的那个梦里，秦魏宇说过的这番话，甚至感同身受。

那是一个很长……很长的……梦。

纪之楠有一丝恍惚，似乎分不清现下这一刻是梦境还是现实。纪之楠只是下意识觉得，秦魏宇说什么都是对的，是自己太笨，害他劳神费心。然而下一瞬，面对这样一条文字短信，纪之楠又只想拍桌子大笑，笑秦先生“啪啪”打脸。可当咧开嘴时，纪之楠又笑不出来了。

纪之楠抬手摸了摸左胸，手掌下的心脏正有力地跳动着，究竟为什么会做那样一个梦？是警示吗？还是一切梦中的痛苦，都只不过一场虚惊？

不，此时此刻的纪之楠非常清楚地知道，那场梦绝不是空穴来风。如果说刚才，纪之楠还在为当下的某些细节与梦境之中不同而沾沾自喜……那么实在无法忽略的是，这些日子以来，自己始终在逃避的一个事实——从自己如今在娱乐圈的地位，到那个所有流程都很熟悉的真人秀，以及如出一辙的落水事故，再到这两天看的似曾相识的剧本，最后到父亲发来的那个人的资料，这些重大事件构筑起自己的人生框架，完全顺着梦中的轨迹在推进，根本没有改变，变化的只是那些无关痛痒的小细节。

似乎，正是从梦醒的那一刻起，纪之楠重新审视了自己和秦魏宇之间的种种。

一直以来，在秦魏宇面前卑微到尘埃里的那个纪之楠，似乎终于醒了。

再次想起秦魏宇的所作所为，不论是梦境与现实的逐一对应，还是秦魏宇始终如一的态度，纪之楠似乎都可以清楚地预见——如果自己还像从前一样，不管不顾地付出自己的一腔热情，那么等待自己的，绝不会像自己一直以来所期待的那样美好，反而会像那个梦，所以，绝对不能重蹈覆辙。

纪之楠把麻辣香锅放微波炉里转了三分钟，才坐下继续吃，想不通的事情索性不再去想，但重新认定的一切，似乎也没那么难以接受。

吃完才想起那条短信还没处理，纪之楠本想直接打个电话过去，进行最高效、最不无聊的沟通，快按下呼叫键的时候转念一想，既然他先发了短信过来，自己何不顺水推舟，观赏记忆中的秦先生反复被“打脸”的过程？

纪之楠乐颠颠地开始回信息：挺好的。

秦魏宇不到三分钟就回了过来：吃饭了吗？天凉多穿些。

纪之楠疑惑了，秦先生这是整的哪一出？踌躇片刻后回复：吃了。

然后过去半个多小时，那头都没再回复过来。

闲来无事，纪之楠去阳台把脏衣服一股脑丢进洗衣机。

机器“嗡嗡”开始运作的一瞬，纪之楠才如梦初醒般地一通乱按把洗衣机逼停，蹲下将湿漉漉的衣服拽出来，从某件外套的口袋里掏出一张皱巴巴的名片。

回到客厅把名片在桌上摊平，纪之楠按亮手机看了一眼，还是没有一条消息，突然就有点生气，把名片又拿起来揉成一团，扔进垃圾桶。

躺在塑料快餐盒里皱巴巴的纸团上，隐约能看见一个“秦”字。

这是秦魏宇的名片，出现在纪之楠口袋里的缘由和梦里一样——一个月前，纪之楠拍真人秀不慎落水，在医院里醒来后便从莉莉口中得知，自己是被一个年轻男人救上来的，身边放着的外套就是那个男人留下的。

纪之楠从那件外套的口袋里找到的这么一张名片，低调不张扬地道出了救人者的真实身份。

第一回看到这名片的时候，纪之楠心里又暖又热，不敢相信救自己的人竟然是秦魏宇，直到出院都抱着那件衣服不肯撒手，回到家立刻含羞带怯地给秦魏宇打了第一通电话，假装刚知道他的手机号码，在电话里小心翼翼地邀请他共进晚餐，以表示感谢。后来纪之楠还把这张名片仔细地夹进书里，当作两人的定情信物珍藏起来。

后面的事情，纪之楠不愿回想是从哪一刻开始断开，和梦境中的一切无缝衔接起来，其实无非就是傻乎乎的自己义无反顾地坠入一个专门为自己编织的网里，越是挣扎，越是泥足深陷，直到再也走不出来。

这场梦太过真实，甚至连当中细节，秦魏宇的举手投足、一言一行，在纪之楠脑海中都清晰如昨，就好像是提前拿到了一张通关卡，所有的剧情都如预期一般有条不紊地推进。

而这一次，看到这件外套，听到这个耳熟能详的“英雄救美”的故事，纪之楠只想嘲讽梦中的自己。一个优秀的地方电视台，一档成熟的节目，怎么会允许拍摄现场发生这样的事故？即便自己命中注定有此劫难，拍摄现场乌压压一百多号人，怎么就轮到一个非亲非故的圈外人跳下去救人？

那些纪之楠始终没参透的事，现在反而能够站在旁观者的角度来客观地分析——这幻梦交织的所有暗示，其实早就露出端倪，梦中的自己不知是被什么蒙了眼，竟毫无察觉，还天真地对身边的人全然信任，对最亲的人更是掏心掏肺，毫无保留。

“最亲的人……”反复咀嚼这四个字，纪之楠的脸色逐渐变得黯淡灰败，摇摇头不敢再往下想。

纪之楠决定睡个午觉，最好能做个拿大奖的梦，这是自己年轻时的愿望。刚出道的时候，纪之楠曾在不少公众场合发表过“想拿大奖”的豪言壮语，现在不求别的，只想继续演戏，最好能演到分不清戏里戏外。纪之楠把脑袋扎进枕头里，迷迷糊糊地想。

对于一个长期饱受睡眠问题戕害的人来说，最糟心的事莫过于刚要睡着时被突然吵醒。听到刺耳的手机铃声，纪之楠猛地从床上翻坐起来，拿起床头的手机，话筒还没到嘴边就凶狠喊道："干吗啊？"

殊不知纪之楠的所谓"凶狠"，落在对方耳朵里顶多算是奓毛，带着点鼻音的慵懒嗓音，无端地有一种撒娇的味道。

秦魏宇恍惚片刻，然后说："抱歉，刚才在开会，所以没有及时回复信息。"

纪之楠瞬间清醒了，把手机拿开看了一眼屏幕，是秦魏宇没错。

"什么事？"音量一下子小了很多。

"我是不是影响你休息了？"秦魏宇问。

纪之楠没好气道："没。有事说。"

鬼才信秦魏宇打电话来就是为了没及时回信息这种小事道歉。

秦魏宇好像并不在意纪之楠没礼貌的语气，不紧不慢地说："周六晚上有空吗？想请你吃饭。"

纪之楠心想，来了来了，相亲必经的也是最重要的环节来了，回想梦中的自己听到这句话时，心脏都快从胸口跳出来了，扭扭捏捏地想答应，又不好意思回应得那么快，生怕自己在秦魏宇心里的形象减分。

"好啊。"现在的纪之楠干脆爽快，因为知道这一关无论如何都要过，"饭店我来定，到时候把地址发给你。"

秦魏宇沉默几秒，然后说："好。"

悠闲的日子总是过得飞快，从周二到周六不过短短几个朝暮。

全副武装地从出租车上下来，纪之楠还是被迎面吹来的冷风吹得打了个寒噤，甚至有些后悔没把那件厚羽绒服穿出来，在家闭门待得太久，都快忘了外面是这样一个呵气成冰的天气。

纪之楠极度畏寒，所以十分讨厌冬天。母亲还在身边的那些年，纪之楠只要撒个娇卖个萌，每年最冷的那几天，甚至可以请假不去上学。别的学生呼哧呼哧地在操场上跑步，纪之楠则裹着被子坐在床上玩。

后来呢？后来就再没人这样疼自己了，纪之楠忽然心酸了一下。

纪之楠走进路边的烧烤店。年底是所有饭店最忙碌的时候，面积不大的店铺里已经坐满人，可纪之楠还是一眼就在人群中看见了秦魏宇。

秦魏宇个子高，由于整天跟生意人打交道，所以大部分时间都穿着正装，衣服熨得笔挺，鞋头擦得锃亮，身姿挺拔，不苟言笑，十足的社会精英模样。

今天他没有穿西装，而是穿着一件铁灰色羊绒大衣，挺括的面料将他的身材修饰得完美无缺，令纪之楠突然想到周茹经常念叨的“有肌肉穿衣才有型”。

店里热气蒸腾，纪之楠摘了墨镜，绕过人群往里面挤，在这种情况下，一点都不担心被人认出来。

纪之楠还没走到跟前，秦魏宇先站起来：“你来了。”

纪之楠来前给秦魏宇发信息让他先进去找座，他居然照做了。不客气地坐下，纪之楠放下手上的东西，把口罩拉到鼻子下面，深吸一口气才去看面前的人。

秦魏宇跟从前一样，或者说他一直就没变过。纪之楠知道他长得好，天庭饱满，眉眼深邃，连下颚的线条都与他高挺的鼻梁搭配得恰到好处。纪之楠从前在剧本里看到过形容一个人的容貌为“造物主的恩赐”，当时还不相信且不以为然，可在梦中见到秦魏宇的第一眼，纪之楠就信了。

秦魏宇见纪之楠不说话，脸上也不显尴尬。他坐下来，拿起桌上的不锈钢水壶，倒了杯水推到纪之楠面前：“外面很冷吧？下回我去接你。”

纪之楠觉得莫名其妙：你来接我，我就能不受冻了吗？再说了，谁想跟你有下回？

不过这话自然没说出口。纪之楠下意识不想再像梦里的自己那样，挖空心思去讨好秦魏宇，可也不想跟他做敌人，毕竟此人心思深沉，真的把他惹恼了，自己也不会好过。

喝了口水，纪之楠问：“点菜了吗？”

“没有，等你来。”

纪之楠拿起笔唰唰在菜单上勾了几样，完了把菜单推到秦魏宇面前：“到你了。”

秦魏宇看着菜单愣了一下，然后抬头对服务员道：“要一份一模一样的，谢谢。”

纪之楠在心里翻了个白眼，认定眼前的秦魏宇和梦里那位一样，必然从未来过这种烟火气浓厚的路边摊，这次把他约在这里，就是想看他不高兴又不能说的憋屈样子。结果他非但不窘迫，举手投足还是如往日那样自然从容，看不出一丁点不适应，面上也一派淡定，让纪之楠有些意外。

难道，梦里的记忆不能信？纪之楠狐疑地皱了皱眉，心想不可能，秦魏宇对自己一向冷淡，不可能因为自己做了个梦，一觉醒来，他就变得温柔贴心。

纪之楠宁可相信自己的直觉。

烤串陆续被端上桌，纪之楠旁若无人地拿起来便啃。秦魏宇不动声色地坐着，在纪之楠解决掉第三串羊肉的时候，终于伸手拿了一串。看见那不沾阳春水的修长手指拿起油腻的烤串，纪之楠就忍不住想笑，索性一边努力憋笑，一边往嘴里塞吃的，心想眼前这场面可真下饭，之前因为闹肚子好不容易下去的二两膘怕是又要长回来了。

秦先生果然不仅长得好，演技也是一流的，不去当演员可真是屈才。

秦魏宇慢条斯理地吃了几串蔬菜，将竹签整齐地摆放在一处，然后用纸巾擦了擦手，十指交握放在桌面上。

纪之楠没有抬头，埋头苦吃。

“听说你生病了，现在好些了吗？”

纪之楠琢磨着这句话好像有谁问过，他把嘴里的食物咽下去后，含混不清地说：“早就没事了。”

秦魏宇点点头，把水杯推到纪之楠面前：“喝点水，慢慢吃。”

纪之楠端起杯子喝了一大口水，秦魏宇又拿起水壶添满茶水。

一大盘烤串解决掉大半，纪之楠揉揉肚子，觉得这回应该不会犯肠胃病了，毕竟这些天循序渐进地吃油腻的食物做铺垫，就是为了能放开肚皮吃烧烤。

纪之楠拿面巾纸擦了擦嘴，忽而瞥见身边椅子上放着的衣服，于是把面纸随意丢在桌上，站起来就去拿那件深色西装外套。

“喏，还给你，洗过了的。”纪之楠把外套递过去。

面料考究、做工精致的外套如今皱巴巴的，一看就是在洗衣机里搅过，刚才这衣服又在烧烤店的油烟中被熏多时，想必味道十分不一般。

这么想着，纪之楠眼中便闪过一丝促狭，已经迫不及待想看到爱面子又爱干净的秦先生的反应。秦魏宇最喜欢乖乖顺着他的人，有了今天这一遭，他回去后怕是要花时间好好斟酌一下和纪之楠的婚事了。和不喜欢的人结婚本就是一件痛苦的事，这个人还处处不合心意，可以说是雪上加霜了吧？

秦魏宇没有接外套，他指了指纪之楠右边唇角：“那里。”

“啊？”故事的发展没按照剧本走，纪之楠一时没反应过来。

秦魏宇手没放下：“那里脏了。”

纪之楠忙抬起左手，下意识按照秦魏宇指的位置抹唇角。

“不对。”秦魏宇俊眉微蹙，目不转睛地看着纪之楠。

纪之楠还在不明所以地乱抹乱擦，秦魏宇的手直接伸了过来。右边脸颊被秦魏宇大拇指指腹碰到的瞬间，纪之楠猛地哆嗦了一下。尚未分辨清楚这是什么感觉，纪之楠就已经拍开了秦魏宇的手，力道挺大，“啪”的一声响，像清脆地击了个掌。

隔壁桌有人听到动静往他们这边看，纪之楠把挂在一边耳朵上的口罩捞起来戴上，低头不语。梦中纪之楠第一次跟他吃饭的时候，傻乎乎地从头到尾都在努力表现，试图把自己最好的一面展现出来。纪之楠知道秦魏宇眼光高，只希望自己入得了他的眼，达到他心里的及格线，现在别提及格，卷面分数恐怕已经是负值了。

秦魏宇见周围聚拢过来的目光越来越多，低声说：“走吧，我们先出去。”

纪之楠走在前面，脸上被摸过的地方火辣辣的，不知道是不是沾了辣椒粉没擦干净。把手伸进口罩里挠一挠，纪之楠看见手指上还没擦干净的油渍，自己都有些嫌弃。

想到这里，纪之楠突然顿住脚步。秦魏宇不是有洁癖吗？

梦里的秦魏宇即便在家吃饭，也是用他自己独有的一套餐具，并且餐具必须定期消毒。如果吃的是中餐，他会让家里的阿姨提前将要吃的菜分出来，不与别人同吃一盘菜。偶尔出去应酬，对方不知道他的习性，没有在席上准备公筷，他就只喝酒，筷子都不碰一下。

每逢秦魏宇有应酬，纪之楠都担心得不行，生怕他吃不上饭饿坏了，还特地买个保温桶，晚上让阿姨把饭菜盛进去，叫接他的司机带过去，让他从酒桌上下来就能吃上热饭热菜。

有一回纪之楠拍摄收工早，那会儿他们刚结婚不到半年，新婚燕尔，纪之楠当真是每时每刻将他放在心上，回到家连妆都没来得及卸，就拿了阿姨准备好的保温桶，匆忙坐车往秦魏宇所在的酒店赶。

路上纪之楠还想象着秦魏宇见到自己时的表情，该是惊喜多一些还是甜蜜多一些。

结果两者都没有，秦魏宇看见纪之楠后，微不可察地皱了皱眉。纪之楠一句关心体贴的话还没来得及出口，秦魏宇就催促纪之楠先上车。

纪之楠只当周围人多，他不好意思。到了车上，纪之楠将保温桶打开，笑着用勺子舀汤送到秦魏宇嘴边，秦魏宇脸上一如既往地没什么表情，勉勉强强就着勺子喝了几口。

纪之楠心里幸福得冒泡，高兴之余便没动脑子，自己也用那勺子尝了一口汤，然后对秦魏宇撒娇说："真好喝，难怪你愿意赏脸喝这么多。"

后来秦魏宇一口汤都没喝，也没动其他饭菜，纪之楠在车上用消毒湿巾给他把勺子擦了又擦，他都不愿意接，只说没胃口。

纪之楠既懊悔又难受，在心里骂自己不应该尝那一口。之后的两年夫妻生活中，纪之楠再没犯过类似错误，甚至天真地以为，只要这样处处让秦魏宇满意，他就会越来越喜欢自己。

走出烧烤店，纪之楠狠狠地搓了搓一直没能暖起来的手。

梦中的纪之楠直到失去性命前一个月才明白秦魏宇的洁癖也分对象。纪之楠亲眼看见那个人用手喂秦魏宇吃饼干，刚忍不住要上前阻止，就看见秦魏宇几乎没有犹豫，冷着脸把那块饼干咬进嘴里。

秦魏宇所谓的洁癖，对特定的对象是不存在的，可惜纪之楠没有争取到位列那类对象中的资格。现在秦魏宇这样做，无非是发现纪之楠没有预想中那样容易搞定，自以为聪明使出的计策罢了。

这可真是难为他了。

纪之楠把衣领往上拉，用力跺了跺脚，感觉双脚有了些知觉，从兜里摸出手机准备叫出租车，突然身上一沉，有件衣服从后面披了上来，是那件带着烧烤味的外套，撇开味道不说，其实还挺暖和的。

纪之楠瞥了秦魏宇一眼，秦魏宇伸手帮忙拢了拢衣襟，说："外面凉，你穿太少。"

纪之楠别开眼，没有拒绝，刚才在店里那样挥开他的手，短时间内还没胆子再跟面前的人作对。梦中秦魏宇为扮演好优秀老公的角色，还是会经常给纪之楠一些关心，诸如嘱咐"多穿衣""多喝热水"，现在想想，能被那些敷衍的贴心感动到的纪之楠，一定是个傻瓜吧。

"我送你回家。"贴心了一晚上的秦魏宇说。

"不用，我自己打车。"

"我的车就在那边。"秦魏宇指了指路对面，"这个时间打不到车。"

确实，过了好几分钟也没有司机接单。天这么冷，纪之楠一点也不想去挤公交车或者地铁，小饭店里没人认出自己，不代表其他公共场合就没人认得出来，毕竟粉丝们都说自己眼睛里有星星，走到哪里都是焦点。

纪之楠带着点谜之自豪，坐上秦魏宇的车。

梦里纪之楠坐这车的次数一只手都数得过来。秦魏宇平时基本上是司机载着出门，他们俩工作性质不同，同进同出的机会本就很少。直到今天，纪之楠才弄清楚秦魏宇的车牌号。纪之楠默默在心里记下车牌号，想着以后看见了绕道走。

秦魏宇关上车门，先打开空调热风，顺便让发动机预热，在这片刻工夫里，他敏感地嗅到一丝不对味，想了想，说："你把外套脱下来。"

车里渐渐暖和起来，纪之楠正有此意，麻利地把外套一脱，刚要扔到后座，旁边的秦魏宇不知从哪里拿出一件外套递过来，说："穿这个吧，那件沾了味道。"

纪之楠还愣着，秦魏宇就迅速把两人手上的外套交换了，然后打开车门出去，把那件有味道的外套放进后备厢，最后带着一身寒气坐回驾驶座，身上只剩一件单薄的衬衫。

纪之楠拿着外套，像拿着烫手的山芋，穿也不是，丢也不是，抱着它纠结了一整路。烧烤店离纪之楠现在的住处并不近，在主干道一路红灯的情况下，两人花了四十分钟才抵达小区门口。

秦魏宇把车窗打开一条缝，看了看外面，问："你住在这里？"

纪之楠"嗯"了一声，拒绝了他将自己送到楼下的提议，下车便头也不回地往小区里走，连句"再见"都没留下。

秦魏宇看着纪之楠的背影完全消失在视线中才下车，在夜晚的路灯下点燃一支烟。火星忽明忽暗，一缕缕白烟在风中飘散，他倚靠着车门，好像一点都不觉得冷。

"喂。"

突然有声音在身后响起，秦魏宇应声回头，看见折返回来的纪之楠出现在车身另一侧，没戴口罩和墨镜，巴掌大的小脸和一截细白的脖颈露在外面，鼻头被冻得通红。

"你的外套，差点忘了。"纪之楠把衣服往车顶一扔，扭头就要走。

秦魏宇三步并作两步绕到纪之楠面前，又要把外套披在纪之楠身上："别着凉。"

纪之楠有些不耐烦，对秦魏宇这装模作样的关心感到不适。纪之楠后退一步和他拉开距离："不必，走两步就到家门口了。"然后迅速大步离开。

秦魏宇没再追上去。他抽完手中的烟，抱着外套在车里坐了会儿，突然想起什么，伸手摸了摸衣服的两个袖口，其中一个袖口的纽扣已经脱线了，虚虚地挂在袖沿，一碰就要掉似的。摸到那颗要掉的纽扣后，秦魏宇脸上的表情渐渐舒缓下来，虽然还是冷冰冰的，但带上了几分柔和。

又在家里当了两天咸鱼，这天上午纪之楠接到纪之樟的电话。

"上回你让我帮忙找的英文原著找到了，我给你送过去还是你回家拿？"

纪之楠"啧"了一声，在脑中搜寻半天才回忆起这件事，皱眉道："不好意思啊，我不要了，你自己看吧。"

纪之樟："……我看过了。"

纪之楠："那……再看一遍？"

纪之樟："……"

当纪之楠以为这通电话又要不欢而"挂"时，纪之樟道："奶奶最近身体不太好，天天跟我念叨说想你。"

纪之楠挂了电话就开始拾掇自己，心想去就去吧，正好把上次没带的东西拿回来。

在车上打了一路的盹，到了之后，纪之楠缩着脖子走进城郊纪家别墅，懒洋洋地跟客厅里坐着的纪之樟打了个招呼，然后上楼来到奶奶的房间。奶奶已经八十多岁，患上阿尔茨海默症许多年，意识时而清楚，时而迷糊。这两年她身子骨还算硬朗，不愿意住医院，纪安东就请了个护工在家里照顾她。

"小星来啦，过来坐。"奶奶一看见纪之楠进门，就高兴地向这边招手。

纪之楠顿时有些恍惚，有多久没听过别人叫自己这个名字了？

奶奶是纪之楠从小除了母亲以外最亲近的人。当年纪安东把纪之楠接到纪家，怕外人说闲话，将纪之楠藏在家里不让出门。那些暗无天日的时光，是那时候已经患上阿尔茨海默症的奶奶陪着纪之楠度过的。

虽然奶奶照顾纪之楠尚且心有余而力不足，但在那段难熬的日子里，是她给了纪之楠唯一的温暖和安慰。

“小星要结婚咯，不要奶奶咯。”她拉着纪之楠的手念叨。

纪之楠由着她枯瘦如柴的手在自己手背上一下一下地拍，笑着问：“谁说的？小星怎么会舍得不要奶奶？”

奶奶先是噘着嘴表示委屈，随后又笑起来：“秦家那孩子，好，配我们小星，好。”

不知道是谁给灌的迷魂汤，全世界都在说秦魏宇好。前几天在电话里，周茹旁敲侧击问纪之楠和秦魏宇交往得如何。眼光挑剔如她，也夸秦魏宇好，出身背景好，工作能力强，没有花边新闻，更难得的是长得也非常帅，还叮嘱纪之楠好好把握。

“和秦家的婚事考虑得怎么样？”纪之樟敲门走进房间，把一本厚厚的书放在桌上，犹豫片刻后说，“其实秦魏宇人不错，虽然看起来有些冷漠，但是心地善良。”

纪之楠正在把自己房间书架上为数不多的书本往行李箱里装，心想，他是挺善良，脱衣服递外套时手脚特别利索，鬼知道给多少人披过衣服送过温暖。

梦中的纪之楠和纪之樟之间就没有这段对话，因为知道父亲安排的结婚对象是秦魏宇后，自己高兴得恨不得立刻拉着他去登记结婚，哪还需要别人在自己跟前吹嘘秦魏宇有多好，来让自己动心？

“哦。”纪之楠敷衍地回应一声，头都没抬。

纪之樟也不是天生的好脾气，瞧纪之楠这副态度，顿时就恼了：“你最近到底怎么了，阴阳怪气的？”

纪之楠对他的反应一点都不意外，答道：“没有啊，我在想事情。”

纪之楠确实在想事情，在想怎么把手里这些书销毁掉。回去的路上，纪之楠给莉莉打电话，过了好半天莉莉才接，她声音慵懒，似乎刚刚睡醒。

“这个点还在睡觉，你是猪吗？”纪之楠给予无情的嘲笑。

莉莉实际上比纪之楠大一岁，在电话那头愤愤地咬牙道：“跟着纪老师您东奔西跑一整年，还不准人家睡个好觉了？”

纪之楠嬉皮笑脸说“准准准”，然后问她知不知道怎样将书本销毁。

“这个啊，”莉莉挠头，“送废品收购站？或者用碎纸机？再不然……点把火烧掉？”

纪之楠认为前两个建议都不可取，达不到彻底销毁的目的。回到住处，纪之楠翻箱倒柜找出一口锅，家里没有打火机，就打开燃气灶，拿起一本书在灶头挥了一下，就急急丢进锅里。

纪之楠躲得太快，书都没来得及点燃。

纪之楠只得放慢动作，让书在灶头多停留一阵，看见边角开始卷曲，才丢进锅里让它继续燃烧。纪之楠翻看书里夹着的信，看一封烧一本。

“For you, a thousand times over.（为你，千千万万遍。）”其中一本书里夹着用天蓝色信纸写的一段英文，纪之楠念一遍就笑了。偷偷在心上人喜欢的书里留下自己的小秘密，觉得这样浪漫极了，本质上就是在把这些书当QQ空间。

脱离了中二低级趣味的纪之楠，迫不及待想让这些黑历史消失在世界上。最后一本书是纪之樟今天刚给的英文名著，纪之楠翻都没翻开就往灶上送，这种书自己这辈子都不会再看。

硬面精装书被烧出难闻的气味，吸气时浓烟钻入口鼻，纪之楠被呛得背过身去咳嗽，等回过神来，火已经从拿着的那本书上蹿到手上了。

纪之楠大叫一声，把书丢在地上，甩了甩疼痛的手，似乎闻见了烤肉的香味。

这就很尴尬了。纪之楠捂着手到处找药箱，很遗憾家里并不存在这个东西，又打开水龙头，把被烫伤的手放在水流下冲，疼痛感缓解不少。

不一会儿，手背和一根手指上鼓起两个水泡。

纪之楠：“……”

纪之楠正踌躇着要不要去医院时，家里门铃突然响了，叮咚叮咚如同狂风骤雨般急促，打开门一看，莉莉扶着腰站在门口气喘吁吁。

“纪……纪老师，你没事吧？”

纪之楠疑惑道：“你怎么来了？”

莉莉动动鼻子嗅了嗅，惊讶道：“你……你真的烧书啊？”

原来莉莉挂了电话之后，越想越觉得不对劲，总担心纪之楠做出什么惊天动地的事来。纪之楠没什么生活常识，万一把房子烧了可怎么办？她忙拨电话过去，可对面一直不接，前阵子搬家她也有帮忙，于是直接打车过来了。

坐在车上，莉莉看着纪之楠的手，愣愣地说：“我还是太天真，没想到您会烧书。”

纪之楠面上有些挂不住，扭头看向车窗外。

到了医院，莉莉帮纪之楠挂号，然后推着纪之楠往诊室走。

“要不还是算了吧，回去养两天，估计就好了。”纪之楠开始打退堂鼓。

“哎呀，纪老师你怕什么？医生最多给开个药膏抹一抹，你也不想手上留疤吧？多难看。”

纪之楠屈服于爱美之心。医生给开了药，莉莉拿着单子去缴费拿药了。纪之楠本想跟着一起去，被医生叫住了，只见医生慢悠悠戴上手套，拿出一根针。

纪之楠问：“干什么？”

医生答：“穿刺啊，你看这水泡，个头这么大，不戳破，难道等它自己吸收？”

莉莉回来的时候，纪之楠捂着手，眼角红红地坐在那里，满脸委屈道：“不是说好只涂药吗？”

医生在病历上“唰唰”写字：“消炎药水要不要挂两瓶？防止伤口感染。”

莉莉立刻点头道：“要的要的。”

纪之楠：“……”——我信了你的邪。

转移到输液室，纪之楠脸色煞白地看着护士把针头往手背上戳，僵硬的表情仿佛在“英勇赴死”。

“放松点，拳头别捏这么紧。”护士阿姨道。

“您轻点儿。”纪之楠哭丧着脸，松开拳头。护士阿姨找准位置，快速把针头扎进去，纪之楠浑身一抖。

护士阿姨觉得好笑，“这么大个人，怎么还怕打针？”

纪之楠自觉颜面扫地，抿唇不语。

“哎，你是不是那个……演那谁的那谁？”

旁边的莉莉眼皮一跳：不是吧，戴口罩都能认出来？

纪之楠：“……大概。”

护士阿姨十分得意地说：“我一瞅你这模样就知道，小哭包一个！”

等护士阿姨走了，莉莉坐在旁边的空位上，满脸揶揄道：“纪老师，你这么怕疼啊？”纪之楠劫后余生，从鼻子里哼出一声。

“上次在医院里打针，我看你不是挺淡定的嘛？”

那会儿纪之楠是刚醒过来，吓蒙了，花了两天时间才消化接受事实，哪还有心思管别的？

“对了，拍照片发条微博吧，粉丝们都说超想你。”莉莉掏出手机，找好角度对着纪之楠的手一通猛拍。

“你确定她们爱看我发这个？”纪之楠问。

莉莉打开修图软件，熟练地给照片打码加滤镜，还不忘回答：“当然。”

纪之楠：“……”

纪之楠的手机早就没电了，莉莉用自己的手机登录微博，两张照片一发出去，评论马上就破了千。

“天啦！我们楠楠怎么了！？”

“楠楠这是烫伤了吗？这么不小心？”

“我楠细白娇嫩的手指啊！天哪！”

“嘤嘤嘤，好心疼，宝贝楠楠以后请远离厨房，不要干那些粗活好吗！”

“楠楠流年不利啊，先是落水，现在又被烫伤。我下周去千叶山拜佛，顺道帮你祈福。”

“楼上，我觉得楠楠不顺利的主要原因还是在于这个公司。”

“支持小楠离开公司，成立自己的工作室！”

评论话题瞬间跑偏，莉莉摸摸鼻子，感觉自己对不起公司的栽培。

她把评论打开给纪之楠看，纪之楠翻了一圈，问：“她们不会知道这是哪家医院吧？”

莉莉拍拍胸脯道：“放心，我把照片上把所有标志性物品都打了码，保证连这家医院的院长都不认识！”纪之楠满意点头。然而事实证明，姜莉莉的话毫无可信度。

纪之楠手上血管细，药水滴得异常缓慢，坐在椅子上就开始打瞌睡，半梦半醒间，眼前有一簇火苗在张牙舞爪地摇摆扭动，画面光怪陆离。额头上慢慢渗出一层细密的汗珠，纪之楠稀里糊涂地睁开眼，看见最不想看见的那张脸出现在眼前，便闭上眼睛再睁开——还真是他。

秦魏宇风尘仆仆，似乎刚刚赶到，看着纪之楠手上的伤，俊眉紧蹙，问道：“怎么弄的？”

纪之楠呆呆的，还没反应过来，莉莉已经跳起来挡在前面，急道：“你是谁……哎，你不是上次救纪老师的那位吗？”

“你好，我是秦魏宇。”

莉莉瞪大眼睛，然后结结巴巴找了个理由溜走了。秦魏宇坐在莉莉刚才坐的位置，理所当然地陪同伤患。

纪之楠脑子里还乱着，疑惑道：“你为什么在这儿？”

“来看你。”

“干吗不先说一声？”

“你电话打不通。”

“不请自来。”纪之楠轻哼一声，不满地嘀咕。

第一瓶药水挂完，护士过来给换上另一瓶，秦魏宇站起来把输液速度再调慢些，完了正襟危坐，开始跟纪之楠一一细数道：“第一次给你打电话，没说两句你就说在忙，挂了。”

“第二次给你打电话，你的助理说你病了，我去看你，你却先走了。”

纪之楠：“……”——怪我咯？

“你忙，我也不想打扰你，可是你骗我。我赶到地方，在门口等了半个小时才知道你已经走了，打电话给你你不接，一句解释都没有。”

左手边也在挂水的小姑娘抬起头用鄙夷的眼神打量纪之楠。纪之楠无语，差点也要觉得自己就是人渣本渣了。所以这个人今天专门讨说法来了？纪之楠还真是差点忘了梦里这个人说教的本事，死的也能说成活的。

“那你还来？我的意思表达得还不够明确吗？”

秦魏宇抿唇不语，抬头看电视。

“喂，你……”纪之楠的话没说完，目光也被输液室里的电视吸引过去。

电视里的女主持人挥舞彩旗，拔高嗓音说：“下面是我们的楠宝。以前有没有玩过这个游戏？”

听到“楠宝”两个字，纪之楠就知道电视里正在播放的是什么了，因为目前只有一个人会这样称呼自己，就是那档真人秀的女主持人夕夕。这档节目收视率不错，此时电视上正在重播这一季的前几期节目。

“没有，从来没有玩过。”电视上的纪之楠说。

“那我们楠宝要加油哦，这个游戏考验的是你的手脑协调能力。先祝你取得好成绩，给所在的队伍争取到高分！”

“游戏开始！”

纪之楠看见自己在搭积木，其实自己早已忘记这期节目的内容了，也没有回看电视的习惯，现在看到画面才稍微有点印象，好像是一个边用积木搭高楼边回答问题的小游戏，最后搭的楼层数越高，得分越多。

男主持人开始念题目："晚上几点睡觉？"

"十一点左右。"

"睡前会干什么？"

这个问题一出来，后期立刻加上起哄的音效。

纪之楠："……"

电视上的纪之楠听见周围其他明星的调侃，微微红了脸，小声说："看书。"

"看什么书？"

"最近在看 *Gone with the Wind*（《飘》）。"

"哇，小楠都看英文原版的吗？"

电视上的纪之楠羞涩点头，电视外的纪之楠则无比尴尬，自己那时候着了魔似的到处表现，就想着秦魏宇说不定哪天能看到，现在他真的看到了，自己却一点都开心不起来。秦魏宇别提没看过纪之楠的真人秀，就连纪之楠演的电影、电视剧也没有看过。每次纪之楠邀请他看自己的新电视剧，他就说忙，抽不出时间。

纪之楠曾经以为自己做得不够好，没拿过什么正儿八经的奖，显得不够专业，后来在梦里才知道秦魏宇根本就是看轻自己演员的身份，即便强迫自己打起精神读再多书，也改变不了自己在秦魏宇心里花瓶的形象。

纪之楠瞥了身边的秦魏宇一眼，只见他端正坐着，目不转睛地盯着电视屏幕看，认真的模样让纪之楠想为他鼓掌。

电视上无聊的提问环节还在继续。

"能让我插队问一个问题吗？代表楠宝所有的粉丝问的。"夕夕举手道。

男主持人示意她 OK。

夕夕笑得一脸狡猾，问道："请问楠宝的理想型是什么样的？要具体些哦！"

纪之楠心道不妙，想扑过去捂住秦魏宇的耳朵，可是不能这么做。

"喂，我想吃东西。"纪之楠硬着头皮说。

秦魏宇转过来，问："想吃什么？"

“都行，我饿了。”纪之楠只想把他支开。

“好。”秦魏宇颔首答应，又把头转回去看电视，“看完这段。”

纪之楠大惊，心道还不如直接捂他耳朵，可是已经来不及了，电视上那个娇羞的纪之楠垂着眼开口说：“个子高，成熟稳重，聪明，爱看书，嗯，还有……英语好。”

“哇，根据这个具体描述，看来我们楠宝心里有人了哦。”电视上的纪之楠脸更红了，耳朵都红透了。现实中的纪之楠也跟着害臊，恨不能在原地找条缝钻下去。

看完节目后，秦魏宇起身离开去买吃的。他的身影刚消失在输液室门口，纪之楠就手动拨快了输液速度，总算赶在他回来前挂完点滴拔针。

纪之楠用棉签按着手就往外溜，在外面没找到莉莉，手机又没电了，戴着口罩像个没头苍蝇一样在医院里四处乱窜。医院里的路人行色匆匆，纪之楠三次问路都只得到敷衍的回答，便顺着路人所指的方向走，结果半个小时后又绕回原地。

今天真是丧透了，纪之楠颓然坐在长椅上，看着周围来来往往的人，听见广播里在喊：“王旭柯小朋友，请听到广播后到医院一楼导医台处，你的妈妈在这里等你。”

纪之楠苦笑，要是谁这么找自己，八成是白费力，因为自己连导医台在哪里都不知道。粉丝天天把自己夸到天上去，说路痴也是萌点，说“我们家楠楠超可爱”。其实纪之楠心里跟明镜似的，自己这副样子说得好听点儿叫天真，说得直白点就是蠢。

梦中因为自己蠢，纪之楠辨不清方向，在前行的路上弄丢了妈妈，弄丢了事业，最后命都差点丢了，该珍惜的东西自己一样都把握不住。

许是上天垂怜，以梦境警示自己，纪之楠想，难道自己还要重蹈覆辙吗？

“妈妈，那个人在哭，是不是找不到家啦？”一个路过的五六岁的小姑娘，指着纪之楠用稚嫩的童音问。小姑娘的妈妈对纪之楠歉意地笑笑，牵着孩子走远了。

纪之楠并没有哭，只是戴着口罩呼吸不畅，吸了吸鼻子而已，可现在真的有点想哭了，明明梦里的自己最后落魄成那样，都没有哭过。

纪之楠又用力吸了吸鼻子，仰着头，怕眼泪真的流出来，给人看见了笑话，又慌张地低下头不敢抬起来，接着一双做工考究的黑色皮鞋进入视线。纪之楠有些茫然，目光顺着往上移，看见自己好不容易甩开的那个人又出现在面前。

秦魏宇的胸膛正一起一伏，微张着唇急促地喘气。他慢慢躬身，隔着袖口的布料握住纪之楠的手腕，将其抬起，然后把一个塑料袋放在纪之楠手上，道："只有包子是热的，凑合吃，等下带你去吃好吃的。"

包子确实是热的，秦魏宇的手也是热的，隔着一层布料纪之楠都能感觉到，于是愣怔之下，竟没顾得上推拒。

秦魏宇见纪之楠眼角带着湿意，讶然道："哭了？"

纪之楠没有低头躲闪，眼前的人影渐渐有些模糊，高大身影和他背后往来的人流隐隐约约汇在一处，仿佛一个晃动的长镜头，叫人分不清戏里与戏外、虚幻与现实。

纪之楠嘴唇动了动，愣愣地说："我想回家。"

秦魏宇握着纪之楠手腕的手没有放开，闻言握得更紧了。

"好。"

兴许是车里太暖和的原因，纪之楠在路上不由自主地闭上眼睛睡着了，居然做了个梦。

纪之楠梦见自己坐在一个四四方方的小院落里，耳边有叮叮咚咚的音乐声，头顶有蓝天、白云，还有呼啸而过的飞鸟。接着纪之楠站起来，推开门走进另一个空间，那里一片黑暗，只有纪之楠一个人。那里很大，纪之楠喊"妈妈"时可以听见回声。

纪之楠很害怕，倚靠着墙壁，双手背在身后摸索，沿着冰冷的墙面挪动，不知过去多久才又找到一扇门。这回是一间亮堂的屋子，里面有一个又高又大的榉木书架，上面整齐摆放着许多英文书，有些纪之楠看过，有些没看过。纪之楠顺着书架旁的梯子爬上去，拿起一本名字陌生的书，刚翻到第一页，忽然听见背后有人叫"小星"。纪之楠转身张望，却发现自己脚下的梯子突然不见了，身体没了支撑，直直往下坠落。

纪之楠猛地惊醒了，头"咚"的一声狠狠撞上车顶。

痛呼一声，纪之楠条件反射般地想抬手捂脑袋，可是右手贴着纱布，还握着两个包子，左手则被什么东西抓着动不了。

抓着纪之楠的是秦魏宇的手。只见秦魏宇一只手握方向盘，一只手握着纪之楠的左手，气定神闲，游刃有余。纪之楠愣了好半天，现在不只想给秦魏宇鼓掌，还想把包子摔他脸上。

“撒手。”纪之楠冷冷道。

秦魏宇侧头看了一眼，说：“你醒了。”

纪之楠简直要被气笑了，没好气道：“不然呢，梦游啊？”脑袋还疼着，纪之楠没什么耐心多费唇舌，“叫你撒手，听不懂？”

秦魏宇脸上的神情丝毫不变，淡定回复道：“是你抓着我不放。”

纪之楠眼皮猛地一跳，慌忙松开自己几乎是钳着秦魏宇手掌的几根手指，关节有些僵硬，手心满满都是汗，不知握了多久。纪之楠窘得头都要抬不起来了，闷不吭声好半天才觉察出不对劲。

“你带我去哪儿？”

“回家。”

纪之楠看了一眼窗外，道：“我家不是这个方向。”

“是。”秦魏宇的回答简短有力，带着不容辩驳的肯定。

“放我下去。”

“马上就到了。”

纪之楠不知道他葫芦里卖的什么药，但是直觉告诉自己，跟秦魏宇硬碰硬没有好下场。纪之楠看着外面的路牌，准备车一停就伺机逃跑。

然而接下来没再遇到红灯，车子一路通畅地驶进某住宅小区，在车行道上拐了几个弯，穿过前面成排的高层，最后稳稳当当地停在一幢三层楼高的别墅前。

从进入小区开始，纪之楠的心就像被一双无形的手揪住，胸口一阵一阵地疼，呼吸都变得有些不顺畅。

秦魏宇绕到副驾驶座旁，同往常一样绅士地打开车门，轻声道：“到了，下车吧。”

冬天的夜晚来得格外早，此时外面已是暮色四合，夕阳的余晖落在屋顶的红瓦上，像是给房子笼上一层稀薄而温暖的光，可纪之楠觉得冷。

脸被阴影遮挡，纪之楠甚至不知道自己现在是什么表情。

“带我来这里做什么？”纪之楠的声音带着一丝难以捕捉的颤抖。

“家。”秦魏宇说，“这是我们的新房。”

## Chapter 2
## 需要导盲犬的是你

纪之楠对家一直心怀向往。

很小的时候，纪之楠和妈妈住在一个老四合院里的一间屋子。屋子虽然老旧，但是冬暖夏凉，里面放着一架立式钢琴，偶尔父亲过来，妈妈就会坐下来弹奏一曲，父亲在旁边笑，纪之楠就跟着笑。

后来纪之楠到了纪家，那里很大，有很多人住在里面，可那里算不上家，被称为“母亲”和“哥哥”的人都拿异样的眼光看纪之楠。纪之楠不太聪明，却能感觉到他们对自己的排斥。

在纪家长到十七岁的纪之楠把“想有自己的家”这个愿望悄悄写进日记本里。一直以来，纪之楠不是不知道应该和自己喜欢的人组建家庭，可万万没想到自己会这样幸运，真的能和自己喜欢的人结婚，一起生活，即便对方还没有喜欢上自己，但纪之楠相信自己能够焐暖他的心。

不要轰轰烈烈，只求细水长流。这是纪之楠一直以来的想法。

回过神，纪之楠站在那幢曾经寄托了自己对未来所有美好憧憬的房子前，关于这里的记忆浮光掠影般地从眼前掠过。

梦中第一次来这里也是秦魏宇带纪之楠来的，那时候的纪之楠兴奋得心脏怦怦乱跳，每参观一个房间，就在脑海中构想着自己和秦魏宇在这里一起吃饭、看书、晒太阳的场景。那时候的纪之楠完全没想到，今后在这里做这些事情的只有自己一个人。

这里的一砖一瓦、一草一木，纪之楠都无比熟悉。

往前走了两步，又往后退一步，纪之楠不知道自己是想进去还是不想进去，身体里像是有两个人格在互相拉扯，背道而驰。

大约是自己身体里还保留着当初那个纪之楠的一些习性，明明梦已经醒了，明知道这是一个缚住自己的牢笼，纪之楠还是想迈进去，还是想把这里当成自己的家。

秦魏宇自是不知道这么短的时间内，纪之楠心里经历了些什么，他在前面一边引路一边说："里面正在重新装修，图纸也在这里，你看看喜不喜欢，不喜欢还可以改。"

纪之楠觉得奇怪，看他一眼，这部分倒是与梦里不一样。

梦里他们的婚事定得匆忙，房子也是刚买不久就搬进去住了，买房自带精装修的样板房，从审美的角度看，只能说无功无过。后来纪之楠觉得这装修缺乏温馨感，跟秦魏宇提了好几次想改动几处，至少把主卧改一改，秦魏宇每次的回答都模棱两可，心情尚可的时候敷衍说"等空闲了再说"，不耐烦的时候就说"我觉得没有必要"。

对他来说，这种改动自然没有必要，因为他从来没在主卧住过，偌大的房间里永远只有纪之楠一个人。

纪之楠就是从那个时候开始失眠的，每天晚上一个人抱着被子缩在床角，明明不冷的天气，却总觉得有凉意从脚底一寸一寸往头顶蔓延，这滋味十分不好受，还要打起精神来，竖着耳朵听外面的动静，听到秦魏宇上楼的脚步声心里才稍微安定。

有时候睡不着，纪之楠就裹着被子下床，把耳朵贴在墙上，偷听墙的另一面有没有动静，猜想秦魏宇是睡觉了还是又在忙工作，忙完了会不会来看看自己。

梦中的纪之楠把这样的时光都当作一种幸福，而现在的纪之楠只对浑身发冷感同身受。

"你自己看吧，我先回去了。"纪之楠道。

纪之楠不关心秦魏宇为何突然对自己好，左右跑不出那些见不得光的原因。纪之楠也从不觉得梦就只是个梦，毕竟，梦中的每个细节都能和现实互相呼应，秦魏宇一直以来对纪之楠也不过如此。

说完纪之楠转身便要走，秦魏宇疾步走来，一把抓住纪之楠的胳膊，急道："那我带你去吃饭。"

纪之楠连头都不愿意回，声音冷硬道："我比较喜欢一个人吃饭。"

秦魏宇似乎想到了什么，愣了一瞬。纪之楠趁他愣神，把胳膊从他手里抽出来，走出去几步，想了想还是回头，扬了扬手上的包子，说："今天谢谢你了，不过以后你还是不要多管闲事了，你工作不是很忙吗？"

秦魏宇没说话，纪之楠拎着包子沿着道路继续走，拐弯的时候抬手把塑料袋丢进垃圾桶。纪之楠知道秦魏宇还站在后面，什么都看得见，心里总算有了一点报复的快感，比故意带秦魏宇去吃烧烤那次爽快多了。

纪之楠觉得通体舒泰，手上的伤口都没那么疼了，索性两手插兜，昂首阔步地往前走。约莫二十分钟后，刚才还精神抖擞的纪之楠坐在小区里某一处花坛边上，蜷着手脚，嘴里往外呼着热气。

一天内迷路两次，虽然没打破历史最高纪录，但也足够丢人了。

周围半个人影都没有，如今再生气，纪之楠也只能对着空气破口大骂，可是骂街也需要力气。纪之楠狠狠往手心里呵一口热气，一阵寒风吹来，手心里刚蓄起的一点温度立刻消散殆尽。果然，丧透了的一天还没真正过去，尾巴翘得太早，分分钟就迎来了现世报。

这个小区不仅面积大，私密性也非常好，这个时间保安还没有出动来回巡逻。纪之楠掐指一算，在这片地广人稀的别墅区，可能还要等半个小时才能见到活人。

不过这也不是纪之楠第一次在小区里迷路了，说不定屁股下面这块地方，自己在梦里前前后后都坐过好几回了呢。

天色慢慢暗下来，太阳下山后，天会更冷。纪之楠不想被冻成冰块，于是站起来小范围地跑圈，在跑到第三圈时，脚尖踢到一块小石子。

纪之楠低头看着那个青灰色的石子，蹲下将它捡起来。小时候住在四合院里的时候，纪之楠经常能在小道边捡到这样的小石子，现在路面越来越平坦，越来越宽敞，能在这里捡到这稀罕玩意儿，也算是一种缘分。

被冻僵的手握着那个小石子，纪之楠埋头在地上写字，石子写出来的字白而细，因为手冷使不上力，写出来歪歪扭扭，像蠕动的爬虫。

纪之楠把自己演过的角色名字一一写过去，这些名字有一部分赫赫有名，有一部分寂寂无闻。可在纪之楠心里，每个名字都有一段自己的故事，自己都不曾忘记。

写完了所有角色名字，巡逻保安还没来，纪之楠搓了搓手，又把石子拿起来，在末尾写下“纪星”两个字。这是跟了纪之楠七年的名字，自己的粉丝们都不知道自己还有这样一个平凡的名字。

写完“星”的最后一画，纪之楠习惯性地继续往后面写，画了大半个爱心才如梦初醒，急急丢掉手里的石子，站起来在原地跺两脚，然后深吸一口气。

纪之楠浑身鸡皮疙瘩都冒出来了，抬起左手想打自己不争气的右手，看到右手上的纱布又作罢。

刚才一定是梦里那个痴情的自己在作祟，不然画什么爱心？给自己诡异的行为找到合理的解释，纪之楠总算松了一口气。想到爱心后面即将写上的那个名字，纪之楠禁不住又是一阵恶寒，双手抱臂搓了搓自己的胳膊。

扔掉石子没多久，突然一阵急促的脚步声由远及近，纪之楠觉得莫名有些熟悉，大脑还没发出指令，身体已经先行一步，长腿一迈跨进花坛，挤进低矮的灌木丛中蹲下掩盖身形。

“纪之楠……”

预感果然是正确的，伴随着脚步声，不一会儿便传来秦魏宇的声音。

秦魏宇居然能这么快发现自己路痴的属性，纪之楠不知道是因为自己太笨，隐藏得不好，还是因为秦魏宇太聪明，总之都不是什么好原因。

纪之楠蹲在树丛中瑟瑟发抖，透过灌木丛的细小缝隙往外看，这时候道路两旁的路灯唰地亮起来，纪之楠吓了一跳，又把身体往里面缩了缩。

——不能让秦魏宇找到，要是再给他找到，我这脸该往哪儿搁？纪之楠在心里告诉自己。

秦魏宇走到花坛跟前，站在原地四处张望，又喊了两遍纪之楠的名字，显然完全没看见藏在灌木丛中的人。纪之楠蹲在那里无端地有些得意，心想：你喊呀，喊呀，就算喊破喉咙，我也不会出去的。

“纪之楠——”秦魏宇在这片搜寻未果，一边往前走一边继续喊。

纪之楠摇头晃脑地吐舌头，心里暗道：我什么都听不见。

“纪之楠——”声音更远了。

躲在灌木丛里的人把脑袋探出来，看见秦魏宇颀长的背影在道路尽头已经变成一个拳头大小的影子。纪之楠乐着乐着，笑容慢慢僵在脸上，紧接着，心口倏地一疼，自己差点又犯傻了。

纪之楠总是看着秦魏宇的背影，看着他离自己越来越远，头也不回。又蹲了一会儿，直到只能听见北风吹动树叶的沙沙声，纪之楠才站起来，揉揉蹲到酸痛的膝盖，历经沧桑般重重叹了口气，然后整理皱成一团的衣摆，把大衣纽扣扣到最上面，遮住小半张脸，做完这些便准备挪出来。

“纪小星。”一个低沉的男声忽而在耳边响起，纪之楠在原地怔住了，脑子里第一个念头是：他怎么知道这个名字？

两人一个站在花坛里，一个站在花坛外，距离约两米，毫无遮挡地直直对视。

纪之楠反射弧略长，短时间内想不到逃跑以外的其他处理方式，难不成要站在泥里冲秦魏宇说“嗨，怎么又是你”？

“纪小星。”秦魏宇又喊一遍。

纪之楠的心脏又漏跳一拍。

不行，不能再跟这家伙面对面，这状态太不正常了。纪之楠决定暂时不要自己的老脸了，先跑再说。

这回纪之楠终于得到上天的眷顾，刚反身从另一侧跨出花坛，南边就慢悠悠开过来一辆巡逻车。小区的巡逻车是电动车，总共就两个座位，不带门的那种，纪之楠三步并作两步跑过去，扶住门框跳上副驾驶座，整套动作行云流水，甚至觉得自己以后可以去拍谍战片了，在马路上边飙车边开枪的那种。

车上的保安小哥吓得不轻，一脚刹车踩下去，结巴道：“你你你干什么？”

“开车开车，快开车，后面有坏人追我。”纪之楠进入角色超快，把脑袋伸到外面往后瞧，秦魏宇那个阴魂不散的家伙果然跟过来了。

保安小哥不疑有他，踩油门就走，惊魂未定地看后视镜，随即疑惑道：“咦，那不是秦先生吗？”

纪之楠惊讶道：“你认识他？”

“是啊，秦先生的房子最近在装修，他经常往这儿跑，小区的保安都认得他。”小哥说完就扭头，探出半个身体，向后面的人挥手，“秦先生，您又来啦！有没有需要帮忙……”

纪之楠忙把小保安拽回驾驶室，急匆匆道：“先送我出去，回头再来帮你的秦先生，行不？”

小保安这才把视线转到纪之楠脸上，看了会儿，脸颊便泛红了，傻傻点头道：“行，行。”

回到住处时已经晚上八点多，经历了鸡飞狗跳的一天，纪之楠现在只想洗个澡，好好睡上一觉，当然，还要先点个外卖，祭祭空虚了一天的五脏庙。手机插上电源，几分钟后开机，纪之楠刚点开外卖软件，手机就惊天动地地响起来。

纪之楠刚接起电话“喂”了一声，那头的莉莉就咋咋呼呼地叫：“哎哟，我的妈呀——！”

纪之楠被她的尖嗓子吼得脑仁疼，把手机拿远，打开免提放在桌上，揉了揉太阳穴，无奈道：“有事说。”

莉莉立刻收声，弱弱地说：“纪老师你在哪里？电话怎么一直打不通？”

说到这个，纪之楠就一肚子气，冷哼一声说：“迷路了，还在医院。”

“啊？”莉莉一跃而起，拿起包就要出门，“我马上过去，你别挂电话，站在那儿别动！”

纪之楠听见电话那头的关门声和外头的嘈杂喧嚣声，才慢悠悠道：“啊，找着门了，你不用过来了。”

已经坐上出租车的莉莉沉默片刻后问：“纪老师你莫不是在耍我？”

纪之楠不置可否，又哼一声，道：“小惩大诫，谁让你把我丢在医院。”说着拿起口袋里的药膏，掀开纱布往伤口上抹，边抹边皱眉——味道怪怪的，像芝麻油。

莉莉穿着臃肿的夹棉睡衣，下了车灰头土脸地往回走，解释道：“你老公不是来了嘛，我还待在那里干吗？做千瓦电灯泡？”

纪之楠听到“你老公”三个字更恼火，怒道：“他没有名字吗？”

莉莉不知道大明星生哪门子气，以为他俩今天吵架了，于是识趣避开这个话题，转而说：“对了，周茹姐找你，说有重要的事情跟你商量。”

莉莉的电话挂断没多久，周茹的电话就打过来：“一整天跑哪儿去了？

我和莉莉差点去警察局报失踪人口。”

纪之楠抹完药膏吹吹手，淡定道：“我一个成年人，光天化日之下能被拐跑不成？”

周茹当即否认，答：“不，我们是怕你又在家出事儿。”

纪之楠：“……”

周茹又说：“先不说这些，我这边拿到一个新剧本，先上微信，我拍几页给你先看看。”

打开微信点开图片，看到封面上的剧名，纪之楠就愣住了。这是纪之楠在梦中拍过的戏，一个大型古装历史剧。看似平平无奇的一个角色，剧情中却铺垫了大量神秘的身世背景，在风云变幻的朝堂中机关算尽，甚至还有一段缠绵悱恻却无疾而终的感情戏，在这部戏中占的比重很大。

梦中纪之楠之所以能拿到这个角色，很大一部分原因在于形象气质与角色吻合，用导演的话说就是“眼睛里有灵气，看着就聪明”。周茹也对这个角色抱有很大期望，说这样的机会十分难得，演好了比主角还要出彩，说不定能拿个最佳配角奖回来。

戏自然是好戏，周茹的确眼光独到，纪之楠凭借着梦里的记忆，知道这部电视剧在明年的贺岁档播出后收视率稳步上升，年底会横扫几乎所有的电视剧大奖。

可纪之楠并没有拿到最佳配角奖，连提名都没有，被提名的只有该剧的男二号。

原因说起来十分可笑，因为纪之楠压根没有把心思放在演戏上。

那会儿纪之楠刚和秦魏宇结婚，整天脑子里除了他还是他，在片场魂不守舍，哪怕只休息一天也要飞回家，更别提好好钻研剧本。纪之楠把所有时间都花在厨房里，跟阿姨学着做秦魏宇喜欢的菜，学着煲汤，菜谱都能倒背如流，台词却还是背得磕磕巴巴。

导演自然发现纪之楠的心思不在这里，提点几次后发现没有太大效果，就不再管了。直到这部剧开播，纪之楠才发现剧里自己的戏份被剪去不少。后来周茹还告诉纪之楠，在拍摄的中途，导演就叫编剧改后面的情节，删减掉许多纪之楠的戏份，增添其他角色的感情线来补充剧情上的空缺。

当时纪之楠虽然大受打击，但是仍旧不后悔，还坚定地认为两个人在一起，总要有人做出牺牲，多为家庭付出，秦魏宇那么忙，自己放弃一些工作，多迁就他是理所应当的。

该剧大热后，所有的主演都火了，唯独没有给纪之楠带来什么正面效应。后来纪之楠在微博上刷到某知名影评人盘点的“历年国产良心好剧推荐”，里面就有这部剧。影评人对该剧评价极高，通篇盛赞之余，却在最后写道“如果非要鸡蛋里挑骨头，就是沈彦安这个角色选错演员了”，并指名道姓说纪之楠一手好牌打得稀烂。

在那之后，纪之楠的事业就开始走下坡路，明明才二十二岁的大好年纪，本该处在事业上升期，却已经闲在家中，接不到剧本，只能靠发自拍刷脸维持人气。想到这里，纪之楠自嘲一笑：活该，纪之楠你活该，你自己犯傻，怨不得别人。

手机振动，周茹发来消息：看了吗？觉得怎么样？

靠在沙发上深吸两口气，待到心情平复了些，纪之楠举起手机回了三个字：我要演。

接下来几天，纪之楠便窝在家里看剧本和周茹发过来的资料，学习别人的成功经验，揣摩自己要演的角色的性格。纪之楠本就对演戏有兴趣，这回又铆足了劲想打个翻身仗，以证明自己不是花瓶，于是除了睡觉，其余时间都手捧剧本，吃饭都舍不得放下，整个人走火入魔一般。

“下周才试镜呢，纪老师你别这么紧张。”莉莉洗了个苹果塞到纪之楠手里，“周茹姐说，这次试镜的几个演员里，你的综合实力最强……哎呀，她不让我告诉你来着，怕你翘尾巴，你就当没听见吧。”

结果纪之楠头都没抬，嘴里念念有词，莉莉凑近一听，全是剧本里的台词。她不知道是该欣慰孩子终于懂事了，还是该像粉丝一样操一把姨母心，心疼一下“我们超努力的楠宝”。

吃完苹果拍拍屁股站起来，莉莉决定尽到一个助理的责任，帮纪之楠收拾收拾屋子。刚收拾到客厅里堆满外卖盒的茶几，她就从某个快餐盒底下掏出不断振动的手机。

“纪老师，有人给你发信息。”莉莉把手机送到纪之楠面前，纪之楠歪头躲开手机屏幕，继续看剧本。

手机还在不停地振动，莉莉看不下去，忙道：“纪老师你看一下呗，万一有急事呢？”

纪之楠正看到一段冲突较大的关键剧情，周茹说试镜八成会节选这一段，纪之楠拿起笔飞快地在剧本上面做备注，说：“你帮我看。”

莉莉收到指示便解锁手机，点进未读信息。纪之楠朋友不多，平时很少有人联系，莉莉已经不是第一次帮忙转述信息内容了。把七八条消息浏览过去，莉莉眨眨眼睛，有点拿不定主意。

“呃……他问你喜不喜欢。”莉莉又把手机举到纪之楠面前。

“喜欢什么？”纪之楠问。

“你抬头看一眼，我拿不准你喜不喜欢啊。”

纪之楠终于舍得抬眼，莉莉滑动屏幕，让几张图片逐张慢慢展示，是一些装修设计图。纪之楠漫不经心地看完，点头道：“挺好的，喜欢。”

“那我就这么回复了哦？”莉莉边打字边问。

“嗯。”纪之楠又埋头回到剧本中去。

过了一会儿，莉莉欲言又止，最后说：“他问你，浴……浴缸要多大的。”

纪之楠好不容易将一段晦涩的台词念完，皱眉道：“当然是最大的。”

“好。”莉莉继续打字回复。

“他又问你，想吃点什么。”

纪之楠摸摸肚子，是有点饿了，嫌弃地把手上的苹果放下，说：“巧克力蛋糕。”

一个小时后，莉莉离开，纪之楠中场休息，站起来伸个懒腰，想起自己还饿着，于是准备点个外卖犒劳自己。纪之楠刚打出“巧克力”三个字，门突然被敲响了，接着手机里进来一个陌生电话。纪之楠隐约想起莉莉刚才问的问题，以为是莉莉贴心地给自己叫了外卖，心中顿时倍感欣慰，感叹这丫头平时办事不靠谱，关键时刻还是挺有用的。

“外卖放在门口的竹筐里，谢谢。”因为怕被人认出来，纪之楠向来是这样拿外卖。

一般外卖小哥会质疑安全问题，只要纪之楠再三保证一定会给五星好评，他们就会放下东西离开。然而这回的外卖小哥不太一样，他听到这样的要求后，既不答应，也不质疑，在电话里闷不吭声。

纪之楠把手机拿开看了看，还在通话中，还以为外卖小哥没听清楚，于是大声重复一遍：“放在门口的竹筐里，会给五星好评的，辛苦了。”

对方还是不说话。

纪之楠觉得奇怪，疑惑道：“……不是外卖小哥？”

那头的人又沉默片刻，而后缓缓道：“是我，开门。”

纪之楠不想开门，隔着门板问：“你来干什么？”

秦魏宇在门外道：“送吃的。”

纪之楠觉得莫名其妙，直接下逐客令：“不需要，请回吧。”

秦魏宇又答：“你让我来的。”

纪之楠更加迷茫，又想起莉莉刚才念的短信，打开手机一看，目瞪口呆。

“那个，我发错了。”纪之楠心虚地说。

秦魏宇不解道：“发错这么多条？”

纪之楠捂脸，这借口确实太扯了。

“开门吧，我把东西放下就走。”

秦魏宇心思深沉，纪之楠总觉得事情没那么简单，硬着头皮道：“还是放在门口的竹筐里吧，谢谢。”虽然看不到，但纪之楠猜想秦魏宇此刻的表情一定很难看。

秦魏宇没有回答，说：“我们谈谈。”

纪之楠小心翼翼地把耳朵贴在门板上，问：“谈什么？”

“你不是不想跟我结婚吗？”

纪之楠闻言，心头一跳，意思是他们可以不结这个婚？

那敢情好，开门开门。

秦魏宇进屋，把手上的蛋糕放下。纪之楠想，既然人家带着好消息来谈判，还是客气点吧，于是去厨房洗了个杯子，倒了杯白开水放在他面前。

两个人面对面坐下，秦魏宇伸手翻了翻纪之楠扔在茶几上的剧本，问：“新剧？”

纪之楠“嗯”了一声，手无意识地开始摆弄袖扣。

“演沈彦安？”秦魏宇又问。

沈彦安就是纪之楠即将试镜的角色名字，纪之楠闻言愣了一下：“你怎么知道？”

秦魏宇还在往后翻，像在检查孩子的家庭作业，念叨道：“你在这个角色所有的台词边上都做了备注。”

"哦。"纪之楠想起来了，解释道，"这个角色性格复杂，不好把握。"

哎，我跟他讲这个干什么？纪之楠顿时清醒，调整坐姿："我们谈谈结婚……"

刚说几个字，纪之楠肚子突然不合时宜地咕咕叫起来。

秦魏宇放下剧本，帮纪之楠打开蛋糕盒子，道："饿了吧，先吃东西。"

纪之楠见秦魏宇一派平静，也就装出一副并不尴尬的样子，捧起蛋糕用勺子小口小口挖着吃。吃着吃着，察觉到一丝异样，纪之楠抬起头，发现秦魏宇在看自己，被发现了也完全不慌，波澜不惊地收回目光，好像刚才是无意中将视线落在自己身上的。

纪之楠想了想，把蛋糕往前推，客气道："你也来点儿？"

秦魏宇摇头答："我不饿。"

纪之楠心道：那你看我做什么？

纳闷着，纪之楠把桌上的苹果拿起来递给秦魏宇，又邀请道："吃这个吧。"

秦魏宇低头看看苹果，然后接了过去。

纪之楠没忘了他是个洁癖精，说："厨房在那边，洗手台上有食品洗涤剂。"

秦魏宇没说话，也没站起来，直接拿起苹果咬了一口。

纪之楠："……"这可真是稀奇了。

两人各自吃完，终于切入正题。

"你的意思是，可以不结这个婚？"纪之楠继续拧袖扣。

秦魏宇不肯定也不否认，问："你不想跟我结婚？"

这不明摆着吗？

不过纪之楠不敢说这么直接，委婉道："虽说父母之命，媒妁之言，但我想你应该也是被逼的。如果我们两个都提出反对意见，父母说不定会照顾下我们的感受呢？"

其实这桩婚事基本上板上钉钉了，纪之楠这么说，无非是想再挣扎一下，秦魏宇比自己能耐大，比自己有发言权，由秦魏宇来打头阵，说不定这事还有回旋的余地。

现在纪之楠唯一要做的就是让秦魏宇讨厌自己，讨厌到跟自己凑合过日子都难以忍受。纪之楠觉得这不是很难办，毕竟梦里在同一个屋檐下近两年，秦魏宇都没喜欢上自己。该有多讨厌，才能完全不为所动啊！

“秦先生应该有喜欢的人吧？”纪之楠抛出诱饵，“我也不是那种，呃……爱插足别人感情的人。真爱无罪，谁都不想拥有一段没有爱的婚姻。”

“你怎么知道？”秦魏宇突然问。

纪之楠脑袋里还在编词，冷不防被打断，茫然道：“啊？知道什么？”

“你怎么知道我有喜欢的人？”

心口莫名一酸，纪之楠敷衍道：“你把家里装修得那么漂亮，不就是为了心上人住得舒坦吗？”

秦魏宇不置可否，拿起桌上冷掉的白开水喝了一口。

纪之楠最烦他这副讳莫如深的样子，曾经觉得他这样喜怒不形于色显得特别成熟，总想着自己要是能跟他一样就好了。梦里走过一遭，现在纪之楠对他这态度就只剩下厌烦。有什么话不能直说吗？藏在心里能开花还是怎么的？

“你说有没有道理？”纪之楠追问。

“有道理。”秦魏宇终于开口，严肃正经道，“我要跟你结婚。”

纪之楠：“啊？”这是什么奇葩逻辑？

秦魏宇被轰了出去。

门在面前关上又打开，纪之楠一只手拿着手机，一只手抵着门，不耐烦道：“蛋糕多少钱？还有上次的包子、烧烤，多少钱？一起结了。”

秦魏宇没回答，目光落在纪之楠手上，轻声问：“手上的伤怎么样了？”

“你不用工作的吗，什么都管，这么闲？”纪之楠语带嘲讽。

一说要结婚，这人就翻脸比翻书还快。秦魏宇心里觉得有趣，但面上一点没有表现出来，至少今天成功登堂入室了。来日方长，他有的是时间慢慢耗。想到这里，秦魏宇紧绷了一个月的神经总算放松些许。

“你不说话，我就随便转了。”纪之楠抬头问他，“支付宝，微信，哪个方便？”

“都没有。”秦魏宇理所当然地回答。

纪之楠犯了难，自己可从来不备现金。

“那留下卡号，我转你卡上。”

秦魏宇看着纪之楠：“我怎么知道你有没有给我转？”

纪之楠咬牙切齿，道：“转完了，我发短信通知你。”果然喜欢一个人都自带滤镜，梦里的自己竟然没发现这人这么小气。

秦魏宇眉梢微不可察地扬了扬，说道：“那你先把我从黑名单里放出来。”

纪之楠：“……”自己好像进了一个圈套。

晚上纪之楠抱着手机折腾半天网银，好不容易可以在线转账，输入秦魏宇留下的卡号，翻来覆去核对五遍都转不出去，仔细一看，居然少了一位数。

纪之楠怒发冲冠，发短信质问他：你是不是故意的？

秦魏宇半天没回复，倒是莉莉发了两条微信过来：纪老师今天约会怎么样？和好了吧？

和好？他们什么时候好过？

——新房看起来不错哦，满满都是爱呢！

最后的一句仿佛别有深意。纪之楠平复心情，开始对自己看到的世界和脑中固有的记忆产生深刻的怀疑。

纪之楠抱着剧本钻研，了解了大致剧情后忍不住笑了，又想起自己在梦中看到这段时也笑了。

合上剧本，纪之楠准备洗澡睡觉，抬眼瞟见桌上放着的杯子，秦魏宇用过的。

纪之楠边洗杯子边想，秦魏宇这个人也是奇怪，明明还是那个人，还是那副冷冰冰的样子，可是自己总觉得他跟梦里的那个秦魏宇不太一样了。

秦魏宇怎么可能变呢？纪之楠皱着眉想。

电光石火间，纪之楠脑海中浮现出一个不可思议的念头：既然自己是从离奇的梦境中被预示了未来可能发生的一切，那么一直以来都以冷漠的一面示人的秦魏宇，之所以性情发生这样大的改变，有没有可能是因为，他和自己经历了同样的梦境呢？

纪之楠被自己这个荒诞的想法惊到了，下意识甩了甩头，这也太夸张了，自己做的梦已经足够让人不可置信了，如果还能和秦魏宇撞上，这……不可能吧？

但纪之楠内心似乎又有一个小小的声音在警醒自己：除此之外，还有什么其他的可能呢？

还有什么样的变故，能让纪之楠忽然对秦魏宇不再执着？

还有什么样的变故，能让秦魏宇忽然对纪之楠不再冷漠？

洗杯子的手顿住，任由自来水哗哗地流淌，冰冷刺骨。半分多钟后，纪之楠才慢慢恢复动作。

失眠了一整夜，第二天顶着鸡窝头照镜子的时候，纪之楠看见自己满眼的红血丝和浓重的黑眼圈，瘫在沙发上看了一会儿剧本，头疼得实在看不下去，又想吃巧克力蛋糕。昨天吃的那个口味不错，纪之楠去翻了下垃圾桶，盒子上的店名沾了水，糊得看不清，准备硬着头皮发信息问秦魏宇，突然想到他没回自己短信，气哼哼地又把手机放下。

还是莉莉打了电话过来："纪老师你为什么不回我微信？"

纪之楠本想说"他都没回我，我干吗回你"，又觉得自己没什么道理，哼哼唧唧不说话。

莉莉不跟纪之楠计较，邀请道："今天天气不错，去千叶山上走走？"

纪之楠抬头看窗外，裹紧身上的小棉袄："去干吗？不冷吗？"

"去古寺呀，爬爬山就不冷了。周茹姐说你缺乏运动，年后进组要遭罪的。来嘛，一起咯？"

纪之楠又看看外面明媚的阳光，勉强首肯。莉莉开车过来，先带纪之楠去吃饭。纪之楠好些天没出家门，对周围错综复杂的道路更加迷糊了，下了楼就不知道该往哪儿走。莉莉摇头叹息，说要申请导盲犬。

"你能给我弄来，我就要。"纪之楠边吃边说，吃的是重庆火锅，超辣。

莉莉倒了碗白开水涮着菜吃，还是龇牙咧嘴的，边吸气边说："不是要搬新房了吗？你老公同意你养狗？"

纪之楠停了筷子。

莉莉后知后觉，改口道："……秦先生。"

"我要养什么，关他什么事？"纪之楠突然想起昨天莉莉干的好事，一拍桌子道，"昨天你为什么不告诉我短信是秦魏宇发的？！"

莉莉无辜地眨眼道："陌生号码，没有名字，我又不知道是谁发的，只是按信息内容转述而已啊。"

纪之楠哼一声，继续吃。要怪还是得怪秦魏宇那家伙老奸巨猾，被拉黑了还知道换个号码再来，简直防不胜防。

"纪老师你不喜欢他呀？"莉莉八卦地问，"我觉得他挺好的呀，长得帅，有钱，听周茹姐说，人品也不错。你是对他哪里不满意啊？"

纪之楠嘴里塞着东西，含混不清地说："那把他介绍给你啊。"

莉莉连连摆手："要不起要不起，我看他喜欢你喜欢得不得了，怕是看不上别人。"

纪之楠像听到天方夜谭似的反问："他？喜欢我？你可拉倒吧。"

"他就是喜欢你啊，都写在脸上呢。"

纪之楠嗤笑一声说："我看需要导盲犬的是你吧。"秦魏宇那张脸上表情都很少见到，能看出喜欢？

莉莉见纪之楠不信，想了想，确实没有具体事例可以证明，她凭的完全是女人的直觉。

"反正以后你就知道了，这个男人真挺不错的。"

纪之楠听着烦，抬手做了个"停止"的手势，莉莉噤声，埋头吃饭。

车子在城里堵了一个多小时，接着在绕城高速上跑了一个小时，总算到了千叶山下。纪之楠在售票处找了一圈没找到缆车，站在山脚下，还没爬山就开始发蔫，心里"咚咚咚"直打退堂鼓。

莉莉拽着纪之楠往前走，鼓励道："走啦走啦，就这么点高度，拿出你平时的气概来好不好？！"

纪之楠没有气概，只觉得气短，戴着口罩和墨镜，心想：我以这副模样在佛祖面前许愿，佛祖一定觉得我毫无诚意，说不定都懒得听我的愿望。

边走边歇爬到半山腰，纪之楠毫无形象地瘫坐在一块大石头上大喊："受不了受不了！我不爬了！"

莉莉去小商店买了两根棒棒冰，拆了一根递过去："吃完继续！"

纪之楠怕冷，还没试过在大冷天吃冰，这会儿爬山爬得浑身燥热，把口罩拉到下巴处，背过身吃得挺爽。吃完了冰，纪之楠说要上洗手间。其实洗手间就在路对面，可莉莉怕纪之楠迷路，问要不要送到厕所门口。纪之楠被小瞧了，觉得很没面子，把背包拿下来扔她怀里，哼道："在这儿等我。"

洗完手出来，纪之楠就看见莉莉鬼鬼祟祟往自己包里塞什么东西。

"干什么？"纪之楠走过去问。

莉莉结结巴巴道："啊，我看看你包里有没有面纸来着。"

纪之楠把包接过去，掏出面纸给她："喏，你去吧。"

其实并不要方便的莉莉无奈，去洗手间装模作样溜达了一圈。又花了一个多小时才到山上，纪之楠感觉一双腿脚都不是自己的了，蹒跚着走进香火旺盛的寺庙。莉莉一步三回头地问：“纪老师你能不能行啊？”

纪之楠的自尊心受到打击，咬牙切齿地想，回去就买个跑步机，好好锻炼身体。

中间还有一段小插曲，纪之楠捂得严实，没被人认出来，莉莉却被一个经常接送纪之楠上下班的小粉丝给认出来了。小粉丝顺藤摸瓜，找到莉莉后面的纪之楠，高兴得嗷嗷叫，又是签名又是合影才满意而归。

小粉丝走前说：“楠楠你多发发微博哦，我们都很想你。”

于是纪之楠拿出手机拍了一张菩萨的照片，准备晚上回去发。寺庙大堂里人很多，四处烟雾缭绕，里外两个大香炉都不够用。莉莉拉着纪之楠排队。佛祖前面摆着三个蒲团，好不容易轮到两人，纪之楠让莉莉先上前，然后把自己的位置让给后面一对颤颤巍巍、互相扶持着的老夫妻，总不能让人家老两口分开拜吧。

莉莉双手合十，闭眼虔诚道：“求佛祖给我一个好男人，最好有房子，如果长得帅一点儿，我可以跟他一起还房贷。”

纪之楠在后面听着觉得好笑，心想：你可等着吧，两年后你还是单着。

莉莉站起来，将纪之楠眼中的笑意看了个清楚，没好气道：“饱汉不知饿汉饥，有对象了不起啊！”

纪之楠刚想得意，又觉得哪里不对，心想：我也没有对象啊。

纪之楠跪下后直愣愣地盯着佛祖看，跪在这里才有些真实感，好像佛祖也在看自己，刚才在脑中想好了要说的话瞬间忘了个七七八八。

过了好半天，纪之楠才想起一个愿望，便低声道：“我想拿奖。”周围人声鼎沸，纪之楠的声音很快被淹没。

“我想变聪明些。”第二个愿望说完后，纪之楠自己都笑了。这个愿望太荒唐，比“我想发财”都要难实现。

纪之楠抬头看佛祖，佛祖脸上没有嘲讽，依旧祥和宁静，微笑着等纪之楠继续往下说。

慢慢收起笑容，纪之楠保持双手合十的姿势跪得笔挺。周围的声音传入耳中，纪之楠自动过滤掉喧闹嘈杂，只留下平缓虔诚的诵经声在耳畔萦绕，露在外面的两只眼睛动了动，连带着睫毛也颤抖着。

“我想他平平安安，一生到老。”

# Chapter 3
# 发张自拍来我看看

从庙里出来，纪之楠把口罩拉到鼻子下面，深吸几口气。莉莉去另一个庙堂里拜什么姻缘石去了，纪之楠在院子里的树下等她。

树是一棵百年老树，上面挂满了红色绳结，男女老少都爱在这里许下愿望，然后将红绳系在树上，据说很灵验。纪之楠百无聊赖，便也去拿了一根来，在手里摆弄半天却不知道该许什么愿望，自己的愿望刚才在佛祖面前都说完了，不能太贪心了。

可东西不能浪费，于是纪之楠打算将空绳系到树上。四周人很多，都在争着往前挤，纪之楠被旁边的人推得一个踉跄，幸好后面有一双手轻轻扶了下纪之楠的肩膀，纪之楠才不至于摔倒。

“谢谢，谢……”纪之楠转身道谢，看见扶自己的人后，突然说不出话来了。

秦魏宇看一眼纪之楠手里的东西，说道：“我帮你。”

纪之楠还愣着，绳子就被秦魏宇抽走，他借着身高优势抬起胳膊，越过前面的人，游刃有余地将它绑在树枝上。

“你怎么在这儿？”纪之楠问。

秦魏宇理所当然道："来爬山。"

纪之楠看他穿着休闲装，却觉得哪里都不对，虽然这山不是自己家的，但是真有这么巧，此时此刻在此处刚好遇上此人？

"你来拜佛？"秦魏宇也问。

纪之楠"嗯"了一声，不愿多说。

"你以前不是不信这些？"

"以前？"纪之楠疑惑道，以前他们很熟吗？

没轮到秦魏宇回答，旁边传来一个熟悉的声音："魏宇，你跑到这里做什么？我找你半天。"

纪之楠眉梢一挑，看了看走过来的纪之樟，然后别开目光。

"小楠你怎么也在？"纪之樟好奇道。

纪之楠抬头看树上，风吹过来，成千上万的红绳齐齐飘荡，已经寻不见哪根是自己的了。

"我不能在这儿吗？"纪之楠微笑，"听说这里很不错，我也想散散心。"

纪之樟问纪之楠什么时候有空回家看看，纪之楠说最近忙，有部大戏要试镜，然后把双手揣进衣兜，抬脚准备撤，忙道："我先走了，你们好好玩。"

"等一下。"秦魏宇挡住纪之楠的去路。

纪之楠皱眉，刚要绕过去，莉莉从远处飞奔过来，喊道："纪老师！我好了，纪老师！"看见一边的秦魏宇，她瞪大眼睛，一副惊讶状，"咦，秦先生你也在这儿？"

纪之楠："……"你还能演得再尬一点吗？

四个人莫名其妙地结伴下山。纪之楠全程惜字如金，莉莉主动搭话也爱搭不理，一个人走在最前面。后面两个人一直在聊天，好像爬山一点也不累似的。

"最近工作很忙？"

"嗯，有个项目还没结束。"

"还有时间看书吗？"

"有好书要介绍给我？"

"是啊，怕你忙，最近都不敢给你打电话。"

"这点时间还是有的。"

前面的纪之楠嗤笑一声，可不是嘛，秦总闲着呢，天天在人跟前怒刷存在感，赶都赶不走。纪之楠干脆从包里拿出耳机戴上，两耳不闻窗外事。

上山容易下山难，上个山都费了九牛二虎之力的纪之楠，下山更加举步维艰，偏偏纪之楠又不想让后面的人追上，憋着一口气，头也不回地走得飞快。

“纪老师你慢点儿，走太快小心崴脚！”刚被甩开的莉莉在后面大声喊，纪之楠耳机音量不大，听得清清楚楚。

纪之楠回头想叫莉莉别乌鸦嘴，结果下一秒就踩上一块凸起的石头，左脚落下去时太用力，身体重心不稳往旁边一歪，接着钻心的疼从脚腕直蹿天灵盖，纪之楠倒吸一口气，才忍住没有当场叫出来。

纪之楠疼得眼冒金星，咬牙切齿地想：是我刚刚许的愿望太多了，太贪心，所以受到了惩罚吗？

莉莉尖叫一声跑过来，见纪之楠脚腕处鼓起一个大包，急忙去附近的服务站问有没有下山的车，得到的答复却是山不高，没有游览车服务。

秦魏宇二话不说便蹲下来要背纪之楠，纪之楠哪里肯让他背，坚持让莉莉扶着，自己单脚往山下走，速度自然奇慢无比。纪之楠本来就没什么力气，这下可以说是龟速前进了。

纪之樟在一旁直皱眉，说要打电话叫担架上来，还说：“你这样慢慢挪，天黑了也下不了山，我们陪着你倒也没什么，人家小姑娘不要回家休息吗？”

小姑娘莉莉忙说：“没关系没关系，我是纪老师的助理，这是我应该做的。”

纪之楠被他那个“我们”弄得心里不是滋味，看看莉莉满头大汗，再看纪之樟好整以暇的模样，最后反观自己的狼狈，终于咬牙接受了秦魏宇的帮助。

秦魏宇肩背宽厚，纪之楠不得不承认，趴在上面自己觉得很踏实。秦魏宇双手稳稳托着纪之楠，有些崎岖的下山小路对于他宛若坦途。

纪之楠不情不愿地圈着他的脖子，心里想着回头得请他吃顿饭，不能欠他这份人情。两人靠得极近，纪之楠甚至可以听见秦魏宇均匀的呼吸声和稳健的心跳声。

昨晚没睡好，今天又累了一天，不久便有一阵困意袭来，纪之楠打了个哈欠，脑袋往秦魏宇肩头一碰。

秦魏宇放慢脚步，稍稍侧头问：“困了？”

纪之楠闻着他身上陌生又熟悉的味道，迷迷糊糊地点头。

“困就睡吧。”秦魏宇声音低沉而温柔，“到了我叫你。”

醒来时在车上，暮色四合，一点点余晖洒进车内，纪之楠摸了摸被夕阳照得发热的脸，伸了个懒腰，脚上一发力，疼痛感便席卷而来。

“嗞……”上次纪之楠崴脚还是小时候，这滋味可真不好受。

“别乱动，马上到医院了。”驾驶座上的秦魏宇说。

纪之楠盯着他看了一会儿，才回忆起来下午发生了什么，扭头看后座，没人。

“莉莉呢？”

“莉莉？你那个助理？”

“嗯。”

“开车，在后面跟着。”

纪之楠掏出手机翻通话记录，下午果然有秦魏宇打来的电话，通话时间二十七秒，没想到自己是在如厕期间被莉莉出卖，同一天在睡梦中也是被她出卖了。

活该她两年找不到对象。

“我二哥呢？”纪之楠又问。

“他也自己开车来的，实验室有事，先走了。”

纪之楠搞不懂他们两个一起来爬山，还一人开一辆车这种奇葩操作。

秦魏宇补充道：“今天跟他在公司楼下遇到，我说要去爬山，他临时决定和我一起来的。”

纪之楠心想“你跟我说这个干吗”，嘴上礼貌又不失尴尬地回了个：“哦。”

车内安静片刻。

“昨天在公司忙到半夜，没看手机，抱歉。”秦魏宇再次主动开口。

纪之楠眨眨眼睛，有点转不过弯来。

纪之楠不由得想起那个梦，秦魏宇眼高于顶，从来没向自己道过歉，哪怕自己声嘶力竭地质问他“既然不喜欢我，既然喜欢别人，为什么跟我结婚”，他也只是微微皱眉，不冷不热地说：“别闹。”

真是活久了什么都能见到，竟然能听到秦魏宇道歉。

“哦，没事。”纪之楠小声说。

两人一路沉默到医院。车刚停好，后面莉莉就跟过来了，打开副驾驶车门扶纪之楠下车。秦魏宇蹲下又要背纪之楠，纪之楠死活不让，在莉莉的搀扶下一蹦一跳地进了医院。这是一家私人医院，环境静谧，人也不多，不像公立医院那样喧闹。这是纪之楠本月第二次进医院。

医生看了看纪之楠的脚腕，飞快开了张单子说："去拍个片子。"

护士贴心地推了轮椅过来，纪之楠尴尬地被扶坐上去。几人楼上楼下一番折腾，又返回诊室。莉莉在楼下排队等片子出来，刚才的医生不知去向，诊室里只有纪之楠和秦魏宇两个人。

纪之楠看着秦魏宇，想着他们现在的相处时间比梦里多，觉得自己该说些什么，却又不知道从何说起。

"这家医院不错哈。"

秦魏宇在一旁用手机看邮件，似乎没想到纪之楠会主动跟他讲话，愣了下说："嗯，我朋友开的。"他接着道，"以后有什么小毛病，都可以来这里。"

纪之楠心想：要来你自己来，我可不想再进医院。斟酌片刻后，纪之楠说："今天谢谢你了。我的伤不怎么严重，你不是很忙吗，不如先回去吧？"

秦魏宇坐着没动。

纪之楠摸摸鼻子，觉得自己利用完人家就赶人家走好像不太地道，于是又添了句："改天请你吃饭。"

秦魏宇不置可否，淡淡道："我在这里看会儿文件，你先休息一下。"

好吧，认命了，秦先生主意大得很，能听自己的话乖乖离开才奇怪了。

室内暖气开得很足，纪之楠很快便又开始昏昏欲睡。莉莉在楼下等了二十分钟，拿到片子匆匆上楼，走到门口一抬头，看见屋里的情景，想都没想就退了出去，还顺手带上门。

她用X光片盖住下半张脸，踌躇半天后还是抵挡不住好奇心的驱使，悄悄踮脚从门上的探视窗往里面看。

纪之楠坐在靠墙的椅子上，脑袋歪在一边，脸蛋红扑扑的，显然是又睡着了。秦魏宇却没好好坐在位子上，他半蹲在纪之楠身前，抬手理了理纪之楠额前的碎发，然后执起纪之楠的右手轻抚两下，慢慢抬起来。

莉莉瞪大眼睛，看着秦魏宇的嘴唇碰上纪之楠的手背，不偏不倚地正亲到之前烧伤的位置，她今天还留意到那块刚长出红嫩的皮肤。

莉莉从这个角度看不到秦魏宇的表情，可单从动作上看，他已是极尽温柔。莉莉看得脸红心跳，明明不是当事人，却比当事人还要激动，心想：纪老师还否认秦先生的喜欢，还要给我配导盲犬，这下“啪啪”打脸了吧？

X光照出来的结果没什么问题，医生给开了药，一行三人便离开医院。到了外面，秦魏宇脱下外套要披在纪之楠身上，纪之楠闪身躲开，拉起莉莉让她架着自己走，嘴里直道：“秦先生再见，改天请您吃饭哈！”

纪之楠一边单脚跳一边心虚地想，这“改天”恐怕是遥遥无期了。

莉莉发动车子，看一眼坐在副驾驶座上发微博的大明星，说：“不去后座躺一会儿吗？瞧你很困的样子。”

纪之楠打了个哈欠，说：“还行，刚才又睡了会儿。”

莉莉心想也是，睡那么死，被人占便宜了都不知道。

车子发动，纪之楠把今天拍的照片发出去，配字：猜猜我许了什么愿望！

分分钟工夫，微博就飙出上千条评论：

“啊啊啊啊！今天我也去千叶山了，为什么没遇到楠楠？！”

“原来微博里有妹子说在庙里碰到楠楠是真的！”

“楠楠下次什么时候去啊？发微博通知下呗。”

……

粉丝们都在讨论下午的事，没有人正经回答问题，纪之楠看了一圈后准备退出微博，突然进来一条微信，来自纪之樟：脚没事吧？

纪之楠回复：没事，谢谢关心。

那头又发过来：周末回家一趟吧，爸有事找你。

纪之楠觉得好笑，心想：他找我，为什么不自己联系我？

于是纪之楠回复：这周没空，下周吧。

纪之樟那边没再回过来，大约是默认了。

回到家，纪之楠就在网上下单买了个跑步机，卖家是同城的，说明天就配送上门，包安装，还送哑铃。纪之楠很满意，虽然现在还不能跑，可光看着跑步机的图片，都感觉到有力量在身体里涌动。想到纪之樟那种整天待在实验室的人爬个山都不带喘气的，纪之楠就臊得慌，体力不行就算了，还把脚给崴了。

拿两个矿泉水瓶当作哑铃举了几下，纪之楠终于耗尽了今天最后一丝力气，扶着墙一蹦一跳去卫生间洗澡。纪之楠一边洗一边唱歌，唱梦里那首红遍大江南北的歌，不着边际地想着，要不然把这歌当成自己的发了吧，再买个热门话题——实力演员、创作歌手。

不过纪之楠也就想想，当然干不出这种不道德的事。从水雾缭绕的淋浴间里出来，大脑一接触到冷空气，仿佛一下子被拉进现实，纪之楠笑不出来了，不知道脚伤对下周的试镜有没有影响，毕竟是那样一个有灵气的角色，自己总不能坐着或者瘸着腿试镜吧？

纪之楠裹着被子在床上扭动，连翻身都没法恣意畅快，愁死人。关灯刚准备睡觉时，手机“叮叮咚咚”地边响边振动。一听到这铃声，纪之楠的耳朵就噌地竖起来。

这是纪之楠单独给秦魏宇设置的铃声，以防脑袋迷糊的时候没看名字就按接听。可是今天不管迷不迷糊，这电话都必须接，毕竟刚刚纪之楠才受人恩惠。

“喂，秦先生。”

“嗯。”

嗯？纪之楠脑袋上打了三个问号：这是在等我向您汇报工作吗？

心里波涛汹涌，纪之楠嘴上却乖乖的：“你到家了啊。”

“嗯，到了。”

“今天谢谢你，早点休息吧。”

秦魏宇还在处理工作，百忙之中抽空打电话，当然不是为了听纪之楠催自己睡觉。

“这周末有空吗？”

纪之楠脑袋上的问号更密集了，一个两个都来约自己，一顿饭就这么等不及？

“呃，我想想哦。”为显逼真，纪之楠假装去翻行程本，实际上翻了翻剧本，沉吟片刻后道，“大约没有。”

纪之楠说完就想改口，秦魏宇做事雷厉风行，最讨厌下属对他说“也许”“可能”“大概”这样的模糊副词。纪之楠从前也爱说这些词语，似乎也是在梦里，有次秦魏宇来电话问纪之楠晚上是否有空陪他出席家庭晚宴，纪之楠不确定广告要拍到几点，就回答“应该有空的”，结果秦魏宇二话不说，直接挂了电话。纪之楠不知道哪里惹他不高兴了，又给他助理打了个电话，才得知他有这样一个习惯。

秦魏宇沉默了一会儿，却没有显出不高兴，温声道："那么下周末呢？"

"也没有，要回家一趟。"这回是非常肯定的语气。

"下下周呢？"秦魏宇锲而不舍地问。

纪之楠觉得秦魏宇为了能跟自己结婚，真的是尽了百分之二百的努力，这阵子也算是在自己跟前扮足了伏低做小的姿态。纪之楠叹了口气，说："下下周元旦，你不要回家陪父母跨年吗？"

"你跟我一起回去。"

像听到恐怖的故事，纪之楠惊得眉毛倒竖，问道："我干吗跟你回去？"

"我们快结婚了，"秦魏宇说，"见见公婆。"

纪之楠心里似有一万头神兽飞奔而过，自己不想结婚的意思表达得很明显了吧？心高如秦魏宇，居然也会掩耳盗铃、装傻充愣？

纪之楠气呼呼从床上翻坐起来，动作太大扯到脚腕的伤口，"咝"一声倒吸一口凉气。

秦魏宇听见纪之楠的声音，似乎有点紧张，忙问："怎么了？伤口还疼？"

"当然疼啊，伤筋动骨的。"纪之楠捂着脚腕小声嘟哝。

"抹药了吗？"

"抹了。"

"那你先休息，元旦去谁家，我们下次见面再讨论。"

挂了电话，纪之楠才后知后觉刚才秦魏宇的语气居然挺愉快的。还去谁家？谁答应他见面了？

呸，不要脸！

接下来几天，纪之楠闭关在家研读剧本，顺便养伤。试镜那天，莉莉站在门口打量瘦了一圈的纪之楠，眼珠子快掉地上了，惊讶道："纪老师，你不会从医院回来那天开始就没吃饭吧？"

纪之楠精神状态挺好，拍拍客厅里的跑步机，夸赞道："喏，效果不错。"

莉莉不可置信道："脚好了吗？就跑步？"

纪之楠摇头道："勉强能走，没跑步。我上网查了下，据说跑半个小时才能消耗一碗米饭，看着它就不想吃东西了。"

莉莉："……"跑步机原来是这么用的。

路上，莉莉时不时扭头看纪之楠在阳光下的侧影，一双大眼睛微微往里凹陷，下巴像被削过似的尖，瘦得叫人心疼。她犹豫道："咱们要不先去吃点好的？前面那条街上新开了家西点屋，巧克力蛋糕，怎么样？"

纪之楠一上车就打盹，闻言眯着眼，慢吞吞从口袋里掏了一张纸钞出来。

莉莉去买了蛋糕回来，摇醒纪之楠，高兴的嚷道："买来了买来了！"

纪之楠看也没看就把蛋糕盒推回去，拒绝道："你吃吧，我不饿。"

莉莉一脸蒙，不是她要吃啊。

试镜场地定在某工作室大楼的活动室。直到换上戏服，莉莉才明白纪之楠为什么要减肥。

沈彦安这个角色出场时不过十八九岁，虽然纪之楠在年龄上没有压力，但是穿起长袍大袖的汉服，再把所有头发束起来露出整张脸，这造型实在太考验演员的颜值，摄像机想拍哪儿就拍哪儿，三百六十度无死角，在这种情况下，一个角度显胖就会完蛋。

如今纪之楠减了几天肥，脸上的圆润感立刻消减不少，眼神都显得犀利了。纪之楠本就又高又瘦，长衫往身上一穿，立刻化身衣袂飘飘的古代人。

莉莉帮纪之楠理了理腰带，感叹道："这剧组有钱，试镜都给准备服装，纪老师加油啊，争取拿下沈彦安！"

纪之楠点头，这个角色自己试镜两次，拿不下来才奇了怪了。

脚已经好得差不多了，试镜过程很顺利。导演本就对纪之楠的形象有好感，纪之楠又记得些梦中试镜的内容，而且那场戏还真派上了用场。虽然导演临时给纪之楠加了一场心上人死去后在雨中万念俱灰的哭戏，但是纪之楠只酝酿两分钟，便流下两行清泪，失魂落魄地跪在地上，入戏的速度让导演面露惊喜。

换完衣服，眼眶还是通红的，纪之楠又去洗手间用冷水冲了冲眼睛，然后戴上墨镜出来。转了一圈都没找到莉莉，纪之楠问化妆室的工作人员有没有看到她。工作人员往走道尽头指了指，让纪之楠去那边找她，走得越近，莉莉的说话声便越清晰。

"嗯，纪老师在里头试镜呢。"

"纪老师好像挺有信心的，应该不用您帮忙。"

“这部戏年后就开拍，要拍四五个月。”

“对，是在通江影视城取景，您怎么知道？”

“嗯，我会好好照顾纪老师的，不过纪老师最近瘦得厉害……”

话没说完，纪之楠直接从莉莉耳边拿走自己的手机。莉莉浑身一哆嗦，转身看到人才松了口气，抚着胸道：“吓死我了，纪老师你走路怎么没声音的？”

纪之楠沉着脸，对电话里的人说：“不好意思，下次再聊。”然后直接挂断电话。

莉莉察觉到大明星不太高兴，小心翼翼地把一直捧在手上的热奶茶递过去：“试镜结束啦？感觉怎么样？”

纪之楠没接话，转身就走，走出去两步又回头，叮嘱道：“以后不要随便接我的电话。”

莉莉似乎没料到纪之楠会这么说，讪讪道：“可是手机响了三次，我……”

“这是我的私事，”纪之楠顿了顿，又说，“我自己要演的角色，自己争取，不需要别人插手。”

莉莉忙解释：“不是，秦先生只是问需不需要帮忙，你们都要结婚了，我以为……”

“以为什么？”纪之楠打断她，“以为什么都可以告诉他？”

莉莉僵在那里，大气都不敢出。纪之楠跟她年纪相当，虽说是上下级关系，实则两人一直像朋友一样相处，平时嘻哈笑闹惯了，她从未见过纪之楠这样严肃。

“他……他挺喜欢你的，对你也好，”莉莉越说，声音越小，“我就想……”想多一个人照顾你也好，你一个人太孤单了。

纪之楠好似知道莉莉想说什么，面上表情稍霁，可心里还是闷闷的，像有什么东西堵在里面。

只要一想到梦中那个卑微的自己，那种卑微到尘埃里被人轻视的感觉，纪之楠就不想再经历一次，更不想继续被秦魏宇看不起了。

“我不喜欢这样。”像在自言自语，纪之楠缓缓道，“别再这样了。”

一天下来，总共就花了半小时试镜，纪之楠却觉得特别累。秦魏宇晚上又打电话来，纪之楠直接掐了没接，那头再没打过来。纪之楠摸了半天手机，从下午积攒到现在的烦闷情绪无处发泄，手指用力点进设置，把秦魏宇的专属手机铃声换成狗叫，自己听了两遍，觉得身心舒畅不少。

睡前刷微博，看到自己上次发的那条微博，转发量和评论量已经达到六万，纪之楠想发条新微博，又没有合适的配图，于是在那条微博下面评论：今天试镜好累。

想了想，纪之楠又评论一条：你们真的不好奇我许了什么愿望吗？

听莉莉说，粉丝们的手机上都安了一个什么软件，自己关注了谁、点了谁的赞、在哪里评论，粉丝们都能立刻看到。果然，评论发出去没多久，粉丝们就蜂拥而来，在那两条评论下面回复。

“楠楠一定想拿奖啦！香蕉台的访谈里，楠楠从头到尾说了十八次‘想拿大奖’，哈哈哈哈！”

“努力的小楠楠最可爱！”

“楠楠辛苦啦，期待新戏。”

“我们陪你成为一线，走上巅峰！”

看到这些评论，纪之楠抬手揉了揉白天哭酸的眼睛。虽然粉丝们大多数来来走走，没个定性，上一秒还哭着喊着说爱自己，下一秒说不定又喜欢上别人，可纪之楠还是会感动。从前多少个孤独的夜晚，纪之楠就是靠这些评论给的零星温暖撑过去的。

纪之楠往下刷着微博，突然看到一条画风与众不同的评论：想和你永远在一起。

名字并不眼熟，连头像都没有设置。来错地方了吧？纪之楠想。

纪之楠再往下翻，还是那个人：脚好点了吗？

纪之楠一个鲤鱼打挺翻坐起来：私生饭？不是吧，腿养了几天，已经好了啊。而且养伤的这几天我根本没有出过门。在山上遇到的那个粉丝？她也没看到我崴脚啊。

纪之楠背脊发凉，顿觉毛骨悚然，不会是遇上什么偷窥跟踪狂了吧……

又是一周没出门，纪之楠认为自己早晚会在家宅到发霉。

转眼便到周末，纪之楠用口罩、墨镜、围巾把脸捂得严严实实，出门的时候左顾右盼，格外小心。点开打车软件叫了辆车，车刚在路边停稳，纪之楠就匆忙溜上去：“师傅，去城郊别墅区。”

四十分钟后抵达纪家所在的别墅区，找门又花了二十分钟，纪之楠站在门口看时间，下午两点，刚刚好，午饭没赶上，晚饭赶不及，最多只需在这里耗上两个小时就能走了。

开门的是家里的阿姨，纪之楠在玄关找了一圈，没找到自己的拖鞋，干脆穿着运动鞋直接进去了。纪之楠在沙发上坐了会儿，父亲纪安东和二哥纪之樟从楼上下来。两人原本相谈甚欢，转脸看见跷着腿坐在沙发上的纪之楠，便双双敛去笑容。

纪之樟皱眉："怎么不换鞋？家里刚打扫过。"

纪之楠道："咱们家客人穿的拖鞋摆在哪儿？我没找到。"

纪安东的脸色更加阴沉。阿姨把沏好的绿茶端来，三人总算进入谈话氛围。

"我和秦家父母已经谈过了，婚礼就定在大年初六。"纪安东宣布道。

纪之楠心头一沉，秦魏宇在长辈面前果然只字未提自己不想结婚的事情，但凡他提过一嘴，婚事也不会这么快就拍板敲定。

纪之楠大脑的飞速运转。这本就是为利益而结的家族联姻，若说两人性格不合，一定起不了作用，为今之计只能从其他切入点表示对这桩婚姻的抗拒，哪怕能拖上些时日也好。

捧起茶杯，纪之楠道："这么急做什么？我们还年轻，都有自己的事业，这个时候结婚对谁都没好处。"

纪安东面露不悦："你那也能叫事业？结婚了就好好待在家里，别再出去丢人现眼。"

纪之楠只想冷笑，连父亲都看不起自己的职业，难怪梦中秦魏宇那样轻视自己，甚至到最后自己都瞧不起自己了。

"我妈也是因为丢人现眼，当初才被您圈养在那个四合院里的吗？"

纪之楠的话锋陡然一转，纪安东措手不及，嘴唇微微翕动了几下，没作声。

"我妈可是个钢琴演奏家，也上不得台面，给您丢人吗？"

"混账！"纪安东一拍桌子，来送果盘的阿姨都吓得一抖。

纪之樟忙拿起茶杯送到纪安东面前："爸您喝口茶，别生气。"转过来对纪之楠道，"小楠别乱说话，爸也是为你好，魏宇无论出身还是才能都配得上你，不要惹爸生气。"

纪之楠更想笑了：你叫他"魏宇"，我叫他"秦先生"，你们却联合起来劝我跟他结婚？这听起来未免太荒谬了。

“不是他配不上我，是我配不上他。”纪之楠摊手，“父亲也说了，我就是个丢人现眼、出卖皮相的戏子，人家出身好，又是高知分子，父亲您就不问问他究竟乐不乐意跟我结婚？”

说到这里，纪安东的眼神有些飘忽，按住起伏的胸口，轻咳一声说：“他自然是愿意的，他很喜欢你。”

纪之楠问：“是喜欢我，还是喜欢咱们家那几间公司啊？”

纪安东又气得跳起来：“你……你，你们一个两个都不继承家里的产业，老大待在国外不想回来，老二一天到晚搞那些个劳什子研究。你更不得了，跑去演戏，一点用都没有！小秦踏实稳重，愿意帮我管公司，我就拿他当儿子，他比你们几个都要强！”

纪之楠早就知道自己在父亲眼里就剩下联姻这个价值了。纪之樟一面安抚父亲，一面用眼神示意纪之楠别再说了，纪之楠到了嘴边的话还是咽了回去。

纪之楠想说：你拿秦魏宇当儿子，怎么就知道他把你当爹？纪安东精明了大半辈子，最后还是干了件糊涂事。

几人不欢而散，纪之樟扶着动气的纪安东上楼休息。在楼下坐了会儿，直到桌上的茶水凉透，纪之楠才上楼去，走进奶奶的房间。

奶奶在房间里看电视，看见纪之楠，先是愣了下，然后高兴地招手：“小星，来！”

纪之楠乖乖过去，在床边坐下，奶奶献宝似的从枕头旁边拿出一包用手帕包着的东西，打开一看，是十几块花花绿绿的水果糖。

“小星最爱吃糖了，来，小星，快吃。”

现在纪之楠已经不爱吃糖了，但还是拿起一块，剥开放进嘴里。奶奶见纪之楠的腮帮子鼓起来，欢喜得不得了，用干瘦的手轻拍纪之楠软软的脸颊，浑浊苍老的眼睛里映着模糊的脸。

纪之楠已经很久没有得到过这样纯粹的爱了，心里又暖又涩，就像刚才那杯绿茶一样，明知道它有点苦，却还是忍不住想去喝，迫不及待想从它里面汲取些温暖，来驱散周身的寒气。

门突然被轻敲三下，纪之楠回头，纪之樟站在门口，叫纪之楠出去一下。奶奶抓着爱孙的手不让走，纪之楠再三保证自己马上就回来，她才依依不舍地松开手。

等纪之楠到了外面，纪之樟直截了当道："你不要总惹爸生气，他最近血压高，公司里又忙，体谅一下他。"

纪之楠漫不经心道："哦，知道了。"

纪之樟犹豫一会儿，然后问："你真的不想结婚？"

"真的啊，我还这么年轻，想多玩两年。"

纪之樟脸上露出一丝不悦："你之前不是挺喜欢魏宇的吗？"

纪之楠知道自己以前的状态确实容易让人浮想联翩，于是敷衍道："喜欢是一回事，结婚又是一回事。"

纪之樟将目光挪到别处，不知在想些什么。

纪之楠试探着说："二哥和他是同学，关系又好，要不帮我劝劝他？"

话音未落，楼下传来阿姨的声音："秦先生来了。"

这回轮到纪之楠吃惊了。纪之樟下楼去招呼，纪之楠跟着走到楼梯拐角，伸着脑袋往门口张望，看见阿姨轻车熟路地接过秦魏宇手里的外套和公文包。秦魏宇微笑着对阿姨和纪之樟打招呼，不知道的还以为这是他家，纪之楠才是这里唯一的外人。

纪之楠恨不得自己能隐身，尽量降低自己的存在感，便蹑手蹑脚地上楼，返回奶奶的房间，然后把门关上。

谁知过了不到三分钟，秦魏宇敲了三下门之后直接推门进来。纪之楠刚想用"我奶奶不喜欢见外人"这个理由叫他出去，奶奶就对着他喜笑颜开："小宇来啦！快来快来，给奶奶看看瘦了没。"纪之楠瞬间觉得自己拥有的唯一一份纯粹的爱也被分去一半。

奶奶亲热地拉着秦魏宇看电视，纪之楠被挤到床边的椅子上，突然觉得自己变得十分多余。

电视里在重播纪之楠上的真人秀，奶奶边看边笑，还跟秦魏宇讨论："看小星傻乎乎的样儿。""小星摔跟头了，哈哈。""小星吃东西吃到鼻子上咯。"

纪之楠脸上发烫，站起来想出去透透气，秦魏宇抬手按住纪之楠，脸侧过来，压低声音道："陪陪奶奶，她很喜欢看。"

见奶奶笑得眼睛都没了，纪之楠纠结片刻后还是坐了下来。结果这一陪就是一个多小时，下楼的时候已经五点多，纪之楠穿上外套急吼吼要走，纪安东板着脸命令道："吃完饭再走。"

纪之楠刚想找借口推托，就瞧见秦魏宇正扶着奶奶下楼来。她腿脚不便，下楼吃力，纪之楠忙上前去搀扶。

奶奶一下一下地拍纪之楠的手背："晚上我不在房间吃了，陪你们年轻人一起吃。"

纪之楠认命，罢了，一顿饭而已，吃就吃吧。晚餐席间倒是没起冲突，纪安东拉着秦魏宇从经济走势聊到股票市场，尽是听不懂的东西，纪之楠埋头吃自己的，除了奶奶，谁也不搭理。

吃完把奶奶送到楼上，纪之楠又陪她一会儿，便准备离开。

秦魏宇跟在纪之楠后面出门："回公寓吗？我送你。"

纪之楠一点都不想面对他，就是因为他，一切都乱套了。眼看现在距离婚期只剩下不到两个月的时间，纪之楠越是着急，心里就越是乱成一团，里头还夹杂着千丝万缕对未来的恐惧。

此刻纪之楠清楚地知道，秦魏宇这样心思缜密、步步为营的人，自己根本逃不出他的手掌心，难道要和梦中的轨迹重合，跟他结婚？

纪之楠越想越怕，头也不回道："不麻烦你了，再见。"

秦魏宇故技重施，一把抓住纪之楠的手腕，刚要说什么，纪之楠突然大力甩开他，手背刚好挥到他脸上，"啪"的一声脆响，在昏暗灯光的照射下，可以清楚地看见他的左边脸颊迅速红了起来。

秦魏宇摸了摸发麻的脸，然后慢慢放下手，抬起头。纪之楠没想到会打到他，被他透着不明意味的眸子看得心里发慌，可又不想在他跟前丢了气势，倔强道："请你以后不要随便碰我。"

纪之楠以为秦魏宇至少会生气，然而秦魏宇还是定定地看着自己，跟平时一样波澜不惊："嗯。"停顿一下又说，"我送你回去。"

纪之楠觉得不可思议，梦醒后见到的秦魏宇完全超出了自己的认知，如果是当初那个不谙世事的纪之楠，就算先前不喜欢他，也要被他三番五次的体贴行为打动了吧。

可惜，纪之楠清清楚楚地知道秦魏宇这样做的原因。

纪之楠冷哼一声："秦先生，不必假惺惺了，你那点心思，以为别人都看不出来？"

秦魏宇眼里终于有了一丝波动，他抿了抿唇，开口道：“什么心思？”

“你自己心里有数。”说完觉得轻松多了，纪之楠瞬间就想通了，自己现在完全不怕跟秦魏宇撕破脸皮，最坏的结果不就是那样吗。

“我想跟你结婚。”

秦魏宇带着轻微颗粒感的低沉声音伴着晚风钻入耳中，让纪之楠有一瞬间的恍惚，要是这一切发生在自己还没做过那场梦的时候，自己不知道该有多高兴，哪怕这个人只是说想跟自己结婚，而没说过喜欢自己。

对于从前的纪之楠来说，“我想跟你结婚”等同于“我喜欢你”。

深吸一口气，纪之楠努力压下心头翻涌的复杂情绪，勉强使自己看起来没那么狼狈：“可是我不想跟你结婚。”

良久后，秦魏宇问：“为什么？”

“为什么？”纪之楠重复一遍，“因为讨厌你啊，看见你就烦。”

“不对。”秦魏宇沉声说，“你喜欢我。”

心脏骤然漏跳一拍，纪之楠慌乱地别开眼：“少自作多情了，我不喜欢你。”

“个子高，成熟稳重，聪明，爱看书，还有英语好。”秦魏宇慢条斯理地挨个陈述。

纪之楠越听越羞恼：“……你！”这人居然把自己在节目上说的话背下来，无耻！

秦魏宇神色淡定：“就是我。”

纪之楠气得手脚都不知道该往哪儿放，辩解道：“符合这些条件的人多了，谁说是你？脸皮真厚！”

秦魏宇也不否认，上前一步：“走吧，送你回去，这里打不到车。”

纪之楠后退一步，刚要拒绝，门突然从里面被打开，被护工搀扶着的奶奶惊讶地看着他们：“你们小两口还没走啊？”

纪之楠无奈，勉强挤出笑容，当着奶奶的面坐上秦魏宇的车。

等车开到大路上，纪之楠就叫他停车：“麻烦您在这儿把我放下。”

秦魏宇把嘴唇紧紧抿成一条线，专心开车。

“你是不是没被骂够？或者还想挨打？”

纪之楠彻底破罐子破摔了，秦魏宇这副忍气吞声的样子让人万分恼火，只想继续挖苦讽刺。

“不知道用什么手段收买了我奶奶，可真有你的。”

“我父亲给你几家公司啊？最大的那家投资公司给你没有？”

“看来是没有咯？那你得加把劲了，我大哥貌似也惦记着它呢。”

“说实在的，秦先生能屈能伸的本事，真的让我很钦佩。”

“哎，秦先生你要不要看看别家啊？弄不好有比纪家家底更厚的……”

秦魏宇突然猛踩刹车，纪之楠整个人往前冲，因为系了安全带又弹回来。纪之楠大喘两口气，瞪大眼睛看驾驶座上的男人。秦魏宇拉上手刹，开门下车，“砰”的一声将纪之楠一个人关在车里。

纪之楠到处摸车门开关，这辆车自己很少坐，对里面的构造不熟悉，好半天才摸到，来回拽几下，居然上锁了。不会是要把我关在这里闷死吧？纪之楠脑补出一头冷汗。

然而不到五分钟，秦魏宇就回来了。开门的时候一阵寒风灌进来，混合着秦魏宇身上淡淡的烟草味，让纪之楠浑身一个激灵。

秦魏宇坐上车，把一个盒子放到纪之楠腿上。纪之楠低头一看，巧克力蛋糕，上次吃的就是这家的，包装一模一样。纪之楠满头雾水，这什么意思？

秦魏宇见纪之楠不动，言简意赅道：“吃。”

除了想用吃的堵自己的嘴，纪之楠想不出其他理由，不过纪之楠确实饿了。刚才在纪家，一桌菜肴都偏清淡养生，纪之楠口味重，自然食不知味，根本没吃饱。

吃就吃，反正该说的、不该说的都已经说完了。纪之楠拿起小勺一口一口地将蛋糕往嘴里送，吃完刚好到家。秦魏宇绕到副驾驶座旁开门，纪之楠慢吞吞下车，打了个饱嗝，摸摸肚子想今天恐怕真的要跑步了。

“纪老师！”

纪之楠刚关上车门，莉莉就从楼梯口飞奔出来：“纪老师您去哪儿了？电话又打不通。”

这是那天两人闹不愉快之后第一次见面，纪之楠有点尴尬，挠挠头：“回家里去了，没看手机。”

莉莉还是大大咧咧的，一副什么事都没发生过的样子，从包里翻出一个A4纸大小的本子：“沈彦安定了，就是你！这是改过之后的最终版剧本，周茹姐让我给你的，明年二月十四号进组。”

虽然早就觉得这个角色十拿九稳，可纪之楠心里还是挺高兴。

纪之楠把剧本接过来："情人节进组，导演这么不人道？"

"嗐，你不是也没有情人嘛……"话说到一半，突然瞟见旁边的秦魏宇，莉莉面色一凛，"您好。"

秦魏宇冲她点点头："剧组可以请假或者调休吗？"

纪之楠正借着路灯翻看剧本，闻言抬起头来："请什么假？"

秦魏宇道："我们一月底结婚，接下来度蜜月，需要两周时间。"

莉莉看看他又看看纪之楠，觉得自己现在不宜插嘴。纪之楠像看神经病一样看秦魏宇，就他们俩目前的状况，结婚已经够可笑的了，还要度蜜月？

"没有蜜月。帮我跟周茹姐说，二月十四号准时进组。"纪之楠想了想又说，"不，二月十三号我就过去，先熟悉下环境。"

莉莉连连点头："好的，没问题。"

纪之楠把厚厚的剧本抱在怀里："那我先上去了，莉莉一起来喝杯茶？"

莉莉又看一眼脸色阴沉的秦魏宇，小心翼翼地点头。

两人走进楼道，秦魏宇没有跟上来，在后面说："十天，不能更少了。"

还带讨价还价的？纪之楠嗤笑一声，扔下一句："您愿意多少天就多少天，愿意带谁就带谁去。"然后头也不回地走进电梯。

莉莉坐在堆满快餐盒的客厅里，深深觉得应该再给纪之楠请一个生活助理。纪之楠真就给她倒了杯茶，然后坐在沙发上继续翻剧本。莉莉喝了两口热水，认命起来收拾屋子。

"姜莉莉。"纪之楠突然道。

"啊？"莉莉惶恐，纪之楠几乎不喊她全名，这太吓人了。

纪之楠合上剧本："上次的事……抱歉，是我太冲动了。"

莉莉听了个开头，还以为自己要被炒鱿鱼了，正准备跪下抱住大明星的大腿号啕大哭，结果剧情峰回路转，大明星居然向她道歉？

纪之楠继续说："我知道你是为我好，这婚事十有八九躲不掉，可是……我也不知道该怎么说。你就当我在做无谓的挣扎吧，如果就这样束手就擒，我会觉得对不起自己。"对不起梦里的自己。

莉莉虽然听得一知半解，但知道了纪之楠对秦魏宇的抵触，摆手道："不不不，该道歉的是我。你的私事，我本就不应该插手，是我单方面觉得你们俩很……很配，他又救过你，脑子一热就……”

纪之楠点头：“嗯，我知道。”

话说开了就好。

纪之楠本就没怪莉莉，毕竟一直知道她是这样一个热心肠到有些无脑的姑娘。梦里后面的大半年，纪之楠接不到剧本和通告，整日待在家里，婚姻生活也一片惨淡，公司已经放弃自己了，莉莉还经常来看自己，见自己蔫蔫的没有生气，就一本正经说周茹姐正在物色新剧本，不用着急，马上就能东山再起。

那时候周茹基本将纪之楠放养，对过气明星不闻不问，她手上多的是有潜力的新人。纪之楠心里很清楚，公司不可能傻到继续把力气耗在自己一个过气演员的身上。到了那种落魄境地，莉莉这份真性情就显得尤为可贵。

“我们纪老师值得更好的。”莉莉把摞成小山的快餐盒堆在门口，“嗯……如果可以不要这么懒的话。”

两个人都笑了。

那天以后，纪之楠当真开始跑步。纪之楠突然就有了危机感，离结婚满打满算还有一个月零七天，以后见面和相处的机会越来越多，秦魏宇能在自己面前摔车门，下回一个不高兴，说不定就能摔自己，毕竟那家伙身体素质好，把自己扛起来跟拎小鸡一样一样的。

纪之楠跑了四五天，肌肉一点儿没多，胳膊腿倒是更细了，照完镜子上秤一看，不得了，瘦了五斤。晚上纪之楠高高兴兴点了顿烧烤吃，边吃边发朋友圈：又瘦了，吃顿好的慰劳自己，很快得到几个圈内朋友腥风血雨般的讨伐。

周茹打电话来：“听莉莉说你瘦了？”

纪之楠在啃鸡翅，骄傲道：“对呀对呀。”

“发张自拍给我看看。”

纪之楠就现拍一张发过去。

周茹的电话又打过来：“这张，跟你朋友圈那堆吃的，然后拍下你的跑步机，三张照片一起发微博，文案我发给你。”

纪之楠乖乖发了条微博：进组倒计时四十七天，烧烤和跑步机是绝配哦！

评论纷至沓来。

“啊啊啊啊啊！怪不得楠楠吃不胖，原来有在锻炼！”

“是为了新戏减肥吗？”

“楠楠已经够瘦了，别再减啦，多吃点好的！”

“看来上次试镜成功啦，恭喜楠楠！”

“没加滤镜都这么好看，我要晕了要晕了……”

评论五花八门，纪之楠边吃边往下翻看，看到一个没有头像的账号的评论时，按在屏幕上的手指定住了。

“别吃这些，对身体不好。”

是上次那个问自己脚怎么样的跟踪狂。纪之楠无端地有点紧张，把嘴里的东西咽下去，郑重其事地点开他的头像进去观察。

关注数一，粉丝数零，主页干干净净，除了名字那串字母后面显示性别为男，还有注册时间十一月五日，其他什么都没有。

知道把注册时强制关注的人以及微博送的僵尸粉移除掉，可以说是个非常专业的小号了。纪之楠后背心凉飕飕的，心想：这人不会是攒着什么大料准备爆我吧？可我整天大门不出，二门不迈，难不成传我和外卖小哥的绯闻？

纪之楠又回头去看评论，越品越觉得这句评论带有命令口吻，不像是粉丝单纯的关心。纪之楠摸不透这个人想干什么。

以后出门还是谨慎些吧，小心驶得万年船。纪之楠心下暗道。

后天就是元旦，跟纪之楠一样闲在家里的莉莉打来电话慰问：“纪老师元旦有安排吗？”

纪之楠翻翻微信聊天记录，有几个圈内朋友邀请自己去跨年聚会，可怎么看这消息都像是群发的。纪之楠在人际交往上一向懒怠，很少花心思去维持一段关系，所以至今在圈里没什么至交好友，这些邀请自己的朋友八成只是随手发了条信息。

纪之楠记忆力一般，但是清楚地记得梦里的这年元旦是跟着秦魏宇去秦家过的，算是第一次正式上门。为了给他父母留下好印象，梦里的纪之楠提前半个月就开始准备，鲜花、礼品都是亲自看了又看、选了又选。他上头还有两个哥哥，纪之楠生怕自己给秦魏宇丢脸。

这回不用忙活了，纪之楠乐得清闲，瘫在沙发上：“没安排，宅在家。”

莉莉长叹一口气：“唉，圣诞节也没活动，我还以为这次能跟你出去混吃混喝呢。”

“要不我跟他们说一声，你自己去？”

“别了别了，我去算什么情况……那我去约闺密逛街咯，拜拜！”

纪之楠挂了电话，点开微信给莉莉转了个大红包：年终奖，拿去花。

莉莉迅速发了一排红唇的表情过来：感谢纪老师的栽培！新的一年我会继续关心您的工作和生活，争取拿到更多更大的红包！

纪之楠笑了笑，把手机设置成静音，拥着小毯子在沙发上睡过去了。睡意来得突然，终结得也很仓促，迷迷糊糊的还没开始做梦，纪之楠就听见哐哐哐的敲门声，惊天动地。纪之楠猛然被惊醒，从沙发上滚到地上，爬起来揉揉屁股，幸好地上铺了厚地毯，不然尾椎骨都要摔裂了。

纪之楠裹着小毛毯，气势汹汹跑到门口：“谁啊？”

“我。”

纪之楠半梦半醒，五感缺失，揉揉耳朵皱眉道：“你是谁？”

“……秦魏宇。”

“哦。”裹紧小毛毯，纪之楠回去继续睡。

纪之楠刚躺下，那边又开始敲门，这回倒是和风细雨，跟打节拍似的，敲得很有规律且有美感。纪之楠咂咂嘴，闭着眼睛跟着节拍唱起了歌。唱着唱着，纪之楠感觉哪里不对，眼前的光似乎被什么东西挡住了，黑压压一片。

睁眼一看，屋里多了两个人，纪之楠险些又从沙发上摔下来，秦魏宇眼明手快地捞住纪之楠的胳膊，把人扶坐起来。

“您没事吧？”一个穿着黑色工作服的面生青年问。

纪之楠茫然地摇头，自己当然没事，在自己家能有什么事。

“没事就好，两位，那我先走了。”

“好，麻烦您了。”

“不客气，应该的。”

门被关上，屋里只有纪之楠和秦魏宇两个人。

纪之楠茫然的眼神慢慢恢复清明，嘴唇抖了几下：“你……怎么进来的？”

秦魏宇坐在纪之楠旁边：“找物业开门。”

纪之楠琢磨半天，还是没弄明白：“他们就同意了？”

秦魏宇答：“我说你一个人在家，我不放心。”

其实物业还是相当尽责的，扣押了他的身份证，让他签署协议，还仔细询问了他与屋主的关系。

“未婚夫，下个月结婚。”秦魏宇干脆说了实话。他当时生怕纪之楠出点什么事，毕竟这个人在家都能烫伤手，走路也能把脚崴了，这么长时间不接电话，实在让人放心不下。工作人员看他不像在开玩笑，才去取了钥匙，陪同他过来了。

太阳穴突突直跳，震惊程度不亚于被入室抢劫，纪之楠深吸一口气：“那你来干什么？”

“打电话你不接。”

拿起手机，纪之楠看到屏幕上一长串未接电话，除了秦魏宇本人的号码，还有好几个陌生号码，看来秦魏宇是以为自己又被拉黑，颇费了一番功夫。

纪之楠思忖着，是时候换锁了。纪之楠长这么大，头一回一个人搬出来住，生活常识薄弱到连小学生都不如，还以为关上门就没人进得来。

纪之楠按灭手机放在桌上：“找我有事？”

秦魏宇道：“嗯，元旦去我家吃饭。”

他又是这种命令口气，完全不是来征询意见的，好像纪之楠是他的附属品一样，必须按照他的要求召之即来，挥之即去。

纪之楠两腿一伸，干脆道：“没空。”

秦魏宇沉默片刻，而后说：“我们就要结婚了。”

他又来了，这种无形的束缚和压迫让人像被勒住脖子似的喘不上气。纪之楠愤愤道：“结婚可以啊，吃饭不行。”

秦魏宇早料到纪之楠会这样：“就这一次，以后我们过我们的，不跟他们来往。”

谁跟你过？纪之楠刚要跳脚，秦魏宇接着道：“我父亲有东西要给你。”

于是纪之楠没跳起来：“……什么？”

梦里的纪之楠满心期待地去秦家，结果全程坐冷板凳，秦家上下对纪之楠爱搭不理。中午吃饭时，家里阿姨甚至忘记给纪之楠添一副碗筷，纪之楠在桌边尴尬地坐了好几分钟，才有新的餐具送过来。纪之楠觉得，要是现在，自己不用顾忌任何人，说不定会当场掀桌。

“你去了就知道。”秦魏宇淡淡道。

这人还卖关子！

纪之楠不得不承认自己确实有些好奇，可还是不想再去贴冷屁股：“那麻烦你帮我收一下，我就不去了。”

秦魏宇从包里拿出几张 A4 纸摆在桌上。

纪之楠瞟了一眼：“这什么？”

“婚前协议。”

纪之楠眉梢上扬，坐直身体，状似漫不经心地翻了翻，发现总共三张纸，只有第一张开头写了甲方和乙方的姓名和信息，其余都是空白。

纪之楠觉得自己脑袋不太够用：“……无字天书？”

秦魏宇解释道：“后面的条款我们可以商量着写，我会充分尊重你的意见。”

纪之楠眼睛开始发亮：“商量和尊重指的是……”

“但凡要求合理，都可以纳入条款。”

“包括经济独立？”纪之楠问。

“嗯。”

“包括不干涉对方私生活？”

“嗯。”

“包括我可以不公开和你的关系？”

“……嗯。”这是纪之楠这些日子以来听到的最好的消息了，简直救人于水深火热之中，为自己开辟了一条新的康庄大道。

纪之楠兴奋一会儿，又冷静下来：“交换条件呢？”没有人会蠢到相信这个世界上会有天上掉馅饼的好事。

秦魏宇说：“元旦跟我回家吃饭。”

纪之楠表示怀疑：“就这么简单？”

秦魏宇：“嗯。”

“好，成交。”纪之楠立刻答应，生怕他下一秒就反悔。

周日元旦节，新年第一天。

从半夜十二点开始，纪之楠就不断收到各种祝福，早上被手机里嘈杂的群发消息闹醒，干脆爬起来给自己泡了碗面，边吃边刷微博。

纪之楠一夜不看手机，光私信就有上千条，都是粉丝们给纪之楠送的微博祝福。还有几个有心的网站联手给纪之楠做了一个视频，总结纪之楠去年演过的角色、上过的节目和拍过的广告，剪辑精彩，画质优良，把纪之楠最好的一面都展示出来了，纪之楠看得高兴，点了个赞。

纪之楠又去翻评论，除了一堆在自己微博下面祝福新年快乐的，还看到一些奇怪的回复——“啊啊啊！好羡慕！”“这算是被翻牌了吧！”“确定不是楠楠手滑吗？”“不管是不是手滑，先恭喜吧！”“楠楠自己也知道吃烧烤不好吗？哈哈哈”……

纪之楠点进去一看，“跟踪狂”那条“别吃这些，对身体不好”的回复右下角的大拇指是红色的，说明本人给这条评论点了赞。

纪之楠大惊失色，明明记得自己看完这人的资料后就退出去了，什么时候给他点过赞？思来想去，只有手滑这一个可能性了。

纪之楠不敢随意取消点赞，毕竟这么多人都看到了，现在取消反而像是此地无银三百两。

纪之楠继续往下翻，发现“跟踪狂”居然还回复了其他粉丝恭喜他的评论——“谢谢。”

纪之楠：“……”这人是不是傻？

纪之楠吃完最后一口方便面，有人敲门。秦魏宇的手还悬在半空中，面前的门就被打开了。这是他第一次如此顺利地敲开这扇门，略微不适应。

纪之楠知道是他，开了门就叼着筷子进屋，含含糊糊道：“等我一下，穿件外套。”

秦魏宇闻到满屋子方便面味，看见桌上摆着一盒红烧牛肉面，皱眉说：“我给你带了早饭。”

纪之楠刚把一只胳膊套进宽大的羽绒服，闻言抬起头，看见秦魏宇手上拎着一个印着某饭店名字的盒子。

“我吃过了。”纪之楠随口应付，然后把拉链拉到最上面，到玄关把脚往运动鞋里一蹬，“走吧。”

一直到车上，秦魏宇周身都隐隐散发着不悦的气息。秦魏宇一不高兴，纪之楠就高兴了。纪之楠忍不住偷着乐：见家长又怎么样？我就随便穿，你能奈我何？

启动车子，秦魏宇突然道：“以后别吃那些，对身体不好。”

纪之楠：“……”这话好像在哪儿听过。

纪之楠从小就爱吃垃圾食品，油炸物、速食、甜品，每天不间断。做艺人之后，纪之楠为了皮肤和身材收敛不少，但隔段时间还是要吃上一次，不然总觉得生活中缺了点什么。

梦里他们结婚后，生活在一个屋檐下，虽然不同房，但抬头不见低头见。秦魏宇作息规律，饮食健康，纪之楠迁就他的口味，请回来的做饭阿姨都是拿了营养师证的，做菜最是讲究荤素合理、少盐少油。于是每回同秦魏宇一起吃饭，纪之楠的味蕾都饱受煎熬，然而那时候有情饮水饱，陪喜欢的人吃点自己不爱吃的，又算得了什么？

有次秦魏宇连着在家吃了半个月的饭，纪之楠嘴巴里十分寡淡，趁着有天收工比较早，路上叫莉莉买了几包方便面，到家就急吼吼拆开泡了吃。傍晚秦魏宇回来，一进门就拉下脸。纪之楠摸不清他为什么不开心，泡了茶小心翼翼送到书房，结果他看都没看一眼，直接道："以后不要再吃那些。"

他是嫌味道大，弄得满屋子都是。自那以后，纪之楠便不在家里吃垃圾食品，偶尔在外面吃顿火锅，回家之前也要先换件干净衣服。

莉莉经常理解不了纪之楠这种行为："你们是伴侣，一起过日子的，你有必要这样吹毛求疵、迁就对方？"

梦里的纪之楠不以为然，怎样迁就秦魏宇都是自己心甘情愿的，并且乐在其中。如今再听秦魏宇"别吃那些"的要求，纪之楠只觉得好笑。即便他在后面加了句"对身体不好"，也不过是给他的霸道无理加上一个冠冕堂皇的理由罢了。

就算现在，这个人仍然能够牵动自己的心跳，可是有些东西终究改变了，现在纪之楠会用理智来克制留存在体内、没来由的冲动，不会再无条件迁就任何人。

秦家主宅在城郊，城市道路与连绵群山的交界处，周围草木成荫，鸟雀盘旋，是个远离喧嚣的独立宅院。在车上眯了一会儿，当秦魏宇绕过来开车门时，纪之楠就彻底醒了。纪之楠走出来伸个懒腰，把衣襟拢好，跟在秦魏宇后面，踩着鹅卵石小路，穿过门前的小花园。

时值冬季，花园里只剩下几株栽种在盆里的松树傲然挺立，着实没什么可看的。纪之楠紧盯着秦魏宇的脚后跟，亦步亦趋地跟着走。作为一个深度路痴，有人在前面领路，纪之楠就会觉得安心。

然而秦魏宇越走越慢，走到一半突然停下来，纪之楠抬头，正对上他探究的眼神，他稍微侧身："我们一起进去。"

纪之楠不明所以，走上前。秦魏宇靠近纪之楠的手抬起来动了动，迟疑片刻又放回身侧："走吧。"

纪之楠这才反应过来，秦魏宇是在等自己和他并排一起走。

一楼的正门大敞着，纪之楠以为这次肯定跟梦里一样，于是没做任何心理准备就直接走进去，结果一进门就被吓一跳。秦家上上下下，从秦家父母到管家、保姆，都在门口迎接，阵仗谈不上多大，至少看起来是礼貌待客的态度。

秦魏宇的父亲秦晟平时不苟言笑，看见纪之楠点点头："来了，先进屋吧。"

纪之楠迷迷瞪瞪地跟着长辈走进客厅，在沙发上坐下，左边的两人座像是特地为纪之楠和秦魏宇留的，座位前已经放好热茶、水果和糕点。

本以为来秦家不会像梦里那样局促了，可面对这样出乎意料的情况，纪之楠还是条件反射般地有点紧张。

纪之楠刚坐下，秦家夫人魏萱微笑着说："小楠，来，先喝茶，家里屋顶高，暖气不管用，待会儿吃完饭叫小宇带你到楼上去，那里暖和。"

"好，谢谢阿姨。"纪之楠客气应下，捧起精巧的茶杯喝了一口，仰头时顺便往上瞅。

这栋房子是民国时期的老建筑，屋顶确实非常高。一楼面积很大，朝着太阳的那半面架设数根粗壮的龙骨，隔出二楼和三楼，从这个角度望去，能看到上面两层楼的走道和房门，还有宽阔的木质楼梯蜿蜒而下，颇有民国电视剧里大宅的风范。

梦里纪之楠来这里的次数一只手都数得过来，秦魏宇也从来没带纪之楠上楼去看过，纪之楠只记得这屋子里是真的冷，现在才知道是楼层太高的原因。怀着欣赏的心态，纪之楠低头观察手中的杯子，指腹刚摸过杯壁上雕刻的梅花，就听秦晟开口问道："小楠今年二十二岁了吧？"

想起今天是元月一号，纪之楠放下杯子，道："是的。"

"现在还在演戏？"

秦晟说话时和秦魏宇一样不露情绪，纪之楠也懒得揣测，如实回答："是。"

坐在对面沙发上的一个年轻女孩突然嗤笑一声："你是不是演过那个什

么……那个什么李……哎，就是不怎么正经的那个……”

甫一听到她尖刻的声音，纪之楠脑袋里就不住地嗡嗡鸣响，从梦中醒来，只有这姑娘一点没变，对自己说的第一句话依旧是冷嘲热讽。

纪之楠忘记在梦中是怎样应对她的了，本着多一事不如少一事的原则，刚想说“应该是我”，秦魏宇抢在前面发话：“叫李宣，角色不错，很有层次。”

纪之楠的手指微微一动，李宣是自己十八岁刚出道时演的一个小角色，当时自己演技青涩，角色的转变把握得并不好，后来纪之楠客观评价自己在这部剧里的表现，认为也就未成年的部分勉强能入眼。

没想到秦魏宇居然看过这个角色，还知道这个角色的故事。

年轻女孩闷闷地“哦”了一声，似乎很失望，随即又道：“你们做演员的拍一部戏能挣多少啊？我听朋友说，现在好角色不好拿下的哦，要陪酒的……”

“小姌。”秦晟打断她的话，“这是你三嫂，礼貌点。”

陆姌不满地咬咬嘴唇，没再继续说下去。

虽然“三嫂”这个称呼让纪之楠有些尴尬，但纪之楠还是暗暗松了一口气，自己今天只是来走个过场，能低调就低调，搞得硝烟弥漫对自己一点好处也没有。

然而与梦里不同的是，现在不仅有人帮自己讲话，且帮自己的两位在秦家的地位都举足轻重，纪之楠坐在那儿左思右想，抿完一杯苦茶也没琢磨出原因。

中午吃饭，座位依旧是提前安排好的。开席前阿姨特地告诉纪之楠餐具是新的，并且刚消过毒，席间魏萱还给纪之楠夹了两筷子菜，弄得纪之楠一愣一愣的，要不是秦魏宇好好地在旁边坐着，纪之楠差点以为今天来错了地方。

饭毕，阿姨上了一壶茶，纪之楠出于礼貌准备站起来为长辈斟茶，秦魏宇按住纪之楠的肩膀让纪之楠坐着，自己把这活儿揽了去。待他绕了一圈回到座位上，秦晟举杯道：“从今往后，小楠就是自家人了。小楠还年轻，希望大家多多照应。”

众人以茶代酒，纷纷颔首应承下来，对纪之楠不满的表妹陆姌也碍于长辈在场，不敢作声。喝完茶，纪之楠以为今天的流程应该走到尾声了，准备装模作样去楼上参观一下就走，秦晟忽然叫住纪之楠，让等一等。

管家捧来一个木盒，秦晟接过来，直接推到纪之楠面前："我先前答应过，三个儿子哪个先成家，就把这个给他的配偶。如今你跟魏宇就要结婚，这个就交给你了。"

纪之楠敏锐地看到一旁的魏萱上前一步，像是要阻止，旋即又生生止住动作。

纪之楠更加不知道自己该不该接，只能看向身边的秦魏宇。见秦魏宇冲自己点了点头，纪之楠才向秦晟道了谢，然后伸手接过木盒。

下午纪之楠终是没走成。秦魏宇的二哥秦魏峰拉着纪之楠打听娱乐圈秘辛。纪之楠这位大伯哥完全不像比秦魏宇大三岁，彻头彻尾的一个不学无术的浪荡子。梦里的后来，秦晟管不住他，干脆把他关在家里，他还经常偷摸打电话、发短信骚扰纪之楠，让纪之楠把一些当红女明星的联系方式发给他。

秦家关系比纪家还要复杂几分，纪之楠处理这种情况自是谨慎，想着这回无论秦魏峰怎么威逼利诱，自己都不能把自己的联系方式交给对方。

不过这次秦魏峰还没说上几句话，秦魏宇就过来解围，把纪之楠带到楼上他自己房间，让纪之楠在这里等他一会儿。

纪之楠第一次到秦魏宇的房间，跟想象中一样，这里收拾得干净整齐，有一个占了一整面墙的书架，上面摆满各种书籍。纪之楠沿着墙壁走过去，手指慢慢滑过书本脊背，眼前不由得浮现出秦魏宇在这里看书的模样。

这画面纪之楠想象过无数次，从学生时代第一次在家里见到那个人开始。

除了自己，谁都不知道，自己对那个人的执念远比外人看到的要长久、浓烈。纪之楠按住胸口，深吸几口气，又朝着窗外苍翠的山林看了许久，才摆脱掉突然涌上来的强烈到窒息的压迫感。

待心绪平复后，纪之楠坐到窗边的椅子上，打开秦晟给的木盒子。木盒子里面还有一个稍小的盒子，里面装着一支通体碧绿的玉制毛笔，和一方沉甸甸的砚台，看起来和秦家传统的做派十分匹配。小木盒子下面压着一个文件袋，纪之楠把里面的文件拿出来一一翻看，越往后看越是惊疑。

这时候秦魏宇推门进来，把手上捧着的蛋糕放在纪之楠面前的桌上："阿姨做的蛋糕，尝尝。"

此时的纪之楠并没有吃蛋糕的欲望，把手上的东西举到秦魏宇面前："这是什么意思？"

秦魏宇只瞟了一眼就答：“我爸给你的，你收好。”

“为什么写我的名字？”纪之楠目光凌厉，“我要这些房子、公司做什么？”

秦魏宇没说话，自顾自转身，从书架侧边的抽屉里拿出一个样式古老的首饰盒，从里面拿出一个镶嵌着翡翠的金手镯：“这是我妈留下的，你别嫌弃。”

纪之楠站在那儿不动，他便上前一步，握住纪之楠的右手抬起来，把镯子放在纪之楠手心里：“我亲妈，说留给未来的儿媳。”

纪之楠认为自己目前最正常的反应应该是扔掉手里的东西，然后说：“谁是她儿媳？”可纪之楠像被施了法似的动弹不得，手上的镯子越捂越热，热到自己放不开手。

纪之楠在梦里从来没见过这些东西，没见过这支玉笔，没见过这方砚台，没见过这一沓转让协议，更没见过这个土到掉渣的金镯子。纪之楠从小生活富足，进娱乐圈也是因为兴趣而不为赚钱，自然不稀罕这些东西，这些东西本应该完全打动不了纪之楠。

“什么意思？”纪之楠的嘴唇都在发抖，“这些，是什么意思？”

秦魏宇比纪之楠高一些，他微微低着头，修长的手指轻轻掰开纪之楠揪住袖扣的手：“我是真心想跟你结婚。”他捏了捏纪之楠红通通的指尖，“我的，都是你的。”

# Chapter 4
# 烧烤和跑步机绝配

那年夏天，气温比往年都要高，窗外蝉鸣阵阵，扰得人心浮气躁。

年少的纪之楠躺在自己房间的床上，开着空调，裹着一床厚被子，手脚还是冰凉冰凉的。纪之楠整个脑袋都埋在被子里面，只伸出一条细白的胳膊，在外面摸索半天，抓到空调遥控器，胡乱按了关机，过了几分钟，又被热醒，再把空调打开，如此循环。

纪之楠对空调这东西又爱又恨，没有它夏天没法过，可是开了空调，只有身上干爽，手脚却迅速变凉，怎么也暖和不起来，还不如冬天穿棉鞋，置身于大雪中舒坦。

不适地翻了个身，纪之楠听见楼下有开门关门的响动，接着是有人上楼的声音。猜测是二哥纪之樟回来了，纪之楠在心里哀叹一声，挣扎一会儿后从床上爬起来，坐在书桌前认命地写作业。

纪之楠上个月刚刚中学毕业，本想享受一个悠闲快乐的暑假，结果父亲对纪之楠的毕业成绩表示不满意，特地吩咐二哥纪之樟趁暑假先教纪之楠预习一部分内容，免得到时候学业跟不上，再给他丢人。

虽然玩心不重，但纪之楠完全不爱学习，宁愿把时间花在躺着发呆上，也不愿意动笔写一个字，或者翻开书看上几行。父亲经常说纪之楠不像纪家的人，纪家的孩子都上进心强，不用催促就自发地去学习，且都能取得不错的成绩。

强打精神翻开一本练习册，目光一触及英语单词，纪之楠就开始犯晕，合上英语练习册，换了本数学的来做，更晕了。

纪之楠自暴自弃地趴在桌上，心想：我本来就不该是纪家人。

半小时后，纪之楠抱着两本练习册，站在纪之樟房门前犹豫一阵，然后把耳朵贴在门板上听听，里面异常安静，一点声音都没有。纪之樟可能在睡觉。父亲希望他毕业后直接去国外深造，虽然他本人貌似并不想去，但迫于压力还是乖乖去上托福课，每次回来都精疲力竭的样子，经常倒头就睡。

纪之楠自然希望纪之樟在睡觉，这样他就没时间管束自己学习。这些天纪之楠趁着纪之樟忙，随便写几个公式，然后把练习册最后的答案囫囵往上一抄，蒙混过关好几次。

想到这里，纪之楠小心翼翼拧动门把，将门推开一条窄缝，一只眼睛滴溜溜地往里瞧。床上有个黑乎乎的后脑勺，经判断是纪之樟无误，纪之楠忍不住“嘿嘿”一笑，刚准备关门走人，突然一股大力从里面把门拉开，纪之楠的手还放在把手上，被拉得一个趔趄，身体前倾，脑袋猛地扎进一个人胸口。

一个……人？

纪之楠吓得呼吸都窒住了，抬起头的瞬间不忘记往后退一步，右肩堪堪撞在门框上，疼得痛呼一声。

床上躺着的纪之樟窸窸窣窣动了动，没醒。纪之楠捂住嘴巴，视线调转过来，慢慢往上移。面前的人似乎也吓了一跳，往后退开几寸，见纪之樟没醒，才转回来看纪之楠，眼神冷淡，俊眉微蹙，线条好看的嘴唇紧紧抿着。

纪之楠看着这张脸，突然就打了个嗝：“你……呃，是谁？”

面前的高个子少年手上托着一本书，闻言把书放下，轻轻合上：“纪之樟的同学。”

他没说自己的名字，纪之楠却一下子记住了他。后来纪之楠又见过他几次，他跟纪之樟同上一个托福班，每周有两天课，至少有一天下课后会到纪家来。

纪之楠不知道自己为什么会摸清这个规律，总之每周的这两天，纪之楠一到下午就坐立不安，耳朵竖得高高的，仔细聆听外面的动静。两周后，纪之楠就能准确分辨出纪之樟是一个人回来，还是带着那个人一起回来了。

外头阳光毒辣，讲完一道题，纪之樟坐在椅子上伸个懒腰，问：“还有其他不懂的吗？”

纪之楠用余光瞟一眼在阳台上抱着双臂打盹的人，从数学练习册下面又拿出一本英语的出来。

纪之樟扶额：“又是英语……”回头冲阳台上的人道，“我想睡一会儿，你教之楠几道英语题吧。”

纪之楠心跳骤然加快，听见那个人走过来的脚步声，然后一只骨节分明的手撑在自己身侧的桌面上。

“哪几道？”嗓音低沉却干净，带着一丝刚醒来的慵懒。

心跳得更快了，手指搓着书页边角，纪之楠瞬间忘记自己想说什么，还是纪之樟翻了翻习题册，给圈了个范围：“三十页到三十五页，主要是三个完形填空。”然后站起来拍拍那人的肩膀，“辛苦了啊。”

那人没说话，直接坐在刚才纪之樟坐的位置，开始讲题。他讲题语速不快，语言十分简练，道出重点便让纪之楠自己理解，稍待几秒就切换到下一题。纪之楠听得吃力，却不忍心打断他，眼睛一眨不眨地盯着他点在书上的修长食指，书本上密密麻麻的英文字母都看不清楚了。

后来纪之楠找到机会，趁着二哥和那人在楼下，偷偷翻开那人放在桌上的课本，在扉页的正中间看到遒劲有力的两个字——秦岳。

纪之楠小心地把这个名字放在心里，写进日记本，在没人的时候拿出来反复咀嚼，比小时候从奶奶那里拿到糖果还要开心。再后来，纪之楠从纪之樟口中得知，他其实不叫秦岳。

“魏宇，今天家里蒸螃蟹，你留下吃饭呗。”

纪之楠看见坐在书桌另一侧做题的那人停下笔，沉声道：“不了，我得回去。”过一会儿又说，“别这么叫我。”

纪之樟笑着拍一下他的肩膀：“还非得连名带姓地喊你？生不生分啊？魏宇，魏宇，魏宇，我就叫你魏宇，不行吗？”

纪之楠清楚地看到那人握笔的手指捏紧了，紧到指甲都泛白，然后很快又松开：“行，随你。”

只有纪之楠捕捉到他语气中一闪而过的无奈和妥协。

从此往后，纪之楠心里便藏了一个秘密。纪之楠不止一次想让它成为两个人共同的秘密，想对那人说："嘿，我也有两个名字。"

纪之楠还想说："我叫你秦岳，好不好？"

纪之楠想找一个恰当的时间说出来，或者等自己跟那人的关系再近一些，至少像跟二哥一样，可以把手自然地放在他的肩膀上，不会被他躲开。

再过一个暑假的时间，应该就够了。可纪之楠盼星星盼月亮，盼来了下一个暑假，却没盼到那个人。

"你说秦魏宇？哦，他出国去了。"纪之樟道。

"出国？"在彼时的纪之楠眼里，出国就等同于不会回来了。纪之楠紧张地问："还回来吗？"

"当然回来。"纪之樟把手上的习题册翻过去一页，"问这个做什么？"

纪之楠埋头玩橡皮："随便问问，他……他英语挺好的。"

"他去年就把托福给过了，着急出国呢。"纪之樟耸肩道，"明明还有一个多月才开学，非要先过去适应生活。"

纪之楠倒是觉得这举动很符合那人的行事作风。他课本上的笔记多而不杂乱，不同颜色的笔做不同类型的标记，一看就是个井井有条、很有规划的人。

既然他会回来，纪之楠就愿意耐着性子等，顺便在等待的过程中，让自己变得好一点。那时候的纪之楠自信地想，等那人回来了，自己总有办法慢慢渗透进他的生活，慢慢在他的人生规划中把自己加进去，不求做浓墨重彩的一笔，只要有自己的一席之地就好。

然而时间的齿轮快速推进，纪之楠站在原地，那人却冲破云层，不断往高处飞。五年后回国的秦魏宇，褪去了身上原本就不多的少年气，举手投足尽显端方沉稳，仿佛小到方寸、大至天地，全部在他的掌握之中，包括纪之楠这个人。

梦醒后，纪之楠曾躺在医院的床上细细想过，那时候之所以一眼便留意到他，大约是因为从他身上嗅到了跟自己相同的味道，而实际上，除了出身，秦魏宇跟自己哪有半点相似？

纪之楠把自己的一切都剖开来放在太阳底下，秦魏宇却把所有想法藏在心里，他们希望拥有的东西天差地别，能走到一起，不知掺杂了多少的刻意为之。

十几岁到二十几岁，时光匆匆，回忆起来也不过须臾一瞬。

纪之楠不自觉往里勾的手指慢慢松开，把焐热了的镯子放在桌上：“你还是自己收着吧，秦先生。”

这些年间，纪之楠没有一天不盼着能喊出埋藏在心里的那个名字，可时至今日才觉得“秦先生”才是最恰如其分的称呼，礼貌、克制，不带感情，像是一开始就注定了他们的结局。

直到夕阳西下，他们才离开秦家。

秦晟还想留两人吃晚饭，说秦魏宇的大哥秦魏海晚上会回来，好歹见上一面。纪之楠自然不愿意，最后是秦魏宇说“下次再见吧，小楠明天还有工作”，才把这顿饭推掉。

纪之楠一刻也不想多留，出了秦家的门就飞快开门上车：“你知道我家在哪儿吧？麻烦送我回去。”

驾驶座上的秦魏宇“嗯”了一声，发动车子缓缓起步。

纪之楠脑袋歪向车窗，看着外面连绵的群山，随着西沉的太阳收走最后一丝光芒，慢慢阖上眼睛。在车上本就睡不踏实，车子驶入城区，听见路上此起彼伏的鸣笛声，纪之楠就醒了，打开手机一看，快七点，摸摸肚子，有点饿。

下午秦魏宇拿的那个蛋糕纪之楠没吃，当时气氛僵硬得空气都凝滞住似的。秦魏宇把桌上的镯子拿起来，又放回首饰盒里，捧在手上不作声。纪之楠看不得他这副样子，怕自己忍不住犯傻，走到阳台上站了一个多小时。

早知道应该趁秦魏宇出去把那蛋糕吃掉的，食物又没犯什么错，纪之楠开始后悔。

“饿了？”旁边的秦魏宇问。

纪之楠把按着肚子的手挪开，从侧窗往外面看，道路两旁霓虹灯闪烁，不知道是哪里。

秦魏宇也看了看外面：“马上到淮海路，有什么想吃的吗？”

淮海路是美食一条街，纪之楠虽然是路痴，但是路名还记得，上次烧烤也是在这里吃的。

“麻烦把我放在淮海路南入口。”纪之楠道。

秦魏宇便在前方岔路口拐弯，开往美食街。两人不到五分钟就到了，用餐高峰期停车位紧缺，纪之楠让他在路口停一下让自己下去，他说这边不能上下车，探头拍下来会扣分。纪之楠打开车窗半信半疑地往上看了看，好像确实有摄像头，只能安分地坐在车上等。

在停车场入口等了十分钟才有空出来的车位，车一停好，纪之楠就急忙下车，一边往美食街里面走，一边掏出口罩戴上。周围人声嘈杂，可纪之楠的耳朵还是敏锐地听到后面关车门的响动，然后是往这边来的脚步声。

秦魏宇追上来后，迈着均匀的步子走在纪之楠身侧，始终保持不远不近的距离。

纪之楠忍了一会儿没忍住，回头道："你跟着我干什么？"

秦魏宇答："吃饭。"

好吧，这条路又没写自己的名字，人家也在这儿吃饭，自己没理由拦着，纪之楠腹诽。

纪之楠来这儿的次数并不多，幸好这条美食街里没有错综复杂的支路，一条笔直宽阔的路到头，边走边留意两边的招牌，很容易就找到那家自己去过几次的烧烤店。

纪之楠毫不迟疑地走进去，后面的秦魏宇脚步顿了顿，跟了进去。巧合的是，这次又只有最里面一张桌子是空着的，纪之楠坐下后，秦魏宇和上次一样在靠走道的位置坐下。

纪之楠饿坏了，拿着菜单迅速勾选好想吃的东西，直接递给服务员，权当对面的人是空气。秦魏宇拿起桌上的水壶倒了杯水推到纪之楠面前。一盘滋滋冒油的烤肉被端上来，纪之楠一下就消灭了五串羊肉。

秦魏宇坐了许久，终于舍得出声："慢点吃，喝口水。"

纪之楠懒得搭理他，只顾吃自己的，接着几个培根卷配着其他蔬菜下肚，居然有些饱了。

"少吃点，出去给你买蛋糕。"秦魏宇又说。

纪之楠拿起一串烤翅："不吃蛋糕，腻。"

秦魏宇握着茶杯的手动了动，道："吃这个对身体不好。"

纪之楠把手上的铁签子扔到桌上："关你什么事？"

秦魏宇噤了声，面无表情地把桌上的铁签挪到盘里。之前每次堵得这人说不出话，纪之楠心里都会涌出一丝快意。然而这次纪之楠一点愉悦的感觉都没有，心里还是闷闷的，连带着胃里也堵得慌。

鸡翅啃到一半就吃不下去了，纪之楠擦擦嘴要走，秦魏宇反应迅速站起来，去里面柜台结了账。

两人又是一前一后，带着满身烧烤味从店里出来。此时正是街上最热闹的时候，纪之楠看着往来的行人，一对对小情侣手拉手或互相搂着从面前经过。纪之楠呆呆地站了会儿，然后转头对身后的秦魏宇说："婚前协议可以签了吧？"

秦魏宇没想到纪之楠突然提到这个，嘴巴微微张开，停了两秒才说："可以。"

纪之楠环顾四周，烧烤店外面摆了几套桌椅，天气冷，并没有人在这里用餐，便随便找了个座位坐下，拍拍桌子说："那就在这儿签吧。"

秦魏宇道："协议放在车上了，没带过来。"

纪之楠"啧"了一声，刚才忙着下车，怎么就忽略了这件事？

两人沿原路返回，来到车上。

秦魏宇把后座的公文包拿出来翻了几下，又拉上拉链："也不在这里。"

"那在哪里？"纪之楠不悦皱眉。

"在家。"秦魏宇说，"新房，放在那里，忘了带来。"

纪之楠对此人的了解并非一朝一夕建立起来的，秦魏宇做事谨慎且有条理，从来没有出现过"忘了""没注意""不小心"之类的状况。纪之楠直接夺过他手中的文件包打开翻找，里面只有一堆自己看不懂的文件，还真的没有上次见过的那几张纸。

不死心地又翻一遍，纪之楠怒了："你什么意思？"

"跟我去看看新房。"秦魏宇道。

"我去看什么？"纪之楠怒极反笑，"说好的，婚前协议按我的要求来，我不会搬过去住。"

结果秦魏宇的语气毫无波澜："去看看吧，顺便把协议拟好。"

纪之楠狠狠把包丢到他怀里："你就是故意的，婚前协议是，今天的饭局也是，一切都是你设下的圈套，对不对？你究竟想干什么？"

刚才从烧烤店出来，冷风一吹，纪之楠才恍然明白过来为何今天秦家人对自己的态度那般不同——秦、纪两家是为利益联姻，而纪家无论是在本市的根基还是近两年发展的势头都落后于秦家不少，秦魏宇今年不过二十六岁，以他的条件，完全可以挑选到家世更好的结婚对象，纪之楠并不是他最好的选择，所以梦中秦家人待自己冷淡才是正常的，自己在秦家得到什么待遇，完全依仗他对自己的态度。

梦里的纪之楠也曾想到过这一点，当时纪之楠垂头丧气地从秦家回来，忽而想到：秦魏宇宁愿让父母不满意也要跟自己结婚，除了喜欢自己，还能有什么其他原因呢？

自己当真是个无可救药的傻瓜。纪之楠在心里骂道。

秦魏宇被纪之楠一顿炮轰，只是抿抿唇，道："想跟你结婚。"

又是这句！纪之楠觉得脑袋都快炸开了。纪之楠知道自己歇斯底里的样子很难看，攥紧拳头压住心中的怒火："结，我答应过的事情说到做到，希望秦先生也能遵守诺言。"

纪之楠心想自己拿婚姻作为交换，才得到进入娱乐圈的机会，若是现在反悔，父亲不定会做出什么样的事情来；自己资历尚浅，还不能够独当一面，演艺事业也刚有起色，经不起任何折腾；如今最好的办法就是顺了他们的意，结成这段有名无实的婚姻，等日子久了，秦魏宇知道从自己身上得不到他想要的，自然会另觅他法，不会在自己身上继续浪费时间。毕竟他目标明确，眼里除了利益，几乎什么都容不下。

"好。"秦魏宇应道，"我给律师打电话，让他现在过去。"

纪之楠靠在椅背上闭了闭眼睛。

路是自己走出来的，纪之楠知道自己不够聪明，做出这些决定对自己来说有赌一把的成分，都是概率性事件，这一次如果再走错，自己也只好愿赌服输。

新房所在的小区在寸土寸金的城市东区，毗邻占地面积巨大的人民公园和琴心湖，闹中取静，是本市近年来新楼盘中的翘楚。这次秦魏宇带纪之楠从东门进，没有经过那些林立的高层商品房，从平坦的车行道上直接开车到别墅门口。

把车在库里停好，刚走到院子里，就看见一辆巡逻车开过来，到他们跟前时放慢速度，里面坐着的保安热情挥手道："秦先生您来啦！"

等人到跟前，纪之楠认出这个小保安就是上次自己碰到的那个。上次纪之楠还跟人家说秦魏宇是在追自己的坏人，这会儿又出现在“坏人”家院子里，便不想被他认出来，不动声色地别开脸。

谁知道这小保安眼尖得很，看到纪之楠立刻道：“哎，您不是上次那个……原来您跟秦先生是朋友啊，哈哈哈。”

这小保安还有点天然呆。

纪之楠无奈，冲他点头微笑算是打招呼。小保安看见纪之楠笑，脸腾地红了，眼睛都不知道该往哪看，挠挠头又摸摸脸，顾左右而言他：“秦先生您还有什么需要帮忙搬的东西不？”

秦魏宇道：“没有了，上次谢谢你。”顿了顿，转换话题说，“这位是纪之楠，这个屋子的另一个主人。”

纪之楠惊愕，不知道他为什么突然向保安介绍自己。小保安张大嘴巴，好像明白了什么，说了再见就开着巡逻车走了。

纪之楠并不想接受“屋子的另一个主人”的身份，可又觉得没必要跟秦魏宇打嘴仗争高下，毕竟每次都是自己一头热，秦魏宇连眉毛都不动一下，依旧我行我素。

这次来的目的是签协议，纪之楠只想干脆利落地签完就走，免得夜长梦多。两人前脚进门，刚打开屋里的灯，秦魏宇的律师后脚就来了。三人坐在沙发上拟婚前协议。纪之楠把上次跟秦魏宇提的要求向律师复述一遍，又加上“不同住”这一项。律师把纪之楠的要求书面化后记录下来，整理完后问秦魏宇：“秦先生有什么要补充的吗？”

纪之楠自认为提的几项已经把路都堵死了，不信秦魏宇还能翻出什么花样来。

秦魏宇沉吟片刻，而后说：“乙方每月需在家里，也就是此处婚房，留宿至少三天。”

纪之楠倏地瞪大眼睛：“我说了不同住！”

秦魏宇抬头看着纪之楠：“两回事。偶尔留宿只是作为掩饰。隔墙有耳，你也不希望家人知道我们的关系名不副实，随时可能终结。”

纪之楠咬牙，道高一尺，魔高一丈，秦魏宇早就掐准了自己的软肋。纪之楠挣扎道：“我是演员，一年中的大部分时间都不在本市，每月留宿不现实。”

秦魏宇显然早就想好了应对措施:“没关系,空闲不拍戏的时候补上就好。”说着抬下巴指楼上，“给你留了单独的卧室，里面随你布置。”

听到后面那句话，纪之楠绷紧的心弦慢慢松弛下来，分房的话，自己勉强可以接受。

那边的律师写完这条要求，问：“还有吗，秦先生？”

“还有一条，某些特殊场合请乙方全力配合甲方，甲方同样会配合乙方，目的同上。”

纪之楠知道他指的无非是在家人面前，或者是在某些公众场合演戏，这些自己早有心理准备，况且这一项有一半是为自己服务的，于是直接默认。

律师写完协议盖章，甲乙双方签字，协议即刻生效。纪之楠在心里狠狠松了口气，感觉办成了人生中一件大事。律师说复印件明天送过来，纪之楠直接留了地址，让律师寄到自己家里：“我平时不在这里，麻烦您寄到这个地址。”

律师淡然应下，貌似对这种双方跟仇人似的协议婚姻见怪不怪。

纪之楠戴上口罩就要走，结果被秦魏宇喊住：“上楼去看看你的房间吧，有要添置的东西我再去买。”

纪之楠随口道：“有张床就行。”说罢继续往门口走。

秦魏宇突然上前一步，侧身挡在纪之楠面前。纪之楠正欲发作，抬头看见秦魏宇直直地望着自己，湿润的瞳孔里有一簇晦暗不明的光在流动。

“去看一眼，好吗？”他轻声道。

纪之楠的心没来由地动了一下，不过只一下。别开视线，纪之楠忽然转身往里走。秦魏宇以为纪之楠同意了，眉目顿时舒展开来，跟着往里走。不料纪之楠回到客厅，从口袋里掏出一沓钱拍在桌上。

未等秦魏宇开口询问,纪之楠就说明道:“两顿烧烤、两个蛋糕、两个包子，还有一张床，这些够不够？”

秦魏宇的脸上露出些许难得一见的诧异之色。

“协议上白纸黑字写着呢，经济独立，我不占你便宜。”纪之楠把手插回兜里，“还有，除去你说的那些特殊情况，其他时间不限制对方人身自由，对吧？”

秦魏宇说不出“不对”。

纪之楠终于扳回一城，嘴角忍不住上翘：“我先走了，你自己慢慢看。”

不过这股快意只维持到纪之楠回到住处，就像风一样消散干净了。纪之楠进屋打开顶灯，瘫坐在沙发上，抬手揉揉太阳穴。今天一整天过得太魔幻，纪之楠面上从容，实则心里风起云涌。每经历一遍梦里的事，等于逼着自己把不想回忆的事情咀嚼一遍，到现在纪之楠的胸口还酸酸涩涩地难受。

纪之楠想安静会儿，手机却不适时地响起来，汪汪汪的狗叫声响彻客厅。这个铃声说明电话只会是一个人打来的。纪之楠飞快按掉手机，把手机倒扣在桌上。过了一会儿，手机又响了，正常铃声。

“喂。”纪之楠看也没看就接起电话。

结果电话那头传来熟悉的声音：“到了？”

纪之楠眼皮一跳，把手机拿开看了一眼，是一串陌生号码。

“又是你？”纪之楠这才想起秦魏宇貌似不止一个手机号。

“嗯。”对方十分干脆，似乎完全没被刚才发生的事情影响心情，重复问一遍，“到了吧？”

纪之楠无奈答道：“到了。”

“下周有空吗？安排个时间去领证。”

纪之楠的头更疼了，放下手机打开免提，点开微信看莉莉发来的行程表：“下周五上午，行吗？”

秦魏宇立刻应下：“好，到时候我去接你。”

“不用。九点，民政局门口见吧。”

秦魏宇沉默片刻，还是答应了。挂了电话，纪之楠又看一遍行程表。新的一年，定下来的行程只有两个，一个是下周五下午的剧照拍摄，另一个是二月十四日进组拍戏，所以接下来一个多月的时间，纪之楠都是空闲的。

然而这一个多月有许多事情要做，领证、办婚礼、度蜜月，件件都让人心烦意乱。下午在秦家，纪之楠提出低调举办婚礼，暂不对外公开两人的关系。秦晟起初并不赞同，纪之楠晓之以理，动之以情，费了半天唇舌才将他说服。

梦里这件事完全没让纪之楠操心，是秦魏宇主动要求低调的。如今这人反倒一声不吭，坐在边上静静听，不发表任何意见。

手机铃声忽又响起，纪之楠正在想事情，皱着眉接起电话：“又干吗？”

电话那头安静片刻后出声：“……纪老师？”

一个女人的声音。

纪之楠看一眼来电显示，语气瞬间放软：“夕夕姐？”

来电话的是《爱的初挑战》的女主持人夕夕。《爱的初挑战》就是去年纪之楠上的那个真人秀。那是纪之楠第一次上真人秀节目，录制过程中，夕夕作为那个电视台少数几位能独当一面的主持人之一，给过纪之楠不少帮助。

两人私下里都不爱拐弯抹角，夕夕三言两语就道明来意。原来她手下还有一档明星谈话类节目，这类节目一般都是预录一两期再播出，可是这阵子不知犯了哪方的太岁，连着录好的几期节目的嘉宾，都在节目待播出的时候被爆出丑闻，先是影坛年轻演员私生活混乱闹得沸沸扬扬，接着是某以好老公形象著称的男歌手被爆出婚内出轨。节目组为规避负面影响，只得把这两期节目往后压，将新录的一期节目提前播出。结果该节目临播出时，又爆出新一期的嘉宾涉嫌聚众赌博，虽然此事还未盖棺定论，但是微博热门都上了好几轮，闹得尽人皆知。

她这次打电话，是想问纪之楠能不能江湖救急，节目周五晚上就要播出，她也是实在没办法，才动用私人关系来联系嘉宾。

“这档节目从开播起就不太平，事情一桩接着一桩，导演愁得头发都快掉光了，说要带着节目组一起四大皆空。”夕夕在电话里向纪之楠狂倒苦水，完了继续游说，“我知道你不爱上节目，但我们这个节目不一样，室内录影，观众也都经过筛选，不会很吵，舒服地坐着跟姐聊聊天就行。”

纪之楠拿着手机暗自回想，梦里好像确实有这么件事，当时自己刚从秦家回来，整个人颓丧得不行，哪有心情上什么节目，直接在电话里拒绝了。

纪之楠琢磨了会儿，而后道：“时间倒是有，不过我去年刚上过一档谈话节目，今天才是新年第一天……”

夕夕见有戏，忙趁热打铁：“咱们节目不一样，回头你搜下《今夕夜话》看看，每期都会根据不同的嘉宾制定不同的主题，你的主题我都想好了，就叫‘从新人到实力演员’，怎么样？”

纪之楠微窘：“实力演员还谈不上。”

“这些都没确定，都可以谈，只要你愿意来！”

纪之楠踌躇片刻，然后说：“好吧，等我去问下经纪人，再给你答复。”

挂了电话，纪之楠就把这件事跟周茹说了。周茹本就嫌纪之楠懒，都不愿意上节目增加曝光度，现在有上星卫视的节目可以上，而且下周就能播出，她当然高兴，说明天跟纪之楠一起去。

纪之楠给夕夕微信回复说可以，夕夕刷了一排“大恩大德，没齿难忘”的表情，纪之楠看得直乐。

洗完澡趴在床上用平板电脑看了一期《今夕夜话》，吞了两片安神的补药，纪之楠便关灯休息了。闭上眼睛之前，纪之楠闷闷地想，秦魏宇这家伙真是自己的克星，下午为了不留在秦家吃饭，自己撒谎说明天还有工作，结果晚上就收获现世报，一个工作空降下来，明天又睡不成懒觉了。

第二天一早，纪之楠就被两个女人从床上扯起来，随便洗漱打扮一番就被塞上保姆车。莉莉在家闲了好久没出工，今天格外兴奋，在车上叽叽喳喳说个不停。周茹察觉到纪之楠状态不好，比了个手势让莉莉小点声，由着纪之楠休息了一路。

录影棚后面的接待室里，导演和主持人还没到，莉莉出去买咖啡，周茹看四下无人，问：“休息几天，怎么看上去更疲倦了？”

纪之楠捏捏眉心答：“没事，等下化了妆就好，我脑子是清醒的。”

过了一会儿，周茹压低声音问：“婚期定在什么时候？听莉莉说，你们还要度蜜月？”

说到这个，纪之楠就清醒不起来了，不耐烦道：“不度蜜月，婚礼应该在一月底，非公开的，不用担心。”

周茹点头，看着纪之楠颓然的脸色，迟疑片刻后说：“最近忙结婚的事情，很累吧？”

纪之楠摇头：“没什么要我忙的。”

周茹向来敏锐，很快嗅到奇怪之处：“你不想结婚？”

纪之楠看她一眼，嘴角几不可察地勾起：“难道我应该很期待？”

周茹道：“我以为你至少不抵触，毕竟那位秦先生曾经救过你。”

纪之楠不懂他们为什么都把秦魏宇救过自己这件事当成某种证据，证明他们俩有缘分，证明他们俩应该在一起。纪之楠刚想说点什么，节目组的人推门而入，话题被迫终止。

上午对流程，下午录制，时间卡得很紧张。和导演确认完台本后，中午纪之楠和工作人员一起订了盒饭吃，然后来到化妆间，一边做造型一边和主持人提前把流程演练一遍。

“这里,”夕夕把台本举到纪之楠眼前,“这里我可以问你的家庭情况吗?”

纪之楠正在打粉底，脖子以上不能动，瞥一眼道：“当然可以。不过怎么问是你的事，答不答或者怎么答，就是我的事了。”

夕夕笑起来：“两个月不见，纪老师变圆滑了。”

纪之楠眯起眼睛：“过奖过奖，比不了你们名嘴，专门下套让嘉宾往里钻。下午的录制还请夕夕姐高抬贵手，放我一条生路。”

夕夕笑得狡黠：“那纪老师是不是该拿出点诚意贿赂贿赂我?”

纪之楠眉梢微挑：“今晚可有空赏脸去望江楼一聚?”

望江楼是本市知名度很高的私房菜馆，拍真人秀期间，节目组全员曾在那儿包场聚会，纪之楠记得夕夕很喜欢那里饭菜的口味。

夕夕听了这话，果然双眼放光：“难得纪老师盛情相邀，没时间也得硬挤出来啊。”

她这句“难得”用得精准。平日里，纪之楠连别人的邀请都拒绝，更别提主动请别人了。上一季真人秀录制期间，夕夕见纪之楠不谙世事，不懂得打点关系，身边的助理也傻愣愣的，没什么眼力见，曾在休息时间作为圈中前辈旁敲侧击提点过几句，然而纪之楠那时候并没有放在心上。

纪之楠知道，想在娱乐圈里扎根，光凭脸和演技是不够的，电影学院每年一茬一茬地往外送新人,演技和颜值俱佳的不在少数,如何在圈里稳扎稳打，最终占有一席之地，就是一门很大的学问了。既然打算靠自己闯出一番成就，纪之楠就决定先从学会交朋友开始。

下午的录制相当顺利，夕夕无论是主持室外欢脱的娱乐节目，还是主持稍微严肃的室内访谈节目，都很有一套。开始纪之楠还有些拘谨，后来在夕夕轻松自然的引导中放松下来，慢慢进入状态。

本次访谈围绕近期的工作安排和演戏心得展开，纪之楠趁机为即将开拍的新剧打了一波广告,说这部剧一定不会让大家失望,敬请期待年后的定妆照。

接下来，夕夕带着纪之楠将纪之楠演过的角色回顾一番，其间穿插一些纪之楠拍戏期间的小趣闻，眼看台下观众快坐不住了，才不着痕迹地将话题引到纪之楠的个人问题上。

“那我们楠宝最近还看英文原版书吗?”

夕夕对纪之楠的称谓突然从“纪老师”换到“我们楠宝”，让纪之楠有片刻的出神，像是回到了当年的真人秀录制现场，然而此时自己的心境和那时候已经完全不一样了。

纪之楠摇头答：“没有看了。”

“为什么？之前看你很有兴趣，我还特地在朋友圈转发一条必读英文名著书单呢，有看到吗？”

纪之楠做惊讶状：“啊，原来那是转给我看的，我都没敢点赞。”

台下观众一阵哄笑。

夕夕佯装不满：“亏我还仔细把那书单翻了一遍，确定没有不适合你这个年龄段阅读的内容才转发。”

纪之楠笑道：“对不起，我错了，节目录完就去点赞。”

夕夕眼珠一转后狡黠地问：“记得楠宝之前说过喜欢英语好的人，所以现在是不喜欢了吗？”

纪之楠先是一愣，随即道：“喜欢啊，有特长的人都令人钦佩。”

“咦……这么官方。那楠宝现在喜欢看什么书呢？”

纪之楠想都没想就说：“剧本和原著，我最喜欢的两种书。”然后俏皮地冲镜头挥挥手，“请电视机前的导演、编剧们看看我，这里纪之楠，今年二十一周岁，大家有合适的角色，请不要大意地找我的经纪人，给我一次读书的机会，谢谢。”

台上的主持人台下的观众都被纪之楠的坦白、直爽逗笑了。

节目在六点前录完，导演了却一桩心事，心情极佳，大手一挥，请大伙儿去望江楼吃饭。于是纪之楠带着经纪人和助理一起去蹭饭，跟夕夕说下回单独请她。夕夕大笑：“姐姐逗你呢，怎么算都该是我请客，感谢你帮了我们这么大一个忙。”

总之不管谁请谁，这顿饭是定下了。

一行人坐了三辆车，浩浩荡荡来到饭店。周茹追上来走在纪之楠身边，两人并排往里走。周茹边走边问：“你从前不是从来不参加这种聚会吗？今天太阳打西边出来了？”

纪之楠被周围欢乐的气氛感染，心情还不错，转过身去开玩笑说：“那我先走咯。”

周茹微笑着拍拍纪之楠的肩膀提醒："人多，看着点路。"

导演订的包厢在二楼，众人拾级而上。楼梯的设计与整个店铺的风格统一，是古朴素雅的木质楼梯，窄小且略微陡峭，最多只容两人并排走。

此时楼上正有人往楼下走，本来上下各占一边，互不干扰，可下来的几个顾客似乎喝多了，下盘不稳，其中有个女孩在经过纪之楠身边时，踩着高跟鞋的脚一歪，便往纪之楠身上倒。

纪之楠没有让开，因为楼梯上不安全，一旦躲开，女孩就有可能摔跤。于是纪之楠虚虚扶了女孩一把："小心。"

墨镜在进饭店之前就摘了，此时纪之楠脸上只戴着口罩。楼梯上方只安了几盏古色古香的宫灯，光线昏暗，并不足以使人认出纪之楠来，可如果是熟人就不一样了。

"哟。"女孩刚站稳就轻笑一声，吊着嗓子道，"这不是我三嫂吗？"

视线纷纷聚集过来，楼梯上的众人挤在狭小的空间里不上不下，让夹在中间的纪之楠动弹不得。纪之楠对陆娴没有好印象，这女孩从小被家里宠大，性格乖张跋扈，不知道"尊重"二字怎么写，比秦魏宇的二哥还要幼稚、恶劣。

况且纪之楠知道她如此针对自己的原因，所以更加不想跟她有什么交集。

纪之楠低声说了句"你好"，冷淡而不失礼数，然后催促前面的人继续走，"道路堵塞咯，大家动一动啊。"

自成一列的队伍慢吞吞往上挪两步，纪之楠刚爬一个台阶，左边胳膊就被陆娴拽住了："你躲什么？怕我？"

纪之楠藏在口罩下面的嘴角微微上挑。怕她？纪之楠承认梦里的自己是有一些怕她，可现在一丁点都没有。

纪之楠轻松地把胳膊从陆娴手中抽出来："陆小姐吃过了吧？麻烦让个道给没吃饭的人，公共场合请您注意形象。"

"是谁不要形象？"陆娴声音拔高几个度，"死皮赖脸往我三哥身上贴，也不掂量掂量自己，你哪里配得上他？"

这下所有人都立定不动了，楼上楼下走道里经过的客人也探头探脑地看热闹。

周茹在后面使不上劲，伸手推了前面呆住了的莉莉一把，站在纪之楠后面的莉莉这才回过神来，用胳膊护住纪之楠，警惕地对陆娴道："这位小姐，您认错人了吧？”

陆娉睨她一眼：“你是纪之楠的助理？”

大名都报出来了，显然她不是认错人。莉莉张口结舌，不知该如何是好。

这时，已经到楼上的导演趴在栏杆上往下张望，喊道：“你们快点儿啊，还想不想点菜了？”忽而他瞧见一身张扬红衣的陆娉，便道：“陆小姐，你也在这儿？”

纪之楠自听见导演的声音起就知道不妙。陆家喜欢做投资，因而认得不少圈内人，陆娉又爱跟着到处玩，她还有过进娱乐圈的打算，经常把公事应酬当聚会来参加，渐渐也混了个脸熟。

局面一时陷入混乱，周围吃瓜群众盲目抓瞎，不知道该帮谁。最后是导演指挥众人进包厢落座，末了盛情邀请陆娉一起喝一杯。陆娉哼了一声，踩着高跟鞋走了进去。

包厢里面是一张能坐二十人的大圆桌，周茹坐在纪之楠身边，压低声音问：“要不咱们找个借口先走？”

纪之楠摇摇头，这个当口自己如果无故离席，反倒显得心虚遮掩，不够磊落。这是私事，陆娉也算是纪之楠的亲戚，周茹便不再多问。

一桌人，除了不知情的导演，都在私底下揣测这两人的关系，席间一度安静非常，只听得见碗筷碰撞声和偶尔的小小交谈声。

菜上来大半，导演举起酒杯道：“这次节目顺利录完，多亏了我们纪大明星出手相救。来，我们一起敬纪老师一杯！”

众人举杯起立，纪之楠理理衣服下摆，也要站起来，一旁的周茹忙叫大家都坐下。一番推辞过后，纪之楠还是客客气气地站着干了第一杯酒。纪之楠不善应酬，更不胜酒力，一杯白酒下肚，从口中到胃里着火似的灼烧起来，喝掉一整杯白开水才勉强压下那股翻涌刺激的不适感。

几筷子蔬菜下肚，又有人向纪之楠敬酒，夕夕善解人意地帮忙解围：“没看见我们纪老师不能喝酒吗？脸都红透了，不如以茶代酒吧，别真喝趴在这儿。”

纪之楠向她投去感激的一笑，端起茶水还没举起来，坐在圆桌那头的陆娉就拍桌子大笑起来：“哈哈哈哈，纪老师？这也能称为老师？”

纪之楠知道这小姑娘没那么容易放过自己，梦里她就把自己当眼中钉、肉中刺，以让自己不痛快为人生目标，不过最后她确实成功了。梦里的那个纪之楠当时已经杯弓蛇影，捂着耳朵什么都不敢听，什么都不敢看，陆姌动动手指轻轻一推，就摧毁了纪之楠最后一线微薄的希望。

夕夕显然也对这个没礼貌的姑娘没好感，面色不虞道："纪老师前年就拿了金花奖最佳新人，叫一声老师不为过。"

要不是她提起，纪之楠自己都快忘了这个颇有分量的新人奖。那会儿纪之楠刚出道一年多，对演戏这件事还处在兴奋期，合作过的几个导演和老演员都称赞纪之楠演戏有灵气，再加上运气不错，一路好剧加持，拿下新人奖自是顺理成章的事。

后来呢？后来秦魏宇回国了，纪之楠的生活重心开始偏移，不再用心钻研剧本，而是想尽办法往秦魏宇跟前钻。偏生纪之楠又爱面子，端着副骄矜的姿态不愿直说，偷偷摸摸追得煞是辛苦，身上的最后一点灵气也在日积月累的郁郁寡欢中消磨殆尽。

对面的陆姌得理不饶人："都说了是前年，这两年哪有什么拿得出手的作品？"她挑衅地看着纪之楠，"要是真有本事，年纪轻轻的，为什么这么着急要找个豪门做靠山？"

席间众人又开始窃窃私语。

周茹面色铁青，眼看就要站起来，纪之楠不动声色地按住她，然后慢条斯理地喝了一口茶，道："陆小姐何出此言？"

"别揣着明白装糊涂。"陆姌说到这个就生气，"还没进门呢，就骗得我姨父把名下的公司转让给你，耍得一手好心机啊！可惜多的是你不知道的事。你知道我三哥为什么放着那么多家室好的小姐不娶，非要跟你结婚吗？"

"这我确实不知道。"纪之楠放下茶杯，转而端起酒杯晃了晃，看着透明的液体在杯壁上滑落，低低笑了，"非要跟我结婚？这个'非要'的过程，我倒是愿闻其详。"

"你！"陆姌借着酒劲发疯，腾地站起来，"别得意得太早，我三哥才不是真心娶你，你哭的日子还在后头！"

纪之楠脸上笑容更明显："以后的事情谁知道呢？在我跟前喊，我也不会当场哭给你看啊。"

边上观战的导演听了半天，总算理顺两人的关系，附和着干笑几声，打圆场道："哈哈哈，陆小姐真有意思。来来来，大家动筷子，别光顾着交流感情，现杀的活鱼就得趁热吃！"

众人继续用餐。陆炳被纪之楠堵得没话说，一屁股坐下来，狠狠瞪纪之楠。纪之楠浑然不觉似的自顾自吃菜，其间还饶有兴致地挨个给节目组成员敬酒，一杯白酒，一杯茶水，你来我往，喝得不亦乐乎。

周茹和莉莉担心纪之楠喝多了不舒服，要帮忙挡酒，纪之楠挥手说不用。两人见纪之楠明明喝了很多，眼神却异常清明，端着酒杯的手也丝毫不见颤抖，便放下心来，不再多管。

一个本该高高兴兴的饭局，最后在诡谲的气氛中结束了。

纪之楠坚持不要莉莉扶，靠着墙慢慢往外走。第一次喝这么多酒，听人说一醉解千愁，纪之楠不知道自己醉是没醉，只知道脑袋快疼炸了，该出现的、不该出现的，像潮水一样疯狂涌入，在脑子里搅作一团。

陆炳比纪之楠醉得厉害，站都站不住，节目组的两个女工作人员架着她站在路边，怎么都没办法从她口中问出家庭住址。导演无奈，让她们送她去酒店住一晚，她又赖在地上死活不肯走，看见纪之楠出来了就往上扑，嘴里念着"三哥是我的"之类的疯话。整个节目组的工作人员都没见过名门闺秀耍酒疯，看热闹的同时都带着一脸鄙夷之色。

夕夕还没走，为难地对纪之楠说："你看能不能联系到她的家属？大晚上的把一个姑娘丢在路上，实在不安全。"

外面冷风一吹，令纪之楠模糊的神志恢复一线清明。纪之楠掏出手机拨通一个号码，那头很快就接了起来。

纪之楠双眼微眯，仰头望着夜空中的朗月稀星，对电话那头的人冷声道："望江楼，来接你的好妹妹。"

秦魏宇不到半小时就到了，下了车便带着司机往饭店方向快步走去。此时饭店已经打烊，店面前有很大一片空地，寻了几圈没看到人影，秦魏宇一边环顾四周一边拨打纪之楠的电话，然后循着奇怪的狗叫声找到躲在角落里的两个人。

陆炳哭累了，坐在墙角抽抽噎噎地说胡话，身上盖着不知道谁的羽绒服。纪之楠则靠在墙上，双手互相插在大衣袖子里，低着头把脸埋在立起来的领口中。借着迎面而来的一点路灯光线，秦魏宇只能看见纪之楠挡住半张脸的碎发和露在外面通红的鼻尖。

秦魏宇指挥司机把陆娉弄上车，自己走到一动不动的纪之楠跟前，脱下身上的大衣罩在纪之楠身上。

被深色外套裹住的纪之楠像偷穿了大人衣服的孩子，莹白的小脸抬起来，眼中发散的光慢慢聚拢，忽然咧开嘴扯出一个无声的笑容。

秦魏宇一怔，这是纪之楠第一次对他笑。

接着他便闻到纪之楠身上浓烈的酒气，微微皱眉道："喝这么多酒？"

纪之楠又看了他一会儿，笑容逐渐消失，然后赌气似的把脸别开。

秦魏宇当纪之楠喝醉了犯迷糊，隔着衣服摸到纪之楠的手，轻声说："走吧。"

纪之楠不肯动，像黏在墙上似的负隅顽抗，毫不含糊地甩开秦魏宇的手。

"怎么了？"秦魏宇从未见过纪之楠如此孩子气的一面，一时不知该如何处理。他耐心道："乖，先去车上，外面冷。"

纪之楠摇头，嘴里说了句什么，秦魏宇没听清。

他靠近了些，问："你说什么？"

"骗子，骗子……"纪之楠埋着脑袋念叨。

"谁是骗子？"秦魏宇忍不住问。

纪之楠抬起头，梗着脖子冲他吼："你，骗子！"

秦魏宇又蒙了，还没想到该如何回应，就看见纪之楠的眼眶骤然泛红，清亮的眼睛还是一眨不眨地望着他。

"不是想看我哭吗？" 纪之楠倔强地昂着头，"你倒是看啊。"

急促的、带着酒气的呼吸，伴着略带哭腔的低哑声音，让秦魏宇的心脏紧缩了一下。

# Chapter 5
# 接你下班

纪之楠醒过来的时候，天已经大亮。撇开头很疼不说，昨晚睡眠质量不错，一夜未醒，以至于纪之楠都睡蒙了。纪之楠坐起来后茫然四顾好几分钟，直到下床拨开窗帘，看到外面错落有致的屋顶和熟悉的道路，才意识到自己现在身处何地。

纪之楠第一反应是低头看身上，此时自己穿着一套杏色的棉质睡衣，布料质地优良、柔软舒适。纪之楠脑袋里响起嗡的一声，在屋里寻了一圈也没找到自己的衣服，除了最里面穿着的内衣，还有放在枕头边的手机，其他东西都不见了。

纪之楠拿起手机揣兜里，打开门，冷不丁撞上刚要进来的秦魏宇。

“醒了？还难受吗？”秦魏宇问。

纪之楠拿不准他这句关心是玩味还是嘲讽，下意识往后退了一步，和他拉开距离，问道：“我衣服呢？”

秦魏宇说：“拿去洗了。”

“谁让你洗的？”

“脏了。”

额角突突直跳，纪之楠憋了半天才问：“为什么把我带到这里？”

此时的纪之楠正站在新房的二楼主卧里，这是整栋房子最大的房间，正南朝阳，光照、通风极佳，梦里的纪之楠在这里住了近两年，除了拍戏外宿，其余的夜晚几乎都在这里度过。

大而空荡的房间，安静的走廊，触目所及的一切都熟悉到令人害怕，即便是白天，也有一股凉意渗入皮肤，漫进血液。

“你住处换了锁，打不开。”秦魏宇陈述道。

纪之楠：“钥匙就在大衣口袋里。”

秦魏宇回答得理所当然：“我不知道。”

纪之楠无语。昨晚喝的酒后劲很大，纪之楠起初不觉得，后来不知何时就已经醉到神志不清，只记得自己给秦魏宇打了电话，然后和陆婣一起挪到角落里等，连周茹和莉莉什么时候走的都全无印象。

没人会相信自己能在那种情况下一个人独立把衣服整齐地换上，且不管是谁给自己换的，既然衣服被拿去洗了，纪之楠怎么都不信居然没有人摸到那把钥匙。

真相只有一个，秦魏宇分明根本没有把纪之楠送回过公寓。

然而喝醉的是自己，给人家打电话的也是自己，秦魏宇这个洁癖精没把自己扔在大街上自生自灭已经十分人道了，纪之楠自知理亏，咬牙半晌，而后问：“衣服在哪里？”

“衣服还没干。先吃饭吧，阿姨给你做了糖醋小排……”

纪之楠脑海中只有一个念头，就是赶紧离开这里，话没听完，便越过秦魏宇，径直往二楼露台方向走去。

晒台是半包围的，里面是玻璃花房式的小阳台。今天又是一个好天气，一个系着围裙的中年妇女在阳台上晾衣服，应该就是秦魏宇口中的阿姨，跟梦里的并不是同一个。

纪之楠看见自己的衣服已经晾在上面，毛衣正被阿姨平铺开来，放在专门的晒衣架上。纪之楠心急，直跳起来把挂在上面的两件衣服拽下来，接着就去拿毛衣。

“纪老师，衣服刚晾上，还没干呢。”阿姨提醒道。

无暇管她怎么知道自己姓纪，纪之楠把湿漉漉的毛衣拿在手里，问：“我的外套呢？”

阿姨答：“早上让干洗店的拿走啦，家里洗不了厚重的毛呢外套。”

得到答复，纪之楠捧着衣服就走，从阳台出来左拐走进二楼的公共卫生间，进去就把门摔上，咔嗒一声反锁，将刚刚跟过来的秦魏宇关在外面。

卫生间里阴冷，纪之楠三下五除二把身上的睡衣脱了，刚洗完脱过水的裤子虽然不像毛衣那样往下滴水，但还是没办法顺利地套上，裤腿冰凉，小腿在这种摩擦下都被冻红了，还是穿不上去。

衬衫也是这样，毛衣更是惨不忍睹，这样穿出去，不仅会被人当神经病围观，可能还会在寒风中被冻成一根冰棒。纪之楠想换上衣服赶紧走的希望破灭了。

秦魏宇在外面叩门：“衣服再晒一会儿吧，先出来吃饭。”

纪之楠是家务白痴，但是用洗衣机给衣服脱水这种事还是做过的，所以知道以现在这个天气，即便是脱过水的衣服，没两三个钟头也干不了。

经过刚才一番活动，纪之楠累得一丝力气也无，掏出手机拨了莉莉的电话，让她买一套合身的衣服送到这个地址来，然后在马桶盖上又坐了一会儿，才打开门出去。

秦魏宇还在门口，见纪之楠好好地穿着睡衣，表情缓和不少，安慰似的说：“先吃饭吧，吃完饭兴许衣服就干了。”

最讲究事实精准性的秦总嘴巴里居然蹦出“兴许”二字，足以见得这个猜测有多么不靠谱。

“我不饿。”纪之楠不想跟他浪费唇舌，抱着衣服回到房间，开始叠被子。纪之楠边叠杯子边观察——床上只有一个枕头，也没有其他人躺过的痕迹，昨晚这个房间应该只有自己一个人。

秦魏宇又跟过来，站在门口说：“放着吧，等下让阿姨收拾。”

纪之楠继续手上的动作，把被子叠成方形：“你忙你的，我不会在这里打扰太久，我的助理马上送衣服过来。”

秦魏宇愣了片刻，而后道：“这不叫打扰，这也是你的家。”

纪之楠背对他笑了笑：“不好意思，我只把这里当客房，每个月留宿三天是白纸黑字写着的必须完成的任务。”用手抹平最后一道褶皱，纪之楠站直身体，“昨晚算一次，这个月还有两晚的指标。”

秦魏宇面上表情不变，但纪之楠仍然可以察觉到他的不悦。

纪之楠很费解，这种情况他该高兴才对啊，梦里他明明对自己避之不及，现在自己先避着他，结婚的事情也已经如他所愿板上钉钉，他的目的就快达到了，按理说，他不会蠢到继续在自己身上下功夫。

纪之楠在思考，秦魏宇也在脑海中组织语言。如今的纪之楠跟他梦里的那个截然不同，他从来不知道这人还有如此伶牙俐齿的一面，像竖起了浑身的刺，任何情况下都不肯落于下风，除了喝醉的时候。

他想起昨天晚上纪之楠嘴上说着要哭给他看，却死死咬唇不让眼泪流下来的模样，倔强得仿佛无坚不摧，又脆弱得好似不堪一击，两种互相矛盾的状态杂糅在一个人身上，让他的心隐隐作痛。

他从未向别人低过头，就算和妈妈在一起最难熬的那几年，他也没有低声下气向谁去讨要过什么。可是面对这样的纪之楠，他只能打破自己的底线，小心翼翼地摸索，试图把纪之楠的心暖回来。

秦魏宇缓缓开口道：“这就是你的房间，你看看有没有需要添置或者改动的地方。今天我陪你回去搬些衣服过来，以后你随时可以过来住。”

“秦先生，你是不是误会什么了？”秦魏宇的话音刚落，纪之楠就将话接了过去，“你不会真的以为我喜欢你吧？”

秦魏宇看着纪之楠，想从那双眼睛里看出撒谎的痕迹。

未待他看出端倪，纪之楠就转身去拨弄随手扔在桌上的湿衣服，只留个后脑勺给他，边叠衣服边说：“如果之前给过你这样错误的信号，那我在这里跟你说声抱歉。”

“误会？”秦魏宇反问道。

纪之楠想了想，说：“如果没有，那最好。节目里的所谓理想型，我是随便说说的，您不要对号入座。”

秦魏宇说不清现在的心情，好像无论他说什么、做什么，纪之楠都会去揣测其背后的含义。可这或许便是他种下的因，说是自尝恶果也不为过。

“那你真正的理想型是什么样的？”

纪之楠手里的衣服被叠得乱七八糟，已经绞成一团。纪之楠抬头去看秦魏宇，秦魏宇似乎一直没有移开目光，定定地凝视着自己。

被他看得发慌，纪之楠敷衍道：“没什么理想型，都是公司帮我编的。”

“那我换个说法。”秦魏宇道，“你不喜欢我哪里？我可以改。”

纪之楠手上的动作一顿，心律顿时失常，心跳一阵快一阵慢。这感觉像纪之楠刚认识秦魏宇的时候，因为不知前面等着自己的是福是祸而忐忑不安，可还是会跟被蛊惑了似的一步步往前走，心甘情愿地走进他编织的网中。

“哪里都不喜欢。”纪之楠沉声道，像是在说给自己听，“别白费力气了。”

秦魏宇又要说什么，楼下门铃响了。

门一开，纪之楠就听见莉莉在下面大呼小叫：“纪老师，你还好吗？你在哪里？我来救你了！”

纪之楠满脸黑线地下去。刚才纪之楠在电话里只叫莉莉带衣服麻溜过来，不知道这丫头在路上脑补了些啥。

莉莉看到跟在纪之楠后面下来的秦魏宇后，表情立刻由义愤填膺换成“我失忆了，我什么都不知道”，左顾右盼，到处张望，感叹道：“这里真漂亮……”

纪之楠拿了衣服就进卫生间迅速换好，把湿衣服放进空出来的购物袋里，然后出去拉着莉莉一起走。

阿姨从楼上下来，疑惑道：“纪老师不吃了饭再走吗？秦先生说您喜欢吃糖醋小排，猪小排已经腌好了，再有半小时就能吃。”

纪之楠立马答：“不了，辛苦您了。”

走到门口，突然想到自己那件被送洗的大衣，纪之楠无奈地转回身，和今天从自己醒来起就一直跟在自己身后的某个人面对面，道：“可以把洗衣店的地址和凭证给我吗？衣服我自己去拿，还有，昨天谢谢你。”

或许是当着两个不熟悉的人的面，拉不下脸耍无赖，秦魏宇犹豫一会儿，把洗衣店的凭证和一把钥匙拿出来交给了纪之楠。

坐到车上，纪之楠才放松下来，捧着宿醉后的脑袋揉啊揉。路上莉莉时不时从后视镜偷偷打量纪之楠，动作大到纪之楠无法忽视。

“有什么想问的，问吧。”

莉莉双手扶着方向盘，装模作样坐直身体：“没有啊，没什么想问的。”

“那我睡了。”纪之楠把新衣服后面的帽子扣在头上。

“哎，等一下。”莉莉急了，抱怨道，“你不是不让我关心你的私事嘛，现在又让我问，那我到底是问还是不问啊？”

纪之楠只露了嘴巴在外面，声音闷闷的，像在念经：“不是你想的那样。昨天我喝醉了，他收留我一晚而已。”

“什么都没发生？”

“嗯。”

“那就好那就好。”莉莉腾出一只手拍胸口说，“昨天我看你精神状态不错，还以为你真的没醉，就听你的话先走了，没想到你会被他捡回家。”

纪之楠叹了口气，自己真的一点都记不起来了。

“不过，”莉莉话锋一转，“你们家……哦不，秦先生家真的好漂亮，跟他发给你的照片一模一样，我第一次看的时候还以为是做出来的效果图呢。”

纪之楠没吱声，上次来去匆忙，这次手忙脚乱，都没顾得上看看屋子里头长什么样。

“客厅里头那架钢琴是买给你的？”莉莉问。

纪之楠愣了一下后答：“不知道。”

“你以前不是说，以后有了自己的房子，要买一架三角钢琴放在里面吗？”

纪之楠一听，自己好像确实曾在某个节目里这么说过。纪之楠从小听着钢琴曲长大，虽然偶尔会嫉妒钢琴分走一半以上妈妈对自己的关注，但内心对这件乐器还是有特殊的依恋，总觉得有钢琴的地方就有妈妈。

之前上节目，纪之楠看到钢琴就随便提了一嘴，连自己的粉丝们都没有把这事放在心上，如果说秦魏宇是因为这个才在家里摆一架颇占地方的三角钢琴，未免也太荒谬了。

刚想反驳莉莉的猜测，纪之楠鬼使神差地想到前天晚上秦魏宇那句“去看一眼，好吗”，再联系今天没头没尾的那句“你不喜欢我哪里，我可以改”，越琢磨越觉得不对劲。

难道是昨天晚上醉到没意识之后，自己说了什么不该说的话？纪之楠掏出手机，按亮屏幕又按灭，重复好几次，最终还是没发短信问秦魏宇。

纪之楠在心里痛下决心，以后再也不喝酒了。回到住处，纪之楠先给夕夕姐发微信。

一个表情刚丢过去，她那边立刻回复过来：昨天已经交代他们不要往外说啦，我们组的同事嘴巴都很严的，你放心。

她这么说，纪之楠反而有些不好意思，昨天因为自己的事，大家都没能好好吃饭。

纪之楠提出请节目组所有成员一起吃顿饭，结果被夕夕以“先把我这顿请了再说”给挡了回来，于是作罢。夕夕都说她已经交代过了，业内人员大多懂规矩，这点职业操守应该还是有的。再说请客也确实没什么由头，总不能直接说是“封口饭”吧？

把带回来的湿衣服在阳台上晾好，纪之楠点了份外卖，烧了壶水。水放到不烫的时候，外卖刚好送到，纪之楠就着温水把一整个八寸的比萨吃掉，站起来在跑步机上快走半个小时，才坐下来看剧本。

周五拍定妆照，现在算是真正意义上的重新开始，自己必须打起一万分的精神来应对，纪之楠心想。接下来几天，纪之楠每天除了看剧本，就是换着花样给自己点外卖，吃完就上跑步机，晚上再加一个小时。经过这些天的锻炼，纪之楠感觉自己的呼吸平稳不少。昨天早上下楼去扔垃圾，回来的时候电梯坏了，纪之楠毫不犹豫走楼梯，一鼓作气爬上十九楼，都没怎么喘。

在家里念台词的时候，纪之楠也感觉到气息更易于掌控，那些一长串且需要爆发力的台词，带着情绪念下来也不会像以前一样觉得头昏脑涨。

说起来，梦里纪之楠演沈彦安，拍到某几段感情冲突强烈的戏时，差点喘到快背过气去，最后因为台词实在太差，错漏也很多，后期剧组给请了配音，而男一、男二包括戏份没纪之楠重的几个配角都是原声出演。

纪之楠下定决心这次自己也要用原声。声音和表演本就是一体的，台词功底也是衡量演员是否专业的基准之一。

就这样，纪之楠想安安稳稳地过到周五，结果周五前一天晚上又没睡好。

纪之楠把这归咎于自己的心理承受能力太差，但凡第二天有点什么特别的事要做，就条件反射般地睡不着。梦里的纪之楠吃过安神养心的药，一开始是有作用的，后来渐渐产生抗药性，吃多少都没用，该睡不着还是睡不着。

虽然现在还没到开始失眠的时候，但梦醒之后，这个毛病还是完整保留了下来，纪之楠边穿衣服边想。

出门前路过客厅，纪之楠瞟到桌上放着的文件袋。那是两天前收到的快递文件，纪之楠只在当时打开看了一下，里面除了盖了章的婚前协议，后面还整齐地放着上次在秦家秦晟送给自己的公司和房产资料，最后还多了一本不动产权证书，房子是秦魏宇那套新房，而权利人一栏赫然写着“纪之楠”

三个字。

纪之楠当时呆住许久，曾经在脑袋里冒出一丁点苗头的小想法卷土重来。纪之楠很想打电话问秦魏宇这是什么意思，可这话自己在梦里已经问过许多次了，那人要是愿意告诉自己，早就说了，何必拖到现在。

梦里的秦魏宇就是这样，许多事情宁可憋着，也不愿意说出来，把自己封闭在一个密不透风的世界里，不让别人进去，自己也不走出来。

最后出门前，纪之楠还是将那个文件袋带上了。上班高峰期，路上有点堵车，纪之楠赶到民政局时，已经九点十五分，下车就看见秦魏宇站在门口。他个子高，随随便便往那儿一杵就格外引人注目。

纪之楠用围巾捂住大半张脸，快步走过去："来晚了，路上堵车。"

秦魏宇点点头："先进去吧。"

虽说今天是工作日，但民政局里面已经人头攒动，队伍从里面一直排到大厅。两人来到队尾，纪之楠伸长脖子往前看，目测前面还有四五十对新人。纪之楠有点急，因为住的地方离这里和下午拍定妆照的地方较远，所以特地带了剧本，准备领完证后找个咖啡店坐一会儿，到下午拍照时间直接过去。

"咱们就在这儿排队？你不是在这边有熟……"纪之楠脱口而出了，说到一半才急急地收声，险些咬到自己的舌头。

悄悄观察秦魏宇，见他没什么特别的反应，纪之楠才放下心来。梦里他们俩走的是民政局的"VIP 通道"，其实就是找了个熟人，一路带着他们插队去填表、拍照、签字盖章，从走进去一直到出来，花了不到十分钟就拿到证了。

那时候，纪之楠紧张又期待，奈何那过程实在太快，还没仔细品尝个中滋味，就稀里糊涂地和身边这人绑定了，当然，是自己单方面以为的绑定，人家根本没把这一纸婚书放在心上。

纪之楠正想着，秦魏宇碰了碰纪之楠，道："先吃早餐吧。"纪之楠这才看见他手上拎着的牛奶和面包。

"附近只有这个卖，牛奶还是热的，你先垫垫。"

纪之楠还愣着，就听见前面排队一个姑娘对身边的男友撒娇道："你看看人家，到哪儿都不忘准备早饭，多体贴，再看看你。"

周围都是人，听姑娘大着嗓门这么一说，纷纷好奇地打量他们俩。秦魏宇个高腿长又相貌英俊，两人站在一起极其养眼，如此养眼的一对自然吸引来不少目光。

在这种情况下被人围观还是第一次，纪之楠脸皮薄，耳朵尖都红了，正想借着去卫生间躲一阵，秦魏宇看出纪之楠的心思，临走前把早餐塞过去：“找个人少的地方，吃完再回来。”

纪之楠顾不上拒绝，抱着东西落荒而逃。牛奶和面包没地方扔，最后还是下了肚。回去时已经快到他们了，纪之楠把刚才在小卖部买的绿茶递给秦魏宇，说：“喏，还你的。”

秦魏宇接过去，拧开瓶盖时看了一眼瓶身，原味无糖。纪之楠看见秦魏宇笑了一下，眨了眨眼睛再去看，这家伙又面无表情了。

纪之楠怀疑自己看错了，心里又不住地发慌，眼睛四处乱瞟，说：“路过商店随便买的，抵早饭钱够不够？”

“够。”秦魏宇立刻回答。

这回纪之楠清清楚楚看见他笑了，形状美好的嘴唇弯成一个浅浅的弧度，眼睛都眯了起来。梦里看到他笑的次数，几年加起来大概两只手就数得过来。

纪之楠下意识别开眼睛往外面看。真是稀奇。

接下来的过程很顺利。纪之楠在梦里匆匆经历过一次，现在居然记得所有流程，握住笔填申请表的时候，冰凉的手心还是沁满了汗。

两人站在大红布前面拍照，另一头的摄影师提醒他们：“靠近一点，再近一点，二位的头再往中间靠，再动一动行吗？麻烦配合一下啊。”

纪之楠尴尬地往中间挪了又挪，秦魏宇的胳膊突然从后面伸过来，揽住纪之楠往自己身边拉，两个人的脑袋碰在一起，那边的师傅就按了快门。

“早这样不就好了？以后就是一家人了，害什么臊？”

纪之楠脸上瞬间有如覆上一层薄粉，扭头就往外走，走到门口听见秦魏宇在后面向摄影师道谢。两人在取照片的地方等了几分钟，柜台后面的阿姨使劲儿撺掇秦魏宇去隔壁加一套相框，说才三十八块钱，一生就这么一次，留个纪念。

纪之楠在旁边听着，心道：您怎么知道就这么一次？

相框到底是加了。这边证刚盖完章，那边秦魏宇就提着个大红色的袋子走过来，上面明晃晃地印着一个红双喜。

秦魏宇把里面的相框拿出来，纪之楠架不住好奇瞅了一眼，照片上两人紧紧挨在一起，自己看起来有点呆，秦魏宇倒是落落大方，脸上还带着微笑。

这一切与梦里完全是相反的。梦里纪之楠红着脸笑得羞涩，想让相机记录下这珍贵的一刻，秦魏宇则面容冷峻，怎么看都不像是来结婚的。

“好看。”秦魏宇看着照片说。

纪之楠不明所以，问道：“好看什么？”

秦魏宇不假思索道：“你好看。”

纪之楠从未从他口中听到过夸奖，心脏立刻做出最诚实的反应，在胸腔里四处乱撞。纪之楠盯着手里的红本看了半晌，勉强稳住心神，然后把拿到的两个小红本中的一本塞给秦魏宇，装作若无其事的样子说：“我下午还有事，先走了。”

秦魏宇跟上来，急道：“我送你。”

这人一旦执着起来，谁也拦不住。纪之楠在路边等了一会儿，结果没有空车，低头看了看手上抱着的剧本里夹着的那个文件袋，当秦魏宇把车开到面前时，索性不再矫情，打开车门坐了上去。

秦魏宇还没来得及出声，人已经在后座坐定。纪之楠让他在摄影棚附近的一家咖啡店前把自己放下，下车前他问下午是不是拍《覆江山》的剧照，纪之楠问他怎么知道，他说在新闻上看到过。

纪之楠显然不信，秦魏宇的确有每天早上看新闻的习惯，可他看的是财经新闻，就算系统推送也不会抓瞎到给他推送娱乐头条。

下午换好服装开始化妆，纪之楠放下剧本，脑袋一放空，就开始胡思乱想。

纪之楠想起之前在秦家，秦魏宇连自己演过李宣这么个小角色都记在心上，他究竟图什么？难不成得不到的永远是最好的，自己换了个态度，他就对自己上心了？

转念一想，这种事放在别人身上其实完全合理，纪之楠甚至觉得梦里自己的执念之所以那么深，也有“得不到誓不罢休”这个劣根性的原因。

可秦魏宇不一样，他刻在骨子里的理智远多于感性，就算有什么冲动，他也会很好地克制住，不让人发现一丝一毫。

最后纪之楠没得出任何结论，又是一番无用的思考，便叹了口气，站起来进棚拍照。

沈彦安这个角色有两套造型要拍，一套是低调蛰伏的前期，白衣长衫，黑发遮面，妆也相对清淡、朴实；后期则是叱咤朝堂，呼风唤雨，造型便换成一身紫袍，妆面相应偏浓。即便纪之楠已经十分瘦削，化妆师还是在纪之楠的两颊打了厚重的阴影，描了三层眼线，眉毛也画得棱角分明，眉尾高高向上扬起。

《覆江山》主演众多，为了方便大家的行程安排，先拍合照，再拍独照。纪之楠有两套造型，拍完一套换装、补妆再进棚，最后才拍完。结束后，纪之楠到摄影师那边看了下照片，感觉拍出来的效果不错，尤其是后期紫袍的那几张，导演毫不吝啬地夸奖说眼神和动作很到位，保持这个水准进组就很好。

听了这话，纪之楠不禁有些恍惚。

梦里的纪之楠也是上午拿证，下午拍定妆照。当时纪之楠觍着脸叫秦魏宇陪自己一起，秦魏宇许是看在刚结婚的分上，没有拒绝。纪之楠拍照时，他就坐在休息室等。

因着心上人在等自己，纪之楠心急火燎地拍完第一套造型，要换第二套服装时就不太情愿。导演虽然无奈，但也不勉强，挥挥手说算了。可等纪之楠卸了妆换好衣服，急匆匆赶到休息室，秦魏宇已经不在了。他只让莉莉带句话给纪之楠，说有事先走了。

照这样看，其实现在一切都在往好的方向发展，并不完全在走梦里的路。

纪之楠的心情好了许多，收拾完毕回到休息室，莉莉不知道跑哪儿去了，只有一个面熟的男生坐在里面。

"嗨，纪老师。"男生主动打招呼。

他一笑，脸颊上便露出两个酒窝。纪之楠立刻记起他是《覆江山》里扮演护卫的演员，戏份不重，得排到男六号之后，貌似是偶像歌手出身，梦里自己和他没什么交集，一时想不起他的名字。

"啊哈哈，差点忘了自我介绍，我叫宁澜。"男生向纪之楠伸出手。

纪之楠客气地回握，心想梦里这时并没有这样一个人来跟自己套近乎啊。握完手，宁澜神秘兮兮地凑过来。纪之楠不喜欢和不熟悉的人靠太近，但宁澜还是讨人嫌地往前凑："纪老师，您丢东西啦。"

"什么？"纪之楠不住地往后退。

宁澜从口袋里掏出一个红本子。纪之楠倒吸一口气，忙把结婚证夺过来，片刻后才意识到自己的行为很没礼貌。纪之楠的大脑飞速运转，既然宁澜知道这东西是自己的，那就代表他一定打开看过了。

纪之楠低声道："抱歉，不小心弄丢了。请问是在哪里捡到的？"

宁澜指指桌子下面，道："就那儿。您放心，我不会到处乱说的。"说着抬手在嘴巴上做了个拉拉链的动作，"我嘴巴很紧的。"

先是整个节目组知道自己结婚的事情，现在一个不知道从哪儿冒出来的男演员亲眼看了自己的结婚证，纪之楠真是要疯了，不知道他有没有拍照留底。

现在的纪之楠学会了谨慎。纪之楠不确定自己是否能信面前这个叫宁澜的人，可现在的情况由不得自己做主。纪之楠刚想再说点什么探探宁澜的口风，休息室的门突然被撞开了。

来人是莉莉，慌慌张张地大喊："纪老师，不好了不好了，外面出事了！"

纪之楠问："什么事？"

"有个人……有个人把剧组的工作人员给打了，鼻梁都给打歪了。"

纪之楠觉得她大惊小怪，淡定道："不知道的还以为被打的是你呢，咋咋呼呼的。"

莉莉准备说什么，看见旁边立着的人，尴尬地冲他笑笑，他便识趣走开了。

"到底怎么了？"纪之楠皱眉问。

莉莉凑到纪之楠耳边，用手挡着嘴巴小声说："打人的是……是秦先生。"

纪之楠抵达警察局时，天已经快黑了。进门之前，纪之楠还不敢相信打人的是秦魏宇，不断在心里重复"一定是莉莉看错了"。

秦魏宇从不感情用事，理智到近乎冷血，在公共场合打人这种幼稚的举动，怎么可能发生在他身上？直到看到他真的在嘈杂的办公室跟两个穿制服的警察说话，旁边还站着上次帮他们拟婚前协议的律师，纪之楠才不得不接受这个事实。

纪之楠后知后觉自己不应该来，刚要转身出去，秦魏宇心有就感应似的回头，正对上纪之楠的目光。

秦魏宇大步走过来，粗声粗气道："你来干什么？回去。"

这人被抓到警察局还颐指气使，纪之楠感觉莫名其妙，不悦道："这话该我问你，你来干什么？"

不料秦魏宇答："看你工作，接你下班。"

纪之楠愣了半天才明白过来他指的是摄影棚，无奈道："我问你为什么在这里。"

秦魏宇抿抿唇，语气平淡答："没事，马上就可以走了。我看见你助理了，叫她先送你回去。"

纪之楠的目光在他身上扫过，他还穿着上午那件铁灰色大衣，衣襟敞开，里面的衬衫解开了两颗扣子，几乎看不出打架斗殴的痕迹。接着纪之楠越过他的肩膀往后面看，看到律师站着的位置旁边坐着两个人，其中一个鼻梁上缠了绷带，此刻情绪激动，正手舞足蹈地说着什么。

纪之楠来前在门口碰到导演，导演说被打的是服装组的一个工作人员，应该是私人恩怨，剧组方已经派人过去处理。私人恩怨？纪之楠觉得好笑，什么样的人能让秦魏宇跟他产生私人恩怨，还不惜招惹麻烦，当场动手？

这事发生在摄影棚，涉案人员一个是自己未来几个月的同事，一个是上午刚领证的合法配偶，纪之楠并不想自作多情地认为事情一定跟自己有关，可这巧合实在太过蹊跷。

"到底怎么回事？"纪之楠问。

秦魏宇答："没什么事，小矛盾，我没受伤。"

"我只想知道事情经过。"纪之楠见他没有回答的意思，皱眉道，"你不说，我去问警察。"

说着纪之楠便绕过秦魏宇往里面去，秦魏宇也不拦。那边刚才还在指手画脚嚷嚷的伤员看见纪之楠过来，突然噤了声，眼神躲闪，耷拉着肩膀坐在那儿，用余光偷瞄纪之楠。

警察说，从目前了解到的情况来看，是秦先生先动的手，那名工作人员没有还手，不过动手原因两方都不愿意透露，医疗费用已由秦先生一力承担，调解后即可放行。

旁边的律师当着警察的面问那个工作人员："请问您接受调解吗？或者走司法程序也可以，不过秦先生也会对您提起相应的诉讼。"

工作人员听到最后一句话秒怂，看一眼纪之楠，大着胆子说："调解可以，至少给点精神损失费吧，还有误工费，我就白白给人打了吗？"

律师笑了笑，回答："都可以商量。"

绕了一圈也没得到有用信息，纪之楠问旁边另一个工作人员，结果他也说不知道两人因为什么打起来，他只是被差遣来协助解决事情的。

纪之楠又回到秦魏宇跟前，不爽的问：“你说还是不说？”

秦魏宇不说话。

纪之楠拿他没辙，心想回头向剧组当时在场的工作人员打听，总有办法知道。

走之前，纪之楠见四下无人，对秦魏宇说：“请你以后与我的工作和生活保持距离。婚前协议上白纸黑字写着不干涉对方生活，我有我的工作，你也不是闲人，不管你出于什么原因，请不要违反这条约定，否则我会按协议的最后几条向你追究责任。”

秦魏宇半晌不作声，最后也没有应答，只说：“回去吧，记得吃饭。”

夜幕降临，纪之楠边吃饭边给周茹打电话，请她帮忙问问下午到底发生了什么事。周茹听了纪之楠的叙述也惊讶不已，说等她消息，她去打听打听。

纪之楠只想尽快把这件事弄清楚，不想欠秦魏宇任何人情。

下午纪之楠的行程未对外公开，所以粉丝们都是从其他参演人员的微博或者行程中得知今天是拍定妆照的日子。下午上镜妆化得太浓，纪之楠回家后又洗了两遍脸，确保没有一点残留，才点开微博浏览评论。粉丝们成群结队地跑到微博下面“申诉”，问为什么不告诉她们，说伤心了，要“脱粉”三秒。还有闻讯赶来的原著粉丝，有的说看了纪之楠的形象觉得还不错，有的表示演技有待观察，还有的说纪之楠看起来太嫩了，不知道能否撑起后期气场全开的沈彦安。

其中一条评论获得上千个赞，被顶到评论热门：已拜读原著，最期待的就是沈彦安这个角色，前期的隐忍、深情，后期的种种改变，都深得我心。相信我们楠楠一定可以将这个角色诠释好，楠楠的努力配得上大家的赞美。后面配了一张纪之楠饰演的李宣的剧照。

这是纪之楠演的第一部古装戏，虽然那时候演技还很生涩，但照片中的自己举手投足间满是自信和骄傲。

纪之楠知道这条评论意在帮自己给原著粉丝拉好感，既感动又羞愧，同时感受到了更大的压力。梦里的纪之楠辜负了粉丝们的期待，交了一份惨不忍睹的答卷给他们，这次如果再演不好，自己都没办法原谅自己。

晚上八点半，《覆江山》剧组官方微博发布一张照片，是大合照的虚化版本，只能看出几个演员的站位和轮廓——#电视剧《覆江山》#山河动，风云起，一幅历史的画卷即将为您徐徐展开。后面艾特了几位主演，纪之楠也在其中。

看到这条微博后，纪之楠第一时间转发：猜猜我是哪一个！

粉丝们说纪之楠调皮，一眼就知道纪之楠是左边那个。

这条微博又吸引来不少原著粉丝，大多评价说装扮看起来不错，翻了纪之楠以往的微博，觉得颜值也符合，希望演技在线，不要毁了他们心目中的沈彦安。纪之楠一目十行地往下翻评论，在看到某条账号没有头像的评论时，停住了。

“很好看。”就三个字，又是那个“偷窥狂”。这次评论的画风倒是正常，却有种说不上来的诡异感。纪之楠鬼使神差地再次点头像进去观察，结果微博还是空荡荡的——

关注：1；粉丝：0；全部微博：0。

纪之楠打个寒战，退出微博，准备先洗个热水澡暖和暖和。接下来的日子过得忙碌而充实。纪之楠入圈前几乎没有受到过专业的演技指导，只匆忙上过一个表演训练课。在纪之楠的主动要求下，周茹动用关系帮着联系到一位颇有名望的老戏骨教其演戏。

老人家姓方，年近八十，精神矍铄，演了一辈子的戏，七十多岁才不再接新剧，平时最爱念叨“现在的年轻演员都不愿意踏踏实实磨炼演技，也不知道心思都花到哪里去了”，所以见到纪之楠这样勤思肯学的后辈，深感欣慰，恨不得将毕生演戏总结的经验倾囊相授。

纪之楠一周上门两次向他学习表演，其余大部分时间分配在看剧本、资料和练台词上，难得有空闲还要上跑步机锻炼。进组后会先从沈彦安年少时期拍起，纪之楠深知保持青春感的要诀——瘦。

三周后的一天晚上，纪之楠洗完澡贴了张面膜，坐在沙发上刷购物软件，准备给自己购置些进组必备用品。之前这些东西都是莉莉准备的，但这丫头置办物品总爱捎带上自己的喜好，上次进组就买了一整套 Hello Kitty 餐具，还有同款毛毯，弄得纪之楠用也不是，不用也不是。来探班的几个粉丝拍到纪之楠在剧组休息椅上盖着粉色的 Hello Kitty 毛毯，还以为纪之楠喜欢，后来大约有半年时间，纪之楠收到的粉丝礼物一半以上都与 Hello Kitty 有关，最后几乎都送给了周茹的女儿和莉莉。

《覆江山》一拍就是四个月，中途还要转场外景。这段时间内，纪之楠不打算回首都，来回跑太折腾，得再买一个大尺寸的行李箱，还有充足的消耗品。

纪之楠刚准备给莉莉打电话，问她那边都准备了些什么，手机就响了，一看，是秦魏宇。

这不是他在这段时间里第一次打电话过来了。有一次纪之楠在方老先生家学习，手机调了静音，没听见铃声。还有一次，纪之楠练台词刚进入情绪，看也没看手机就先按掉电话，等忙完看见未接来电也就没回，心想真有急事，他会再打的，结果每次他都没有再打来。

纪之楠想了想，按下接通键，道："喂。"

秦魏宇似乎没想到对方会这么快接起来，安静几秒后道："吃饭了吗？"

"吃过了。什么事？"纪之楠直接切入正题。

秦魏宇貌似在开车，那边有汽车鸣笛的背景音："结婚礼服做好了，想送去给你试穿。"

元旦那天两人去秦家，已经有人上门来量过两人的尺寸。纪之楠并不好奇礼服长什么样，道："不用了，尺寸没问题就行。"

秦魏宇又提出一起去看婚礼和婚宴场地，纪之楠冷淡道："这些你来决定就行，我这里比较忙，就不过去了。"

挂了电话，纪之楠捧着黑屏的手机坐了许久。虽然眼下两人所处的位置颠倒反转，可纪之楠还是开心不起来。

梦里的纪之楠左一个电话右一个电话地打给秦魏宇，央着他陪自己去看礼服、酒店，还有婚戒，可那时的他毫无兴致，让纪之楠自己去看。纪之楠一个人蒙着脸去珠宝店看婚戒，险些被店员当成入室劫匪给报了警。

在国内兜了一圈也没找到合心意的戒指，最后纪之楠订机票飞了趟国外。因为时间有限，来不及定制，纪之楠就从某知名设计师的成品中选了自己比较中意的一款。

戒指好不容易敲定，上飞机前，纪之楠高高兴兴拍了张照片发给秦魏宇，接着便坐了一夜的飞机回国。从机场出来时，外面正在下雨，纪之楠淋着雨跑到出租车上客点排队，摸了摸怀里揣着的戒指盒，在手心里呵一口热气，迫不及待地拿出手机。

然而十几个小时过去，秦魏宇没有回一条消息，那对流光溢彩的戒指孤零零地躺在对话框里，兀自美丽。后来，秦魏宇仅仅在教堂交换戒指时戴过几分钟那戒指，往后的日子，那枚纪之楠精心挑选的戒指就再也没出现在他的手上。

其实纪之楠不想记得这些事情，如果可以，甚至宁愿不做那个梦。

纪之楠拼了命把梦中的事锁住，试图用其他东西将它们掩埋，可它们太容易被唤醒，给点火星子就能燃起燎原大火，根本无法控制。

婚礼当天早上，纪之楠在去往教堂的车上接到周茹的电话。

“你托我打听的事儿，总算有前因后果了，现在还要听吗？”

纪之楠当然要听。

原来那天有两个跟剧组一起到摄影棚的服装组工作人员收拾完衣服，闲来无事在卫生间里讲纪之楠的八卦，不知怎么让秦魏宇撞上了。秦魏宇态度强硬，问他们从哪儿听来的八卦。嚼舌根的那个工作人员胆小怕事，着急要走，双方争执无果，就动起手来。

“说的什么我就不转述了，太难听，而且完全是凭空捏造，还是不给你添堵了。”周茹在电话里感叹道，“没看出来秦先生这么护短，看监控录像里面，他突然就挥了一拳出去，把周围的人都吓得不轻。”

“后来怎么处理的？”纪之楠问。

“还能怎么处理？那个人接受了秦先生的赔偿，接着就被剧组开除，上个星期还跑到剧组闹呢，还是秦先生出面给摆平了。”

纪之楠像听天方夜谭一样，周茹口中的秦魏宇跟自己认识的仿佛不是同一个人。

醒来近三个月，纪之楠多少摸出一些规律。事情的发展基本上按照梦中的顺序在推进，如果有变化，一定是因为之前谁人为地加以干涉了。

纪之楠搞不懂了，在自己的那个梦中，秦魏宇不是先走了吗？他为什么会出现在摄影棚？难道他真的是去看自己？

纪之楠浑浑噩噩地到了婚礼现场。

婚礼定在秦家选的一个郊外的小教堂，那里四面环山，草木茵茵，暖黄色的教堂立于其中，驱散了不少冬日的萧条感。纪之楠心里有事，整个过程中都心不在焉。

幸好婚礼一切从简，只请了秦家和纪家的几位亲朋，纪家只来了纪安东和纪之樟，在国外的大哥纪之槐和母亲都没有回来。

今天办婚礼的事情，纪之楠连周茹和莉莉都没有告诉。从别人口中得到祝福又能怎么样？这段婚姻终归不会长久。

两人并肩走到台上，面对面时，纪之楠才注意到秦魏宇的穿着，白衬衫，黑礼服，只是将衬衫纽扣扣到最上面，显得更加端庄郑重。

主持婚礼的牧师带着两人宣誓，轮到纪之楠时，纪之楠强打精神，拿出自己一百分的演技，心道就陪他再演一次吧，不会有下次了。

纪之楠这么想着，“我愿意”三个字也就不那么难说出口了。

到了交换戒指的环节，纪之楠的眼睛无处安放，就盯着秦魏宇的手瞧，看着他用修长的手指拿起丝绒盒子，酒红色衬得他的手更加纤长白皙，让人横竖都不能想象这只手会捏成拳头打人。

外国牧师声情并茂地念着“白头偕老，不离不弃”，生涩的普通话让纪之楠第二次出了戏。

纪之楠慢悠悠把视线调转到打开在自己面前的盒子上，里面躺着两只素圈指环，在窗外阳光的照耀下，被镀上一层夺目的光晕。

眯眼半晌，纪之楠才分辨出上面刻着的图案。左边的戒指上是一轮弯月，似乎刚从云层中探出头来，朦朦胧胧，看不真切。而右边的戒指上则刻着一颗小而精致的星星，一束光从教堂的彩色琉璃顶窗上照进来，落在那颗星星上，像涌动着的五彩斑斓的波浪，赋予了黑暗的夜空勃勃生机。

纪之楠瞬间连呼吸都窒住了，这对戒指和梦中自己千里迢迢从国外带回来的那对，几乎一模一样。

从教堂出来，众人转移阵地，前往市中心举办婚宴的酒店。两人同坐一辆车，纪之楠用右手抚摸左手无名指上的戒指，有话想问身边的人，却不知该从何问起。

酒店被秦家包场，私密性极佳。秦家本就是文人儒商做派，不喜吵闹，纪家来的人又不多，席间十分安静，厅内只听见婉转悠扬的钢琴声。

新人举着酒杯挨桌敬酒，敬到纪家那桌时，纪之樟眉目含笑，说：“祝你们百年好合。”

秦魏宇也笑了笑，把手中的酒一饮而尽。纪之楠看在眼里，只当他掩饰得好，在这种情况下都笑得出来。

筵席结束，一对新人在门口送客。双方父母最后才走，纪安东装模作样交代秦魏宇好好待纪之楠，秦魏宇郑重道：“我会的。”

而纪之楠把这话当笑话听了，过耳即忘。

魏萱跑过来拉着纪之楠的手，笑得慈爱，叮嘱道：“以后秦老三要是有什么对不住你的地方，回来告诉妈，妈帮你收拾他。”

这话听着亲昵，纪之楠若是不知道秦家那些龌龊的勾当，也就信了，弄不好还要感激涕零地叫一声“妈”。如今的纪之楠只能把表面功夫做足，挤出一个礼貌的笑容，脆声答道：“谢谢您。”

魏萱也是人精，演起母慈子孝来毫不含糊，握住身边秦魏宇的手，把他们两个人的手叠在一起：“好孩子，以后好好过日子。小宇说你下个月就要去拍戏了？赶紧趁着蜜月好好放松一下。”

把客人尽数送走，纪之楠才回过味来。

蜜月……是个什么东西？

纪之楠去问秦魏宇，秦魏宇道：“四天三夜的海岛游，已经订好了，今天晚上出发。”

纪之楠难以置信地问道：“谁答应跟你去海岛游了？”

秦魏宇回答得理直气壮：“结完婚就该度蜜月，不留遗憾。”

纪之楠差点气笑了。

“我不去，你自己去吧。”纪之楠站在酒店门口，掏出手机准备打车回去。

秦魏宇按住纪之楠，又道：“我父母都知道。”

纪之楠一脸疑惑。

“你父亲也知道，我答应他们会发照片给他们看。”秦魏宇说到这里顿了顿，“我们俩在一起的照片。”

纪之楠很快领会了秦魏宇的意思，他想让自己配合，装出新婚燕尔、恩爱融洽的样子，好让父母放心。合同上写着“某些特殊场合全力配合”，没想到这个条款这么快就发挥作用了。

纪之楠半晌没作声，权衡利弊，而后咬牙道：“几点的飞机？”

“晚上七点五十，回去先收拾下，我早些去接你吃晚饭。”

纪之楠一口拒绝：“不用，麻烦你把航班信息发到我手机上，七点半候机室见。”

秦魏宇便不再说话。纪之楠这么快答应已经在他意料之外，他深谙过犹不及的道理，总要给对方留些喘息和反应的时间。

纪之楠回到住处，把新买的箱子从储物室拖出来，打开衣柜胡乱往里面扔衣服，扔到一半才想起去的是热带国家，带棉袄干什么，脑子坏掉了。纪之楠又把厚衣服挂回去，然后随便塞了点护肤品和生活必需品，再塞了几件夏装，把厚厚的剧本放在最上层，最后把充电宝插上充电。纪之楠坐在床边看着一闪一闪的指示灯，呆坐了一会儿，才慢吞吞站起来换衣服。

下午出发前，纪之楠给莉莉打了个电话：“我要出国几天。”

莉莉在啃苹果，咔嚓咔嚓的，声音含混道：“出去玩儿？也好，马上进组就没时间玩了。跟谁啊？”

“秦魏宇。”纪之楠道。

咔嚓声停止，莉莉小心翼翼问：“度蜜月？”

“嗯。”

莉莉觉得说什么都不合适，憋了半天才道：“注意安全。”

“嗯。”纪之楠语气淡然，“转机和抵达目的地的时候我都会给你打电话，如果超过八小时没接到我的电话，立刻报警。”

莉莉：“……”纪老师这是去度蜜月还是去执行任务？

晚上的飞机难得没有晚点，纪之楠在登机口刚打开时抵达候机室。秦魏宇拿着机票等在那里，好像知道纪之楠一定会来似的，面上全无焦急。

托运完行李过安检，两人一前一后上飞机。纪之楠刚坐下就戴上眼罩装睡，去那座海岛城市的航班并不多，所以飞机上大部分人是去那边度假的，再加上那海岛是蜜月胜地，整架飞机上几乎都是新婚夫妇。他们一点都不困似的，兴奋地地交谈着，叽叽喳喳的声音和飞机的轰鸣声交织在一起，吵得纪之楠十分后悔没有带耳塞。

五六个小时后飞机降落，两人在 X 国转机。纪之楠在候机室先给莉莉微信发送所在位置，莉莉居然还没睡，精神抖擞地问纪之楠能不能帮她在免税店买一套某品牌护肤品。纪之楠刚要关机假装失联，就看见刚才不知道去哪儿了的秦魏宇拿着一个餐盒走过来，说：“这个好吃，尝尝看。”

纪之楠摇头答：“我不饿。”

于是秦魏宇坐在纪之楠身边，把餐盒打开，戴上一次性手套，拈起一块糕点吃起来。纪之楠在惊讶这人居然会在公众场合吃东西的同时，完全被那糕点散发出来的香味吸引过去。纪之楠状似不经意地瞟了几眼，想起自己好像在网上见到过这种糕点，是X国特色美食。纪之楠吞了好几大口唾沫，来前只吃了一点昨晚的剩菜，这些日子天天吃外卖，虽然合自己口味，但也吃腻了。

“这是什么啊？”纪之楠小声问。

秦魏宇刚吃完一个，道：“千层糕，尝尝吗？”

得了台阶，纪之楠顺着往下走了一步，问：“甜吗？”

“甜。”

纪之楠想吃，又觉得不好意思，不知道自己是该端着姿态继续坐着，还是该大大方方去拿。正想着，秦魏宇拿起一块千层糕送到纪之楠面前：“只有一个手套，小心碰脏衣服。”

纪之楠瞪大眼睛，心道：这是让我就着你的手……吃？醇香在鼻间萦绕，秦魏宇又把糕点往前送了送，纪之楠下意识张开嘴，将糕点咬进嘴里，就着秦魏宇的手吃完一小块。纪之楠瞬间臊得不行，手脚都不知道该往哪儿放，喝了一大口水，差点呛到。

秦魏宇轻拍纪之楠的背，等人缓过来，问还要不要吃。纪之楠连连摇头，刚才那块千层糕连味道都没怎么尝出来，再吃的话，可能会把自己噎死。

又坐了两个小时飞机，两人终于抵达那座享誉世界的海岛城市。他们坐快艇来到岛上，当地的天已经大亮。纪之楠几乎一夜没睡，进屋先强打精神洗了个澡，然后也不管同行的某人，直接趴在大床上睡过去了。他们所在的房屋临水而建，梦里都能听见潺潺的水声。醒来时天还是亮的，纪之楠盯着窗外一碧如洗的蓝天看了许久，才意识到自己在另外一个国家。

“醒了？时间还早，再睡一会儿吧。”

纪之楠揉揉眼睛，看见秦魏宇正坐在床边的沙发椅上。屋里没有桌子，他就把笔记本电脑放在腿上，貌似正在处理工作。见纪之楠没有继续睡的意思，他站起来，将电脑放在椅子上，抬手按了按因长时间低头而僵硬的脖子。

纪之楠暗暗腹诽，这人有好好的办公室不待，非要跑到这里来工作，病得不轻。

秦魏宇抬腕看表，然后说："现在是午饭时间，出去吃吗？"

纪之楠点头。房间里什么都没有，不出去吃就得饿死。

岛上的餐厅齐备多地美食，纪之楠路过铁板烧餐厅时就走不动道了。秦魏宇劝道："中午吃点清淡的，留点肚子，晚上再吃这个。"

纪之楠觉得他的建议有道理，想着自己还在减肥，就点了份蔬菜沙拉。秦魏宇见纪之楠吞咽艰难，食之无味，不着痕迹地把自己盘中的牛排和鸡肉往纪之楠盘中移。纪之楠第一次来这里，光顾着看景色，浑然不觉自己吃下一堆不属于自己盘子里的东西。

吃完饭，两人信步走上沙滩。他们所在的岛屿每日接待游客的数量很少，是以他们沿着海岸线走了许久，一个人都没碰见。此刻天朗气清，风扫云开，闻着海水的咸湿气味，纪之楠这才有了些身处另一片土地上的真实感。这感觉其实不赖。纪之楠早就想着要去热带海岛城市走一趟，一个人就好，每天安安静静地在海边走走，坐在廊下吹吹海风，不下海也足够怡然惬意。回头瞥了一眼跟在后面的人，纪之楠觉得在天高海阔的美景衬托下，这人看起来似乎也没那么讨厌了。

昨天在婚礼上，纪之楠就想找时间跟秦魏宇好好谈谈。纪之楠有一肚子话想问，苦于找不到合适的机会，如今气氛安宁，是个谈话的好时机，却又舍不得开口了。可能是来到这个美丽到近乎梦幻的地方，让人下意识地回避现实，只想放纵自己在虚幻中沉沦。两人又走了一会儿，几乎将不大的岛屿转了半圈，终于看到除了他们俩以外的人。

那是一对正在拍婚纱照的小夫妻，他们在海边支了个相机，新郎调试好，就飞快地跑过去抱住新娘。因为新娘身上雪白的婚纱不断被风吹起，他们总是拍不出满意的照片。不过即便这样，两人还是开心极了。时而打闹嬉戏，时而悄声私语，新娘银铃般的笑声被海风带过来，灌入纪之楠的耳朵。受到这幅美好的画面的感染，纪之楠跟着莞尔一笑。

秦魏宇看着纪之楠带笑的侧脸，刚要说什么，那边的姑娘朝他们挥手喊道："你好，能不能帮个忙呀？"

原来那对小夫妻终于信了靠自己的力量，不可能拍出像样的照片，看到两人走过来，合计一番，决定碰碰运气，问问他们可不可以帮忙，没想到这一碰就碰对了。纪之楠见他们不认得自己，心情难得放松，欣然同意帮这个忙。秦魏宇操控相机，纪之楠在新娘身后帮她拖住随风乱舞的裙摆。虽然两人不够专业，但风景独一无二，足以遮掩构图的短处，不到二十分钟，就拍出了几张能入眼的照片。

小夫妻很高兴，尤其是新娘，热情似火地要请他们俩去喝一杯。纪之楠说小事一桩，又说自己不能喝酒，新娘才放过他们。

“那我给你们俩拍一张吧，这会儿光线正好，拍出来一定很好看。”

纪之楠有些羞赧，连连摆手说不。秦魏宇倒是一派镇定，礼貌道：“那麻烦你了。”

两人莫名其妙被推到小夫妻刚才站的位置，新娘拿起相机就是一通猛拍，边拍边指挥：“你们俩亲密些呀，怎么跟拍结婚证照片似的，光对着镜头傻笑呢？”

傻笑？没有啊。纪之楠伸手摸摸自己的脸，除了有点热，与平时并无差异。

纪之楠向左侧方抬头，想看秦魏宇的表情，只见一张俊脸突然在眼前放大，还未来得及做出反应，嘴角就碰到一片软软、热热的东西。

一直到晚上，纪之楠脸上的热度都不曾消退。

这下铁板烧也没吃出什么特别的滋味来，纪之楠回去就躲进浴室。秦魏宇默默等纪之楠洗完出来，摘下手上的戒指放在露台旁边的吧台上，也去洗澡。纪之楠抬头就能看到那枚刻着星星的戒指，浑身是说不出的不自在。

纪之楠站起来，换了个背对吧台的位置坐。

那厢微信上莉莉嚷嚷着叫纪之楠发点美图过去看看，这厢纪之楠就听到卫生间门被打开的声音，手一抖，把随便勾选上的一堆照片一起点了发送。

秦魏宇没吹头发，出来先拿起戒指戴回左手无名指上，然后在纪之楠对面坐下。这下不用抬头，纪之楠也能看见那颗耀眼的星星了。

纪之楠只得埋头看手机，对话框里，莉莉发了一排“放过单身狗”的表情，哀怨道：纪老师，你是在报我给你买 Hello Kitty 的仇吗？

纪之楠忙翻上去一看，脸更热了，自己竟然不小心把下午那个新娘给他们俩拍的照片给发了过去。纪之楠花了些时间来解释这张照片的来历，然而莉莉表示并不相信。

她说：“一生一次的蜜月，纪老师玩得开心点，注意节制哦！”

纪之楠把手机拍在桌上，气得不想说话，自己就不该来这趟莫名其妙的蜜月之旅。想到还要跟秦魏宇朝夕相处三天三夜，纪之楠就如坐针毡，浑身不自在。

秦魏宇还面对着纪之楠，不知道在看什么。纪之楠换了个姿势，侧对着他玩手机。

“今天下午的照片可以发给我吗？”秦魏宇说话了。

纪之楠没抬头，问：“干吗？”

说到那张照片，纪之楠就想到那个阴错阳差的吻，虽然只是不小心碰到嘴角，但这是自己和秦魏宇的第一个吻。

“发给咱爸妈看。”秦魏宇说。

纪之楠心里不愿意，手指还是点开微信添加好友，不情愿道：“微信号。”反正完成任务，自己就自由了，早些发过去也好，纪之楠心想。

秦魏宇拿出手机按了几下：“我手机没电了。”

纪之楠收回手，恢复侧身盘腿的姿势，说道：“那你先充电。”

秦魏宇坐着没动，纪之楠被他不知道落在哪儿的视线弄得心里发毛，扭头瞪他道：“不去充电？”

秦魏宇又无奈道：“没带充电器。”

纪之楠不悦道：“出门不带充电器，你没生活常识的吗？”

秦魏宇回答得干脆：“嗯，没有。”

事实上，这是他除了出国念书以外，第一次不是因公事出国。平时他出差的行李都由家里阿姨帮着收拾，可这次是蜜月旅行，他觉得应该亲自打点，连机票和酒店都是自己订的。他对衣食住行无甚概念，而且准备的时间对于蜜月旅行来说实在过于仓促，结果弄得乱七八糟。

狐疑地又看了他两眼，纪之楠把蜷着的两只脚从椅子上放下来，踩上拖鞋一溜小跑到摊开着的行李箱跟前，翻出数据线扔在床上，朝他说道：“你用吧。”

然后纪之楠抱着自己的充电宝回到露台上，插上充电。在生活方面，尤其是出门在外的生存技巧，纪之楠显然要拿手得多。纪之楠从十八岁开始就常年在外，刚出道时也没有助理跟在身边，万事都要自己打理，经常自己去拿通告单，然后早早收拾好东西，到时间了，自己拉着小推车过去等戏。

剧组一旦忙起来，根本没人顾得上纪之楠。那时候，纪之楠还是个刚入行的十八线演员，第一次拍大夜戏，不晓得要准备些什么，就带了个水杯去，结果那天晚上气温骤降，剧组的热水不够用，别的艺人都带了装满热水的保温瓶，还有厚实的军大衣和暖宝宝贴，就纪之楠一个人冻得直哆嗦，热水也打不着，只能在临时搭起来的棚子里走来走去取暖。

在演艺圈的几年让纪之楠成长许多。纪之楠有时候对这个势利的圈子心生厌烦，有时候又感谢这个圈子让自己不至于在别人的庇护下继续一叶障目，做不知人间愁苦的井底之蛙。

纪之楠把飘远的思绪拉回来，百无聊赖地点开微博刷新，里面依旧是成千上万的未读消息，随便扫几眼，发现许多艾特自己的消息都是另一个微博下面的评论，点进去一看，是宁澜的微博。距离定妆照拍摄过去快一个月，纪之楠差点忘记这个人。现在猛然看见这个名字，纪之楠立刻想到结婚证丢失事件，眼皮一跳，往上翻那条微博看内容。

看完微博，纪之楠松了口气，宁澜只是发了一张郊外的图片，背景是连绵的群山，山上都是光秃秃的草皮，镜头里的他对着阳光比了个“耶”的手势，文字内容是：听说我们要在这里拍骑马戏？ @纪之楠 @郭昊

他这条微博发得没头没脑，不免让人生疑。纪之楠稍加分析，觉得这小子八成是想跟自己套近乎。郭昊是《覆江山》的男四，出道两年，刚跻身三线小生之列。纪之楠猜宁澜可能是觉得先从两个咖位没有那么大的演员套近乎，成功率会比较高。

纪之楠梦中没有宁澜这一出，寻思他这么做是否跟结婚证事件有关，可又觉得两件事并没有直接联系，索性点开他的关注列表看了看，果然最新关注的人里有自己和郭昊。而他那条微博下面，许多粉丝自发地帮他艾特纪之楠和郭昊两人，原著粉丝们也来凑热闹，问马戏切不切远景，用不用替身什么的，宁澜居然认真地回复了好几条。纪之楠刚出道时也这样操作过，那时候粉丝少，评论、转发也少，挑选一些评论回复有利于塑造亲切和善的偶像形象。

纪之楠逛了一圈微博，临退出时刷出新的私信。

宁澜：纪老师。[doge]

纪之楠没点进去，点进去就会显示“已读”，便停在所有私信的界面上看看他想说什么。

宁澜：您在哪儿呢?

宁澜：我猜您在外面嗨。[doge]

宁澜：如果我猜对了，回关一下呗。

纪之楠有种被戳穿的恐慌感，一个哆嗦，赶紧退出微博。

秦魏宇刚好走过来，说：“微信号。”

纪之楠怀疑他刚能开机就拔插头了，还是报了一串号码。

新好友申请，ID有点眼熟，一串英文，ReachFor……大小写混杂，连个空格都没有。纪之楠懒得去拼单词，把下午的合照发给他。他收了照片，也不着急走，盯着桌上的东西看。纪之楠过了好半天才反应过来他在看自己的充电宝，手掌立刻拍上去，把充电宝上的图案挡住，结果却是此地无银三百两。

秦魏宇看见纪之楠的手，问：“戒指呢？”

纪之楠突然心虚，弱弱道：“收起来了。”

“在哪里？”

“包里啊。我是公众人物，反正以后也不能戴。”话一说完，纪之楠才觉得自己的解释十分刻意且多余，人家说不定只是随口一问。

秦魏宇没说话，转身走进屋里，回到床头继续充电。

纪之楠犹豫了会儿，也随口一问：“这对戒指在哪儿买的？”

秦魏宇把手机插好，抬头看纪之楠，回答：“国外。”

纪之楠的心脏无端地漏跳一拍，出声问道：“为什么买这个款式？”

婚戒设计上，像这样画上星星和月亮的款式，还是十分罕见的。纪之楠不相信这只是巧合。

说不定全世界只有一款这样的对戒。

秦魏宇闻言轻轻摸了摸左手上的指环，说：“好看。”

纪之楠早就料想到从他嘴里听不到有意义的答复，遂一点都不觉得奇怪，想了想，又问：“你怎么知道我以前叫纪星？”

秦魏宇答道：“奶奶说的。”

这个答案无懈可击，让纪之楠好不容易找到的突破口，又被从天而降的巨石堵死。

两人沉默片刻。

“早点睡吧。”秦魏宇道。

纪之楠走到床头，把手机和充电宝放下，特地把充电宝往枕头底下塞了塞。等从背包里拿了眼罩，返回来面对大床，纪之楠突然意识到什么。他们住的套房虽然面积虽大，却是标准的蜜月套房，只有一张床。

秦魏宇肯定不想跟自己同床。

正纠结该怎样开口，纪之楠听见秦魏宇说：“你睡吧，我充会儿电去楼下。”

纪之楠不置可否，爬上床戴上眼罩，再盖上薄毯，耳朵听见秦魏宇在沙发椅上坐下的动静。环境并不安静，许是太累的缘故，纪之楠在“嗒嗒”的键盘敲击声和屋子底下的流水声中慢慢睡着了。

一觉睡到自然醒。冬季的南半球比起夏季要凉爽舒适，尤其是早晨，纪之楠在大床上滚了好几圈才起来。屋里没人，秦魏宇的笔记本电脑打开摆在沙发椅上，纪之楠下床一看，屏幕还亮着，人应该刚离开不久。

楼下有动静，纪之楠走到楼梯拐角处，就闻到一股香气。循着香味过去，纪之楠看见秦魏宇站在一楼半开放式厨房的灶台前，背对着自己正在摆弄什么。纪之楠惊讶，毕竟一直以为这种度假套房的厨房形同虚设，没想到居然能使用。

秦魏宇听见脚步声，回头道：“醒了？洗脸刷牙吧，马上能吃饭了。”

纪之楠一脸茫然地洗漱，然后看着秦魏宇把一碗面端到自己面前，里头撒了榨菜，还卧了一个圆圆的荷包蛋。

面是纪之楠千里迢迢带来的老坛酸菜面，榨菜也是纪之楠塞进行李箱扛来的，这样的搭配还挺和谐，看着让人食欲大开。

“哪儿来的鸡蛋？”纪之楠好奇道。

秦魏宇把筷子摆在碗上，答道：“问客房服务要的。”

纪之楠心想：那为什么不干脆要做好的早餐，要鸡蛋做什么？更让人难以理解的还在后面。秦魏宇转回去，分分钟给自己做了一碗一模一样的鸡蛋榨菜方便面，端到纪之楠对面坐下吃。

纪之楠：“……”鬼知道刚刚发生了些什么。

纪之楠几欲开口问“你不是不吃这些垃圾食品吗”，又觉得现在的自己应该还不知道这些，于是作罢。

秦魏宇的确不是能吃这些东西的人，吃了三分之一就放下筷子，坐在那儿等纪之楠吃完，然后主动站起来收碗。纪之楠对他浪费的大半包方便面表示心疼，眼珠滴溜溜地打转。

秦魏宇发现了，试探着问：“再给你煮一碗？”

纪之楠摸摸鼻子说：“不了。”总共就三包，再吃就没有了。

纪之楠上楼换衣服，刚把上身的睡衣脱掉，就听见身后秦魏宇上楼梯的脚步声。

把T恤胡乱往身上一套，纪之楠回头，发现秦魏宇站在楼梯的最后两级台阶上，不尴不尬地移开视线。纪之楠觉得自己的慌张举动才是今日最尬。其实没什么好害羞的，况且秦魏宇对自己应该没什么兴趣。

纪之楠低头一看，原来自己在忙乱中还把T恤给穿反了。想明白这一层，纪之楠就自在多了，背过身把衣服脱到一半，转个方向再穿回去。

“下午去钓鱼？”

“太累。”

“按摩？”

“不做。”

“那去潜水？”

纪之楠瞥他一眼，没好气道：“我不会游泳。”

秦魏宇当然知道纪之楠不会游泳，道：“我教你。”

纪之楠犹豫片刻后说：“谢谢。”

秦魏宇不知道这句“谢谢”是答应还是没答应，见纪之楠开始抹防晒霜，便拿着衣服去卫生间迅速换上。

当他出来时，纪之楠已经在换鞋，抬下巴指了指桌子，吩咐道：“你也涂点防晒吧。”

秦魏宇愣了下，走过去挤了点防晒霜抹在手背上，随便抹开就往门口走。

纪之楠无语，拿起防晒霜在秦魏宇两边手臂上各挤了一大坨，道：“你当这是护手霜呢？露在外面的皮肤都要抹到。”

昨天两人在外面溜达半个下午，回到室内，纪之楠就看见秦魏宇从脖子到胳膊红成一片，南半球冬天的紫外线也足以把皮肤晒伤。吃了人家做的早餐，总得还点什么吧，纪之楠想。

秦魏宇心里高兴，脸上却一如既往地不露情绪。他把纪之楠从昨天到今天的态度看成软化的预兆，已经开始思考明天做什么早餐了。在F国留学的几年，他每天都自己做早餐，所以煮个面、做个三明治什么的，对他来说还算容易。

两人各想各的，心不在焉地来到外面。清晨的海风吹过来，纪之楠伸了个大大的懒腰，深吸一口清醒的空气，忽然觉得在进组之前来这里放松放松也挺好的。

不料纪之楠刚领略到一点度假的乐趣，耳边就传来一个又高又尖的声音："三哥，我在这里，三哥！"

陆婻挥着手跑过来，穿着性感的黑色比基尼，下半身围了一条薄纱，十足的度假打扮。

"我刚到，这里好热呀，真不习惯。三哥你吃早餐了吗？"陆婻拉着秦魏宇甜甜地说话，把旁边的纪之楠忽略了个干净。

纪之楠也不生气，饶有兴味地看着眼前的状况，心想三个人的蜜月倒是挺新鲜。

秦魏宇微不可察地皱眉道："你怎么在这里？"

陆婻嘟嘴撒娇："人家想三哥了嘛，正好也想找个地方度假……"

秦魏宇不客气地打断她，不悦道："我是问你怎么知道我们在这里。"

陆婻目光闪烁，支支吾吾道："猜……猜的呀。岛上套房不多，这不，我一出门就遇见你了。"

秦魏宇显然不信她的这番说辞，她是如何得知他们的度假地点的，他心里也大致有数。

秦魏宇转向纪之楠，"抱歉，我不知道她会过来。"

纪之楠看完热闹，摆手说："既然来了，那就好好招待。"说完抬脚便走。

于是沙滩上出现一道奇特的景观，三个人你追我赶，秦魏宇目光落在纪之楠身上，偶尔上前说两句话，几次想拉手，又悄悄放下。岛上度假的情侣占多数，其次就是家庭，可这三人看起来并不像亲戚，相处的状态也十分诡异，让人忍不住在心里编排了好大一出戏。

上午的阳光没有午后毒辣，沙滩上稀稀拉拉散布着各种肤色的游客，陆婻心大，浑然不觉他们三人已经成为焦点，看见前面有人在打沙滩排球，拽着秦魏宇也要去参加。

秦魏宇所有的注意力都放在纪之楠身上。纪之楠走累了，坐在旁边的椅子上休息，陆妠乐颠颠地跑去打沙滩排球，秦魏宇便坐在纪之楠身边陪着看。

看了一会儿，纪之楠道：“你不去打？”

秦魏宇斩钉截铁道：“不去。”顿了顿又补充：“你去我就去。”

纪之楠不太懂他这番行为，他好像怕自己离开他的视线就会跑掉。

陆妠三番五次来拉秦魏宇去打球，秦魏宇都拒绝了。她玩了一会儿也觉得没意思，说肚子饿了要吃饭，秦魏宇叫她自己去，她偏要跟着他们俩。纪之楠摸摸肚子，感觉早饭消化得差不多，路过餐厅时十分给面子地走了进去。

陆妠做主点了一桌美食，纪之楠并不很饿，还惦记着要减肥，只叉了几块甜点尝尝味道。陆妠打定主意要跟纪之楠作对，但凡纪之楠碰过的东西，她一定紧接着把那盘东西吃光，无一例外。

幸好那些点心小巧精致，不然纪之楠真担心她撑坏肚子。

秦魏宇也渐渐察觉出不对劲，陆妠吃完一份，他就再叫一份一模一样的摆在纪之楠面前。陆妠的嘴巴越噘越高，扭动身体直喊：“三哥你都不疼我了。”

秦魏宇淡淡道：“要吃什么自己点。”

陆妠把叉子往盘中一摔，站起来气呼呼地走了。世界终于清静，秦魏宇继续荤素搭配着往纪之楠的盘子里送食物，接着自己吃上一口，也不换餐具，料定纪之楠不会反感似的。

吃饱喝足，两人继续散步，行至活动登记区，公告栏上写着下午可供岛上游客参与的活动，纪之楠闲着也是闲着，选了游艇出海，把自己的名字写在上面。秦魏宇跟着在后面添上自己的名字。

下午风和日丽，是出海的好天气。一艘游艇安排三到五个人，纪之楠他们恰巧和昨天他们在沙滩上遇到的那对小夫妻分到一起。

姑娘见到他们很高兴，又央着他们帮忙拍照，然后礼尚往来帮他们拍。

拍完照后，纪之楠趴在甲板的栏杆上吹海风，秦魏宇去给纪之楠拿喝的，姑娘凑过来，问：“不开心？”

纪之楠笑了笑，随意答道：“没有啊，可能想家了吧。”

小时候妈妈说过会带自己去看海，把自己送到纪家的前一晚，还说等她回来就一起去，可纪之楠等啊等啊，这个愿望就在日复一日、年复一年的等待中慢慢消磨掉了。直到现在看见真的海，纪之楠才忆起这个久远到快淡忘的承诺。

姑娘眯着眼睛道：“出来玩就要尽兴，回到家后成天面对着同一个老公，想家做什么？”

纪之楠笑出声来，打趣道：“还打算家里一个，外头一个？”

“那倒没有，我老公超好的，有他就够啦。”姑娘夸完自己的老公，还不忘恭维纪之楠，“你家的也不错，做的比说的多，就围着你一个人转，真惹人羡慕。”

纪之楠觉得她夸张，刚想辩驳一二，秦魏宇就捧着橙汁过来。姑娘悄悄退场，返回船舱找自己老公去了。

下午返程之前，一群人意外地在海上看到鲸鱼，共有两只，时而在海面上游弋，时而跃出水面，溅起数米高的水花，伴着五光十色的夕阳，勾勒出一幅幅极美的图画。纪之楠目不转睛地盯着这美好的画面看，眼睛都不舍得眨一下。

秦魏宇在纪之楠身后举起相机，没有拍一跃而起的鲸鱼，而是对着看鲸的纪之楠，无数次按下快门。

晚餐时间，陆妠再次出现。她喝得醉醺醺，挽着一个不知道从哪儿认识的高壮男性，在他们俩跟前好一通耀武扬威，然后晃悠悠地说要去餐厅旁边的酒吧继续喝。她再怎么闹也是家里亲戚，秦魏宇有些不放心。纪之楠看出他为难，擦擦嘴站起来道：“我也想出去玩一会儿。”

相对餐厅的安静，酒吧就热闹多了。一进门，纪之楠就被扑面而来的烟酒气熏得够呛。秦魏宇叫纪之楠站在门口别动，自己进去找陆妠。

他刚进去不久，纪之楠就在靠近门口的洗手间附近看见陆妠和刚才那个男人拉拉扯扯地出来。纪之楠看不下去，上前阻止，把站都站不稳的陆妠拉过来护在身后。

那人也喝了酒，被坏了好事，面露狠色，抬手推了纪之楠一把，上前一步就要打人。纪之楠已经做好了挨揍的准备，幸好酒吧保安发现，及时过来将闹事者制住。

秦魏宇回来后从保安嘴里听到了事情经过，按着纪之楠的肩膀仔细端详，确认纪之楠没受伤，才喊客房服务员来把陆妠送回她自己的套房。

回去的路上，秦魏宇抓着纪之楠的手腕不撒手，进了屋才松开。纪之楠一路默不作声，回到客厅坐在沙发上，背部碰到靠垫，才后知后觉“嘶”了一声。

刚才纪之楠被那一身蛮力的男人一推，后背猛地撞在墙上，大概是磕到了肩胛骨。秦魏宇非要亲自看一眼，纪之楠揉揉肩背说没事，他就沉着脸打岛上的医护电话。纪之楠扑过去抢他的手机，按了挂断。

“真的没事。我在你跟前有必要装吗？”纪之楠无奈道。

秦魏宇听了这话，冷峻的脸色缓和不少，见纪之楠行动灵活，并未伤筋动骨，一颗悬着的心才慢慢放下。最后他还是给客房服务员打了电话，拜托他们送些活血化瘀的伤药过来。纪之楠松了口气，坐回原位，悄悄摸了摸手腕，被秦魏宇抓过的皮肤还隐隐发麻。

秦魏宇也坐下，主动道歉：“对不起，今天小娉又惹事。回去我会好好跟她父母说，不让她再找你麻烦。”

“没事。”纪之楠道，自己确实没把陆娉那些小把戏放在心上，她不过是个没长大的孩子，再胡闹也掀不起什么风浪来。

眼下突然有了点谈话的气氛。

择日不如撞日，纪之楠思忖片刻，终于下定决心道：“我们谈谈吧。”

秦魏宇没什么特别的反应，站起来倒了两杯水放在桌上，重新坐下。

纪之楠很不善于应付这种严肃的场面，以往都是被秦魏宇牵着鼻子走，难得有一次是自己主导。纪之楠思索半天，才在脑中整理出一条较为清晰的线索。

纪之楠问：“那天你为什么会去摄影棚？”

秦魏宇知道纪之楠指的是哪天，道：“看你，接你下班。”

纪之楠继续问：“那个工作人员到底说了什么？”

秦魏宇含混道：“没说什么，记不清了。”

纪之楠料到他会这样含糊其词，也没打算从他口中得到这个问题的答案。

纪之楠又问：“为什么打他？”

秦魏宇目光微动，脸上原本柔和的线条瞬间紧绷，变得有些冷硬。他沉吟片刻，而后道：“看他不顺眼。”

纪之楠眉梢微挑道：“所以就打人？因为一时冲动？”

秦魏宇点头说："嗯。"

纪之楠冷笑道："秦先生还是把我当傻子糊弄。"

秦魏宇当即否认："没有。"

"既然没有，为什么不愿意坦诚地说出来？有什么目的、什么动机，大大方方地讲。或许你以为你不说，我就真的都不知道？"

秦魏宇抬头看着纪之楠，问道："你想从我嘴里听到什么回答？"

一问不成被反问的纪之楠有些不满，道："是我在问你，别转移话题。"

原本平和的氛围急转直下，周围的空气似乎都凝滞了。

半晌后，秦魏宇问："我说了你信吗？"

纪之楠故作轻松地喝了口水，不冷不热道："你不说，怎么知道我不信？"

两人打了一圈太极，又回到原点。

秦魏宇垂眼，睫毛遮挡住他眼中的情绪，轻声道："我只想你好好的。"

"……什么？"纪之楠以为自己听错了。

"我想你好好的，不难过，不受伤，每天开……"

还没听完，纪之楠就扑哧一声笑出来，这个世界是怎么了？连秦魏宇都跟自己有一模一样的愿望了，当真同一个世界，同一个梦想？

"所以你就去我的剧组闹事？在我面前逞英雄？让我从他人口中得知你的事迹，然后对你感激涕零？"纪之楠语速极快，把埋藏在心里多日的话都倒了出来，"是你太幼稚，还是你眼中的我太幼稚？这话拿去哄哄陆姌那样的小姑娘恐怕还行。"

秦魏宇抿唇不再言语。他做了那么多，但纪之楠还是不相信他。其实纪之楠说对了一点，他就是幼稚。

他幼稚到近乎愚蠢，才会别人说什么他就信什么。梦里，那个剧组工作人员用他熟悉的口吻把纪之楠如何靠见不得光的肮脏手段上位的故事说得有声有色，而他不仅听进去了，还放在了心上。那时候，他对纪之楠的了解少得可怜，再加上结婚的动机本就不单纯，纪之楠越是对他好，他推己及人去想，就越是认为纪之楠也一定抱有其他念头，毕竟纪之楠在纪家人微言轻，他又见多了形形色色为了利益而投怀送抱的人。

如果没有那场梦，秦魏宇恐怕直到现在还不清醒。在挥拳的瞬间，秦魏宇才清楚地认识到，最可恨的不是嚼舌根的人，而是听到一点风言风语就信以为真的他自己。是他亲手推开了纪小星。摄影棚事件只是一个导火索，将秦魏宇埋藏在心底的后悔和愤懑引爆，逼得他脑中那根理智的弦顷刻绷断，只想凭着原始的冲动，用拳头将无用的情绪发泄出来。

他想揍的人，其实是他自己。

一个听不进去，一个说不下去，场面陷入僵局。纪之楠说完就有点后悔，毕竟越生气就代表越在意。

纪之楠深吸一口气，道："请你以后不要再做这种事了，没有必要。"

秦魏宇没有回应，不知道听进去几分。

纪之楠站起来，拿起茶杯去接水，听见秦魏宇在身后说："再给我一次机会好不好？"

晚上纪之楠在床上辗转反侧，一直在思考"再"的含义，难道自己曾经给过秦魏宇什么机会，或者给过他什么错误的暗示？翻个身面对天花板，纪之楠又想，罢了，就算有，也是那家伙领会错了，现在要做的只有紧紧攥住属于自己的机会，不要走梦中的路。

接下来的两天很平静，不知秦魏宇使了什么手段，陆娩也没来骚扰过他们。

第三天两人没有外出，屋里所有的窗户和窗帘都打开着，四面透风，竟也与在沙滩上无甚分别。

纪之楠捧着剧本瘫在沙发上看，秦魏宇抱着笔记本电脑坐在另一头处理工作，掐着时间似的过一会儿就站起来倒水，还问纪之楠饿不饿、要不要吃东西。

纪之楠认为话已经说开，秦魏宇非要继续演戏，自己也无力阻止，只能在去餐厅吃饭的时候少吃点，礼尚往来让对方多吃些，寻求心理上的平衡。

回去那天上午，纪之楠终于第一次尝试赤着脚丫踩进水里，一直走到海水齐腿弯的位置。

纪之楠站在那里，身体不自觉地微微颤抖，想往后退，但脚掌陷在泥沙里，像在挽留自己。遥远的记忆随着翻滚的浪花在眼前一寸寸展开，纪之楠看见成串的泡泡，口中漫起腥咸的味道，接着眼前黑茫茫一片，什么都看不清了。

纪之楠是被胳膊上传来的痛感拉回来的。秦魏宇捏着纪之楠的胳膊往回拽，手劲儿很大，比那天捏着纪之楠手腕时还要用力。上岸后纪之楠发现他连鞋子都没脱，长裤被海水浸成深色，湿漉漉地黏在腿上，显得有些狼狈。

直到回到屋里，秦魏宇还在喘粗气，脸色却是铁青的。他意识到自己的失态，慢慢把手松开，压低声音道："出去怎么不说一声？"

他刚才在准备早餐，无意中回头就发现刚才还坐在沙发上看剧本的人不见了，灶也没顾上关，就急匆匆跑出去找。幸好人没走远，就在他们住的套房前面的沙滩上站着。当他看见纪之楠面朝深海，站在水里面的时候，他的呼吸都快停止了。

他是真的害怕，从未有一刻像刚才那般恐惧。

纪之楠伸个懒腰道："出去活动活动。"

秦魏宇看着纪之楠沾着水和沙子的双脚，说："我带你去擦擦。"

纪之楠努嘴指厨房，"煳锅了，不管管吗？"

秦魏宇这才如梦初醒般地折返回去。

早餐时间，秦魏宇好不容易弄来的鸡蛋报废掉一个，但纪之楠拿到的三明治里面还是夹了一整个蛋。秦魏宇用吐司夹着两片菜叶吃得斯文，可纪之楠光看着他吃，都觉得嘴巴里苦。纪之楠去把最后一袋方面拿出来，把盘里没动过的三明治推到秦魏宇面前，说："我吃面。"

等面煮好放在餐桌上，纪之楠回身去找叉子，回来就看见荷包蛋被切成两半，一半放在自己碗里。纪之楠无语，暗道出来度个假，怎么弄得连鸡蛋都吃不起了？

回去是直飞，在飞机上吃了顿乏善可陈的晚餐，纪之楠有点怀念在X国转机时尝过的那个千层糕。

纪之楠迷迷糊糊睡了一会儿，醒来时打开窗帘，发现外面还是漆黑一片，回过头来看左侧，秦魏宇正插着耳机看视频，纪之楠定睛一看，他看的居然是上次自己救场的那期《今夕夜话》。要是没有安全带，纪之楠大概能从座位上跳起来。

秦魏宇见纪之楠醒了，摘下一边的耳机，问："要不要喝点什么？"

纪之楠指指视频："你干吗？"

秦魏宇答："补档。"

"飞机上没有Wi-Fi吧？"

"缓存下来的。"

纪之楠觉得自己小瞧了这个人发起疯来的持久力，从前那个只会用电脑处理文件、收发邮件的秦魏宇去哪儿了？纪之楠伸手过去，“啪”地一下按了空格键，视频暂停。

秦魏宇疑惑道：“有话要说？”他把另一边耳机也摘下来，做出洗耳恭听的姿态。

“别看了……吵。”纪之楠胡乱找了个理由。

秦魏宇点头应答：“我把耳机声再调小一点。”

纪之楠：“……”

后来秦魏宇想，还好顶着压力坚持看下去了。节目最后，纪之楠在夕夕的和满场观众的怂恿下唱了首歌。

“If I could fly across this night,

Faster than the speed of light,

I would spread these wings of mine.”

旋律很熟悉，节目组还贴心地在下面打上歌词。这首歌的调比较高，纪之楠自己降了调，用清澈干净的嗓音唱出来，别有一番韵味。

纪之楠第一次在众人面前展露歌喉，紧张得舌头打结，差点唱错词，唱完半天没缓过来，还一个劲儿让节目组把这段剪掉，别播出去。秦魏宇按快退回去听了很多遍，扭头看身边唱歌的人，纪之楠正支着下巴看窗外，左边薄薄的耳朵尖已经红透了。

飞机在G市落地，紧接着便转国内航班飞往首都，两个小时后他们就回到了熟悉的城市。秦魏宇推来行李车，两人去转盘处取行李。纪之楠边打开手机边寻思，这几天朝夕相处下来，自己似乎已经不太抗拒秦魏宇的接近了。

人生来就具备趋利避害的本能，总是会不由自主地在文火慢炖中慢慢放下防备。谁不贪恋温暖呢？何况那温暖无论出自真心还是假意，都是梦中的纪之楠穷尽一生都没有得到的。过年后自己进剧组，两人分开些时日，这感觉自然会被冲淡吧，纪之楠自我安慰般地想。

手机刚打开就铃声大作，纪之楠一接通电话，莉莉就在那头慌张道：“纪老师你落地了吗？别动别动先别动，别往外面跑，好多粉丝在出口堵你！”

纪之楠停下脚步，觉得奇怪，问：“她们怎么知道我今天回来？”

“好像是黄牛那边公开了你的航班信息，现在全世界都知道你去海岛度假了！我和周茹姐正在赶过去的路上！”

纪之楠扶额，不过一晚上没上网，就发生如此棘手的事。

“秦先生还跟你在一起吗？”莉莉问。

纪之楠看一眼正把行李往推车上搬的秦魏宇，答道：“嗯。网上闹到什么地步了？有爆出我是跟谁一起去的吗？”

“那倒没有。”

“那就好。”纪之楠觉得情况并不算糟糕，“我和他分开出去，对外就说我一个人去的，在进组前放松放松。”

秦魏宇取完行李过来，纪之楠把这事跟他说了。他眉头紧蹙，看样子和纪之楠想到一块去了。他们俩这次的行程对外保密，机票也订得仓促，知道这事的只有家里人和纪之楠那边的工作人员。周茹和莉莉不可能透露消息，长辈们则没道理找他们的麻烦，挨个排除后，只剩下一个可能。

“我替陆婻向你道歉。”秦魏宇沉声道。短短几天，这是他第二次为同一个人向纪之楠道歉了。

纪之楠摇头道：“先不说这个，把眼下的事情解决了再说。”

周茹在路上紧急联系到机场安保组，然后四人合计一番，决定让纪之楠先出去，等粉丝散得差不多了，秦魏宇再走。走之前，秦魏宇把行李箱搬下来，送到纪之楠手里，然后打开自己的行李箱，取出一件黑色羽绒服，贴心道：“披上吧，外面冷。”

之前纪之楠出发的时候想着是去南半球度假，只在T恤外面穿了件薄大衣，连脖子都挡不住。

犹豫了会儿，纪之楠把衣服接过来披在身上，把拉链拉到鼻子那儿，垂着眼闷声闷气道：“谢谢。”

从机场突出重围，纪之楠有惊无险地坐上莉莉的车，在车上就开始刷微博。微博里关于纪之楠从某知名蜜月海岛回来的消息铺天盖地，更有某知名娱乐博主登出“纪之楠深夜回京，海岛蜜月与谁同行？”这样的标题来吸引网民的眼球。

粉丝们义愤填膺回呛道：“我们家楠楠出去旅个游还不行吗？”而且这些媒体闹了半天，并没有人提供证据，“吃瓜”群众等了半天，发现啥都没有，便不再关注了。事情解决了，纪之楠觉得于情于理都该给秦魏宇打个电话。

电话接通后，纪之楠问道：“你到家了吗？”

那头很安静，声音温和地道：“到了。你呢，没事吧？”

纪之楠：“没事。今天谢谢你。”

秦魏宇：“不用客气。”

不知道该继续说什么，纪之楠百无聊赖地把手伸进羽绒服口袋，意外地摸到一个东西。

“哎，你……”

“什么？”秦魏宇问。

纪之楠仔细看了看掏出来的东西，突然改口道：“没什么，很晚了，早点休息吧。”

挂了电话，纪之楠把用黑色绳子穿着的自己的那枚刻着月亮的婚戒举在眼前晃来晃去，素色的指环因角度变化而闪烁着细碎的光芒。纪之楠没想到秦魏宇这家伙不仅偷拿自己的方便面，还碰了自己的大衣口袋，这绳子也不知道是在哪里买的。这几天两人几乎一天二十四小时待在一起，纪之楠竟然完全没有注意到。

转眼便到春节。纪家只喊他们俩回去吃了顿饭。秦家那边事情多些，除了要去主宅吃团圆饭，还要带纪之楠去老家认门。纪之楠记得梦中也是没有这一段的，本想找借口推掉，可是向自己发出邀请的是一家之主秦晟，他在饭桌上十分亲切地询问纪之楠什么时候方便。一家人都可以迁就纪之楠的时间安排，纪之楠委实拉不下脸拒绝。

幸而去的人并不多，就秦家父母、秦家三兄弟，还有纪之楠，两辆车刚好。路上秦老二要躺在车后座上睡觉，老大秦魏海便转移到秦魏宇车上。他客气地跟纪之楠寒暄，东拉西扯聊了几句，双方都没有深交的意愿，聊天便点到即止。秦家老家也是一幢古宅。纪之楠在那里看到了秦家的族谱，翻到最后一页，一眼就看见秦魏宇的名字，墨迹较新，且字体与之前的大不相同。

秦魏峰吊儿郎当地晃悠过来，斜着眼道：“弟妹也看出区别来了吧？”

纪之楠眨了下眼睛，道：“没有啊。”

“你再仔细瞧瞧。”他一脸诧异，用指尖敲敲“秦魏宇”三个字，“这个名字添上去还不到十年呢，啧，野鸡掉进凤凰窝。”

秦家老二人高马大，脑袋里却尽是些无用的杂碎。纪之楠知道他不是在含沙射影自己，可听着还是莫名地不舒坦。纪之楠把家谱合上放回原位，没理会秦魏峰，径自去别处参观了。

回去时，秦老大回到前面那辆车上，车上又只剩纪之楠和秦魏宇二人。秦魏宇照常关心几句，什么时候进组、东西都准备得怎么样之类的。纪之楠一一回答，揣在口袋里的手一直握着穿着黑绳的戒指。

到了家门口，纪之楠还是什么都没问出口。

二月十四日,《覆江山》正式开机。晚上剧组在影视城附近包了三个大圆桌，热热闹闹吃了顿饭才算结束。回宾馆的路上，宁澜跑来跟纪之楠打招呼，还问纪之楠看没看到他上次发的微博。

纪之楠昧着良心说："不好意思，这几天都没有上微博。"

宁澜撇撇嘴说："好吧，回头看一眼哦，我还给您发了私信呢！"

纪之楠在娱乐圈见多了虚与委蛇、一见面就戴着面具打太极的人，这种直爽的厚脸皮倒是头一次见。回到自己的房间，纪之楠就看到莉莉正恪尽职守帮忙归置东西，毕竟要在这里住上将近两个月，带了不少东西过来。昨天莉莉提前到这里，已经整理了一部分，现在在整理纪之楠自己收拾的那只箱子。

莉莉掏出一个印着 Hello Kitty 图案的保温杯，艰难道："纪老师，你……"

纪之楠刚把毛巾挂进卫生间，出来一看，道："还不是你买的，幸好不是粉红色的，勉强能用。"

莉莉举起双手，无辜道："我买的？天地良心，您去年被拍到盖 Hello Kitty 毛毯，凶了我一顿之后，我可再也没有给您买过任何带猫的东西了！"

纪之楠疑惑，走过去从行李箱里拿出热水袋、四件套、暖宝宝、手机壳，还有一个便携包，上面统统印着 Hello Kitty 脑袋。

纪之楠把这些排开摆在床上，问："不是你买的这堆东西寄到我家的？"

莉莉目瞪口呆，喊道："谁买谁孙子！"

纪之楠陷入沉思。

莉莉在旁边揣测："是不是粉丝啊？那这个粉丝的情报网也太滞后了吧，您都多久没用 Hello Kitty 的东西了……"

粉丝？纪之楠沉思片刻，猛然瞪大眼睛。

## Chapter 6
## 我想见的是你本人

《覆江山》开拍半个月，各项工作进展顺利。

纪之楠所在的B组正在拍政变前的部分，场景多在室内，拍摄内容几乎都在宰相府。虽然这部分剧情有大段艰涩的台词，但纪之楠进组前认真准备过，临上场之前只需读两遍回顾一下即可，故而拍起来还算轻松。

A组那边就不一样了。那边皇宫背景下大场面居多，剧组将剧本里所有的宫廷宴会和早朝剧情放在一起拍。然而人一多就容易效率低，A组的演职人员每天起得比鸡早，睡得比狗晚，化妆的小姐姐吐槽每天给A组主演们上妆遮瑕都要用掉大半管遮瑕膏。

这天太阳没下山，B组就收工了。纪之楠摘下头套卸了妆，闲来无事去A组观摩。本剧男四号郭昊正坐在折叠椅上休息，看见纪之楠来了，热情招呼，指着桌上的透明玻璃碗说：“纪老师来得早不如来得巧，刚送来的新鲜草莓。”

郭昊毕业于首都戏剧学院，科班出身，纪之楠实际上比他还小两岁，这声“老师”让人有些担待不起。

“说多少遍了，叫我小楠就行，您再这样，我也改口叫您郭老师咯？”

纪之楠佯装不悦道。

郭昊是个东北人，为人直爽豪迈，登时一拍大腿说："你瞧我这记性。我爸说我整天张着嘴胡咧咧，让我出门在外悠着点儿，不知道怎么称呼的统统叫老师，这习惯一时半会儿还真改不过来。"

纪之楠和郭昊曾经在两部戏里见过。那时候两人都不红，都是配角龙套类的角色，在剧组待的时间不长，也就混了个点头之交，真正熟悉起来还是在这半个月。两人的房间门对门，宾馆条件一般，有天拍摄结束后，两人相约讨论了一会儿剧本。郭昊扮演的李追和纪之楠扮演的沈彦安在后期有不少对手戏，两人在剧情的理解上颇有共鸣，相谈甚欢，一来二去便熟悉起来。

纪之楠捏了个草莓扔嘴里，问："今天拍哪场戏？"

"等下拍晚宴遇袭那场，可不好拍，导演要求高，不肯遮帘子打光，非得等到晚上。而且今天这拨群众演员质量不高，个个傻头傻脑的，等下皇帝遇袭，他们估计还坐在那儿发呆看戏呢。"

纪之楠笑道："哪有这么夸张？"

郭昊还穿着戏服，把碍事的假发往身后一捋，说道："没听说吗？上午拍堂上比武的戏，宁澜不晓得被哪个群演绊了一下，脚都崴伤了。"

"宁澜？"

"是啊，就是演皇帝侍卫的那小孩，晚上还有他的戏，还得带伤上场，可怜见的。"郭昊摇头感叹。

纪之楠心想，怪不得今天一整天都没看到他。

说起宁澜，纪之楠就头疼。《覆江山》开拍后，这小子跟黏上纪之楠了似的，每天都要穿过大半个影视城来B组报到，然后就在纪之楠跟前晃悠。纪之楠拍戏，他就在边上看着；纪之楠休息，他就端茶递水，弄得莉莉都不知道自己还能干点啥。

纪之楠问他来做什么，他就说来玩儿。幸好这小孩黏人归黏人，倒从来不会影响别人做正事，纪之楠也就由着他去了，毕竟还有把柄落在他手上，不好对人家太凶。

在梦里，这孩子貌似也是这样，在剧组里到处乱窜，叽叽喳喳个不停，大家都挺喜欢他的。

眼看距离天黑还有一段时间，纪之楠和郭昊决定一起去慰问伤员。宁澜在化妆间里休息，看见二人进来，喜出望外，站起来单脚一蹦一跳地要给他们倒水。郭昊忙把他按住，说自己来就行。他乖乖地坐下，拿着鸡蛋继续揉脚踝。

纪之楠看他这儿什么都没有，问："你助理呢？"

宁澜道："没有助理啊。以前我们整个组合七个人也就一个助理，公司分不出这么多人手。"他微微一笑，露出两个浅浅的酒窝，"再说我戏份不多，再拍几天就走啦。"

纪之楠不由得有点同情，自己也是从没人管、没人问的阶段过来的，知道刚起步时有多不容易。这孩子看着年纪不大，却完全不抱怨，心态倒是少有的阳光。

纪之楠回忆了一下梦中的后来，自己自顾不暇，也没关注过宁澜的发展，只记得他没红起来，跟大部分没混出名堂来的艺人一样，慢慢消失在群众的视野中。

郭昊把自己的助理叫来，让他去弄些冰块过来，然后对宁澜说："这种扭伤还是冰敷好得快。"

纪之楠看着宁澜肿得跟馒头一样的脚踝，关心道："好好养伤，导演那边可以跟他打个招呼，打戏先往后排。"

宁澜笑得眉眼弯弯，不住地点头，说："哎，谢谢纪老师。"

走到外面，郭昊直接问道："纪老……哦不小楠，你有没有觉着宁澜对你不太一样？"

纪之楠眼皮跳了一下，否认道："没有啊。"

"听说他天天去B组找你？"

纪之楠打哈哈，道："不是专门去找我的。他年纪小，没拍过什么戏，好奇心重罢了。"

郭昊本就随口一问，笑说："一个小楠，一个小澜，听着就像好朋友。"说完拍拍手，继续吃草莓去了。

纪之楠并没有跟宁澜交朋友的想法。只要想到那小子是圈子里唯一知道自己已婚的人，纪之楠就觉得毛骨悚然，偏偏宁澜还啥都不知道似的每天往纪之楠跟前跑。好几次纪之楠想干脆挑明问他想要什么，可一对上他那副天真无邪的面孔，到了嘴边的话又咽了回去。

晚上纪之楠旁观皇帝遭遇刺客的大戏。剧组为求场景逼真，在厅内点了数排蜡烛，光是挨个点上就费了老大工夫。导演要求速战速决，必须在蜡烛燃尽之前拍完这场戏。

宁澜本来有打戏，因为有伤在身，临时被改成在皇帝遇袭时上前一步拔刀摆个架势，后期切个远景就行。全体人员各就各位准备开拍时，站在龙椅旁的宁澜笑嘻嘻朝着纪之楠比了个手势，纪之楠的脸一黑。

拍摄中途频繁暂停，让所有人没想到的是，问题不在宁澜身上，也不在群演身上，而是出在蜡烛上。道具组的蜡烛不知道是从哪里买的，兴许闲置太长时间，烛芯受潮，稍有一点动静就熄灭，拍一会儿就要停下来点蜡烛。导演气得暴跳如雷，大声喊要扣道具组工资。

现场人手本就不多，且每个人都有自己的任务，演员们又都穿着长袍大袖，不方便活动，纪之楠便主动加入点蜡烛大军，挽起袖子，拿着打火机在边上待命。

还没轮到出场的女主演薛莹和纪之楠站在一处，瞟一眼纪之楠露出来的手腕："小纪戴的手钏倒是别致。"

薛莹年逾三十，在戏里演的是老皇帝的宠妃，现实中还是单身，纪之楠平时与她并无交集。

纪之楠闻言一怔，不动声色地把手往后藏了藏，脸上礼貌一笑，道："戴着玩儿。"

A 组收工之后，回去的车上，纪之楠就摸黑把左腕上的黑绳解了下来。纪之楠不是故意把婚戒带来的。之前秦魏宇在机场借给纪之楠的那件羽绒服，纪之楠已经洗过还回去了，这个戒指就一直扔在客厅的茶几上，进组前收拾东西的时候，不知怎么的就被塞进包里了。

到剧组整理东西时，戒指随着被拿出来的衣物掉在地上，带着绳子一路滚到床底下，最后费了好大劲才给弄出来。

纪之楠本就是个丢三落四的人，这东西一出现很是棘手，觉得放哪里都不合适，可弄丢了更不合适，于是干脆绕两圈戴在手上，反正冬天有袖子挡着也没人看到，谁知道今天就给人瞧见了。

回到房间，纪之楠思来想去，把绳子套在了脖子上，冬天拍戏用不着脱衣服，还是挂在身上最为妥帖。刚准备去洗澡，扔在床上的手机振动了下，纪之楠犹豫片刻，还是先放下衣服拿起手机看。

QY：收工了吗？明天升温，毛毯和围巾还是带着，风大。

发短信的是秦魏宇，纪之楠怕组里人多嘴杂，特地在进组前把他的微信备注改成拼音缩写。自打这部戏开始拍摄，秦魏宇就每天发这种不痛不痒的微信过来，早上一条，晚上一条，比《新闻联播》还准时。

一开始，纪之楠出于礼貌还会回几条，后来就懒得搭理了。不过秦魏宇完全不受打击，还是每天有规律地发微信，要不是发的都是些关心自己的话，纪之楠还以为他在把自己当树洞使。这人一意孤行惯了，纪之楠叫他别发，他八成也是不会听的，干脆当成新闻早晚报好了。

纪之楠洗完澡出来，手机上有莉莉发来的新消息，叫纪之楠发条日常微博刷一下存在感。纪之楠掰手指头一数，是好多天没发微博了，于是找了个背景干净的角落自拍一张，配上今天拍的一盆草莓：真好吃 [ 好喜欢 ]。

消失半月有余的当红明星发微博了，粉丝们奔走相告。

纪之楠："……"

睡前躲在被窝里再翻一会儿微博，纪之楠不得不承认自己是在刻意寻找某个人的评论，还真给翻到了。

[ 心 ]——来自"偷窥狂"的心，让纪之楠的小心脏跟着抖了三抖。

自从怀疑 Hello Kitty 系列用品是此人送的之后，纪之楠日常行动更加谨慎，每天去剧组上工前，必须让莉莉先在四周巡视一圈，傍晚收工回到酒店，进屋前也要先看看走道里有没有可疑人物。

这种时刻被人监视着的感觉很不好。纪之楠想过报警，可到目前为止，并未发生什么对自己不利的事，报警未免小题大做。

纪之楠看着屏幕上那颗饱满的红心，不知道自己这条微博的哪里取悦了这个变态。

一千多公里以外的首都，某"变态"把某当红明星刚发的自拍照存在手机里，看着纪之楠领口露出的那截黑绳，嘴角勾起一个温柔的笑。

一周后，拍摄重心逐渐往宰相府转移，这里即将密谋发酵出改朝换代的一场政变，也是全剧的第一个高潮。此时还是王爷身份的男一也从 A 组过来，B 组立刻进入紧张忙碌的状态。

这段剧情是沈彦安从幕后走到台前的重要阶段，沈彦安在这里痛失所爱，人生轨迹也在这期间内发生重大变化。纪之楠打起十二分精神，但凡醒着，就尽量保持沈彦安的情绪和状态。纪之楠演戏时最大的毛病就是容易被周围的人带跑情绪。纪之楠记得梦里的自己就是这段戏演得实在糟糕，被人诟病，这次做足准备，提前几天就知会身边的人不要太闹腾。

于是郭昊从 A 组跑过来串门时，就看见纪之楠一个人坐在椅子上，捧着书一副苦大仇深的样子，周围两米内都没有人，寻了半天才找到捧着手机蹲在角落里的宁澜和莉莉，两人说话全靠肢体语言，大气都不敢出一声。

在这种情境下，郭昊轻手轻脚走过去，不禁也压低了声音，问道："在看什么呢？"

纪之楠把书页合上给他看。

"长生殿……纪老师好雅兴。"

纪之楠摇头，抬手捏眉心，道："下午拍悲情戏，找找感觉。"

郭昊在旁边的凳子上坐下，说："怎么，怕哭不出来？"

"不是，"纪之楠把书放在腿上，"怕哭得太丑。"

郭昊当真以为纪之楠在担心上镜难看，劝道："其实谁哭起来好看？那些个在镜头前哭起来也美的，有几个是真哭？现在的观众就是要求太高，既要真情实感，又要养眼，哪儿那么容易？就我看啊，别哭出鼻涕泡就行。"

纪之楠笑道："郭老师莫不是在坑我呢吧？哭出鼻涕泡之前，那表情估计已经不忍直视了。"

那边打游戏的两个人听到这边的谈话，放下手机走过来。

宁澜只听到一个关键词，说道："鼻涕泡？我们组合去年头一回拿新人奖，上台拿奖的时候我就哭出一个大鼻涕泡，回头被经纪人姐姐训个半死。"

他这话勾起纪之楠的一些回忆。去年年底，纪之楠去某音乐盛典当颁奖嘉宾，颁的貌似就是最佳新人组合奖。

纪之楠顺便问了一嘴，宁澜笑眯眯说："对呀，就是我们组合，领奖的是我们队长，是不是超帅？"

纪之楠其实没什么印象，出于礼貌点头称是，宁澜一听好像比自己得了夸奖还开心，一直在傻笑。眼看还有些时间，郭昊提议帮纪之楠对下台词找找感觉。

"嗯……其实这段戏是压抑中的爆发，最好能代入些真实的情感经历。

小楠谈过恋爱吗？”

纪之楠一愣，结巴道：“没……没有。”

“真的假的？上学的时候有没有喜欢的人被别人追走的经历？虽然求而不得和痛失所爱不太一样，但是悲伤的情绪应该差不离。”

莉莉昂着头骄傲地说：“只要我们纪老师想追，谁拒绝得了？”

宁澜跟着附和：“就是就是。”

郭昊配合着捂住心脏，一副大受打击的样子。

只有纪之楠默默坐在那里，被“求而不得”四个字扯远了思绪。

正午时分，扮演沈彦安好友的那个角色的演员刘雨卿才抵达剧组，一来就给剧组工作人员分发奶茶，笑着说抱歉来晚了。

刘雨卿出生在演艺世家，是当代青年演员中难得的实力派，在《覆江山》中的戏份不重，且基本上存在于沈彦安的回忆中，再加上是友情客串，故而也没有太把这个角色放在心上，只打算随便来走个过场。

然而和刘雨卿搭戏的纪之楠不想随便。刘雨卿这边刚到，屁股还没坐热，就被捧着剧本找上门来的纪之楠要求对戏。

刘雨卿正在敷脸，声音含混道：“那场戏不是明天才拍吗？晚点再说吧。”

纪之楠应下，然后一声不吭地坐在边上等。

刘雨卿被纪之楠弄得没辙，只能抽空和纪之楠对了两遍台词。

“这里是初遇，我觉得您的情绪可以再收一点。”

中途纪之楠不断提出建议，刘雨卿起初觉得被一个比自己年纪小、资历浅的后辈指点演技很没面子，可纪之楠言语谦逊，而且句句都说在点子上，到最后，刘雨卿对纪之楠的印象大为改观。

两人一起吃剧组的盒饭，刘雨卿开玩笑说：“下午的雨中哭戏加油啊，准许你想着我的脸哭。”

纪之楠故作正经地摸摸下巴，一本正经道：“想着这么好看的一张脸，八成只想笑不想哭了。”

刘雨卿大笑：“你这么会说话的吗？”

下午上工前，纪之楠收到秦魏宇的微信：下午有雨，小心感冒。

纪之楠心想正好，剧组喷水造景的钱都省了。

沈彦安的戏被安排在下半场，刚要开拍，天上就开始往下掉雨点，不一会儿便成瓢泼大雨。导演喜不自胜，忙催着大家抓紧时间，自然天气下的雨比人造雨拍出来的效果要好得多。

随着导演一声令下，纪之楠毫不犹豫地走进雨中，等雨水湿透全身，扑通一下跪在积水的泥土地上。这场戏拍得还算顺利，三条就过了。

冬末春初的雨还带着寒意，由于剧中设定是在夏天，为显真实，纪之楠主动要求只穿一件单袍，也没有贴暖贴，拍摄过程中还呛了几口水，一拍完，莉莉就上来给纪之楠披衣服。

纪之楠跑到摄像机跟前和导演一起看了回放，确认刚才的表现自己也满意之后，才哆哆嗦嗦去换衣服。

中途莉莉敲了一次门，道："纪老师，有客来访。"

纪之楠问是谁，莉莉兴许没听见，并未回答。纪之楠还以为是宁澜或者郭昊又从A组跑来串门了，拽了一张面巾纸擤了下鼻涕，抱着羽绒服打开门。

秦魏宇以为还得等一会儿，门开得突然，他还没准备好，就对上纪之楠略显苍白的一张脸。小家伙鼻头红红的，眼眶也红红的，眼睛里面还弥漫着一层水雾，看起来既可爱又可怜。

刚才拍哭戏时心里想着的人就这样猝不及防地出现在面前，纪之楠嘴巴动了动，鬼使神差地说："你来了。"

秦魏宇先是一愣，然后轻轻点头，道："嗯。"

反应过来后，纪之楠恨不得打自己嘴巴，这说的都是什么话?

还没后悔完，一个宣泄寒冷的喷嚏先蹦了出来，纪之楠尴尬地回头再去拿面纸，秦魏宇先一步把羽绒服拿过来，动作熟练地裹在纪之楠身上。

纪之楠擦擦鼻子，边拉拉链边问："你怎么过来了？"

"出差，顺便来看看你。"秦魏宇道。

纪之楠对他的回答半信半疑，印象中，秦家并没有发展附近地区的业务。然而这些与自己并无关系，纪之楠不客气地说："现在看到了，你可以走了。"

剧组人多嘴杂，尤其是还有个看过他们俩的结婚证的宁澜在，纪之楠担心惹出麻烦事。

纪之楠以为秦魏宇还会像之前那样厚着脸皮兀自待一会儿，没想到他丢下一句"那我先走了，你照顾好自己"后就真的离开了。

然而到了晚上，纪之楠才知道自己太天真，人家说的是"先走了"，没说不会回来。晚饭是导演约的局，说有资方来剧组视察，邀了五六个主演作陪，纪之楠也在其中。

刚坐下，纪之楠就在寻思，人家资方都是在选角的时候插手，这个资方在拍摄中途跑过来，难不成想往剧组里插人？纪之楠在别的剧组时也不是没遇到过这种情况，某个资方亲戚家的孩子喜欢表演，跟导演打声招呼，临时加个角色也是常有的事。

旁边的郭昊腰杆挺得笔直，眼神却有点发虚，掩着嘴小声问纪之楠："这种局，不会是为了那啥吧？"

纪之楠摇头道："应该不是，陈导不像那样的人。"

郭昊一琢磨，也对，演老皇帝的那位老戏骨演员也位列其中，哪有想"拉皮条"还正大光明请这么多人的？

没等多久，人来了。

导演满脸堆笑站起来迎接，客气道："秦总，快请坐快请坐。"

纪之楠闻言，眼皮一跳，人还没走到跟前，先用余光偷瞄一眼。

怕什么来什么，还真是他。

菜品一道道上来，纪之楠却食不知味，所有的注意力都放在对面的秦魏宇身上，看见他和导演干杯就心惊肉跳，生怕他喝多了语惊四座。

幸而秦魏宇的酒品一向很好，被热情的导演拉着灌了一杯又一杯后，也只是神态略显迷离，话倒是一句没变多。

纪之楠从导演口中得知，原来《覆江山》开拍前，其中一个资方突然撤资，原本拍摄计划都要因此延误，正焦头烂额的时候，秦魏宇突然找到他，主动要求投资这部电视剧。导演说着说着就要掉眼泪，双手抱拳感谢秦总雪中送炭。秦魏宇公式化地说自己也是为求回报，不必客气。

最后导演拉着一桌人向秦总敬酒，共同畅想美好的未来，祝愿大家的电视剧人气、口碑、收益三丰收。

一顿饭下来，也算宾主尽欢。

饭毕，剧组包车回宾馆，纪之楠意料之中地在酒店前台遇到办理入住手续的秦魏宇。郭昊和另一个男演员扛着醉倒的导演先上去，纪之楠慢吞吞走在最后面，和秦魏宇坐上同一部电梯，在同一个楼层下来。

脚刚踩到走廊柔软的地毯，纪之楠停下，道："你们家什么时候开始投资电视剧了？”

秦魏宇顿住脚步说：“刚拓展的新业务。”

纪之楠“哦”了一声，敷衍地提醒：“这行可不好玩，弄不好要亏的。”

秦魏宇答：“没关系。”

纪之楠往前走两步，又停下，问：“你说的出差就是为这个？戏已经在拍了，没必要特地跑这一趟。”

秦魏宇点头道：“嗯，顺便来看拍戏。”

闻言，纪之楠扭头看他。

秦魏宇继续说：“主要是来看你。”

走廊里没有人，这宾馆条件一般，隔音效果却不错，几乎听不到其他声音，四周安静得很。

纪之楠突然想到下午拍戏时，自己想着面前这个人大哭了一场，顿时手足无措，手指下意识揪住袖口，讷讷道：“有什么好看的……”

“想你了。”秦魏宇低声道，“想见你，就过来了。”

纪之楠突然有点恼，有什么东西在心里横冲直撞似的，硬着头皮说：“那继续补档啊，我还有很多电视剧和综艺节目。”

秦魏宇答道：“都看过了。”

纪之楠别开目光，哼道：“不信。”

秦魏宇轻轻一笑，说：“你可以检查。”

怎……怎么检查？

纪之楠被他这声低笑弄得浑身毛孔都炸开了，手指上的力气不由得加大，恨不能把衣服抠个洞出来。

“再说，”秦魏宇又道，“我想见的是你本人。”

纪之楠觉得更不自在，视线都不知道该往哪处落，没什么底气地小声说：“明天有粉丝探班，你跟他们一起好了。”

秦魏宇居然点头答：“好。”

“我要休息了，你自便。”纪之楠胳膊一甩就要走，怕再多留一刻，脸上就要烧着了。

秦魏宇道：“等一下。”

纪之楠没想停下，可听到声音后身体条件反射般地乖乖站定。

好气哦。

秦魏宇跟上，拿出一盒药递过来，温声嘱咐道："晚上吃了再睡。"

纪之楠低头一看，感冒药，讪讪地接过来，没好气道："我没感冒。"

"预防一下也好，淋那么长时间的雨，可不是闹着玩的。"

之前光听声音感觉不到，现在两人面对面，纪之楠闻到秦魏宇身上有淡淡的酒气。他今天在桌上喝了不少，怪不得这会儿表现这么奇怪。

"嗯，谢谢。"纪之楠把药揣进口袋。

紧接着，秦魏宇向纪之楠伸出空空如也的手掌。

"干……干什么？"纪之楠嘴角一抽，以为他在向自己要钱。

秦魏宇放慢语速道："戒——指。"

纪之楠这下才相信他是真的喝醉了，不然语气里的这撒娇味儿是怎么回事？

可纪之楠不知道醉鬼葫芦里卖的什么药，慢吞吞把口袋里的戒指项链掏出来，放在秦魏宇手上。戒指是拍雨戏之前摘下来的，因为衣服单薄，纪之楠担心淋了雨会拍到镜头里，拍完了就放在口袋里，忘了戴回去。

醉鬼得了戒指，继续指挥道："转过去。"

哎？纪之楠蒙了。

秦魏宇见纪之楠不动，干脆一抬手，把黑绳麻利地套上纪之楠的脖子。

温热的指尖碰到脖颈上的皮肤，纪之楠觉得紧张，下意识缩头缩脑地躲。

两人离得极近，连对方的呼吸声都能听得清楚明晰，两道呼吸交错杂糅在一起，气氛顿时暧昧起来。

秦魏宇仔细地替纪之楠把绳子整好，然后左手握住作为挂坠的戒指，过了片刻松开，最后飞快地把挂坠从纪之楠的领口放进去。因为事先用手掌温过，所以戒指接触到胸前的皮肤时一点都不冷，但纪之楠被他这一连串的动作弄得怔在原地。

"这样就没人看见了。"秦魏宇温声说，"进去吧，晚安。"

纪之楠做了一夜乱七八糟的梦，前半夜看见妈妈在弹琴，美妙的音符从跳跃的指尖倾泻，流水一样萦绕在耳畔。纪之楠想走上前，却像被定住似的动不了，只能眼睁睁地看着妈妈的身体变得透明，慢慢消失在眼前，伸手也只抓到飘散在空气中的浮尘。

接着是纪之楠读小学时在放学的路上捡到的一条小狗，在悉心照料下，不过几天就变得肥嘟嘟，整天跟在自己屁股后面伸着舌头溜达。这天纪之楠回家没看见小狗出来迎接，楼上楼下找了一圈也没找到，去问家里阿姨，阿姨说小狗被父亲送走了，再也不会回来了。

后来纪之楠又看见自己踏进教堂，身边的人个子很高，只露一个下巴，看不清脸。给那人戴上戒指，那人摘下来扔在地上，转身就走，自己立刻跟在后面追。那人跑得极快，追得很累，吸入肺中的空气越来越稀薄，胸口抽疼得厉害，却离前面那人越来越远。

醒来后纪之楠喝了三大杯水，查了半天周公解梦，有的说这个梦预示着即将得到贵人相助；有的说最近恐有灾祸，要注意防范；最笼统的解释则是——梦境与现实都是相反的。

纪之楠本人倾向于最后一个解释。

由于醒得太早，纪之楠又逛了一会儿淘宝，下单一个瑜伽垫和一副哑铃才去洗漱准备上工。这些天纪之楠认真拍戏，把锻炼身体这个好习惯都丢下了，难怪做梦跑个步都喘成那样。

纪之楠收拾完毕下楼。莉莉抱着手在车前等，看见纪之楠来了，凑上前来，鬼鬼祟祟道：“纪老师，今天有情况。”

纪之楠立刻警惕道：“什么？”

莉莉眼睛往右面瞟，悄声道：“那个谁……秦先生，在那边。”

顺着她的目光看过去，纪之楠看到秦魏宇站在对面的行道树下，背对着自己正在打电话。

纪之楠放松下来，道：“他啊，不是昨天晚上就来了吗？”

莉莉说：“嗯，住在你楼上。”

纪之楠心想这人还算识相，没有跟自己挤在一个楼层，也没有在人前说出两人的关系。想了想，纪之楠道：“他来办公事，不要管他。”

莉莉点头，然后压低声音说：“刚才他问我，你现在还失眠吗。”

纪之楠觉得奇怪，问道：“失眠？”顿了顿又问，“你怎么回答他的？”

莉莉耸肩道：“当然实话说不知道啊，我又不是您的枕边人。”

纪之楠还在思考秦魏宇怎么知道自己睡眠不好的事情，莉莉接着说：“跟您一起度蜜月的是他，他问我这个可真好笑。”

纪之楠："……"

趁着秦魏宇还在打电话，纪之楠匆匆溜上车去往拍摄地点。

上午周茹来电话，说后援会组织的探班粉丝们下午到，到时候抽个空出来跟她们打个招呼就行，尽量不要影响剧组工作，尤其要注意保密这块。

纪之楠把这事跟导演讲了，谁知导演非常大方地说没必要藏着掖着，就穿着戏服出去让姑娘们拍，拍这点图不会影响剧组工作，顺便还能做个小宣传，两全其美。

纪之楠下午和刘雨卿演对手戏，是沈彦安回忆中与刘雨卿饰演的那个角色在林中相遇的那场。

纪之楠觉得十几岁年少时那种含羞带怯、想隐藏情绪又不经意露在脸上的状态不好把握，于是中午就开始酝酿情绪。

粉丝们来的时候正好在拍那场戏，他们在剧组工作人员的要求下收起相机，噤声观看。只见纪之楠右手执剑，在空气中挽了个利落的剑花，将剑收进剑鞘，然后立身回眸。

初春的暖风吹来，桃花树下的纪之楠衣袂翩翩，眉目如画，明亮的眼睛里似含着两汪清泉，波光轻轻一颤便牵动人心。

粉丝们看得入神，恨不能化身为沈彦安的心上人，哪怕一秒也甘愿。混在粉丝堆里的秦魏宇也呆立在那里，心口像被一只毛茸茸的爪子挠来挠去，内心的悸动像电流窜遍全身，占据了他所有的感官。

这不是他第一次真切体会到这种感觉。

从前的他因为害怕沦陷，将自己封锁在狭小的方寸间，不接纳任何在计划以外的感情，自以为是地将它视作无用之物拒之门外。如今的他开始学着直面内心，并且清楚地知道这种感觉是什么。

其实见到纪小星的第一眼，他就喜欢上了。

纪之楠披了件外套，走到场边跟粉丝们说话。

"楠楠你怎么可以这么好看！"

"等电视剧播了，我要把这段截下来每天看。"

"楠楠是不是又瘦了？别再减肥啦。"

粉丝们夸赞一番之后就开始喋喋不休地表达关心，纪之楠点头一一应下，心里暖意融融。纪之楠已经很久没有跟粉丝如此近距离接触，刚出道的时候还经常和粉丝们面对面说话，后来人气变高，这种机会就越来越少了。

接着纪之楠又跟粉丝们说了些之后的工作安排，她们便开始给在场的演职人员分发应援物。这是后援会提前准备好的，大多是些水果、甜点之类的食物，目的在于帮纪之楠在剧组里拉好感。

女孩们个个心灵手巧，每份应援物上都打了一个漂亮喜庆的蝴蝶结，拿到东西的工作人员都赞不绝口。

应援物分发完毕，最后粉丝代表把属于“正主”的特别的那份交给纪之楠。

“这是蛋糕……奶茶……水果……记得快点吃，不然就不新鲜啦。”粉丝代表认真地叮嘱。

“哎对了，差点忘了。”边上一个小粉丝妹子拿出一盒感冒冲剂，“这个，一天三顿。”

纪之楠疑惑道：“你们怎么知道我感冒了？”

纪之楠从小惧怕打针吃药，尤其是大颗的胶囊，到了嘴里咽不下又吐不出，一看见就发怵。昨天晚上秦魏宇给的药纪之楠就没有吃，哪知道半夜鼻子就不通了，今天一直在打喷嚏、流鼻涕，滋味相当不好受。

“是那个男粉丝哥哥说的，他有事要先走，让我们转交给你。”小粉丝说。

“男粉丝？”纪之楠满头问号。

“是呀！”小粉丝眼睛发光，“个子很高，特别帅，一开始我还以为他是剧组的演员来着！”

纪之楠有点害怕，问：“他还说什么了吗？”

“让你好好照顾自己，需要什么就说一声，还有如果想他了就发条微博，他会抽时间来看你。”

纪之楠听得心惊肉跳，这个变态难道是想……

傍晚收工的时候，纪之楠收到秦魏宇发来的消息：我刚到家。这边也升温了，卧室换了新的床单和薄被子，等你回来。

反复读了几遍，纪之楠总觉得这条信息跟之前的不太一样，可具体不同在哪里，又说不太上来。

影视城的戏拍完后，转外景之前会有五六天的休息时间，纪之楠还没想好去哪儿。

纪之楠平时很宅，没有工作的时间几乎都待在家里度过，一时真想不出有什么想去的地方。

说到家,纪之楠又想起秦魏宇发来的“等你回家”,还有昨天晚上的那句“想你了”。

纪之楠泡了一杯感冒冲剂，咕咚咕咚喝下去，冒了一身汗，分不清哪些是热出来的，哪些是臊的。兴许是最重要的几场感情戏都拍完了，且效果都让人满意，纪之楠精神迷之亢奋，洗完澡在床上翻来覆去睡不着。一会儿后，纪之楠坐起来抓抓头发，暗骂秦魏宇乌鸦嘴，害得自己真的失眠了。

纪之楠下床穿衣，准备出去走走。

这个点路上几乎没有人，初春的夜间还是很冷，凉意通过呼吸沁人心脾，纪之楠更加精神抖擞。

索性在人行道上慢跑，纪之楠心想，说不定跑跑就累了。约莫跑了半个钟头，身上涔涔冒汗，手心脚心也开始发热，纪之楠才放慢速度往回走。一路静悄悄的，行至酒店门口，才终于有了一丝困意，纪之楠漫不经心地边踱步边伸了个懒腰。经过路边的灌木丛，突然有人在后面冷不丁拍了下自己的肩膀，纪之楠吓得差点跳起来，回头正对上宁澜灿烂的笑脸，他道：“纪老师晚上不睡觉，在这儿干吗呢？”

“啊……睡不着，出来走走。”

天黑路暗，纪之楠背光站着，借着背后照过来的路灯光线打量宁澜，他跟平时一样，笑得露出两个小酒窝，一派天真坦荡。

纪之楠轻咳一声，说：“你呢，这么晚，怎么还在外面？”

宁澜一笑，答：“跟您一样，出来透透气。”

纪之楠也不是多嘴的人，便建议道：“很晚了，一起上楼吧。”

宁澜愉快地“哎”了一声，目不斜视地和纪之楠一起走进酒店。

又过几天，正式进入三月，天气回暖很快，尤其是拍摄地所在的长江以南地区，纪之楠每天起床都能感觉到天气比前一日舒适几分。

宁澜还是每天来找纪之楠玩。其实他的拍摄部分已经结束了，拍完那天剧组还给他办了一场小型欢送会，谁知他第二天依旧早早地出现在片场。导演问起来，他就说最近档期空闲，没别的事，待在这里学习学习演技。

纪之楠仔细回想过，自己的梦里是没这一出的。梦里宁澜拍完出组后，直到剧组转外景拍摄，两人才再次见面，甚至没有互通联系方式。难道是因为那次结婚证遗失，才出现这一连串的变化？

可事情已经发展到这个地步，纪之楠也只好见招拆招了。

这天下午拍摄任务少，纪之楠拍完就回到酒店。网购的瑜伽垫和哑铃已经到货，这些天纪之楠没事就在房间里做做平板支撑、举举哑铃，下回可以不用怕被秦魏宇攥住手腕不撒手了。

好好的，怎么又想起那家伙了？一定是运动使人大脑缺氧。纪之楠从垫子上翻坐起来，去卫生间冲了把汗湿的脸，回到房间就听见床上的手机振动。

QY：天气很好，今天公司组织春游，我没去，等你回来。

纪之楠歪着脑袋看了好几遍，有点理不顺这个逻辑。

——等我回去干吗？春游吗？

那天秦魏宇走后，“新闻早晚报”照旧，纪之楠心情好的时候回过几次，他就肆无忌惮起来，每日微信数量从两条直飙至十条甚至以上，内容从天气预报到嘘寒问暖再到汇报日常，没话找话的无聊程度让人叹为观止。

纪之楠梦中的秦魏宇是个忙起来连吃饭、喝水都顾不上的工作狂，再加上他对其他人与生俱来的不信任，在公司里几乎事必躬亲，所以他总是很忙，忙到把两个人的家当作客栈，回到家只吃饭、睡觉，偶尔有点时间，也是抱着电脑坐在书房里，谁也不搭理。纪之楠完全想象不出他坐在那里捧着手机打出这些句子的模样，暗戳戳地猜想他有可能雇了个人专门发消息。

纪之楠已经无力去揣测秦魏宇这样坚持不懈的原因，有可能是一时兴起，有可能是自己之前曾想过的，是本性中的征服欲在作祟，越是得不到的东西，就越是执着，不肯放手。

纪之楠曾经花了太多时间摸清秦魏宇的所有喜好和习惯，却一直看不透他的心。

晚上父亲纪安东破天荒地打了个电话过来，纪之楠盯着屏幕瞅了许久才接起来，干巴巴地喊道：“父亲。”

纪安东鲜少跟纪之楠通话，问了几句近况后，直接切入正题道：“马上到你生日，秦家想给你办生日宴。”

纪之楠自是诧异，疑惑道：“生日宴？今年不是整岁，没必要吧？”

“秦家二老主动提出来的。这样也好，说明他们家重视你。拍戏不忙的话就抽空回来一趟吧，刚结婚就出去工作，把小宇一个人丢在家里，也不怕外人说闲话。”

挂了电话后，纪之楠还是蒙的。秦家这闹的又是哪一出？不多时，纪之楠就琢磨过来，这件事一定是秦魏宇主导的，除了他没别人了。秦家二老横看竖看也不像会给刚进门的儿媳过生日的有心人。

刚才的电话里，纪之楠觉得这事情莫名其妙，所以没有正面回应父亲。这会儿运动完洗过澡，纪之楠坐在床边酝酿片刻，拨通秦魏宇的电话。

那头很快就接起来了，“喂，小星？”

纪之楠握着手机的指尖轻颤了一下，梦里自己最期待的就是秦魏宇叫这个名字，虽然来迟了些，可心脏依旧会为它悸动，这仿佛成了某种本能。

“嗯。”纪之楠道，“在忙吗？”

电话那头传来急促的脚步声，环境由嘈杂转为安静。

“不忙，在应酬，马上就回家。”

最近秦魏宇频繁提到“家”这个字眼，纪之楠听多了，竟也慢慢适应了。

一句“少喝点酒”险些就要脱口而出，话到嘴边拐了个弯，纪之楠险些闪到自己的舌头，明知道对方看不到，还是尴尬地红了脸，小声道：“哦。”

秦魏宇主动问：“找我有事吗？”

纪之楠稳住心神，三言两语把生日宴的事情说了，表示没必要这样大费周章，让二老辛苦筹划，自己作为小辈实在过意不去。

秦魏宇沉默片刻，然后说：“是我想给你过生日。”

“啊？”出乎意料的回答让纪之楠呆了一瞬。

秦魏宇重复道：“是我想给你过生日。如果我提，你一定不会答应，所以我才请他们代我出面。”

糟糕，这话该怎么接？

纪之楠被秦魏宇突然的直白坦荡弄得手足无措，语塞道：“谢……谢谢你的好意，可是我生日那天有拍摄任务，实在不方便。”

“我去跟你们导演说一声。”

纪之楠惊得眉毛倒竖，忙道：“别别别，不能因为我一个人耽误整个剧组的拍摄进度，而且……”而且这种事一旦传出去，自己在圈里还怎么混？

电话那头的秦魏宇也意识到自己冲动之下的提议不妥，他只是着急想让纪之楠答应。办生日宴不过是寻个由头罢了，人在哪里无所谓，他可以飞往世界任何一个角落陪纪之楠过生日。

秦魏宇缓缓道："这是我们结婚后你的第一个生日。"

纪之楠还在刚才震惊的余韵中没缓过来，不明白这个生日有什么样的重大意义，让这家伙如此挂心。

纪之楠只记得自己醒来后没几天就是秦魏宇的生日，那时候自己还躺在病床上，住院部楼道里有个小病友过生日，挨个病房分发蛋糕。看着摆在面前的那一小块蛋糕，纪之楠在心里默默念了一遍"生日快乐"。

纪之楠轻轻呼出一口气，然后说："那这样吧，再过一个月剧组放假，我回家去。"

"真的？"秦魏宇忙问。

纪之楠哭笑不得，这人难道怕被自己骗了不成？

"嗯，生日宴就不必了，麻烦你帮我向二老转达谢意。"

"好。"秦魏宇爽快应下。

三月十七日，纪之楠生日的前一天，导演早早地过来打招呼，让纪之楠明天别溜，收工了一起吃饭。

晚上回到酒店，正是明月当空时，弯刀似的月牙挂在天上，在云层中慢悠悠地来回穿梭，时隐时现。纪之楠站着看了半晌月亮，然后拍下来发微博。

粉丝们问纪之楠在生日的前一天发月亮，是不是想家了。

纪之楠随便选了一条回复：想你们呀 [ 兔子 ]。

粉丝们大呼受不了，问今天怎么这么甜。纪之楠但笑不语，伸个懒腰，早早地洗了睡下。

次日清晨打开手机，不出意料地看见满屏幕的生日祝福，纪之楠随意翻了翻，没看到天天骚扰自己的那两个字母，又翻一遍，还是没有。

那家伙雇的人今天请假了？

纪之楠洗漱时把手机架在镜子前，一边洗脸刷牙一边看粉丝制作的庆生视频，顺便有消息进来就瞄一眼。

纪之楠那两个便宜哥哥发来了生日祝福，虽然不怎么走心，可是某些嚷嚷着要给自己过生日的人，居然连条敷衍的短信都没有发来。

纪之楠觉得这事不科学，再加上神经敏感，刚出道时曾演过几部无逻辑电视剧，剧情历历在目，分分钟脑补出一箩筐有的没的，把自己吓得够呛。

换好衣服准备下楼，纪之楠思来想去还是忐忑难安，打开微信，在和“QY”的聊天对话框里输入“在吗”两个字，但拇指悬在发送键上，迟迟下不去手。

删掉删掉，换了个微笑的表情，纪之楠刚要按发送，莉莉的催促电话就打进来了。

“寿星纪老师您还不下来吗？您的小助理已经在寒风中苦苦等了二十多分钟。”

纪之楠胡乱应声说就来就来，一面穿外套往外走，一面打开门，结果门口有个人。纪之楠刚把脑袋抬起来，冷不丁被前方的高大个头吓得往后退两步。

“生……生日快乐。”

秦魏宇喘得很厉害，额头上覆着一层薄汗，平时总是梳得一丝不苟的头发也有些凌乱，几缕黑发搭在额角，浸满汗珠。

纪之楠张了张嘴，惊愕得说不出话。

这家伙是从偶像剧里蹦出来的吗？

秦魏宇以为纪之楠因为自己来晚了不高兴，主动解释道：“抱歉，本该昨天夜里到的，出差回国的飞机晚点了，没赶上国内航班，改乘高铁来的。”

怪不得他一副风尘仆仆的样子。

纪之楠还在震惊的余韵中没缓过来，摸摸鼻子尴尬道：“嗯。”

面上强扮淡定，实际上，纪之楠的内心已经翻江倒海，这种惊喜以前只有自己会搞啊，秦魏宇这是从哪儿学来的这一套？

秦魏宇自然不知道纪之楠在想什么。他是来给人过生日的，只想让小家伙开心，努力平复了一下紊乱的呼吸，然后把背在身后的手拿出来。

纪之楠的脸色在看到他手上的东西后唰地沉下来。

一个Hello Kitty玩偶，身上穿着布满草莓的花裙子，耳朵上别着大红色蕾丝边蝴蝶结，可以说是少女心爆棚了，如果莉莉在这里，一定会嗷嗷叫着抱着它满楼道狂奔。

纪之楠指指玩偶，问道：“这个……给我的？”

秦魏宇点头。

纪之楠完全无法想象秦魏宇是怎样抱着这个东西一路坐着高铁过来的。

犹豫一会儿，纪之楠还是将玩偶接了过来，小小一只，刚好抱个满怀。

兴许是太羞耻，纪之楠脸颊发热，都快跟玩偶上的草莓一样红了。秦魏宇想把纪之楠这可爱的模样拍下来，可他不敢掏手机。

“我得去上工了，你开个房间休息下吧。”纪之楠转移话题道。

秦魏宇道：“酒店客满了，可以借你的房间休息一会儿吗？”

“啊？哦，可以。”纪之楠愣愣地把秦魏宇引进房间，给他指了卫生间的位置，“这里的东西你随便用，如果要消毒毛巾的话，给前台打电话。”又拿出一张餐单给他，“想吃东西，可以打这个电话，他们家味道还不错。”

秦魏宇一一应下，然后跟在纪之楠后面把人送到电梯口。

“收工早点回来。”他说。

“哦，哦。”纪之楠站在电梯里，磕磕巴巴地答应。

电梯门在面前缓缓阖上，直到看不见那张脸，纪之楠的神志才恢复一丝清明。

纪之楠魂不附体地走到车旁，莉莉迎上来，嗷地大喊道：“天哪，太可爱了！”

纪之楠这才发现自己傻乎乎地把那个Hello Kitty公仔给抱下来了，干脆把它丢给莉莉。莉莉喜欢得不行，在车里咔嚓咔嚓拍了好几张照片。

“0318……哎，纪老师，这不是你的生日吗？”

纪之楠心不在焉地瞟了一眼。

莉莉拿出手机查了一下，惊道：“不得了，这还是个限量版，编号随机的，能弄到这个号码不容易啊。”莉莉转过来问，“是哪个粉丝送的？我在楼下没看见有可疑人物上去啊？”

听了她前半段话，纪之楠就坐直身体，把玩偶夺回来，看着绣在玩偶红色小皮鞋上的“0318”四个数字，心情复杂——怎么一个两个的都以为我喜欢这白猫？回头要不发条微博澄清一下？

莉莉凑过来一起看，好奇道：“又是上次寄东西给你的男粉丝？据说长得很帅的那个？”

粉丝那边的动静瞒不过她这个八卦精。

纪之楠睨她一眼，没好气道：“不知道。要不发条微博把他找出来，介绍给你？”

莉莉嘿嘿笑着摆手拒绝道：“不了不了。”

纪之楠：“……”

一整天的戏纪之楠拍得心不在焉。

幸好今天没有重要戏份，大多是扮演背景板，只有零星的几句台词。纪之楠站在人群中，思绪不由自主地往待在自己房间里的那个人身上飘：那家伙吃饭了吗？有没有出门？不会被人发现吧？

纪之楠开始后悔把秦魏宇安置在自己房间里，可人家大老远地跑来给自己过生日，总不能把人赶到大街上去吧。这感觉太像金屋藏娇，让纪之楠莫名羞耻，比抱着 Hello Kitty 公仔还要羞耻。

中午导演特地来提醒晚上有饭局，纪之楠胡思乱想一上午，早把这事丢到脑后去了，当即便找借口说大家都累了，要不还是算了吧。导演说蛋糕都订好了，大明星只管出席就行。纪之楠推托不过，只好答应下来。

回头纪之楠就蹲在角落里给秦魏宇发消息：晚上有聚会，你自己吃饭，不要等我。

秦魏宇回复很快：聚会？

纪之楠：剧组要给我庆生，昨天就约好了，我给忘了。

纪之楠有点心虚，以为秦魏宇会不高兴，说不定会直接甩脸走人，毕竟是自己放人家鸽子，谁知秦魏宇很快回复：好，注意安全。

纪之楠迷茫了，这家伙还有如此善解人意的一面？

晚上的聚会说是随便组的局，纪之楠到了现场，才知道剧组其实花了不少心思准备。大包厢里的墙上用彩色气球拼出硕大的“22”两个数字，推出来的蛋糕都是三层的，不仅够吃，还够糟蹋。

纪之楠被抹了一脸奶油，又被拉着灌了几杯红酒，整个人晕头转向。好在剧组的人都知道纪之楠不胜酒力，同意把白酒换成红酒，不然这会儿纪之楠说不定已经趴到桌子底下了。

莉莉尽职地在边上给纪之楠挡酒，不停道：“纪老师不能喝了，真的不能喝了……我来帮纪老师喝吧。来来来，再干一杯！”

纪之楠坐在边上摇头晃脑，猜想公司招聘助理时的第一个要求八成就是“千杯不醉”。

从开机仪式那天到现在，剧组都没有这样热闹过，无论是工作人员还是演员，都憋足了劲儿要在今天晚上撒开丫子玩够本，包厢里正儿八经吃饭的少，抢麦唱歌、划拳猜酒、群魔乱舞的倒是扎堆闹得欢腾。

把要跟自己再喝一轮的郭昊打发走，纪之楠去卫生间冲了把脸消消酒气，准备回包厢跟众人打声招呼就先走一步，刚走到门口，兜里的手机就响起来。

“喂……”因着没几个人知道自己的号码，纪之楠接电话从来没有看来电显示的习惯。

电话那头传来秦魏宇沉稳的声音：“你那边结束了吗？”

往里面看，大家都还在兴头上，完全没有结束的意思，纪之楠转过来倚靠着门答道：“还没呢。”

秦魏宇从纪之楠慵懒的语气中听出醉意，道：“在那儿别动，我去接你。”

纪之楠捏捏眉心，说：“不用，我没醉。这里人多，你别过来。我去跟他们说一声就先回去。”

秦魏宇听纪之楠说话条理清晰，还没醉得失去神志，道：“好，注意安全，有事打我电话。”

纪之楠心想能有什么事，挂了电话走进包厢，坐回原来的位置，打算喝口水就走。

找了一圈，没找到自己刚才用的那个杯子，纪之楠正想去重新拿一个，就见宁澜挤出人群，捧着杯子朝自己走过来：“纪老师，给。”

那是满满一杯橙汁，纪之楠嘴里满是酒味，正需要果汁清嘴，接过来便喝了一大口。

宁澜眯着眼笑道：“这个生日过得开心吗，纪老师？”

纪之楠仰头思索片刻，而后慢悠悠点头，不由得清晰回忆起梦中的自己。自从妈妈离开之后，纪之楠就没正经过过生日了，家里没人惦记，结了婚之后更没人惦记。

说起来，自己结婚后的第一个生日是怎么过的来着？纪之楠喝了酒的大脑像生锈的齿轮，转动得更加缓慢，在记忆库里搜寻半天，也只记起一些零星的片段，总之不是什么美好的回忆。

纪之楠其实相当有阿Q精神，难过的事情经历得多了，知道是自找的，也知道躲不开，便学着自我消化，脑袋里像装着一个过滤用的机器，把那些事情丢进去，等到触景生情再拿出来时，心就不那么痛了。

打不死的小强也不过如此吧。

一杯橙汁见底，宁澜非常有眼力见地把纪之楠手里的空杯接过去，殷勤道："纪老师打算走了吗？一起呀。"

纪之楠点头，揉揉突突直跳的额角，拿着外套起身。饭店距离酒店大约五公里。还在路上，纪之楠就觉得不太对劲，先是头昏脑涨，下车的时候，脚一沾地就双膝发软，幸亏旁边的宁澜眼明手快地捞了一把，自己才避免了跪倒在地的窘境。

"纪老师，感觉怎么样？"

纪之楠勉强挤出笑容，道："没事，可能喝多了。"

宁澜和莉莉一左一右扶着纪之楠上电梯。莉莉的房间在五楼，她今天喝了不少，状态不太好，电梯在五楼停下，纪之楠让她不要上去了，赶紧回去休息。电梯再次停下，宁澜架着纪之楠走出去，脚一踏上柔软的地毯，纪之楠浑身跟着一软。

"你……你先回去，我自己回房间。"纪之楠用所剩无多的力气推宁澜。

"没事的，没事的，我送您进去。"

宁澜的声音在耳边忽远忽近，狭长的走道在眼前晃动，画面虚虚实实，宛如幻境，纪之楠心里是害怕的，因为察觉到自己不对劲，现在唯一的出路就是赶紧回到房间，在外面多待一刻，危险就成几何倍数地往上翻。

无论是在这里被人拍到，还是传出去什么风言风语，任何一条都足以毁掉纪之楠的星途。

门开了。纪之楠甚至没来得及思考门是怎么开的就被推进房中，接着重重摔倒在地上。惯性使纪之楠侧身滚了一圈，变成仰面朝天的姿势，目光已经无法聚焦，玄关昏黄的顶灯在眼中映出一片令人眩晕的重影。

纪之楠连动一动手指的力气都没有，急促地大喘几口气，努力睁大眼睛，盯着屋顶看了片刻，然后咧开嘴自嘲般地笑了。

纪之楠无论如何都想不到，自己会在此时此刻此地栽在宁澜手上。

某些看似无害的人总是会在重要关头给人致命一击。

浑身上下快被烧化了，纪之楠趟在地上起不来，起搏的心跳在耳膜上快一阵慢一阵地敲打，耳朵里嗡嗡作响，屋里的对话声只能听个大概。

一阵剧烈的耳鸣过后，脑中残存的最后一缕神志也濒临消失，闭上眼睛昏过去的前一刻，纪之楠听到宁澜呜咽的声音：“你怎么对我的……为什么舍不得这样对……”

再次醒来时，外头还是黑夜，纪之楠猜想自己应该没有晕很久，因为身体的不适感依旧明显，像要把整个人吞没似的往周身蔓延，哪怕只动一动手指，这感觉都在疯狂加剧。

猛地被喉咙口的唾液呛了一口，纪之楠梗着脖子咳嗽，灼心的痛感让纪之楠又是一阵头晕眼花。这时，一只干燥的大掌握住纪之楠的手，把纪之楠扶坐起来。

“醒了？感觉怎么样？”是一个熟悉得令人安心的声音。纪之楠紧绷的身体骤然放松，下意识往那人身上靠。

秦魏宇由着纪之楠在怀里蹭，幸好刚才无心工作时站在窗口，看到纪之楠的保姆车从远处开过来。他给小家伙准备了惊喜，站在房间门口左等右等不见人回来，隐隐觉得不对，楼上楼下一通找，最后敲开莉莉的房门，才得知纪之楠和宁澜一起坐电梯上楼去了。

宁澜的房门几乎是被他砸开的。进屋看见纪之楠躺在地上不省人事，他又惊又怒，给来开门的人一记重拳，然后抱起地上的人就走。他把人带回来之后又不敢轻举妄动，把昏昏沉沉的人放在床上，给远在首都的家庭医生打电话，简要描述情况，寻求解决办法。

其实办法只有一个，秦魏宇是知道的。所以他无法克制地后怕，迅速攀升的怒气值直逼临界点，脑袋里那条名为理智的弦都快要绷断了。

秦魏宇抬头，面上波澜不惊，眼神却透着锋芒，嘴角弧度冷硬，似在暴怒的边缘。他突然低声笑了，莫名的熟悉感让纪之楠感到害怕，藏在心底最深处的那扇门从里面被撞开，那段被刻意藏匿许久的记忆如洪水猛兽般倾泻而出。

# Chapter 7
# 果真是个演员

梦境虚虚实实，令人恍惚。纪之楠想起自己梦见的那个生日，那个生日也是和秦魏宇一起过的，不过自然不是秦魏宇主动要给纪之楠过生日。那时纪之楠提前好几天跟导演告假，导演虽不满，但听说是过生日，还是帮忙调整了拍摄通告，给纪之楠挤出两天假期。

纪之楠在假期第一天早上收拾东西回到首都，下飞机就马不停蹄地直奔新房打扫、收拾，忙到傍晚才停下，然后满怀期待地打了个电话。电话里秦魏宇声音淡淡的，说知道了，一小时后到家。

纪之楠倒不是怕他不回来，他但凡答应过的事情就一定会做到，纪之楠只是想确认一下什么时候开始做饭比较稳妥。

明明是自己的生日，纪之楠却想着该如何给心上人准备惊喜。

锅里烧上水，纪之楠准备煮面。新鲜的牛排已经腌制好，等面下了锅，纪之楠照着食谱煎牛排。几个步骤，但由于很少下厨，纪之楠不太熟练，弄了四十多分钟才好，手忙脚乱中错过了把面捞出来的最佳时间，过凉水后的面有点坨了，好在酱料鲜美，盖上去后，再放上装饰的蔬菜，看起来还有那么点样子。牛排出锅，淋红酒的时候，纪之楠听见门开的声音，紧张得手一抖，多洒了些。

纪之楠擦擦手去门口迎接，秦魏宇看见纪之楠穿着围裙，面露一丝意外，换了拖鞋进屋，问："阿姨呢？"

纪之楠一个月没见到他，目光舍不得从他身上移开，跟在他后面道："我让她回去休息了，今天我做饭。"

结婚后纪之楠做过几次饭，味道乏善可陈，倒也能吃下去，好在秦魏宇在F国留学的几年没吃过什么好东西，嘴巴并不挑剔。

他看了纪之楠一眼道："嗯。"

见他不排斥，纪之楠欣喜地把做好的东西端上桌。意面和牛排，两样简单的食物，秦魏宇却看出做菜的人花了心思。纪之楠眼下还留着两片乌青，显然刚下飞机，回到家就忙着准备这些，好像过生日的不是自己，而是他。

秦魏宇心里有点虚，摸索半天，拿出一个小盒子，放在桌面上，说："生日快乐。"

纪之楠面露惊讶，接过盒子直接打开，里面躺着一枚精致的钻石袖扣。纪之楠眼神闪了闪，随即笑道："谢谢。"

秦魏宇看纪之楠笑得甜，还以为纪之楠喜欢这礼物。他根本不知道纪之楠的喜好，纪之楠也从未在他面前表现出对某件东西的偏爱。礼物是他差遣助理去买的，随便得称得上是在应付。

纪之楠吃面，把牛排推到秦魏宇面前，低声道："第一次做，不知道味道怎么样。"

纪之楠其实原本打算两人分食牛排和面的，许是分开太久，刚刚才想起秦魏宇有洁癖，不跟人同盘而食。

秦魏宇切开牛排吃了一块，点头道："不错。"

味道其实一般，他尝不出什么特别的，可今天毕竟是纪之楠的生日，他再不解风情也不至于当场给人难堪。纪之楠又笑了，脸被灯光照着，眼睛里亮晶晶的，像落了星星。

秦魏宇只看一眼就别开目光。想到这样的笑容不是只属于他一个人的，他心里就有某种不知名的烦躁情绪在涌动。

两人安静地吃完饭，秦魏宇先上了楼。纪之楠收拾完餐具，上楼准备收拾脏衣服。这个夜晚本该像往常一样，可当秦魏宇洗漱察觉到自己的异样时，这份平静被打破了。

房门突然被撞开，秦魏宇站在外面，浑身上下都散发着戾气，趺趺撞撞扑向纪之楠。

纪之楠吓蒙了，推了推身上的人，急道："怎……怎么了？哪里不舒服？"

秦魏宇呼吸急促，平时稳定的心率快得厉害，他用胳膊勉强把自己撑起来，看着纪之楠，眼中一片阴霾，冷笑道："怎么了？这话该我问你。你给我吃了什么？"

他怎么也没想到这人如此无耻，能做出这种卑劣行径，还故意跑到自己房间，现在又装作什么都不知道的样子，果真是个演员。

纪之楠张了张嘴，心口像被钝刀子刮一样地疼。纪之楠这才知道，原来自己在秦魏宇心里是这样一个形象——卑劣，不择手段。

纪之楠心里凉得厉害，嘴唇不住地发抖，道："对不起……对不起……"

黑暗吞噬大地，外头早就没了光亮。被勾起的回忆与当下的情况重叠，纪之楠浑身抖如筛糠。

短时间内接受到的信息量太大，连带着深埋已久的东西被拔根而起，冲出心脏，盘根错节地在纪之楠脑海中疯狂缠绕、生长，纪之楠一时承受不住这样的冲击，眼前黑了几秒钟，险些直接昏死过去。

秦魏宇见纪之楠的反应这样大，满腔怒气全转化为心疼。他小心地把人搂在怀里，一下一下轻抚纪之楠的后背。纪之楠身上冒了无数波热汗，衣服都黏在身上，黑发一缕一缕贴在额头上，黑白分明的眸子失神地望着前方。

秦魏宇靠在纪之楠耳边轻声道："小星，小星，别怕，我在这儿。"他声音都在颤抖，"我不会再一次不信你的。"

等到怀中人的呼吸平复些许，秦魏宇才扶着纪之楠的肩膀将人推开一段距离。房间里只开了一盏床头灯，他借着昏黄的灯光，看见纪之楠的眼睛睁得大大的，有液体源源不断地从眼眶中流出，纵横交错地淌了满脸，分不清哪些是汗、哪些是泪。

纪之楠不敢相信的呢喃："你……你怎么会，你怎么会……"

秦魏宇的心狠狠地发疼，他长长地吐出一口气，抬手揩去纪之楠眼角的泪。他从来都不知道他的纪小星原来会哭，还哭得像个没长大的孩子一样狼狈。

“你在这儿，我就来了。”秦魏宇怕纪之楠听不清，一字一句认真道，“我来找你。”

一点点月光从窗帘的缝隙中漏进来，在地面上投射出一条狭长的光影。纪之楠凝视着面前的人，脑中乱成一团，想问的太多，可身上所有的力气好似都在刚才歇斯底里的挣扎中耗尽了。纪之楠再也没有一丝力气，胳膊一松，整个人都瘫软了。

秦魏宇紧紧抱着纪之楠，纪之楠半眯着眼睛，昏昏沉沉地呢喃：“秦岳，我……”

藏在纪之楠心里许多年的那句话已经蹿到喉咙口，就要脱口而出。

结果秦魏宇抢先一步，哑着嗓子低声道：“我都知道。我爱你。”

天光破晓时分，纪之楠悠悠转醒，没睁眼，眼珠动了动，想翻个身，忽然听到有人在说话。

“嗯……我要在这里多待两天，会议延迟到下周一，资料用邮件发给我。嗯，就这样。”

房间隔音不好，即使那人刻意压低嗓音，纪之楠还是听得很清楚。纪之楠在那人挂电话之前把脑袋缩进被子里，接着听见卫生间抽拉门滑动的声音。屋里有地毯，将脚步声藏匿无踪，接下来，纪之楠就什么都听不见了。

大部分记忆还是在清醒后回笼，纪之楠还没想好该怎样面对，索性继续装睡，可装了十几分钟就憋不住了，从头到脚的不适感让纪之楠在清醒的状况下很难长时间维持同一个姿势。纪之楠猜秦魏宇应该在处理工作，于是扭动身体打算翻个身，顺便拿手机偷偷看下时间。

盖住大半个脑袋的被子在纪之楠的动作下下滑，纪之楠摸了半天没找到手机，悄悄把眼睛睁开一条缝，结果秦魏宇正在床边不动声色地看着。纪之楠一时忘了反应，额头上有只干燥而温暖的手贴上来。秦魏宇摸了纪之楠的额头，又摸自己的，神色稍霁，轻声道：“还早，再休息会儿。”

纪之楠眨了下眼睛，对当下的处境还有点蒙。

秦魏宇以为纪之楠担心工作，补充道：“剧组那边已经帮你请假了，你尽管休息，不用担心。”

纪之楠听到“请假”二字，顿时睁大眼睛要跳起来，又因为身体的强烈不适躺了回去，脸色瞬间变得煞白。

秦魏宇吓了一跳，忙用被子把不安分的小家伙裹好，急道：“别乱动，小心着凉。”

房间里的空调制热效果不好，初春的天气乍暖还寒，他记得纪之楠从前就很容易感冒，鼻尖总是红通通的。纪之楠觉得丢人，慢吞吞换了另一边侧卧着，不去看秦魏宇。既然已经请过假了，纪之楠现在再挣扎起来上工反而显得可疑，那就休息一天吧。

从来不睡回笼觉的纪之楠，居然迷迷糊糊又睡了一会儿，再次醒来的时候，房间里还是静悄悄的。纪之楠在心里默默祈祷，希望秦魏宇已经走了。不料拥着被子刚坐起来，纪之楠就看见秦魏宇背对着自己坐在窗边的椅子上，桌上摆着笔记本电脑。

像感应到似的，他回头和纪之楠四目相对，原本严肃的脸上露出浅笑，温柔道：“醒了？饿了吧？”

纪之楠不由自主地点头。

秦魏宇的表情又柔和几分，走过来拂了一把纪之楠额前的碎发，说：“早餐马上送到，再等一下。”

大约五分钟，早点和小桌板一起被送过来，热乎乎的包子、粥和小菜一字摆开，烟火气扑面而来，纪之楠这才有了点真实感。

纪之楠拿起勺子喝了两口粥，结果被身边人黏在自己身上的视线弄得浑身发毛，试探道：“你……你也吃啊！”

“好。”秦魏宇好像就等着纪之楠这句话，侧身坐在床边，拆了一副新餐具，开始慢条斯理地吃早餐。

胃里有了食物，迟钝的大脑渐渐开始运转，纪之楠边吃边回顾昨天晚上的事，越想越胆战心惊。这信息量何止是大，简直是突破天际。被打乱顺序的记忆碎片一块一块重组，纪之楠自动忽略了一些模糊不清的部分，挑拣到最后，只剩“我来找你”这句话清晰地刻在脑子里。

早晨向来没什么胃口，纪之楠放下勺子的同时，秦魏宇贴心地拿了纸巾递过来，然后主动收拾桌子，把小桌板移开。

洗完手再次坐到床边，秦魏宇非常自然地捏了捏纪之楠放在外面的手，摸到手心有汗，拿起遥控器把空调温度调低了些。

纪之楠在吃饭的过程中已经在脑中整理过一遍思绪，然而现在脑子中的思绪又成了一团乱麻。纪之楠察觉到秦魏宇在等自己问，说不定已经准备好如何应对了，可仍旧觉得开口异常艰难。

梦中的那个纪之楠看起来勇往直前，一副粉身碎骨浑不怕的样子，其实内里是个掩耳盗铃的胆小鬼。纪之楠并没有爱得那么无私，也渴望得到回馈，只是方法愚蠢得可笑，通过自我蒙蔽、自我欺骗来得到安慰，给自己构建起一片虚无缥缈的幻象。

周遭的人大约也觉得纪之楠可怜，或者认为纪之楠无药可救，从来不屑给予正面打击。所以真相赤裸裸地摆在纪之楠面前时，才会残忍到让本就不堪一击的那份微弱的希望顷刻间灰飞烟灭。

纪之楠双手揪住被子又松开，沉下一口气道："昨天，谢谢你。"

秦魏宇等了半天就等来这么一句，错愕了一瞬间，随后道："没关系，应该的。"

"你昨天说的……"纪之楠刚起了头，秦魏宇放在桌上的手机就振动起来。

他拍拍纪之楠的手背说："等我一下。"然后站起来拿起手机，在窗边接听电话。

纪之楠悬着的心又扑通一声落回去，紧绷的肩背也松弛下来，仿佛这个电话救人于水火之中。房间面积不大，又只有一间，秦魏宇这次没有躲到卫生间接电话，声音更是清楚明晰。

"没事，让他折腾……华晟那边现在不重要……嗯，盯紧点……有事再联系。"

寥寥几句，秦魏宇便结束了电话。纪之楠听到"华晟"这个名字，无端地有点紧张，印象中，这好像是秦氏集团旗下的一个子公司。

秦魏宇回到床边，一副洗耳恭听的样子，说道："继续吧。"

纪之楠沉默片刻，然后摇摇头："我想再睡一会儿。"

一个电话的工夫，"小乌龟"又把脑袋缩回龟壳。秦魏宇无奈，只得帮捂着被子、只露出一个发顶的人掖好被子，接着去处理公事。

纪之楠这回是真睡不着了，脑袋一刻没停下，把该想的、不该想的想了个遍。

之前那个已经冒出过好几次的念头，此刻在纪之楠脑海里变得更加清晰——秦魏宇真的和自己做了同样的梦，拥有同样的记忆？

所以现在他们俩的关系状态才会和梦里迥然不同，这并不完全基于纪之楠的改变，还因为秦魏宇也变了。

可他为什么会做那个梦？

他现在为什么又要这样做？

纪之楠总觉得自己忽略了某个关键点，可一时又回想不起来，在被窝里纠结地咬手，拿着手机不知道该向谁请教。

这时手机里进来一条消息。

莉莉：还在睡吗？

纪之楠：没有。

莉莉：妈呀！这么快回复吓死人。

莉莉：还好吗？纪老师？

纪之楠：嗯，你呢？

莉莉：我很好。

莉莉：那个……秦先生为难你了吗？

纪之楠不清楚她知道多少，昨晚的闹剧让自己到现在都倍感头疼。

纪之楠：没有。宁澜那边怎么说？

莉莉：跟周茹姐报备了，秦先生说他来处理，他们俩应该已经商量过了。

这并不让人意外，秦魏宇做事雷厉风行，事情只要在他眼皮底下发生，他就没有不出手处理的道理。

纪之楠发现自己已经主观认定秦魏宇与自己做了同一个梦的事实，毕竟自己已经经历过这样的荒诞事，那么得知秦魏宇也经历过自己所经历的一切，好像变得不再那么难以接受，甚至想到这里，心里还会好受一点，心态顿时变得平衡。

纪之楠开始在不经意间把梦中的他和现在的他拿出来做比较，试图找出点蛛丝马迹，来佐证自己的某些判断。

纪之楠想得入神，手机又一振，新消息不是莉莉发来的，手指一点，返回到主界面。

QY：睡不着就起来吧。

纪之楠手一抖，不小心按了个无意义的字母发过去，想撤回已经来不及。

QY：那就用短信吧。

纪之楠呼吸一窒，想阻止他继续说下去，却又忍不住想知道他要说什么。

QY：昨天还有一句话没说。

QY：对不起。

屏幕上结着一层水雾，纪之楠愣愣地盯着那三个模糊的字，拆开来都认识，拼起来就好像看不懂它的意思了。

秦魏宇还在发消息。

QY：再给我一次机会，好不好？

纪之楠在床上闷到太阳落山，才想起来蜜月旅行时，秦魏宇说过同样的话。

那时候纪之楠还觉得莫名其妙，现在却感觉豁然开朗，转念一想又觉得好笑——再给他一次机会？明明是自己的台词，怎么让秦魏宇说了一次又一次？

纪之楠实在没脸在床上待一整天，趁上厕所的机会干脆起床，谁料刚坐起来掀开被子，秦魏宇就放下工作走了过来。

纪之楠的脸腾地红了，洗脸刷牙后，才坐下吃饭。桌上摆着一只六寸大小的蛋糕，普普通通的圆形，边上铺了一圈草莓。

“在小冰箱里放了一天，还算新鲜。”

秦魏宇说完就开始点蜡烛，很明显是个生手，第一根蜡烛的蜡油都滴到蛋糕上了，第二根还没点燃。

“本来想给你做个白猫形状的蛋糕，可惜手艺不佳，做得像小狗。”秦魏宇似乎想活跃气氛，自顾自地说。

纪之楠没想到这蛋糕是他亲手做的，忍不住多看了几眼，小声道：“我不喜欢 Hello Kitty。”

“嗯？”秦魏宇疑惑抬头，收起打火机问，“那喜欢什么？”

他翻遍纪之楠的微博和有关纪之楠的公开的资料，发现纪之楠的微博中，除了广告代言和赞助，只有这只猫能证明纪之楠的喜好。

纪之楠垂眼沉默了一会儿，然后说：“什么都不喜欢。”

见对方不愿意说，秦魏宇便不再深究，道：“先许愿吧。”

两根“2”字形的蜡烛，小小的两簇火苗在眼前跳动，映着纪之楠不知道该摆出何种表情的苍白面孔。

上次有人这样给纪之楠过生日，还是纪之楠读幼儿园的时候。妈妈告诉纪之楠可以许三个愿望，但纪之楠觉得太少，想去海边，想每天吃糖果，想爸爸妈妈一起带自己出去玩，这就已经三个了。纪之楠还想要更多玩具、更多礼物，还想以后的冬天再也不用上学呢。而后随着年龄的增长，不仅没变贪婪，而且想要的东西越来越少。

梦中最后一个生日，零点的钟声敲响后，纪之楠认真地在黑暗中将双手交握，想了半天，非常不争气地只许下一个愿望——希望他平安喜乐，事事顺遂。

这就跟他问自己喜欢什么一样，纪之楠根本说不上来，因为只喜欢他。

兴许是今天只吃了早餐的缘故，纪之楠胃口大开，蛋糕吃了一块又要一块，最后自己拿勺子挖着吃，不大的一个蛋糕瞬间被解决掉大半。

秦魏宇担心纪之楠吃多了闹肚子，还剩三分之一就不让吃了，把蛋糕盘和勺子都收过来，捏捏纪之楠鼓鼓囊囊的脸颊，提议道："要出去走走吗？还是继续休息？"

纪之楠从来就不排斥秦魏宇的接触，如今也不再惺惺作态、加以抗拒，把口中最后一块蛋糕咽下去，道："出去吧，快发霉了。"

秦魏宇对于纪之楠的软化自然乐见其成，虽然小家伙的态度还不明朗，但今后的日子还长，就算每天只有一丁点进步，也是量变到质变的一块铺路石。

况且因为那个梦，他知道纪之楠的心极软，曾经伤害过自己的人都不忍心报复，故作冷漠已经是纪之楠保护自己的最后一层面具。

出门前，秦魏宇拿围巾给纪之楠裹上。纪之楠嘴巴被围巾盖住，闷闷地说："都春天了，外面不冷。"

秦魏宇替纪之楠戴好围巾后，用指尖轻轻刮了一下纪之楠的耳朵。

纪之楠缩着脖子，一溜烟跑进电梯。

影视城附近生活气息浓厚，走过相对安静的酒店一条街，喧闹的商业街便出现在面前，超市、水果店、菜市场一应俱全，灯火通明的长街一眼望不到尽头。

纪之楠在这里住了一个月，碍于公众人物的身份，还没来这条街上逛过，此时像刚被放出笼子的馋猫，看见什么都想买，最后在秦魏宇的理性劝阻下，只买了一斤草莓和一斤红提。水果鲜嫩水灵，光看着就让人心情大好。

回去的时候，两人还是一前一后地走，只要秦魏宇跟上来，纪之楠就加快步伐。秦魏宇明白纪之楠的顾虑，索性不追了，安静地跟在后面。

以前他不理解公司里那些结了婚的员工为何事业心淡薄，一下班就往家赶，公司包晚餐都不愿意留下，说要回去吃老婆做的饭。他曾经以为自己对那种幸福永远无法感同身受，现在却能体会到些许那种居家的温馨了，哪怕只是帮老婆拎点东西。

走到酒店门口，两人意外地碰见宁澜。他跟纪之楠一样，浑身上下捂得严严实实，个子虽然不矮，但在过分宽松的羽绒服的包裹下显得单薄瘦弱，提着一个又大又沉的行李箱哼哧哼哧地下台阶，也没个人帮一把。

纪之楠看了两秒便移开目光，绕过他往酒店里面走。

宁澜把行李箱搬下来，抬头正对上秦魏宇冷若冰霜的面孔，他非但不惧怕，还泰然自若地站在原地叉着腰喘气，视线往下移，停留在秦魏宇提着东西的左手上，又大喇喇地看纪之楠拎着的水果，然后挑眉，轻蔑地眨了下眼睛。

秦魏宇跟上去，和纪之楠一起等电梯。电梯门开的时候，纪之楠往门口看一眼，宁澜一个人把行李放在门口停着的商务车的后备厢里。车门打开时，纪之楠清楚地看到里面还坐着一个人。

纪之楠说不清心里的滋味，这事情超出了自己以往对娱乐圈的认知，第一次知道那些诡谲、卑劣的手段原来离自己这么近。纪之楠拿出手机，想发条短信质问宁澜，认为自己应该有这个知情权。

编辑完信息即将发送时，秦魏宇按住他的手，道："别找他，我告诉你。"

洗了一盘水果放在桌上，纪之楠拈起一个红提扔进嘴里，边嚼边说："可以开始了。"

秦魏宇在椅子上坐下，耐心地把比较红、比较大的水果拣放到纪之楠那侧，不急不缓道："他说他喜欢你。"

纪之楠差点噎着，拍拍胸口道："骗人。"

"嗯，不完全真实。"秦魏宇接着说，"后来出面找我商谈的是另外一个人。"

纪之楠大约猜到了，但还是问："谁？"

"他们组合的队长。"

纪之楠皱眉，队长什么的，自己连名字都叫不上来，只知道应该和昨天晚上在宁澜房间里的是同一个。

"然后呢？你们达成了什么共识？"

秦魏宇抬眼看着纪之楠，说："不算共识，但给过警告了，以后不会再发生那种事。"

其实秦魏宇还把人打了一顿，只是他有选择性地没说。

“哦。”纪之楠闷声应了一声，继续吃水果。

“你不问我为什么不处理那两个人？”秦魏宇问。

纪之楠舔舔手指头，说：“你都这么说了，我又不傻。对方来头一定不小，你没法下手。”

秦魏宇没想到纪之楠这么快就能猜到这一层，不禁对自己固有印象中的纪小星有了新的认识。他酝酿片刻，道：“抱歉，是我无能，只能做到这个程度。”

纪之楠眼皮一跳，手上的提子险些飞出去。这世上大概没几个人见过秦魏宇示弱服输。

花了点时间消化这句话，纪之楠闷声道：“没关系，这样就够了，辛苦了。”

听到小家伙常对自己说的那句“谢谢”换成“辛苦了”，秦魏宇心里莫名熨帖，主动揽下收拾果皮的活儿，催促纪之楠去洗澡睡觉。

纪之楠还没完全适应秦魏宇现在在自己面前的诡异人设，洗完澡裹着被子缩在床角，几次把头探出来，想问坐在窗边工作的人要不要重新开个房间，可又不好意思开口——享受了人家的贴心，还有一整天的贴身伺候，现在又要把人家赶出去，着实不太地道。

秦魏宇察觉到背后的视线，扭头道：“睡不着？我吵到你了吗？”

纪之楠尴尬地往回缩，支支吾吾道：“没……没有，早点休息吧。”

躲在被子里的耳朵敏锐地捕捉到秦魏宇站起身的动静，纪之楠心里正丁零当啷打鼓，就感觉一只大手揉了揉自己的发顶。

“晚安。”秦魏宇温声道。

纪之楠闭眼装睡。

“再给我一点时间。”秦魏宇将声音压得很低，似乎并不想床上的人听到。

一会儿要机会，一会儿要时间，这家伙真是贪得无厌。纪之楠腹诽着，耳朵却还是竖了起来，想知道他要时间做什么。

然而秦魏宇没继续说，他把桌上的东西收拾好，将床头的阅读灯关掉。

第二天，纪之楠正常上工。晚上睡得好，早晨食欲跟着变好，纪之楠一口气干掉一碗粥和三个包子。秦魏宇默不作声地看着纪之楠，把自己盘中的包子挪了两个过去。

平时纪之楠都是在去拍摄的路上吃早餐，今天吃饭花了些时间，刚披上外套，莉莉就来叫门了，门一打开就嚷嚷：“纪老师，您再不下去，早餐都……”

话还没说完，看见帮纪之楠整理衣领的秦魏宇，她自觉地换上尴尬而不失礼貌的笑容，道：“秦先生您还在啊。”

秦魏宇朝她点点头当作打招呼，纪之楠则瞪着眼睛把食指竖在嘴前，轻声道：“嘘，小点声，这层住的都是剧组的人。”

秦魏宇想送纪之楠到电梯口，被阻止了。纪之楠边穿鞋边说：“这里没什么事了，你先回去吧，工作不是挺忙的吗？”

秦魏宇神色不变，沉默片刻后说：“嗯，那我就先走了。”

他此行的目的已经达到，待在这里除了影响纪之楠的工作，似乎起不到任何正面作用，而且他们俩都需要时间来消化最近的事情。

纪之楠穿好鞋子直起腰，说：“路上小心。”

车上，莉莉按捺不住一颗躁动的八卦心，旁敲侧击地问：“纪老师今天早上吃什么好吃的啦？”

纪之楠一眼看穿她的心思，故意绕弯子，道：“粥、包子。”

“哎呀，您就告诉我呗。你们俩，是不是……嗯？”莉莉找不出合适的词，在一起了？他们俩早就结婚了。和好？好像他们俩就没好过。

纪之楠不说话，拿出手机打字。

“弄啥嘞？”莉莉突然紧张。

纪之楠慢悠悠道：“给周茹姐发短信，让她给我换个助理。”顿了顿又补上一句，“换个没这么八卦的。”

尽管知道纪之楠在开玩笑，莉莉还是立刻端正坐好，一本正经道：“鄙人正是您需要的那一款。”说完她在嘴巴上做了个拉拉链的动作。

纪之楠满意地收起手机，靠在椅背上看窗外。车子经过影视城里的一条人造河，河边种的柳树都抽了新芽，枝条伴着水面的细浪徐徐摇曳。

春天已然到了。

接下来的一个月过得平静无波。

纪之楠的拍摄任务已经不多，每天总有些空闲时间，周茹帮忙物色了几个新剧本，纪之楠有时间就翻一翻。纪之楠想在《覆江山》拍完后就去拍别的戏，最好无缝对接，还可以趁着拍外景的闲暇时间读剧本，两部剧的中间没有休息时间也可以接受。

而周茹则倾向于让纪之楠在出组后先接一个真人秀，毕竟长时间在组里没有曝光度，对一个处于上升期的艺人来说弊大于利。周茹每天打电话来时都会提这件事，再加上莉莉每天在耳边念叨，这几天纪之楠终于松口了，说如果时间合适的话，可以考虑上一个真人秀，条件是不接偶像剧。

“我的祖宗，《覆江山》的主演拉出来能组个足球队，总共就四十八集，你能占几分钟？偶像剧不一样，一集四十分钟，得有三十分钟都是你的镜头，拍起来轻松，观众又爱看，为什么不接呢？”

周茹已经好久没喊过纪之楠“祖宗”了，纪之楠右手拿手机，左手把胸前的戒指项链捏在手里摩挲，道：“我不想接这种剧了，观众看过就忘，最后什么都没留下。”

周茹苦口婆心地劝了一会儿，说现在转型太早，把这部戏拍完了再挑优质的。不过纪之楠完全不为所动，周茹说得舌头快冒烟，挂电话休整精神，准备明天再战。

纪之楠也收拾东西回酒店去，进门没多久就收到秦魏宇的短信。

QY：晚上有小雨，别出门。

纪之楠把开了一天的窗户关上，拿着手机想了想，回复：嗯，不出去。

自那天秦魏宇回去之后，两人继续保持文字沟通，依旧是秦魏宇主动，纪之楠有空就回复一下。两人心照不宣地都没再提起之前的事，都把注意力放在当下，所以交流的内容十分阳光。

纪之楠觉得这样挺好，不知道该如何面对的事情，就交给时间来慢慢解决吧。

转眼进入四月，天气渐暖，江南地区开始阴雨连绵。

即便天公不作美，拍摄进度还是很快，在影视城本就室内戏偏多，到四月中旬，拍摄计划如期完成，甚至提前了大半天收工。

导演本来准备让大家晚上一起吃个饭再放假，结果在场所有演职人员的心都插着翅膀飞出去了，有的给家里打电话，有的着急收拾东西，个个脸上都写着“归心似箭”。

现在还留在片场的人离家整整两个月了，也难怪会着急。导演自然不做坏人，一声令下提前放假，众人立刻跑了个干净。

纪之楠也回酒店收拾东西。这会儿才上午十点多，纪之楠提前买了明天的机票，也知会过秦魏宇明天下午到，现在突然来这么一出，反倒有点不知所措。

没过多久，莉莉来敲门，吞吞吐吐地说想早点回家，纪之楠一琢磨，干脆跟她一起改签机票，下午就走。

抵达首都时，外面也下着小雨，天色灰蒙蒙的，纪之楠和莉莉不同路，在打车的地方分道扬镳。出租车一路开进市区，纪之楠习惯性地在车上眯了会儿，睁开眼时已经到达目的地。拖着行李站在小区门口，纪之楠才发现自己刚才给司机师傅报的地址是秦魏宇的新房地址。

梦中自己不拍戏的时候都住在这里，再加上从来没把纪家当成自己的家，纪之楠刚从外地回来，坐上车后下意识便报出这个地址。

既然来了，那就进去吧，毕竟婚前合约上还有每月留宿的要求。拖着行李箱站在院子门口时，天已经完全黑了，纪之楠才想起自己没有这个家的钥匙。

其实秦魏宇给过钥匙，是随着合同一起寄的。然而纪之楠只留下档案袋里那份婚前合约，其他东西全部在年前秦魏宇送自己去试镜那天留在他车上了。

这就叫搬起石头砸自己的脚吧。

纪之楠无奈，给秦魏宇发短信：在忙吗？想找你拿钥匙。

这个点秦魏宇应该下班了，不知道今天有没有应酬。纪之楠正想着，耳边传来开门声。纪之楠顺着声源往里面看，秦魏宇飞快跑过来打开院子的铁门，四目相对时，两个人都愣在原地。

纪之楠还穿着离开首都时的那件大衣，秦魏宇却只穿了一件毛衣，踩着拖鞋，一副居家的打扮。

没想到他会在家，纪之楠摸摸鼻子道：“剧组提前放假，我就……”

话未说完，纪之楠就被大力扯进一个怀抱。纪之楠惊讶地张着嘴，无处安放的胳膊僵硬地举着。秦魏宇不说话也不动，就这样抱着纪之楠，直到纪之楠的身体放松下来，直到两人都感受到对方胸膛里擂鼓般的心跳。

纪之楠想到那个梦，梦中的自己离世前还有意识的最后几秒，不是没有遗憾的。梦醒后纪之楠也回想过，遗憾不是没有拿到大奖，也不是秦魏宇到最后也没喜欢上自己。

此时此刻纪之楠才知道，自己在等的一直就是这样一个拥抱，抱住自己时就像抱住全世界的一个拥抱。

## *Chapter 8*
# 认真说了再见，就一定会再见

两人进屋，秦魏宇先拿了块干毛巾，抬手要帮纪之楠擦头发上的雨水，不料纪之楠偏头躲开，接过来自己擦。秦魏宇便去帮忙拎箱子，纪之楠边擦头发边跟在他后面上楼。

房间还是二楼最宽敞的主卧，上次纪之楠意外留宿，没来得及仔细打量，这回总算看了个清楚，除了正中间的一张大床、紧贴墙壁的衣柜，另一侧还添了一对沙发和一个矮几，原本的壁挂电视机换成投影式，整个房间贴了米黄色的墙纸，窗帘也是与之搭配的暖色系。

空气里飘着淡淡的清香，米白色的床品看起来很暖和，纪之楠上前摸了摸，干净绵软，躺在上面一定很舒服。

秦魏宇道："早上阿姨刚换的。如果你不喜欢这个颜色，明天去买新的。"

纪之楠摇头道："挺好的，辛苦了。"

"还没吃饭吧？阿姨回家了，我们去外面吃。"

纪之楠不愿意出去，便道："家里有没有面条和鸡蛋？我随便吃点就行。"

秦魏宇听纪之楠提到"家里"，嘴角微微向上勾起，说："好，等一下。"

纪之楠还没习惯他的笑容，愣了一会儿神，下去的时候，秦魏宇正在把食材从冰箱里往外拿，不仅有挂面、鸡蛋，还有小青菜和水果，凑近一瞧，冰箱门的架子上还放着一瓶老干妈。

梦中的这间厨房从未有过如此浓厚的生活气息，纪之楠感觉自己仿佛到了别人家的厨房，愣愣地盯着灶台上的锅碗瓢盆和食物挪不开眼。

秦魏宇拿起老干妈晃了晃，说："你说过这个很下饭，我就买了一瓶。"

纪之楠回想半天才记起，刚结婚那阵子，自己确实傻乎乎地在他面前提过一次。两碗面条端上桌，再把老干妈打开，纪之楠用勺挖了点放在碗里，秦魏宇接过去跃跃欲试。

"你可能不习惯这味道，比较冲，还油腻。"纪之楠忍不住提醒道。

秦魏宇的动作顿了顿，然后还是挖了一勺出来，学着纪之楠那样盖在面条上，清汤碰到红油后立刻变得浑浊。

"任何事情都有一个习惯的过程。"秦魏宇盖上盖子，"从前都是你迁就我，现在我来迁就你。"

从前……这两个字毫无防备地冲击在纪之楠的脑海，好像之前的种种不确定，都被这句话佐证。

所以，他都知道。

他们不知从何时起，跌落在了同一场梦境。所以从前骄傲而不可一世的秦魏宇，此刻才会对纪之楠这样温柔。

是啊，纪之楠怎么会想不到呢？如若不然，这一切又该如何解释？

纪之楠没说话，也不知道说什么好，在自己的梦里，在这张桌子上吃饭的几乎只有自己一个人，秦魏宇经常晚归，两人难得共进晚餐，也是将食不言的良好传统发挥到极致，连杯盘碰撞声都鲜少听见。

秦魏宇问纪之楠放几天假，有什么安排，纪之楠一一回答，气氛不冰冷，却也谈不上温馨，相敬如宾大抵便是如此。

"有空的话，回趟家吧。"秦魏宇收拾碗筷时说，"奶奶想你了。"

纪之楠正在撸袖子准备承担起洗碗的责任，看见秦魏宇把脏碗往洗碗机里放，又慢吞吞把袖子放下来，摸了摸衬衣袖口的纽扣，道："好。"

晚上秦魏宇主动去隔壁休息，纪之楠大大地松了口气。

虽说他们在剧组酒店里同住了两天，可那毕竟是特殊情况。要让纪之楠现在就和秦魏宇同住一间房，心里还是怪硌硬的。

主卧里有独立卫生间，纪之楠洗了个舒服的热水澡，趴在舒服的床上刷手机，晃着腿感叹果然还是家里好。

玩了一会儿，手机提示电量低，纪之楠打开行李箱一顿翻找，才发现手机充电器不在这里，还有一只装着不常用物品的行李箱在莉莉那儿，可能是放错地方了。

随身携带的充电宝也没电了，纪之楠百般无奈，给隔壁的秦魏宇发消息：可以借充电器用一下吗？

那头没回复，片刻后房门被敲响，纪之楠有些慌张地从床上跳起来去开门。秦魏宇站在门口，把充电器和线递过来，说："早点睡，不要一直玩手机。"

纪之楠撇嘴"哦"了一声，心想：看吧，再怎么变，说教的习惯还是改不了。

秦魏宇看到纪之楠的小表情，忍笑道："你的充电宝呢？"

话题转得如此之快，让纪之楠猝不及防，说："啊？没电了。"

秦魏宇伸手道："给我吧，我拿去书房充电。"

像纪之楠这种离了手机不能活的人，一定会在家里的每个房间都准备好充电器，走到哪儿充到哪儿。这种上下两层楼只有一个充电器的事只有秦魏宇做得出来，估计拿去书房也是开电脑连 USB。

纪之楠应声而去，把扔在床上的充电宝拿在手里，才想起这东西上面还有自己一时兴起的涂鸦。

那边秦魏宇还在门口等着，纪之楠给充电宝套上防尘袋，硬着头皮塞到他手上，吞吞吐吐地说道："那个……我这充电宝有点年份了，可能漏电，你别拆外面的套子。"

秦魏宇大约是第一次听到这样离奇的说法，继续忍笑，配合着一本正经道："好，我会小心的。"

第二天早晨一醒，纪之楠就爬起来往书房跑，瞧见充电宝好好地躺在书桌上充电，没有被"扒皮"，这才放下心来。

拔线的时候，纪之楠瞟见桌上显眼位置摆着一个相框。梦中的纪之楠三不五时会进来给秦魏宇送咖啡，对这间屋子的陈设印象深刻，可纪之楠记得秦魏宇只把这里当第二个办公室，桌上从来没有出现过类似相框的私人物品。

在好奇心的驱使下，纪之楠伸手过去将木相框拿起来。照片是从侧面拍摄的，背景是蔚蓝的大海，上面的人站在甲板上目视前方，头发被海风撩起，不知道看到什么，正咧着嘴在笑。

纪之楠起初就觉得这身衣服眼熟，仔细一看，里面的人可不就是自己吗？

那天在快艇上，纪之楠完全没察觉到有人拍自己。

默默把相框放回原处，纪之楠拿起充电宝就走。书房在一楼，纪之楠出门来到客厅，阿姨已经在厨房忙活，看见纪之楠时一点都不意外，亲切自然地喊："纪老师，早。"

纪之楠以为秦魏宇出去了，洗漱完毕便坐下吃早餐，刚喝一口牛奶，大门打开又关上，就见秦魏宇换了鞋，从玄关走进来。

"醒了？昨晚睡得怎么样？"

纪之楠点头道："挺好的。"

秦魏宇穿着休闲，貌似刚从外面散步回来，洗了手便坐下吃早餐。席间两人交流依旧是一问一答，纪之楠作为被动方，回答问题时中规中矩，像开记者招待会一样官方，而秦魏宇也不恼，边问边往纪之楠碗里添菜。

吃完饭，纪之楠上楼去归置昨晚偷懒没整理的行李，秦魏宇站在门口询问是否要帮忙，得到回绝后也不强求，转身去忙自己的事情。

行李箱里的东西并不多，纪之楠把这几天要穿的衣服整理完，最后从箱子里掏出那只 Hello Kitty 玩偶。虽然纪之楠不喜欢这东西，但怎么说，这也是别人送的生日礼物。纪之楠理了理白猫被压皱的花裙子，把它放在衣柜的角落里。

等纪之楠换好衣服下楼，秦魏宇拿着车钥匙道："看奶奶吗？一起去。"

纪之楠疑惑问："今天不上班？"

秦魏宇解释："双休日，这周不是很忙。"

不只是双休日不忙，他为了这几天的空闲，还把所有工作提前完成，搞得被迫跟他一起加班的员工怨声载道。这些纪之楠自是不知，犹豫片刻后，还是坐上他的车。

纪家早有准备，两人进屋就喝上热茶，纪安东一个人在家，寒暄几句后，秦魏宇留下陪他下棋，纪之楠上去找奶奶。

奶奶的精神状态没有过年时那么好，蔫蔫地靠在床上发呆，瞧见纪之楠进来，顿时露出笑容，欢喜得忙要起来，纪之楠快步上前，主动把自己送到她怀里。

奶奶抱着纪之楠不撒手，嘴上佯装不悦道："坏小星，都不来看奶奶。"

纪之楠忍俊不禁道："小星去拍戏了，奶奶马上又能在电视上看到小星了。"

老人家破涕为笑。陪着奶奶看了会儿电视，纪之楠接到了夕夕的电话。自从上次纪之楠成功救场，两人的关系更加融洽，除了朋友圈点赞、评论，偶尔也会聊上一聊，说说各自的近况。

故而夕夕不绕弯子，直接道明来意："出组后有上真人秀的意向吗？"

纪之楠坦白道："我本人没有，但是我的经纪人有。"

夕夕大笑道："她也是为你好，一档真人秀能给你带来的正面效应，有时候远远高于一部电视剧。"

纪之楠挑眉问："所以小姐姐您是来帮我的？"

"谈不上谈不上。"夕夕姐谦虚道，"只是应导演的要求问问你，愿不愿意上《爱的初挑战》第二季。"

纪之楠沉默了一会儿，夕夕察觉到对面的犹豫，接着说："我知道上一季收官的那场事故弄得不太开心，我们节目组也是痛定思痛，导演让我带话给你，如果第二季你愿意来，节目组出资给你上千万保险，给你配贴身保镖。"

纪之楠扑哧笑出来，道："那倒没必要，那次落水我自己也有责任，不完全怪节目组。所以这次姐姐你还是主持人吗？"

"当然，要不我干吗费这么大劲邀请你啊？"

纪之楠于是爽快道："行，我去跟经纪人知会一声，正好她最近在给我接洽真人秀，如果可以的话，给你回复。"

随后纪之楠发消息把这件事告诉周茹，表示自己有接《爱的初挑战》第二季的意愿。

纪之楠想着横竖都要上真人秀，选一个自己熟悉的，总比跟陌生的团队合作要好。周茹那边兴许在忙，一时半会儿没给回复。纪之楠便收起手机回到奶奶的房间，发现秦魏宇不知什么时候也来了，正拿着暖壶给奶奶倒水。

每次这家伙一来，纪之楠都觉得自己瞬间沦为配角，只能在旁看着奶奶和他从家长里短说到国家大事，不知疲倦似的。

秦魏宇博览群书，任何话题都能说上几句，奶奶看他的眼神完全像个迷妹，纪之楠偶尔插个嘴，她就嫌弃纪之楠什么都不懂。

憋憋屈屈等到秦魏宇出去，纪之楠噘着嘴跟奶奶撒娇要糖，说奶奶都不爱小星了。

奶奶一脸神秘道："今天没有糖，有别的好东西。"

于是纪之楠按她的要求伸出手，闭上眼睛，感觉到一个沉甸甸的圆环状物体放在手上，睁眼一看，是那个曾有一面之缘的金镯子，镯身上镶嵌着几颗碧绿剔透的翡翠，轻轻一动便有莹润的光芒闪耀。

"这可是好东西，全世界只有一个，小星收好了。"奶奶献宝似的说。

纪之楠无语，心想：您是收了那家伙多少好处？

午饭吃到一半，纪之樟从研究所回来，边脱白大褂边喊饿，纪安东忙叫阿姨给他拿餐具，半责怪半心疼地说忙归忙，饭可不能忘了吃。

这场景纪之楠见过太多次，要是换成自己中途回来，纪安东只会骂自己没规矩，根本不会让自己坐下。

饭后将奶奶安顿好，看着她睡着，纪之楠才退出房间，轻轻带上门。纪之楠想回去，可是楼上楼下转了一圈都没找到秦魏宇，最后在阿姨的指引下往后院找去。隔着窗户，纪之楠远远地就看到秦魏宇和纪之樟站在小花园里说话，前者背对着自己，看不见表情，后者脸上一直带着笑，似乎聊得很开心，笑声都传到屋里来了。

从少年到青年，这两人只要在一起就有说不完的话。

正打算识趣离开，秦魏宇突然转身，看到纪之楠便径直走过来，问道："奶奶睡了吗？"

纪之楠避之不及，尴尬地站在那里，点头道："嗯，刚睡着。"

"下午有什么安排？还是回家休息？"

"回去吧。"

秦魏宇转过去跟纪之樟道别："我们先走了，下次再聊。"

回去的路上，纪之楠心不在焉地看窗外，秦魏宇也默不作声。纪之楠觉得，这样安安静静，好过绞尽脑汁地找话题。

纪之楠知道自己和秦魏宇一点都不般配。

秦魏宇在F国留学的那几年，微博还没盛行，他有定期写个人博客的习惯。纪之楠曾偷偷打开纪之樟的电脑，把博客地址抄下来，然后存到自己电脑上，每天打开来看。

秦魏宇的博客很干净，偶尔发几张风景照，或者摘抄几个英文经典句子。纪之楠看不懂，就抱着英汉词典对照着查，一个单词对应一个单词地翻译下来写在纸上，有时候连起来的整个句子的意思都弄不明白，也不好意思去问别人。

后来纪之楠忍不住学着纪之樟留过几次言。知道纪之樟的ID是什么，秦魏宇每次都会回复纪之樟，却对纪之楠的留言视而不见。

现在想想，任谁也不会轻易搭理一个陌生人吧，而且陌生人的每条留言都是乏味的搭讪，不是“早上好”就是“晚上好”，抑或是“吃饭了吗”这种小学生程度的蠢句子。

“不高兴？”

耳边低沉的声音将思绪拉回来，纪之楠愣了愣，道：“没有。”

开着的车窗外吹来一阵暖风，裹挟着往事而来，无端地带上几分寒意。纪之楠的脑袋像被钝重的东西撞了似的嗡嗡作响，折磨人的焦躁爬上来，占据了每一寸心绪。

秦魏宇抿唇片刻，而后道：“不喜欢我和别人聊天，忽略了小星吗？”

这个时候该怎样回答？

“我不介意”还是“你在说什么”？

纪之楠嘴唇翕动几下，顿了几秒才说：“你想多了。”

“真的？”秦魏宇不确定地问。

“嗯。”纪之楠点头，像在迫不及待地证明自己的肯定，“你们俩这么多年的朋友，聊得来是自然的。”

秦魏宇偏头看向副驾驶座，纪之楠又将目光调转回窗外，神色淡然。

这个小家伙跟秦魏宇梦中最不一样的地方，就是现在总想竭力收敛自己的情绪，可惜收效甚微。秦魏宇已经从纪之楠无意识握起的拳头里，看出对方的内心并不像表面那样平静。

“你可以相信我。”秦魏宇道，“我说过的话，一定会做到。”

纪之楠捏着的拳头又紧了紧，闷闷地“嗯”了一声。

车子开到半途，纪之楠说想去看望指导自己演戏的方老先生，让秦魏宇把自己放在路边，秦魏宇当然不答应，问了地址，亲自把人送过去。

去看望老师总不能空手，路过超市时纪之楠要求下车，进去后在货架前转悠好几圈，又是看营养成分表又是看生产日期和保质期，拿不定主意。

秦魏宇先前不知道纪之楠来超市是为了买礼品，于是建议道："我认识一个朋友，他开了一家营养品专卖店，不如去那边看看？"地方不远，时间还早，纪之楠便同意了。

专营店还是专业许多，在柜员的建议下，纪之楠选了燕窝和深海鱼油各一盒，临走时秦魏宇还多拎了一箱进口牛奶一起结账。

把东西往后备厢放时，纪之楠忍不住说："老师他不喝牛奶，怕胆固醇高，把这个退了吧。"

从前纪之楠就有这么个爱给身边的人精打细算的习惯，秦魏宇仿佛看到从前的纪小星回来了，莞尔道："这是给你买的，喝牛奶有助于睡眠。"

纪之楠瞥了牛奶一眼，没再说话。

半小时后，两人到达老师家。方老先生刚睡过午觉，戴着老花镜在看报纸，师娘在门口迎两人进来，高兴地往里头喊："老头子，快看看谁来了！"

几人互相介绍一番，师徒二人一坐下就打开话匣子，你一言我一语说个不停。纪之楠刚结束拍摄，满肚子关于表演的疑惑想跟老师交流，两人聊得浑然忘我，秦魏宇帮着沏好茶，便悄悄退出去。方师娘正在厨房洗水果，他便过去帮忙。

"小伙子结婚啦？"师娘看见他摘下来放在一边的戒指，问。

"嗯，去年年底结的。"

师娘见他一表人才，做事细心利索，心里欢喜，毫不吝惜夸奖："哪家的孩子这么有福气，找到你这么好的小伙子？"

秦魏宇先是一愣，然后笑道："我不好，能同意和我在一起才是我的福气。"

师娘听出他话里隐隐的无奈，一边把水果装盘一边过来人似的说："媳妇儿年纪小，就可劲儿疼着宠着，人心都是肉长的，没有打不动的道理。"

秦魏宇正惊讶于师娘如何得知这些，她又补充一句："尤其是小楠，心软得很，小伙子再加把劲。"

秦魏宇把这话回味两遍，然后郑重点头。

纪之楠那边聊完出来，就看见秦魏宇站在厨房的凳子上装屋顶的灯泡，师娘在旁边扶着凳子，仰着头提醒他小心点。

后脚出来的方老先生看见这一幕，忙道："哎呀，怎么能让客人干活儿？

小秦快下来快下来，回头喊个水电工来弄一弄就好了。”

秦魏宇把灯罩装上去，说：“举手之劳，师娘晚上做饭就不用再打手电了。”

“就是就是，你个老头子没本事装，还不让我找外援啦？”师娘跟着道。

方老先生背手而立，气哼哼不说话。纪之楠对这对老夫妻的日常斗嘴司空见惯，在心里叹了口气，还是认命地去安慰傲娇的师父。

傍晚，二人拗不过热情、固执的师父和师娘，被留下来吃晚饭。

“小黄鱼不能炸太久，里面的肉炸老了就不好吃了，看到变成金黄色就要翻面。”

师娘在厨房教秦魏宇做菜，纪之楠几次要进来帮忙，都被师娘叉着腰赶出去了。

“小楠是真的没有一丁点做菜的天赋，上次留下来吃饭，非要帮忙，结果差点把厨房炸了。”师娘夸张地说。

秦魏宇想到纪之楠第一次给自己做早餐，把糖当成盐，蒜当成葱花，面条做完也不记得关火，便跟着笑道：“人各有所长，小楠演技很棒，唱歌也好听，这些我就不行。”

菜摆上桌，师娘才说今天是方老先生的生日。两个年轻人手忙脚乱地要订蛋糕，方老先生按住他们，道：“蛋糕就不用啦，年纪大了，吃不得那些东西，买回来也是浪费，我们老两口也从来不兴过什么生日。”

纪之楠总觉得过意不去，师娘出主意说：“要不就给这老头子唱一首生日快乐歌吧，听说小楠唱歌可好听了。”

纪之楠先是一愣，明白过来后狠狠剜了秦魏宇一眼，把师娘看得直乐呵。一顿饭吃得比在家里还要和美温馨。生日歌终究还是唱了，纪之楠的脸一直红到吃完饭在门口告别。

师娘让他们俩常来玩，末了背着师父压低声音道：“你们俩回去好好谈谈，小两口有什么说不开的，床头打架床尾和嘛，别闷在心里。”

两人尴尬地应下，不约而同地想，师娘当真是火眼金睛，一眼就看出他们俩之间的状态不对。纪之楠反倒觉得现在的相处方式挺好，不刻意疏远，也不拼命靠近，就没有那么容易受伤。

回到家门口，纪之楠发现门廊前头多了一盏星星形状的灯，瓦数颇高，照得整个院子都亮堂堂的，昨天晚上明明没见到这东西。

停好车子经过那里，纪之楠问后面的人："这是你弄的？"

秦魏宇："嗯，材料早就准备好了，今天才有时间装上。"

原来早上他是出来干这个了。

纪之楠并不想自作多情，可面前这东西实在亮得刺眼，又问："私自安装路灯，经过物业同意了吗？"

秦魏宇原以为纪之楠会问为什么要装这个灯，没想到这小家伙不按常理出牌。

"已经打过招呼了。"秦魏宇坦白道，"我说我老婆晚上看不清回家的路，如果走丢了，谁负得起责任。"

纪之楠猝不及防听到"老婆"这个称呼，顿时头皮发麻，呼吸都乱了节奏，磕磕巴巴也不知道自己说了些啥，几乎是落荒而逃般地跑到楼上房间里。

洗完澡才缓过来，纪之楠蹑手蹑脚地开门出去，二楼公共卫生间里传来哗哗的水声，秦魏宇在洗澡，纪之楠这才放大胆子去倒水，从冰箱里拿了早上阿姨刚放进去的梨和猕猴桃各一个，跑回房间咔嗒一声把房门锁上。

纪之楠刚把脆甜的梨吃掉，捧着猕猴桃正纠结该从哪里下嘴，门被敲响了。

纪之楠心里直打鼓，站起来走到门口小声问："什么事？"

秦魏宇沉稳的声音隔着门板传过来："牛奶，喝完再睡。"

纪之楠小心翼翼把门打开一条缝，接着以迅雷不及掩耳的速度把牛奶接过来，就要关门。

"等一下。"

秦魏宇着急把手伸进来，纪之楠正用胳膊用力关门，不偏不倚地把秦魏宇的手掌夹在门缝里。

直到听见低低的一声痛呼，纪之楠才慌忙松开胳膊，秦魏宇的左手还扒着门框，不要命似的不肯撒手。

三分钟后，两人面对面坐在房间里。纪之楠拿着云南白药气雾剂给他红肿的伤处喷药，然后托着他的手左右端详，眉头深锁道："还是去医院看一下吧，万一伤到筋骨怎么办？"

秦魏宇忍着疼握拳又张开手，淡定道："没事，还能动。"

纪之楠见他脸色苍白，想问他是不是疼得厉害，又觉得这家伙咎由自取，活该被夹手，一时不知道说什么好，纠结万分地叹了口气。

秦魏宇硬挤笑容，轻声说：“别担心，不疼的。”

纪之楠从鼻子里轻哼一声：谁担心你疼不疼！

这么一闹，牛奶都放凉了，秦魏宇用尚且完好的右手拿起杯子下去热，纪之楠假借扔水果皮的名义跟他一道下楼，表面上冷漠，眼睛却一直盯着他的伤手。秦魏宇多拿了一只勺子，回到楼上把它插在猕猴桃里，一只手抓着猕猴桃，一只手拿着勺子转圈，就把果肉剔了出来。

纪之楠看得心惊胆战，秦魏宇反而一脸轻松道：“看吧，真的没事。”

这人脑门上都冒汗了，还没事？

纪之楠心烦意乱，决定不管这个讨厌鬼，吃完猕猴桃，喝完牛奶，掀开被子躺下前，状似漫不经心地问坐在床边不动的人：“还有事吗？没事就出去吧，我要睡了。”

秦魏宇挡门的目的无非想在睡前看看小家伙，这会儿看到了，他却不太想走了。

今天在方老先生家的厨房里，师娘还给他支着儿，让他脸皮厚一点，别管讲不讲道理，也别怕丢人，反正关起门来，谁都看不到。他琢磨一路，深以为然，于是这才有了刚才挡门的那一出。

纪小星还是心疼他的，这无疑是对他最大的鼓舞。

那边的纪之楠并不知道他在想什么，把床头灯一关，就往被窝里拱，闷声闷气道：“出去麻烦关下顶灯。”

不一会儿后，屋里最后一盏灯关了，纪之楠闭上眼睛酝酿睡意，忽而感觉到床铺另一边往下陷。

“你干什么？”纪之楠的声音陡然拔高，吓得差点跳起来。

黑暗中，纪之楠只能看见秦魏宇的轮廓放大在自己面前，呼吸声在封闭的空间里徘徊，到了耳边鲜明得让人战栗。

“休息。”秦魏宇的声音依旧平稳，“师娘说床头打架床尾和。”

纪之楠被他的神解读噎了半晌，沉下一口气道：“我们没吵架。”

“可是你不高兴。”

“我没有。”

“你有。”

纪之楠快被气笑了，在这里耍无赖的秦魏宇怕不是个假的吧？关灯之后被调包了？

纪之楠腾地钻出来，愤愤道："那我去隔壁睡。"

秦魏宇在黑暗中准确地抓住纪之楠的手，轻声说："别动。"

纪之楠停止挣扎，一脸疑惑地看着他。

秦魏宇弱弱道："我手疼。"

纪之楠："……"刚才这家伙不是还说不疼吗？

僵持片刻后，纪之楠终究还是躺下了，紧紧裹着被子，默念不生气，不生气，这毕竟是他的房子。

念着念着，纪之楠慢慢沉入梦乡。

翌日，纪之楠在窗外的鸟鸣声中醒来，意识刚刚回笼就发觉后背暖乎乎的，像是贴着块自然发热的毯子，这才意识到，原来是有人抱着自己——受伤了还这么有劲，昨晚就该把这只爪子夹断。

"喂！"纪之楠愤愤地往后扭头，瞬间距离秦魏宇的脸不到十厘米。他嘴唇微抿，呼吸均匀绵长，睫毛纤长浓密，刀削般的面孔此刻褪去锋利，比醒着的时候要柔和许多。

纪之楠突然就没了脾气，由着他抱了会儿，好不容易下定决心屈腿预备蹬身后的人一脚，他动了动身子，悠悠转醒，然后支起脑袋，把下巴搁在纪之楠肩膀上，半眯着眼睛蹭了蹭，声音嘶哑道："醒了？"

他的声音里掺杂着刚醒来时的慵懒，纪之楠的脸登时就红了。

"嗯，让我……起来。"纪之楠原本打算凶狠地说，结果语气软绵绵的，一点威慑力都没有。

秦魏宇没回答，伸手在纪之楠脖子上慢慢摸索，将一根细绳扯了出来。纪之楠面红耳赤，心想：这家伙故意的吧？

素色指环在熹微的晨光中闪过几缕低调的银光，纪之楠瞟了一眼上面弯弯的月亮，又匆匆别开眼。

秦魏宇终于舍得说话了："拿下来，戴上。"

有着细微颗粒感的声音像电流一样飞快从耳朵蹿进心里，纪之楠反应过来时，已经受了蛊惑似的，傻乎乎地自己把脖子上的东西摘下来了。

秦魏宇起身，一只手敏捷地把戒指从绳子上取下来，接着捏住纪之楠的左手无名指就往上套。

他只用了一只手，故而这个动作没有对方的配合是做不成的。纪之楠屏住呼吸，任由他把戒指套在自己手上。戒指顺利地戴上手指，他满意地笑了，捧起纪之楠的手，在戒指上轻轻亲了一下。

秦魏宇走后，纪之楠一个人又躺了会儿，才生无可恋地爬下来，慢吞吞地换衣服，到楼下时，秦魏宇在做早餐。纪之楠转了一圈没找到阿姨，秦魏宇主动说明道："阿姨周日不过来。有衣服要洗吗？放着我来。"

纪之楠尴尬地挠挠头，转回楼上把自己的脏衣服团成一团，站起来想了想，还是把旁边秦魏宇昨天换下来的衣服也一并抱走。

纪之楠循着梦中的记忆找到洗衣机，这房子的构造与自己梦中无异，连洗衣机的牌子都与梦中一样，这足以说明那个梦在某种程度上还是足够真切。纪之楠把自己的衣服和秦魏宇的分开塞进两个桶，然后设定好洗衣程序，按下启动键。

纪之楠再下去时，早餐已经做好了，鸡蛋面加现磨豆浆，碗里还放了昨天师娘给的手打丸子。秦魏宇拿出老干妈，打开盖子放在桌上，纪之楠犹豫了一会儿，然后抬手把盖子盖上。

"原味也挺好的。"

秦魏宇勾起嘴角浅浅一笑，坐下来和纪之楠一起吃。吃完纪之楠在屋里溜达着消食，楼下还没仔细逛过，今天仔细一瞧，才发现同梦中有许多不同之处，比如原本放着落地钟的位置换成一个高脚置物架，上面放着几本杂志，还放了一盆枝条修长的绿植和一个小鱼缸，使整间屋子立刻有了生活气息；再比如大客厅的中式座椅换成了比较节约空间的皮质沙发，空出来的地方垫了一块巨大的复古花纹地毯，上面摆着一架黑色的三角钢琴。

纪之楠走过去，双手打开琴盖，干净的黑白琴键在眼前铺陈开来。纪之楠抬起手，用大拇指按下中央C，这是妈妈教自己的第一个音符，醇厚动人的声音在屋里荡漾，瞬间把人带进另外一个世界。

"琴刚调过音，坐下来试试？"秦魏宇不知道什么时候走过来，见纪之楠按了一个琴键就不再动作，试探着问。

纪之楠站了一会儿，然后摇头，把琴盖盖上说："好多年不碰，《小星星》都不会弹了。"

秦魏宇知道纪之楠在说谎，可只要纪之楠不愿意，他就不会勉强。

两人在家里窝了一天，晚上在餐厅桌上摆个电磁炉，煮热气腾腾的火锅。

只要吃上自己喜欢的东西，纪之楠的心情就立刻雨过天晴，下午还闷闷不乐地窝在吊椅上看书，这会儿已然笑得眉眼弯弯，迫不及待把刚捞出来的虾滑往嘴里送，烫得直哼唧，还不忘招呼辛苦准备食材的秦魏宇："你……你要是吃不惯重口，就不要……不要放辣酱，少放点醋和酱油，清汤……呼……清汤也好吃的。"

秦魏宇嘴上应着，手上却不动作，所有的注意力都放在纪之楠身上，时不时帮忙端个茶、递个纸巾。

他越发觉得今天吃火锅的决定十分正确，简单的一顿饭就能让小家伙这样高兴，早知道生日那天不做蛋糕了，直接在房间里支口锅，想必更能讨得小家伙欢心。

欣慰过后，又笑不出来了。他的纪小星这样好哄，在他面前藏不住秘密，喜怒哀乐都写在脸上，自己是怎么了？梦里的他居然不舍得在纪之楠身上花费哪怕一丁点的耐心，白白错过那么多本该和纪之楠相濡以沫的时光。

吃到中途，纪之楠的热情丝毫不减，漏勺和筷子不离手，秦魏宇趁热打铁道："明天一起出去转转好不好？"

纪之楠的眼睛一直盯着锅里，嘴上问道："转转？去哪儿？"

"商场？我看你挺喜欢逛街，正好明天工作日，街上人少。"

纪之楠聚精会神地捞鱼片，随口道："好啊。"

隔天纪之楠就后悔了，扶额无奈地想，千不该，万不该，不该被美食蒙蔽双眼，可能还有……美色。

当天晚上，纪之楠躺在床上开始纠结，听见卫生间门开的动静，翻个身准备跟秦魏宇说明天还是算了吧，结果转头看见秦魏宇。纪之楠再次被美色迷惑，十分没出息地把想说的话忘得一干二净。

"啊——"想到这里，纪之楠捂脸哀号一声。

秦魏宇正巧换好衣服从楼上下来，听到纪之楠的叫声，忙问："怎么了？"

"没怎么……"纪之楠站起来往门外走，背对着他，不想让他瞧出端倪，"我们走吧。"

路上秦魏宇问纪之楠想去哪儿，纪之楠还沉浸在羞耻的余韵中，心不在焉地说"随便"，秦魏宇便做主把车停在市中心一家老牌购物中心。

纪之楠很久没有逛街了，之前就算有时间也不想出门。出门对公众人物来说实在太麻烦，要换衣服，要戴口罩，还要担惊受怕。今天不知怎么的，可能是身边多了个人的关系，纪之楠莫名觉得安心，胆子都变大不少。

逛了几家店，纪之楠就说渴了，想喝奶茶。周一商场里人少，两人找了角落的位置坐下，纪之楠做贼似的环顾四周，然后把口罩拉到下巴位置，咬住吸管大口地喝。

“慢点，不烫吗？小心别噎着。”对面的秦魏宇为看见美食就不要命的老婆可以说是操碎了心。

一口气喝掉一半，纪之楠才停嘴，把口罩戴回去，闷闷的声音隔着一层布传出来：“戴口罩都有人认得，还是谨慎点儿好。”

秦魏宇盯着纪之楠看了片刻，而后问：“这样不难受吗？要不然别拍戏了，你可以……”

纪之楠神色一凛，毫不犹豫打断他的话：“不拍戏，我还能干什么？待在家里混吃等死？”顿了顿，语气更冷，“在你眼里或许不值一提，可它是我的事业……我的全部。”

秦魏宇目光微动，似乎想说什么，最后还是抿唇没有言语。在外面吃过午饭，秦魏宇去抽烟区，纪之楠无所事事，随便走进旁边一家店里，结果进去才知道这是一家打火机专营店。看着柜台里琳琅满目、各式各样的打火机，纪之楠不由自主地开始挑选，觉得这个应该适合秦魏宇，那个也不错，浑然忘了刚才跟秦魏宇闹了些不愉快。

“小姐，麻烦您把这款拿给我看一下。”

“小姐，我想看看这款……”

两个声音几乎同步，纪之楠偏头一看，是《覆江山》剧组里饰演老皇帝妃子的女演员薛莹，之前她在无意中看见过自己的婚戒。

薛莹没戴口罩，笑着打招呼：“好巧啊，小楠，没想到你也抽烟呢。”

纪之楠没想到会在这里遇见圈里人，下意识把戴着戒指的手往背后藏，不知道她看见没有。

薛莹倒是神态自若，大大方方说自己来给朋友选礼物。两人本来就不熟，不咸不淡地聊了几句，纪之楠便说要走。

“哎，打火机不买了吗？”薛莹提醒道。

纪之楠忙道："不了，随便看看来着。"

出门就碰上从吸烟区过来的秦魏宇，纪之楠拽着他乘上直梯，来到一楼才把口罩拉到鼻子下面，深吸几口气。

"怎么了？慌慌张张的。"秦魏宇问。

纪之楠摆摆手，秦魏宇左右端详，见确实没事的样子，把人带到门口，嘱咐纪之楠在这里等一会儿，他去地下停车场把车开出来。

刚才的偶遇只是一个小小的插曲。娱乐圈里自有约定俗成的一套规矩，纪之楠和薛莹之间不存在竞争关系，更没有利益冲突，就算薛莹知道纪之楠已经结婚的事，她也没道理捅出去，毕竟损人不利己。

纪之楠有点懊恼自己刚才的失态，抓了抓额前的头发，转身想借着玻璃窗照镜子，看看自己的脸是不是又红成猴屁股了。视线刚对上商场门口的广告橱窗，纪之楠就愣住了。

橱窗里贴着巨幅海报，海报上的女人身穿大红色礼服长裙，得体的裁切凸显出她曼妙的身姿。她坐在琴凳上，侧身对着镜头，一双纤长的手放在钢琴键上，从后颈到腰背笔直挺拔，姿态优雅，像一只高贵的天鹅。

任谁都看不出这是一个年逾四十，且有一个二十二岁孩子的女人。

海报边上写着——华裔女演奏家杨珂首场复出演奏会，五月二日与您相约世纪音乐厅。

回去的路上，秦魏宇说："本想早点告诉你，但一直没找到合适的机会。"

前面是红灯，车子停步，纪之楠余光一扫，非常巧地在旁边大楼的液晶屏上又看到一模一样的海报，那个被压在心底的名字就这样被一铲子掀了出来，搅得胸口生疼。

秦魏宇不知道纪之楠是没听见还是故意不搭理他，又说："伯母刚回国，我就联系上她了。她也想见你。"

纪之楠慢慢把头转过来，用晦暗不明的目光看他，反问道："也？"

"我知道，你很想她。"秦魏宇用的是肯定句。

"你不知道。"纪之楠有些不耐烦，说完靠着椅背闭上眼睛，一副拒绝交谈的样子。

回到家里，纪之楠便直接上楼，进了房间刚要关门，秦魏宇在外面按住门板，道："我们谈谈。"纪之楠的力气不如他，索性松开手，在小沙发上坐下，给自己倒杯水喝。

秦魏宇也坐下，说：“我跟伯母约在后天。”

纪之楠冷笑，这根本不是在征询意见，而是下达通知吧？

砰的一声把杯子放下，纪之楠直截了当道：“我不去。”

“小星，别跟自己过不去。”

每当秦魏宇喊纪之楠“小星”，纪之楠心口就止不住地战栗。即便如此，这种事情也不能随便妥协。

“你又知道了？你很了解我吗？”纪之楠问。

秦魏宇微微皱眉。他对纪之楠算不上百分之百了解，脾气却是摸透了，这小家伙总是会在这种情况下口不择言，竖起浑身的刺来保护自己，结果往往是杀敌一千，自损八百。

秦魏宇温声相劝：“不要转移话题。伯母回来是好事，你身边需要亲人。”

他想让现在的纪小星沐浴在爱里，想修补纪之楠满是伤痕的心，然而这话听到纪之楠耳朵里成了另外一番含义。

需要？我真正需要你们的时候，她在哪里？你又在哪里？纪之楠愤愤地想。等到自己一个人步履艰难地走出漫漫长夜，他们一个两个都跑出来做自己的亲人，要给自己温暖，却没人问问自己还想不想要。

秦魏宇见纪之楠不说话，牵住纪之楠放在桌上的手，说：“伯母说她在国外一直有关注你……她毕竟是你的妈妈。”

“妈妈？你叫得倒是顺嘴。”纪之楠拔高语调，忽而晃起脑袋，了然似的说，“哦，差点忘了，你能张嘴管任何人叫‘妈妈’，我可没你这套见风使舵的本事。”

秦魏宇的手指动了动，瞳孔陡然变暗，面孔似蒙上一层阴沉的乌云。

纪之楠心中一凛。秦家那些事情纪之楠知道两三分，但也就两三分而已，这种事情远轮不到纪之楠来置喙，刚才气急，那话竟然就那样没头没脑地脱口而出。

母亲对秦魏宇来说，亦是软肋。

沉默半晌，纪之楠甚至以为自己今天必定会挨拳头了，却见秦魏宇忽而抬起僵硬的手，拍拍自己的手背，像在无声地安慰自己不要害怕。

“好，不去就不去。”

假期剩下的三天，两人几乎没有正面交流。

主持人打哈哈道：“除了违法乱纪的事情，别的都行。”

“好，我要楠宝吃饭。”

弹幕寂静了三秒。

纪之楠刚有点触动的内心立刻崩溃了，恨不能在直播间千万观众面前一头撞晕在墙上。

这家伙还真是什么都敢说！

“哎？我们纪老师没吃晚饭？”主持人转过来，问纪之楠。

纪之楠没什么底气地说：“吃……吃了……”

“没有。”秦魏宇斩钉截铁道。

弹幕上的粉丝们都急了，刷屏叫纪之楠赶紧吃饭，都瘦成什么样了，她们心疼。主持人为难地看着纪之楠，用眼神询问该怎么办。

纪之楠咬牙点头，粉丝都发话了，向来宠粉的自己哪能不应？莉莉从刚才楼下粉丝送的食物中选了一块小蛋糕，打开放到纪之楠面前。纪之楠刚要动勺，秦魏宇又道：“麻烦再拿点喝的。”

莉莉也听出这位连线粉丝是谁了，生怕他在全国观众面前说出“好好照顾我的人”之类的石破天惊的话，拿奶茶的手都有点哆嗦，戳了好几下才把吸管插进去。

纪之楠从艺近四年，刚出道那会儿，大大小小的直播参加过不少，也算是见过世面，可直播吃饭还是大姑娘上花轿——头一回。

工作人员非常应景地在旁边配上“好饿好饿好饿，我真的好饿”的音乐。幸好那蛋糕不大，纪之楠常年待在剧组，早就练出快速吃饭的本领，掩着嘴三分钟解决掉，喝两口奶茶润润喉，然后接过纸巾转身擦嘴，转回来时又是那个气定神闲、仪表堂堂的偶像。

姑娘们开始闭眼吹捧纪之楠。

“果然，好看的人连吃饭都这么好看！”

“啊啊啊啊啊！居然连舌头都没看到，我不甘心！”

“像只小仓鼠，太可爱了。”

“决定把这段截下来每天看一遍！”

纪之楠朝镜头垮着嘴角无奈道：“吃完了哦。”

“嗯。”但秦魏宇的声音听起来并不满意，“直播结束再吃点别的，太少了。”

此时此刻最不淡定的当属纪之楠，这声音太熟悉了，低沉稳重，磁性中带着些微颗粒感，是一把勾人耳朵的好嗓音。

就在直播前，纪之楠还在跟这个声音的主人通电话。

纪之楠脑海中关于变态偷窥狂的形象设想顷刻间坍塌，因为即便猜到小号、变态和男粉是同一个人，也无论如何想不到他会是秦魏宇。

“粉丝说话了，纪老师有听到问题吗？”主持人碰了碰纪之楠的胳膊，纪之楠才回过神来。

“啊？哦，抱歉，您重复一遍，我没听清。”

秦魏宇的语调微微上扬，似乎心情不错，开口道：“我说，好久不见。”

“呃，好久不见。”纪之楠只好顺着回应，在心里掐指一算，才一个月都不到。

那边粉丝姑娘们也不平静，已经有人发微博了——震惊！反黑组挂的小号居然是个男粉丝！

秦魏宇道：“新剧我看了，很棒，肖扬这个角色非常适合你，本色出演，我要是那个人，也会喜欢你。”

纪之楠没想到秦魏宇真会去看那部电视剧，还夸自己，夸得居然有点走心。但是“小号＝黑粉＝变态＝秦魏宇”这个认知带来的冲击力太大，纪之楠的精神有点恍惚，再加上听到“喜欢你”三个字臊得慌，勉强道：“是吗？我倒没觉得……肖扬太迟钝了。”

“嗯，确实。”秦魏宇道，“但那个人不是依旧相信肖扬，原谅肖扬吗？”

纪之楠听出他话里有话，一时不知道该怎样回答，短促地“嗯”了一声。

这个时候，主持人就该发挥作用了，打圆场道：“这位看来也是纪老师的资深粉丝啊，不如给偶像送上几句祝福？”

秦魏宇思索片刻，而后道：“祝前程似锦，心想事成。”

主持人：“……”这是传说中的粉丝代表吗？比我还官方。

秦魏宇接着道：“我会永远在你身边陪着你。”

纪之楠心口像被猫爪不轻不重地挠了一下，笑了笑说：“谢谢。”

主持人总觉得这气氛不太对，试图从中调剂，提议道：“哎对了，这位粉丝朋友还有机会向你的偶像提一个小小的要求哦！”

“什么都可以吗？”秦魏宇问。

“这位粉丝一定非常想跟楠楠说话。”

“不说了，我出去捡垃圾赚钱。”

“等下，这个 ID 怎么有点眼熟？”

主持人按照规则直接与礼物榜上的第一名连线，热情道：“这位 Reach For……什么的朋友你好，恭喜恭喜，可以和你的偶像说话了噢！”

由于名字太长，界面没有显示完整，但纪之楠还是一眼就认出了他——反黑组最近举报的那个小号，让自己胆战心惊的定时炸弹，变态偷窥狂。

纪之楠放在大腿上的双手握拳，不受控制地紧张起来，面上故作镇定，挤出一个自认为亲切的笑容，打招呼道：“嗨，你好。”心里却在吐槽：这什么破连线，对方不露脸，只有自己对着镜头，这也太不公平了吧。

一秒，两秒，三秒，对方那边没有动静。

纪之楠的笑容僵在脸上。

“这位粉丝朋友能听到吗？”主持人催促几句，但那边还是没有人说话。

弹幕又开始议论纷纷：

“咦，砸完礼物就走了？”

“深藏功与名？”

“不会是直播平台搞的小动作吧？为了节省时间，早点结束？”

“不说话就让给第二名吧！”

“大家没发现这个 ID 是那个黑粉吗？”

“还真是！”

“所以他是来闹事的？”

“有病吧，花这么大代价来闹事？”

“啊啊啊，不要伤害我楠！快把他踢下去！”

主持人第一次遇到这种情况，转过去跟后面的工作人员紧急商讨，还没得出结论，连线那头终于有了声音。

“喂？请问是我吗？”

在场人员和屏幕前的粉丝再次愣住，没想到黑粉是个男生，声音还很好听。

主持人立刻回头道：“是的，恭喜你得到和偶像连线的机会。”

“好，谢谢。”

众人：“……”这语气跟平常打电话一样淡定是怎么回事？

么要求？”主持人故意卖关子，吊大家胃口。

粉丝们纷纷猜测：

“不会要问 FV 公司什么时候成立的吧？”

“我已经把 FV 公司的百度百科打开了，尽管放马过来！”

“啊啊啊不要卖关子了，求给个机会。”

“从来没见过楠楠本人，好想跟楠楠说话，嘤嘤嘤！”

“猜不到，给个痛快吧！”

“这个直播平台总让我有一种不祥的预感……”

主持人拿着手卡又念了一波广告，在众人急得够呛时，才缓缓道出：“五分钟后，本直播间送礼物积分最高者即可得到这次机会。准备好了吗？计时开始！”

此话一出，哀号连连。粉丝里学生党占比很大，送点小礼物还可以，从直播开始就已经有人在不断刷礼物，现在的排行榜，想挤进前三就要花上好几千块钱。

有学生粉，当然也有土豪粉，粉丝们已经默不作声开始充值刷礼物了。纪之楠并不想自己的粉丝破费，碍于直播平台的工作人员都在，不方便直说，只能旁敲侧击道：“大家省着点，以后还有机会。”

三分钟后，第一名与第二名的距离逐渐拉开。

后面几名眼看追击无望，干脆缴械投降，不再继续刷礼物。主持人掐表宣布还有三十秒，就在大家以为大局已定，坐等土豪妹子连麦时，直播屏幕上方数道金光闪过，在场的人和屏幕前的粉丝俱是一愣，等到画面恢复平静，五分钟刚好过去，二十几秒的工夫，第一名的宝座就易主了。

所有人目瞪口呆，旁边先反应过来的工作人员忙去后台核实，有位观众出手，直接将原来的第一名甩出去老远，瞬间后来者居上。

弹幕陆续开始表达震惊。

“我是谁？我在哪儿？”

“吓死了！”

“飞快按了下计算器，然后一巴掌把自己打醒。”

“打醒自己 +1。”

“瘫软……土豪的世界我不懂。”

幕齐刷刷地说好看超好看。

接下来进入 FV 护肤品宣传阶段。新系列套装摆在镜头前，主持人和嘉宾一起讨论产品功效，其实就是花式吹捧，吸引大家买买买。两人当场还抽奖三套赠予刷弹幕的观众，附赠纪之楠的签名照，引发一阵哄抢。

本次直播时间仅有一个小时，讨论几分钟护肤心得，便到了粉丝们最期待的直播连线。这个环节早在前几天已经在 FV 护肤品官方微博公布，只不过没有具体说明如何获得连线机会。

主持人拿着流程卡，神秘道："有谁想跟纪老师连线？"

弹幕数量瞬间呈爆炸式增长。

主持人露出狡黠的笑容，说道："咱们今天的连线名额只有两个哦，非常珍贵。第一个名额呢，只需回答一个问题，第一个回答正确的即可得到这次机会！大家听好……"

粉丝们屏息以待。

"请问 FV 护肤品本次推出的系列全名叫什么？"

有不少粉丝熟悉这种宣传直播的套路，大约猜到主持人会问什么，所以主持人的问题读到一半就有不少人把答案发出来了。弹幕刷得很快，肉眼根本来不及捕捉，幸好直播现场有工作人员截屏，很快便和这位粉丝连线上。

"楠楠我爱你！"妹子先大吼一声表白。

纪之楠拍拍胸口装作吃惊，而后笑道："我知道啦，也爱你。"

粉丝们大呼纪之楠太温柔了，反问这话为什么不是对自己说的。

第一个连线的粉丝是纪之楠粉丝后援会的骨干，从纪之楠出道起就待在后援会里工作，纪之楠对她豪爽的北方口音印象深刻，上次《覆江山》剧组探班也有她，两人算是老相识。

连线的粉丝不仅可以和偶像聊天，还能语音要求偶像现场完成一件事。粉丝妹子非常体贴，只要求纪之楠唱了半首歌，然后叮嘱纪之楠好好照顾自己，多发发微博，就心满意足地下线了。

纪之楠很少参加这样的直播活动，在台下和粉丝的互动也算不上多，大部分粉丝连纪之楠本人都没见过，看偶像对粉丝这样温柔，都被迷得七荤八素，铆足了劲儿要抢第二个连线名额。

"好，接下来，我们抽取第二个幸运连线观众。大家来猜猜这次会是什纪之楠卸妆，车行到崎岖、狭窄的泥路上，两人下车改步行。到山下时有直播平台的负责人接应，两人上车，车子一路开到某酒店楼下。

由于行程定得仓促，《覆江山》的拍摄地又比较偏僻，商家只能将直播地点设在酒店套房里。

FV 护肤品商家几天前就在官方微博上发布直播预告，神通广大的粉丝们不知道从哪里得知的信息，纪之楠一下车就被蹲守的粉丝们团团围住，酒店出动安保才将人护送上电梯。

莉莉在电梯里大喘气，举起手中粉丝塞的礼物，直呼道：“呼……晚餐有着落了。”

可纪之楠并没有时间吃东西，进房间后要换衣服、弄发型，还得化妆。秦魏宇的电话打过来的时候，纪之楠刚和主持人匆匆对完流程。

纪之楠避开众人，走到旁边接电话：“你不是去美国出差了吗？”

“这边天已经亮了。你吃晚饭了吗？”秦魏宇问。

纪之楠轻叹一口气，道：“哪儿有时间？还有十分钟就开始了。”

连纪之楠自己都没察觉，自己已经越来越习惯秦魏宇的关心，偶尔还会露出只有在亲近的人面前才会有的毫不设防的一面。

那头的秦魏宇俊眉蹙起，不悦道：“把手机给他们负责人。”

“又要干吗？”纪之楠今天吊了半天威亚，胳膊腿酸痛，边弯腰揉膝关节边说，“直播不能推迟，粉丝们都等着呢。”

“粉丝就这么重要？”

“当然。”

秦魏宇沉默片刻，而后道：“好，待会儿见。”

挂掉电话后，纪之楠才咂摸出不对劲来。他不是在美国吗，怎么“待会儿见”？

直播开始，纪之楠打起十二分精神，对着手机镜头向屏幕前的粉丝们打招呼：“大家晚上好！”

弹幕和礼物刷得飞起，观众数量也在噌噌噌往上涨，大多是“啊啊啊，楠楠今天真好看”或者“好久没见楠楠了，好想你”之类的表白。

主持人积极暖场，读了几条弹幕，然后按惯例询问嘉宾最近的行程。纪之楠说自己在拍戏，顺便提了下近期上的那部青春剧，问大家好不好看，弹

“还以为是我们家的粉丝来着，没想到竟然是黑粉，呵呵。”

“被楠楠点过赞了不起啊？这里轮得到你指手画脚？”

“楠楠和 AOW 的宁澜是朋友关系，你挑拨离间是何居心？”

“总算暴露了，上次看到是小号就觉得不对劲。”

“黑粉无误，什么都不用说了，直接举报！！！@楠宝反黑组”

……

纪之楠看蒙了，都不知道自己该站在哪一方，点进反黑组微博，最近几条都在挂这个人的微博号，发动粉丝们进行举报。可是到现在，这个小号依旧挺立。纪之楠点进他微博看了看，该博主二十分钟前还赞了一条微博，是纪之楠新广告的官方视频。

纪之楠：“……”这事越来越迷了。

纪之楠回到房间躺了好一会儿，郭昊找过来了，心情十分愉悦的样子。

纪之楠还在盯着天花板琢磨微博小号和男粉丝之间的关系。

郭昊顺着纪之楠的视线往屋顶看，问：“瞅啥呢？”

纪之楠还在迷茫中，随口问：“你说……粉丝一天到晚都在想什么？”

郭昊一笑，道：“不是想和你恋爱，就是想和你结婚。”

纪之楠：“……”

纪之楠原以为自己会为这些事烦恼一阵子，然而接下来的拍摄并没有给纪之楠空出时间来纠结。由于天气和自然条件的关系，随着雨季来临，户外拍摄存在极大的变数，没有人知道什么时候会突然降雨。剧组为求保险，加快拍摄进程，每天都排得满满当当。

因为是外景，多为骑马戏和打斗戏，对演员的身体消耗极大，再有精力的人，每天也几乎耗尽体力，收工后就瘫在床上爬不起来了。

这个时候纪之楠却接到新的工作——早在代言签约时一起签下的一次直播宣传，定在本周六的晚上。周茹以地址不便为由要求推迟直播时间，可此时正值广告大力投放阶段，商家委婉表示不希望更改时间，主动提出可以根据纪之楠现在的情况尽力配合，让主持人飞到拍摄地，纪之楠只需下山去他们预约好的地点参与直播即可。

人家都做到这份上了，纪之楠没法再推脱。

周六下午收工后，纪之楠换了衣服就坐车往山下去。莉莉在车上迅速帮不定还聊了关于自己的事。

纪之楠不想去揣测他们，可又控制不住自己去想。她复出的第一场演奏会成功吗？满座了吗？在国外待了十几年，她干吗突然回来？

梦里的这时候她没回来啊，是不是有什么难处？

她真的有在关注自己吗？纪之楠一想就停不下来。

民房外面是一条狭窄的长廊，纪之楠埋头往前走，未曾注意前头有人来。那人没有退让的意思，两人肩碰肩撞了个正着。宁澜比纪之楠矮两三厘米，气势却丝毫不弱，微微仰着头眯眼看纪之楠。

纪之楠被撞得回过神来，对上宁澜玩味的眼神，只觉得浑身不适，一秒也不愿多待，抬脚从他身旁的缝隙里侧身挤过去。

“喂。”宁澜喊道，“你怕我啊？”

这小孩自从上次不甚光彩的事件后，干脆破罐子破摔，人前呆萌可爱的人设不变，一口一个“纪老师”叫得亲热，人后便暴露本性，板着一张臭脸。

不过两人单独相处的机会不多，纪之楠并未将他放在心上。何况秦魏宇既然能放纪之楠过来拍戏，就代表宁澜不敢再动纪之楠。

停下脚步，纪之楠目视前方道：“到底谁怕谁，你心里有数。”

一个人在周边转了几圈，太阳敛去最后一缕光芒前，纪之楠乖乖地踩着草地回去了。路过移动基站时，纪之楠掏出手机尝试联网，居然成功登上微博。这是本周第一次连上网络，纪之楠忙不迭刷新消息，还没来得及看，就被一波奇怪的回复和点赞吸引了注意力。

纪之楠最近的一条微博是转发宁澜艾特自己的那条。宁澜艾特过纪之楠两次，而且那时两人已经是互相关注的关系，又在同一剧组演着好朋友，电视剧需要宣传预热，连郭昊都已经转发了，于情于理，纪之楠不能再视而不见，只能闭着眼睛也点了转发。

然而引发讨论热点的并不是纪之楠转发的这条微博本身，而是这条微博下面的一条评论。

“不想的话，可以不用转发。”

纪之楠还没琢磨过来这话是什么意思，随手翻了翻这条回复下的评论，先围观了好大一出戏。

“故意挑拨两家的关系？”

纪之楠连连摇头道：“你别折腾小吴，上次那些东西他徒手扛上山，差点累晕过去。”

小吴是秦魏宇派来送东西的助理，最近的任务就是山上山下来回奔波。

秦魏宇沉吟片刻，而后道：“那我亲自给你送。”

纪之楠一个头两个大，忙说：“别闹啦，这里没地方给你住……”

秦魏宇对纪之楠这样类似撒娇的语气十分受用，面色不由得缓和，道：“听话，周围都是山，天黑路滑，很危险。”

仰天翻了个白眼，纪之楠无奈道：“噢。”

整理完头发，纪之楠趴在床上打开平板电脑看看有没有网络信号。电话还没挂，秦魏宇说：“今天在电视上看到你了。”

纪之楠一点也不意外，说：“FV 的护肤品？”

“嗯。”

纪之楠自己还没看过那个广告，忙问：“好看吗？脸肿不肿？那阵子我有点发胖。”

“好看。”秦魏宇不假思索道。

“胡说。”纪之楠直接道，“拍那广告前一天晚上没睡好，状态巨差，我到现在还提心吊胆呢，怕商家来找我索赔。”

秦魏宇笑道：“真好看，不带粉丝滤镜。”

纪之楠眨眨眼睛道：“这词从哪儿学的？”

秦魏宇不答，换话题道：“今天晚上有你的电视剧开播。”

那是纪之楠去年初拍的一个青春剧，纪之楠自己都不记得具体内容了。

这是纪之楠关心的话题，注意力立刻被拉走，嘴上直道：“对，你帮我看看怎么样，尤其是微博上那些评论……哎不对，你又不玩微博。”

秦魏宇听到纪之楠低落、沮丧的声音，就恨不能直接飞过去摸摸小家伙的脑袋。

他郑重道：“放心，我帮你看。”

挂了电话，外面漫天的霞光透过窗户照进屋里，纪之楠闲来无事，披上外套出去溜达，由于心里揣着事，走得虚虚飘飘。

刚才电话的最后，秦魏宇似乎想说什么，但最终还是没有说。纪之楠知道他想提母亲的事，昨天晚上是她回国后首场演奏会，他八成去了，两人说蓬头预热。囫囵洗完战斗澡，纪之楠把脏衣服送到剧组统一安排的洗衣处，又回房间烧了壶水，吹干头发后才有空再把手机拿出来。

秦魏宇接在那条信息后面发了两条信息。

——衣服穿好再出去。

——我给你在那边单独建个卫生间。

纪之楠嘴角一抽，忙回复：你疯了？

秦魏宇那边回了个“嗯”，纪之楠刚要问他什么意思，电话就过来了。

纪之楠接起电话，压低声音道：“喂……”

这次纪之楠进组后，秦魏宇重新爱上了打电话。山区网络信号不好，有时候发条微信，半天都传达不到，他联系不到纪之楠，心中实在担心，就直接打电话过来。

第一次接到电话的时候，纪之楠刚从马上下来，浑身的骨头都快被颠散架了。莉莉神神秘秘地把正发出狗叫铃声的手机呈上，纪之楠蔫巴巴地接起来，秦魏宇听出小家伙没什么精神，问怎么了。纪之楠揉着屁股，一不小心就把真实感受说出来了：“屁股疼……”

秦魏宇大惊，差点订了当天的票飞过来。

他在对纪之楠目前的住宿环境有了直观的了解后，更加放心不下，第二天就差人送来一大包东西，吃的用的应有尽有，连火锅底料和一次性马桶坐垫都有。

秦魏宇每天都要叮嘱一遍：“有什么需要跟我说，还有洗澡记得锁门。”

前半句没问题，后半句有点问题。这里前不着村，后不着店，上山还有一段崎岖的泥地要走，快递都不乐意上来，有个人专门配送物品当然方便，但是上来一趟实在太麻烦。

秦魏宇在电话里例行发问：“你的朋友郭昊呢？”

纪之楠在镜子跟前拨弄刚吹干的头发，随口道：“出去了吧，每天晚上都要跑步，我……”

“你别跟着去。”秦魏宇像是知道纪之楠想说什么，当机立断，先制止再说。

纪之楠对他从频发转为偶发的霸道属性还是颇有微词，不满道：“再不跑步，我就要胖死了。”

“我给你送台跑步机过去。”

# Chapter 9
# 粉丝一天到晚都在想什么

五月初，《覆江山》外景拍摄进入第二周。

为求景致真实优美，剧组驻扎在中西部某山区内。这片土地尚未完全开发，有山川、有河流，难能可贵的是，还有整片的草原，很大程度上保留了古朴、自然的原生态。

这里原本不对外开放，导演千方百计托人找关系才得到这次取景机会。附近没有正规宾馆、酒店，所以全剧组上下都住在附近平原上的民房中。剧组的生活助理提前来收拾打理过，民房勉强算得上干净舒适。

在这样的条件下，每个房间配备洗手间自然不现实，连厕所都是公用的，淋浴间更是只有临时搭建的三个，晚上洗澡还得排队。

这天郭昊从外面回来，告诉纪之楠这会儿有一间淋浴房空着，纪之楠忙拿着洗漱用品过去。

纪之楠进小隔间关上门，手机在口袋里振动，掏出来一看，是秦魏宇发来消息：收工了吗？

衣服已经脱到一半，纪之楠胡乱回复了一句就把手机丢回裤兜，打开莲梦中自己活着的最后一天，纪之楠只在公司门口远远地看了看秦魏宇，没想到那会是最后一眼。

这次他们互相认真地说了再见，就一定会再见的吧？

纪之楠到机场取票托运完，离登机还有一段时间。周茹打电话来说莉莉已经提前出发去打点住宿，还说《爱的初挑战》合同敲定，拍摄从六月中旬开始，每周一次，如果第一期录制时纪之楠还没有出组，节目组可以做调整，安排第二期再空降加入。

纪之楠问本季节目有哪些嘉宾，周茹说目前都在洽谈，大约会再请一个演技派演员和一个“小鲜肉”演员，嘉宾备选里有刘雨卿，其他尚不明确。

“你没在圈子里和谁交恶吧？”周茹想了想，话锋一转，“不过没关系，最终人员敲定前，节目组会来和我们商量的，他们懂得规避风险，也不想冷场或者闹得鸡飞狗跳。”

纪之楠放心了，梦中的自己没有参加第二季节目，完全不记得有哪些人上了这个节目。挂了电话，纪之楠就收到一条互相关注的微博艾特消息，点开一看，是宁澜。

——我已经到啦，在这里等你们哦！@纪之楠@郭昊。

纪之楠嘴角一抽，这小孩还敢光明正大地蹭自己热度？想到几小时后又要和宁澜面对面，纪之楠就头疼。

秦魏宇在一旁帮忙清点物品，恢复往日里不显山露水的冷静面目，与昨晚狼狈、脆弱的那个他判若两人。

“钱包，身份证，机票。”

“都在。”

“充电器，毛巾，牙刷。”

“……带了。”

秦魏宇沉吟片刻后道：“戒指，手镯。”

纪之楠摸摸胸口，慢吞吞说：“手镯带着不方便。”

换言之就是丢在家里没带。

秦魏宇低低“嗯”了一声，让纪之楠没来由一阵心虚。

走进候机厅的最后一刻，纪之楠回头望，秦魏宇还伫立在原地，朝自己挥手，接着做了个打电话的手势。

纪之楠把书包背在前面，也冲他挥挥手，嘴里无声地说“再见”。

没有人知道纪之楠有多怕不告而别。

妈妈连哄带骗地和自己在纪家门口分别时，纪之楠没想到一别就是一生。

纪之楠看见秦魏宇满头满脸的汗，有的已经凝结成滴，从高挺的鼻梁上滑落下来，在前襟晕染开，脸色也是惨白如纸，比那天夹到手时还要白。

“你怎……怎么了？”纪之楠的声音在发抖。纪之楠从未见过秦魏宇这副模样，几乎是下意识就开始慌乱。

秦魏宇不想吓到纪之楠，挤出笑来，慢慢说道：“没事，你先去睡。”可他笑得比哭还难看。

纪之楠呼吸一窒，情不自禁地抬手，快要摸到他的脸时又猛然顿住，然后呆呆地收回来。

两人到零点才各自躺下。

秦魏宇自己去了隔壁的次卧，他状态不好，怕再次吓到他失而复得的宝贝。

与他一墙之隔的纪之楠重新一人独占大床，完全不觉得开心，眼皮很重，很累，却无法进入睡眠，辗转反侧一夜，想了很多。梦境与现实交错，纪之楠发现自己已经开始混淆本该截然不同的两个世界，同一时间发生的不同事件盘根错节地缠绕在一起，弄得人心乱如麻。

第二天早上照镜子，纪之楠不出意外地看见两个硕大的黑眼圈，贴了眼膜擦了眼霜，感觉不那么干燥了，这才戴上墨镜出去。

秦魏宇倚靠在车门上等待，纪之楠过去的时候，他刚好吐出最后一个烟圈，从口袋里掏出一个小瓶子，朝自己身上喷了两下才上车。

纪之楠好奇地瞅，秦魏宇道：“抱歉，昨天没睡好，抽一根提神，你下次回来之前一定戒掉。”

纪之楠这才明白他喷香水是为了遮盖味道。怪不得他身上的烟味越来越淡，原来是刻意在戒烟。

秦魏宇为什么要为自己做到这种地步？纪之楠百思不得其解。

那股让纪之楠辗转反侧了一夜，好不容易压下去的不踏实感卷土重来。这些日子以来，秦魏宇给了纪之楠太多承诺，以及太多不曾有过，就连梦中都不曾有过的温柔，这是纪之楠从前想都不敢想的。所以就算知道秦魏宇一言九鼎，就算依然会被他吸引，纪之楠也不敢踏踏实实地将他的话放在心上。

那些言语中的尖刺，便是纪之楠开启的自我防御，是心中不安的最直接体现，有些甚至言不由衷，可纪之楠阻止不了自己那么说、那么做。

纪之楠只是胆怯了，怕某一天睁开眼睛，一切又回到原点，不过大梦一场。

下脚步。

他走了很久很久，久到两边的阜丛都变成一抹亮色也无的浓黑。他自发加快步伐，想离开这里，想寻找光源。一盏摇晃着的灯嵌在前路的黑暗中，他加快速度往前跑，慢慢地，一张女人的脸在眼前变得清晰，她笑起来的时候美得像春天的娇花。

“儿子，过来，让妈妈看看你。”

他走过去，在离女人仅有几步之遥时，女人突然换了一副狰狞的面孔，眼底铺开血染般的殷红，目眦欲裂地看着他，甚至发出“咯咯”咬牙的声音。

“你为什么不帮我？我还不够可怜吗？快帮帮我啊！”

他条件反射般地转身，没命地跑，没跑几步就一脚踩空，接着跌进一潭冰冷的水中。手脚沉重和铺天盖地的窒息感并没有给他带来多大的恐慌，直到看见成串的泡泡自下往上飘，一股被扼住喉咙的沉重恐惧才与潮水一起将他密不透风地包围。

他睁大眼睛也看不清下面那人的长相。那人四肢朝上，一动不动地往河底沉，白色的衬衣和黑色的头发漂在水中，像浮游在河里的幽灵。他本能地拼命往下游，往那人身边靠近，在水的阻力下艰难地伸手去抓。湿滑的衣服被他攥在手里，人却消失不见了。

“喂，你醒醒……你怎么了？睁开眼睛……秦岳！”

光影交织，从黑暗到光明只有短短几秒钟的时间。秦魏宇睁开眼睛，花了半分钟将视线对焦清楚。桌上的台灯亮着，旁边是纪之楠的照片，照片上的纪之楠在笑。

秦魏宇狠狠呼出一口气。

“喂，抱够没有？”纪之楠忍无可忍，出声道。

秦魏宇这才察觉怀里有个人，纪之楠红着脸坐在秦魏宇腿上，心想真是醉了，连个反应的时间都没能有，就被一个做着梦的醉鬼一把拽坐下来，挣都挣不开。

纪之楠这边气呼呼，秦魏宇那边却还心有余悸，劫后余生并没有让他觉得轻松，噩梦过后，只留下深深的后怕。他又抱了一会儿才放手。

纪之楠迅速站起来，不满道：“你装睡呢吧？吓死我……”话说到一半，纪之楠收声了。

周二到周四秦魏宇都有工作，纪之楠醒来时房间空空如也，床头柜上压着字条，无外乎“我去上班，好好吃饭”之类的关怀。

洗漱完毕到楼下，阿姨十分钟之内就将色香味俱全的早餐摆上桌，纪之楠却吃得没滋没味，总觉得这汤没有前几天的鲜美。秦魏宇晚上回来吃完饭就进书房工作，纪之楠拍了两个月的戏才得到休息，整个人处于放松状态，熬不过十点就抱着枕头睁不开眼，连秦魏宇什么时候回房都不知道。

周四晚上秦魏宇干脆没回来吃饭，发来信息说今晚有应酬。天黑之后，纪之楠百无聊赖地趴在床上刷微博，偶尔翻身下床伸个懒腰，站在窗口往下看。星星灯把屋子面前的路照得透亮，可是半个人影都见不到，孤单又寂寥。

昏昏欲睡时听到楼下有动静，纪之楠登时清醒过来，等了几分钟才假模假样地拿着杯子出去，结果压根没和秦魏宇打上照面，那人已经钻书房里去了。

明天就要返回剧组拍外景，纪之楠回到房间里收拾行李，除了几件用不上的冬衣，其余东西一股脑全部塞回行李箱。闷闷不乐地收拾完，纪之楠抬头看钟，已经十一点了，那家伙还没忙完。

纪之楠不知道秦魏宇是不是在故意躲自己。印象中他生气的时候气压极低，站在他周围都能被冰封雪冻似的，嘴唇抿成一条冷硬的线，哪怕天皇老子都撬不开他那金口。

下午他发来的短信明明语气温柔，叮嘱自己好好吃饭，早点睡觉，还说明天送自己去机场，不像生气的样子，可如果不是生气，还能是什么原因呢？

纪之楠一边惴惴不安，一边又觉得自己没必要这样在意，是秦魏宇自作主张在先。两个各执己见的小人儿在心里抱成团扭打，闹得天翻地覆。

坐不住，纪之楠又下楼去。阿姨正做好最后一壶咖啡准备下班，纪之楠接过她手中的咖啡杯，让她先回去，自己推开书房的门，悄声走进去。

纪之楠以为秦魏宇在伏案工作，走近了才瞧见他仰着头靠在椅背上，双手抱臂在打盹，身上带着一股刺鼻的烟酒味。

纪之楠嫌弃这味道，看见秦魏宇在睡梦中紧紧拧成川字的眉头，还是顿住后退的脚步，上前拍拍他胳膊，轻声道：“困了就回房间睡。”

秦魏宇没醒，眉头拧得更紧。他被魇住了。

他走在一条弯曲的小道上，脚下是坑坑洼洼的泥土地，道路两旁是绿得发黑的杂草丛。他不想往前走，但背后像有什么东西在推他，逼得他无法停众人再次陷入沉默。

纪之楠牙根痒痒，这家伙可不就仗着正在直播，自己不敢发作吗？蹬鼻子上脸，得寸进尺！

秦魏宇连线时间挺长，话却没说几句，眼看直播即将结束，主持人道："这位粉丝朋友还有什么想说的吗？"

秦魏宇忙道："稍等一下。"

纪之楠心里直打鼓，生怕他丢下一句"等你回家"，忐忑不安地等了几秒，只见屏幕上突然炸开一大束耀眼的红玫瑰，整个屏幕冒着光，"我爱你"三个字从花里蹦出来，在屏幕上浮动旋转。

纪之楠眼中映着跳跃的火红色，瞳孔微微收缩。纪之楠想起来了，想起那天晚上秦魏宇在自己耳边说的话了。

临下线时，纪之楠道："我也有话想对你说。"

主持人做了个"请"的手势。

纪之楠舔舔嘴唇，揪住袖口说："肖扬面前的那个人没有秘密……肖扬没有放火。"

秦魏宇沉默片刻，然后回道："嗯，我知道了。"

直播过后，纪之楠的微博话题热闹了一个多星期。

姑娘们把直播回放看了一遍又一遍，把所有疑点拉出来讨论，包括纪之楠最后的那句"肖扬没有放火"。经过几位资深粉丝的分析总结，大家一致认为这句话是在影射新剧中肖扬的台词，说肖扬沦陷是因为搭戏的另一位主角在肖扬心里点了一把火。

本圈新晋男粉丝也成了热门话题，还有人把后援会探班时的照片翻出来——秦魏宇个子高，在人群中十分扎眼，好在照片像素不高，勉强只能看出一个轮廓。

之前还人人得而诛之的微博小号迅速从反黑组名单上去除，摇身一变成了本圈珍稀物种——高富帅男粉丝。

莉莉下山去采购时顺便上网截了许多图片，回来一张张翻给纪之楠看，全是微博话题里粉丝们讨论秦魏宇的帖子。

"周茹姐叫你跟秦先生打个招呼，麻烦他最近收敛一点……万一被有心的人打听到……"莉莉压低声音说。

纪之楠扶额，照这个势头发展下去，纪之楠更担心自己的粉丝变心。

晚上纪之楠给新晋男粉丝打电话。

“你红了，明天别去上班了，收拾收拾出道吧。”纪之楠没好气道。

秦魏宇含笑道：“怎么，嫉妒了？”

纪之楠哼道：“在那么多小姑娘面前炫富是不是特别爽？”

秦魏宇忙答：“没有，我发誓，我只是想让你吃饭，顺便跟你说说话。”

纪之楠想到那100连的礼物就痛心疾首，咬牙切齿道：“砸那么多礼物，我又拿不到，白白便宜了直播平台，你是不是傻？”

秦魏宇忙顺着纪之楠的话答：“嗯，傻。”

能从老婆嘴里撬出一句真心话，被骂傻瓜又如何？

纪之楠缓缓呼出一口气，转过去背靠墙壁，把脚边的石子踢飞出去。纪之楠站在屋前的长廊上，外面下着淅淅沥沥的小雨，石子滚了几圈就没了踪影。

“你吃晚饭了吗？”纪之楠没话找话。

“吃过了，你呢？”

“刚吃完。”纪之楠又找到一颗石子，像小时候那样从这只脚下踢到另外一只脚下，边踢边问，“那个……真的是你的微博号？”

“嗯。”

“你不是不玩微博吗……什么时候注册的？”

“醒过来之后。”

“哦……”

纪之楠猜想他应该和自己差不多，醒来后得花上一段时间消化。那明明是个梦，却又那么真实，让他们仿佛身临其境，把梦中的悲欢都真真切切感受了一遍。醒来后纪之楠收心，循着梦中的轨迹为自己筑起保护墙。主要也是因为，梦中的秦魏宇和之前自己认识的那个秦魏宇行为模式太过一致，纪之楠甚至找不到不去相信的理由。

纪之楠没再问别的，挂掉电话后，举目眺望了一会儿雨幕中的远山，然后冒着小雨跑到移动基站下搜索网络信号，折腾十分钟才登上微信。

纪之楠点开秦魏宇的微信资料，昵称那栏赫然写着“ReachForAStar”，和他的微博账号一致。当初纪之楠嫌这名字长且复杂，没有仔细看，改了备注名后，更是注意不到这个细节。

纪之楠打开浏览器，把这几个单词用空格分开，输入搜索栏。

纪之楠有点不能确定，或者说是不敢相信，点开翻译，亮着的手机屏幕已经覆上一层细密的雨滴，下面的字被放大扭曲，一笔一画尤为清晰。

“Reach For A Star——摘一颗星星。”

进入五月下旬，雨一场连着一场下个不停，剧组经常被迫停工，小雨还能勉强拍，雨势一大，山上能见度变低，就什么都拍不了。

导演有先见之明，重要的镜头已经全部拍完，剩下的镜头很少，只要不是连天暴雨，趁着雨停紧赶慢赶，六月中旬无论如何都能拍完。

演职人员突然闲下来便无事可做，雨天山路湿滑，没人敢在这个时候往山下跑。不知是谁在移动基站下面搭了个简易的雨棚，一堆人坐在那里边喝茶边玩手机，谈天说地，插科打诨，过上了开拍以来最悠闲的日子。

这天下午又下雨，纪之楠在房间看剧本，到下午天色渐暗时才撑伞往移动基站那边去。

郭昊坐在雨棚里面朝纪之楠挥手，道：“这边，给你留了位置！”

大家都低着头玩手机，纪之楠穿越人群挤进去，感觉自己进入了某个神秘组织。

“你们都各玩各的吗？”这种环境下，纪之楠下意识压低声音问。

郭昊道：“刚才还打牌呢，打累了，这才安静一会儿。”

纪之楠点头，打开手机开始联网。虽说纪之楠就在移动基站旁边，但是下雨天影响信号，上个网还是磕磕绊绊，好不容易登上微信，想先试试信号如何，点开和秦魏宇的对话框发个表情过去，信息转了几圈，显示发送成功。

五分钟后，纪之楠收到秦魏宇的回复：本人?

纪之楠：不然呢?

QY：可以上网了?

纪之楠：嗯，一小会儿。

这回等了十多分钟都没收到回复，纪之楠以为网络断开，又发了一句试试：你在忙吗?

秦魏宇那边确实在忙。

秦家闹得天翻地覆。二哥秦魏峰近来突然开窍，想插手家里的生意，花言巧语说动父亲把秦氏集团下面数一数二的子公司华晟房地产交给他管理。

对此大哥秦魏海颇有微词，认为秦魏峰难担此大任，母亲魏萱却全力支持，帮着二儿子说了不少好话。

对她而言，大儿子还是二儿子无甚区别，秦家最后不要落在老三秦魏宇的头上就行。可惜秦魏峰接手华晟没多久，财务部那边就爆出资金亏空，偌大一个公司竟沦落到捉襟见肘，难以正常运转的地步。秦老爷子拍案而起，秦魏峰那败家子当天就被抓回来跪在堂上，还死不悔改，昂着头理直气壮地说自己把钱拿去做投资了，明年就能赚到翻番的利润，把秦晟气得眉毛倒竖，嘴唇哆嗦半天也没说出话来。

这时候秦魏海立刻站出来，说愿意接手华晟，只需要父亲帮忙周转资金即可，态度之迫切，仿佛憋了这么久，就在等这一刻。

谁知秦魏峰不知吃错什么药，突然跳起来和大哥呛声，骂他虚伪小人，表面上装孝顺儿子，私底下比谁都盼着老爷子早点死，好轮到他继承家业。

亲兄弟俩吵得不可开交，秦晟捂着胸口当场晕倒，被送到医院半天才醒，醒来就看见小儿子秦魏宇在病床前伺候着，诸事不假手于他人，任劳任怨。等身体好些了，秦晟立刻打电话叫来秘书，把华晟和其他两个子公司直接转到秦魏宇名下。

秦魏宇收到纪之楠的信息的时候，正在高层的陪同下视察新接手的公司，下午临时召开紧急会议，他要把公司迅速扶上正轨。

表面上看起来，秦魏宇是歪打正着捡了个漏，实际上只有他自己知道，天上不会掉馅饼，好运不会凭空降临。当然他也没有搞什么大动作。这家人的脾气性格他了如指掌，只消动动手指在背后推波助澜，事情便如他期望的方向发展，他不需发声，坐收渔翁之利即可。

现今的进度比梦中提前了一年，如今提前搞定，秦魏宇却并没有太多喜悦。这些都在他的掌握之中，对他来说，不过是多了一块增添实力的厚重基石。

不同的是，梦中的他千方百计地得到这些，是出于私心，是别有用心。而现在他的目的只有一个，那就是保护好纪之楠，让他的小星在他的羽翼下，不再受到任何伤害。

直到天黑，纪之楠才收到秦魏宇的回复：下午在忙，还能收到吗？

纪之楠撇撇嘴，抱着手机回复：收不到。

秦魏宇刚从会议室出来，看见小家伙赌气似的回复莞尔一笑，立马发送视频聊天请求。纪之楠这边此时信号极佳，视频电话铃声突兀地响起，周围人齐刷刷地看过来。纪之楠慌忙掐断视频，心虚地说：“家里人，家里人……”

回过头来，纪之楠就对秦魏宇一顿文字炮轰，秦魏宇哄了半天才把人安抚住。

QY：要不要回来休息几天？

纪之楠看着这条信息，犹豫了一下，然后回复：还是等拍完吧，就剩半个月。

QY：好，到时候我去接你。

春末夏初，空气中蒸腾着潮热的水汽，纪之楠用拇指轻轻摸了摸这行字，指尖好像被黏住了，贪恋温暖，舍不得放开。

次日雨收云散，天气放晴，导演斗志重燃，大清早就拿着大喇叭在民房跟前吆喝。大家休息好几天，丧失了紧迫感，一个个都萎靡不振，一人一杯咖啡下肚后才勉强打起精神投入工作。

今天要拍的是射箭和赛马的情节。纪之楠和郭昊一起到时，宁澜已经在那儿了，围着导演端茶倒水献殷勤，看见他们，笑眯眯地打招呼：“两位前辈，今天小弟可不会让你们哦！”

郭昊跟他玩笑几句，纪之楠没这个兴致，径自绕到后面换衣服化妆。

过一会儿，郭昊也进来了，问：“你跟宁澜闹矛盾了？”

纪之楠低头摆弄没有信号的手机，点开屏幕又关上，如此反复，心不在焉地答：“没有啊。”

“我怎么觉得你们俩最近……”

纪之楠把手机放在桌上，打断他道：“没有的事，你就别瞎操心了。”

郭昊还想问，纪之楠站起来，一边整理衣袍下摆一边往外走，说：“我先出去练练手，你速度跟上。”

外面的道具已经摆好，五个箭靶立在七八十米开外的地方，纪之楠拿起一张弓打算试一试。为了演出逼真的效果，道具组将弓弦放得比较松，可即便这样，纪之楠第一次拉开弓，就“砰”的一声将弓弦拉断了。

在旁边整理弓箭的道具组小哥闻声而来，疑惑地嘀咕：“质量这么差？等我去换一个。”

小哥走远，纪之楠看着还在颤抖发麻的手，眼皮又是一阵狂跳。纪之楠忍不住抬头望天，风雨过后的山间空气清新，天空一碧如洗，耳边鸟雀啁啾，分明是个难得的好天气，可纪之楠总觉得今天有事情要发生，且不是什么好事。

演职人员陆续到齐，拍摄进入倒计时，纪之楠还在回想梦中这个时候究竟发生过什么。

纪之楠只记得梦里《覆江山》剧组大约也在这个时间拍的外景，连绵的阴雨和空气中的湿意与前几天的情景重叠，然而那时候纪之楠的心思完全不在拍戏上，对这段记忆没什么印象，着实想不出有什么特别的事。

这边导演三言两语讲完戏，那边摄像机就绪，纪之楠努力按捺住心头的不安，强迫自己投入角色。一千多公里以外的首都，秦魏宇从成堆的文件中抬起头，透过办公室的落地窗往外望。

华晟大楼坐落在市中心黄金地段，总经理办公室位于顶层，秦魏宇走到窗边俯瞰脚下车水马龙的马路，拿起手机拨打纪之楠的电话。

“对不起，您拨打的电话暂时无法接通，请稍后再拨。”

毫无感情的机械女声从听筒里传出，他抿起嘴唇，眼中闪过一丝不易察觉的焦虑。中午休息时间，他又再打了一次，那边还是无法接通。昨天晚上纪之楠在电话里说今天会去远一点的平原上拍射箭戏，那边信号不好，可秦魏宇还是担心。他翻开日历仔细回想，梦中的这时候纪之楠在做什么。

每到这种时候，他都无比悔恨自己对小家伙的关心太少，留存在脑中、关于纪之楠的记忆只有零星的一点点，根本无法串联起来进行推算。

他正想着，有电话打进来，是父亲秦晟，问他回不回家吃饭。

自从上次秦家兄弟内讧之后，秦晟嘴上不说，行动上却明显更加器重小儿子，把秦氏集团几个龙头公司转到他名下由他负责，在生活上也表现出父亲对儿子应有的关心。

秦魏宇刚回国那会儿，其实秦晟还不太放心把他留在身边。这孩子之前都在乡下和他母亲生活，他母亲情况又特殊。那些年秦晟三不五时叫人往乡下送钱，自己却不愿意去看一眼。谁知后来变故横生，乡下的那女人去世了，当时还不叫秦魏宇的小儿子不顾亲舅舅反对，毅然决然地要来投靠父亲。

秦晟永远也忘不了，打开家门的一瞬间，那双黝黑冰冷的眸子凝望着自己，里面既没有期待，也没有怨恨，却莫名地让他遍体生寒。所以后来他听了夫人魏萱的话，不亲近这个儿子，由着他去国外自生自灭，让他进入集团，却不给他实权。

然而秦魏宇之后的变化，所有人都看在眼里。他对待工作踏实认真，从不因为不公平的待遇而有丝毫怨气，也不会像他大哥、二哥那样为家产明里暗里争得头破血流。魏萱有意无意地给他安排世家千金相亲，他也都委婉推托，表示有好的对象可先介绍给自己的两位兄长，他不急。

尤其是去年年底那场意外之后，秦魏宇主动提出愿与纪家联姻，说真心喜欢纪之楠。秦晟惊诧之余，想到手头正有一个项目与纪家合作，于是顺水推舟同意了这门婚事。

明明有更好、更添助力的结婚对象，他偏偏要选纪之楠，婚前亲自敲打细节，争取更丰厚的聘礼，足以见得他对纪之楠的在意，除了真心喜欢，秦晟想不出别的原因。

结婚后的秦魏宇变得更加成熟稳重，身上的锐气也褪去不少，将工作以外的精力都放在花式宠老婆上。这样不争不抢，专注于家庭的儿子，越发合秦晟的心意，让他觉得安心。

"今天家里阿姨做了排骨汤，我记得你小时候最爱喝这个。"秦晟摆出慈父状。

秦魏宇摩挲着日历边缘，在心里冷笑：小时候？小时候我可连父亲您长什么模样都不知道。

"好，这边还有一个小组会议，晚上我早点回去。"秦魏宇又把日历往后翻一页，正是今天，"下午该复诊了，要不要我带您去？"

"不用，司机和老刘都在，你不用担心。"

秦魏宇应下，心不在焉地陪着秦晟演了会儿父子情深，目光触及日历下面的小字，突然顿住，纪之楠遥远的声音从记忆中飘来，不期然地钻进耳朵——

"今天是不是不宜出行……走到医院门口摔了个跟头，在你父亲面前丢死人了。"

秦魏宇瞬间脸色铁青，匆匆挂掉电话，一边往外走一边拨电话。纪之楠的电话依旧无法接通，在山下驻扎的助理小吴的电话也打不通。

"帮我订一张去 H 市的机票，要最近的航班。"秦魏宇交代完办公室外的助理，便大步流星地走出公司，驱车前往机场。

路上他还在不停地拨打电话，可除了忙音，什么都听不见。

秦魏宇握着方向盘的手渐渐收紧，向来冷静自持的他，在这种情况下还是乱了方寸，指骨发白，手背上青筋凸出，血液在里面汩汩流动。

他才恍惚记起，梦中这个时候，纪之楠根本不在剧组拍戏，而是趁着阴雨天请了假回家来。

秦晟复诊是纪之楠主动提出陪着去的，路上纪之楠不小心摔了个跟头，晚上噘着嘴在他面前卖了回惨。而他那时候只想着华晟，没能拿下这个公司，心里烦得很，再加上纪之楠上赶着讨好他父亲的行为令他不齿，是故他看也没看那所谓的伤口一眼，随便敷衍几句，就把自己关进书房。

直到第二天，秦魏宇才从助理口中得知，就在父亲复诊的当天傍晚，《覆江山》拍摄地所在的山区发生地震，具体震级他已经记不清了，只记得是上头条热门和电视新闻的程度，公司上下的员工都在议论。

他当时并没有把这件事放在心上，晚上依旧在公司忙到很晚，回去时纪之楠已经睡下了，一直到再次回剧组，两人都没有就这个话题有过交流。

他每天要考虑的事情很多，这段小小的插曲很快被抛到脑后，随着时间的推移，几乎什么都没留下。现在他只觉得庆幸，幸好还能记起梦中纪之楠说过的那句意在撒娇的话。

他看了一眼时间，然后猛踩油门，不管不顾地往前超车。

好不容易找回来的宝贝，他再也不能弄丢了。

纪之楠放下弓箭，接过莉莉递过来的水杯，沁凉的水顺着喉管往下，但心头的躁意还是挥散不去。周围依旧平静，偶有微风拂过的响动，上午还在头顶叽叽喳喳叫唤的鸟儿已经不知飞去哪里，碧蓝的天空中除了薄薄的几片云，什么都没有。

纪之楠打开手机通讯录上下翻动，最后还是选择秦魏宇的电话号码拨出去，不料信号标识全灰，这个电话意料之中地打不出去。每当感到不安的时候，似乎只有那个声音能安抚自己，纪之楠无奈地叹了口气。

那边的秦魏宇刚下飞机，打开手机继续拨电话。他从机场赶往山脚下还要坐一个多小时的大巴，等到上山时恐怕接近傍晚。助理弄到剧组在山上的座机号，打是打通了，就是根本没人接听。

越是着急越不该慌乱，可他无法保持完全冷静。坐上大巴车后，助理那边汇报说已经打给山下护林队，他们答应上山去看看。

可秦魏宇仍旧不放心。

他有很重的疑心病，从小的不堪经历使他很难相信别人。他一遍又一遍地拨打纪之楠和剧组的电话，不打通誓不罢休。

来到陌生的山脚下，秦魏宇才发现所谓的护林队不过由几个中年男人组成，他们正围坐在小屋里打牌，根本没把刚才的电话当回事。

“我在这儿守了十六年，别说地震、火灾了，就连狂风暴雨都没怎么见过。那剧组都上去快俩月了，您放一万个心，到时候拍完了，全组人员一定齐齐整整地下来。”护林队队长叼着牙签说，眼睛从头到尾一直盯着手里的牌，头都没抬一下。

秦魏宇面色冷峻，幽深的瞳孔中寒意逼人，旁边一个资历浅的队员打了个寒噤，放下牌说：“要不……我跟您上山走一趟吧？”

“不用了。”秦魏宇自顾自拿起墙边的一套登山工具，沉声道，“我自己去。”

秦魏宇行至半山腰，天边忽然飘来层层乌云，顷刻间将漫天的红霞遮了个干净，紧接着几道闷雷声响起，眼看暴雨将至。秦魏宇加快脚步，在大雨将路面破坏前爬到山上。有灯光的地方是剧组驻扎区，透过窗户往里面看，住宿区一个人都没有。他在放置器材的小屋子里总算找到一个在躺椅上睡觉的老头，桌子上摆着电话，电话线被拔掉扔在地上。

秦魏宇摇醒老头，问他们去哪里拍戏了。老头不胜其烦，迷迷糊糊地指了个方向，秦魏宇二话不说便踩着泥水往那边跑。远远地看见前面平原上搭起的塑料雨棚里有亮光，秦魏宇心中一喜，刚要冲过去，脚下地面突然猛地晃了一下。

地震竟然来得这么早。

棚里的演职人员正因突如其来的雷雨无法继续拍摄，卸妆的卸妆，换衣服的换衣服，人多又挤，几乎没人注意到这古怪的动静。

纪之楠一整天都处在精神紧绷状态，跺了几下脚，问边上的郭昊：“哥，你有没有感觉到地面在摇？”

郭昊正在摘头套，大着嗓门说：“没有啊，可能是风太大了吧！”

说着就有一阵疾风吹来，塑料雨棚被吹得哗哗作响。纪之楠还是觉得不对劲，把身上的戏服外袍脱下。外面又是一个闷雷，伴随着一道使天地间亮如白昼的闪电，纪之楠猛然抬头，终于有一点零碎的有用信息涌入脑海。

“地震了，大家快出去！”纪之楠焦急喊道，周遭安静了一会儿，大部分人对望几眼，不以为意地嗤笑议论，然后继续忙自己的，只有少部分人面带疑惑地跟着纪之楠往外走。

走到门口，纪之楠想回头再提醒一遍，脚下一阵剧烈地起伏，眼前的画面晃了几晃，只听得一片惊呼，临时搭起的雨棚顷刻间塌了半边，里面的桌椅歪七倒八，化妆品、杯子、水果撒了一地，几个工作人员惊声尖叫，场面陷入混乱。

众人争先恐后往外跑，聚集在白天拍戏的平原上。外面风大雨大，方向都辨不清，导演拿着大喇叭让大家少安勿躁，平原上没有危险，帮忙把道具抬上车再走。

话音刚落，又是一阵堪称地动山摇的剧烈震动，持续时间达半分钟之久，狂风暴雨中甚至能清晰地听见远处山石滚落的碰撞声。人们歪七倒八地挤在一起，抱着脑袋用尖叫来驱散恐惧。

在这里的演职人员都从首都来，没人见过这样凶残的自然灾害，无论男人还是女人，都吓得面无血色。不知是哪个姑娘哭了，很快哭声四起。有人已经开始掏手机给家里打电话，奈何根本没有信号，伴随着狂风和大雨，气氛更加绝望、凄凉。

印象中这场地震并未造成人员伤亡，纪之楠狠狠咽了口唾沫，第一个站起来响应导演的号召，帮忙去抬摄像机和道具。这些东西要是没了，全剧组近两个月的努力就白费了。

经过刚才最剧烈的那一震，四周逐渐平静下来，偶有小幅的余震波动，已经激不起什么大风浪。不少男演员和工作人员加入搬东西的行列，郭昊去东边把车子开过来，大家有序地把物品往车上抬。

此时人群中一阵骚乱，有个姑娘拔高嗓门喊："我们家宁澜呢？"

出声的是宁澜这次新带来的助理。众人挨个传话，但一圈下来都没找到人。

"有人看见宁澜了吗？"导演拿着大喇叭问。

众人面面相觑，都没有。

纪之楠皱了皱眉，从刚才到现在，无数张面孔从眼前掠过，似乎确实没有看到宁澜。棚还没塌时，纪之楠曾在门口往里看，无意中瞧见宁澜在里面角落的位置站着，难道他到现在还没出来？

只想了几秒，纪之楠就把手上的三脚架扔给身边的工作人员，对着人群大声道："我知道他在哪里，我去找他。"

循着印象绕到已经坍塌的雨棚一角，地上只剩几根铁棍歪歪扭扭地杵着，纪之楠边掀塑料布边喊："宁澜，你在吗？宁澜！"

很快便有虚弱的声音从下面传来，纪之楠抹了一把脸上的雨水，手上加把劲，把厚重的塑料布挪开。宁澜果然在下面，他咬着嘴唇细细呻吟。纪之楠往他腿上看去，原来他刚才在混乱中被倒下的木桌压倒，所以没能跑出来。

纪之楠力气不大，一下子没能把那桌子挪开，站起来气沉丹田，深吸气时差点呛了一口水。宁澜惨白着一张脸道："你走吧，不需要你假好心。"

纪之楠没理会，弯下腰开始使力，憋着一口气往上抬桌子。那桌子里面不知道装了什么，沉得要命，纪之楠这个角度又不方便发力，力气耗尽，眼看桌子就要砸回去，一只手冷不丁从背后伸过来，托住纪之楠酸软的小臂，帮忙稳住了桌子。

"小星你让开，我来。"

稳重而冷静的声音在身后响起，纪之楠吊在嗓子眼的一口气才缓缓吐出来。秦魏宇另一只手抓住桌角猛一发力，将桌子掀翻，两人因为惯性往后仰倒，秦魏宇在后面护着纪之楠，站定后问："没事吧？"

纪之楠摇头道："没事。"

突然出现在眼前的人让纪之楠有种不真实的感觉。

秦魏宇此时形容狼狈，完全不复平时好整以暇的模样。纪之楠鬼使神差地抬起右手，帮他理了理贴在额上的乱发。他喘着粗气看着纪之楠，还放在纪之楠胳膊上的手往下移动，抓住满是泥水的手，轻轻捏了一下纪之楠的指尖。

那边的宁澜得救，支着伤腿从地上爬起来，刚走两步又摔倒在地。

纪之楠过去扶他，他挣扎着要推开，冷笑说："你以为我会感谢你吗，圣母纪老师？"

纪之楠一点都不生气，平淡道："别想太多，我只是答应了导演会把你带回去。"

宁澜看看纪之楠，又看看边上面无表情的秦魏宇，阴阳怪气一通冷笑，最后还是由着纪之楠架着他往人群聚集处走。

雨还在下，比刚才小了些，天已经完全黑了，路面湿滑泥泞，纪之楠和宁澜走在前面，秦魏宇在几步之遥的后面打着手电照着前方的路。从民房那边接过来的电线不知道什么时候断了，他们只能根据微弱的人声和手机发出的光寻找方向。

刚刚经历完梦中没有经历过的凶险一刻，纪之楠却并不觉得害怕。身后沉稳的脚步声让纪之楠十分安心，初夏的雨滴打在皮肤上，渗入毛孔，蔓延至五脏六腑，积压在心口缓缓流动。

纪之楠突然有很多话想对秦魏宇说，想问：你怎么知道我在这儿？你是怎么过来的？想问：你还梦见了多少？全部吗？还想问：你是不是真的喜欢我了？

经过剧组前几天搭起来的木制塔台时，纪之楠微微扭头去看身后保持着不远不近距离的高大男人，满腹冲撞、激荡着的想说的话，让纪之楠忽略了前方人群的呼喊声、突然往这里照过来的车前灯以及急促的鸣笛声。

黑暗中，秦魏宇的脸倏忽间被车灯照亮，纪之楠回头的时候他正抬头望天，下颚线拉成一个刚毅而优美的弧度。

接着眼前的画面天翻地覆，纪之楠被一股突如其来的大力推得向前扑倒，耳边几乎同时传来轰然巨响，比刚才山石滚落的动静震撼千万倍。

纪之楠把头抬起来，艰难地张了张嘴，快要绷断的心弦在胸腔里颤动不止，连带着耳朵里也响起尖锐的鸣叫声，身体里的全部力气像被抽空了，连扭头看一眼都无法做到。

秦魏宇不知道自己是不是又在做梦，说不定是快死了。他记得乡下的老人家说过，人在死前会看到这一生经历过的最重要的事情。时间的齿轮在塔台倒下的那一刻猛然停止，这会儿总算休息够了，像被上满发条的玩具，开始嘎吱嘎吱地缓慢倒转。

他看见了纪之楠，水光潋滟的眸子里映着他的轮廓。他看见一只软软的手举在面前，素色指环戴在细白的无名指上，月亮和星星交相辉映。

他看见藏在枕头底下的日记本，扉页上横七竖八地写满他的名字。那对从未使用过的钻石袖扣就别在枕头的边缘，金属托已经在长期的抚摸下失去原本的颜色。

他看见纪小星闭着眼睛躺在冰冷的手术台上，双目紧闭，皮肤泛着不自然的乌青。他抖着手摸了摸前一天晚上还对自己笑着的那张脸，可它早已没有了往日的柔软和温度。

他看见纪小星躲在角落里，以为没人发现，走出去半步又缩回去，像个受了委屈的小孩子，鼻头红红的，偷偷抹了一把眼角的泪，扭头消失在视野里。

……

或许是梦境太真实，那些被他深深铭刻在脑中的事情太多，越到前面时间的齿轮转得越快，画面在他眼前飞快掠过，一晃便停在十九岁那年的夏天。

窗外骄阳似火，蝉鸣阵阵，他抱着胳膊闭目养神，脑子却一刻也停不下来，又在构想已经构想了无数次的未来。

他会在一年内出国，五年内学成归来；他不需要一个很聪明的配偶，有些利用价值又能听他的话最好；他要在最短的时间内积累实力，把秦家牢牢捏在手心，让他们血债血偿。

假寐的少年睫毛轻颤，在不知不觉中咬紧牙关，捏紧双拳。灵敏的耳朵忽然捕捉到奇怪的响动，他睁开眼睛往门口望去，只见门被缓慢拉开一条细缝，一个毛茸茸的脑袋在门缝里摇来晃去，伴随着刻意压低的清朗笑声，让他不由得倍感烦躁。

他站起来大步走过去，拉开门，做贼似的小家伙只来得及倒吸一口气，就一头扎进他胸口。那时候的纪小星大约齐他肩膀高，他低头正好能看到纪小星白皙的后颈和修得整齐的短发边缘。

他刚要先发制人质问“你在干什么”，怀里的人抬起头，眼睛睁得大大的，像一只受到惊吓的小鹿。

他突然就张口结舌，一句话都说不出来了。后来，他把一切归因于那双眼睛太好看，而不认为是对方触动了他的心，也不认为他刚好中意这样干净纯粹的人。

自打懂事起，他看到的喜欢和爱都是有交换条件的。父亲曾经喜欢妈妈，是因为她够漂亮。妈妈说爱他，是因为想要他帮她报仇。连他青春期那点朦胧的小悸动，也不过是因为对方优秀且家世好，能跟他匹配，能被他利用。

他以为他的生命中只有筹码，没有爱。

所以迟钝如他，在后来的日子里一直没有意识到，那个偶然撞进他怀里，后来又始终追随着他的人，在屈指可数的几个春夏秋冬里，给他的生活带来唯一一抹色彩。

放映机的胶片行至终点，齿轮停转，光亮湮灭的最后一瞬，他的眼前依旧是那双通红的眼睛。

“骗子……你不是想看我哭吗？你倒是看啊！”

寒冬的夜晚，饭店外的角落里，醉酒的小家伙像只受伤的小兽，倔强中难掩脆弱。即便狼狈至此，那双眼里依旧盛满爱意，比天上的星星还要明亮。而他不懂得好好珍惜，让它们蒙上尘埃，让它们雾霭环绕，让它们伤心落泪。

秦魏宇努力抬起手，揩去将要落下的温热液体。

“傻瓜，谁说想看你哭了？”

他活了二十六年，才开始学着温柔地说话，学着怎样去爱一个人。

“我……我只想看你笑啊。”

# Chapter 10
# 摘一颗星星

住院的第四天，楼下的媒体记者和粉丝总算散去大半。

莉莉抱着早餐，鬼鬼祟祟地从楼梯间爬上二楼，再乘坐电梯到住院区楼层，进门先解开口罩喘气，道：“这大热天，我再这样跑几趟，可能要折寿。”

纪之楠合上手里的书，打趣道：“要不你也一起住院休养休养？这里条件挺好的。”

莉莉把头摇得像拨浪鼓，忙拒绝道：“不不不，誓死捍卫自由。”

一场中部山区的地震搅乱了大半个娱乐圈，《覆江山》被迫停拍，牵连演职人员无数，其中以受伤的纪之楠和宁澜为甚，两人的粉丝在网上闹了一波又一波，上了无数次热门话题，直到两人都发微博报了平安，事情才渐渐平息。

幸而两人都没受重伤，宁澜脚腕扭伤，纪之楠仅轻微擦伤，住院是因为大雨和伤口感染引起高烧，被送到医院的当天晚上已经意识不清，挂了一夜点滴才醒过来。

大约是许多年没有发过烧，一场病来势汹汹，纪之楠现在还浑身发软，没什么力气。莉莉走后，纪之楠手脚并用地爬下床，抱着早餐走楼梯上去，兜兜转转好半天，来到另一个病房。

秦魏宇安静地躺在床上，头和腿裹满纱布，若不是旁边嘀嘀作响的检测仪证明他还有心跳，他看起来与一个没有呼吸的人偶并无两样。

站在门口看了一会儿，纪之楠才走进去在床边坐下。

纪之楠拿出一个包子，说："喂，起来吃早饭了。"

床上的人没反应。

纪之楠咬了一大口，咕哝着说："肉包子哦……要不明天带三明治？你喜欢三明治的吧？"

主治医师进来查房，看见纪之楠时一点都不意外，到床边捏开秦魏宇的眼皮观察片刻，做完记录就要走。

纪之楠站起来拉住他，忙问："他为什么还不醒？"

主治医师道："手术很成功，可毕竟是大脑受创，再加上小腿骨裂，需要时间修复。耐心一点，很快就会醒了。"

相同的说辞已经连续听了三个早晨，纪之楠有点茫然，拽住医生又问："那……那我应该做点什么？"

医生很想说"你什么都不需要做，乖乖待着就好"，可瞧着纪之楠焦急、期待的神色，又于心不忍。听前台的护士说，躺在这里的人是为了救人才弄成这样的。

"可以跟他说说话。"医生想了想，道，"保不齐他听见你的声音，会早些醒过来。"

医生走后，纪之楠坐着发了好一会儿呆，做别的还好，对秦魏宇说话，还是单方面的，这难度实在有点大。

在秦魏宇面前，纪之楠向来没什么话讲，起初是因为暗恋他，害羞又要面子，后来是怕说错话让他瞧不起，再后来希望被消磨干净，更加无话可说。

纪之楠喝了几口水，搜肠刮肚纠结半天，舔舔嘴唇刚要开口，忽然有人前来探病：先是秦晟，询问了秦魏宇的状况，坐了十分钟便离开了；接着是魏萱、秦魏海和秦魏峰。这三人是秦魏宇住院以来第一次来看他，见人没醒，他们连装都懒得装，应付任务似的打个转就走。

纪之楠把他们扔下的花插在花瓶里，边整理边吐槽床上躺着的人："人缘真差，都没有朋友来看你的吗？啧，想想也是，天天板着张臭脸，除了我，也没人肯跟你说话了。”

纪之楠正说着，病房的门被轻轻叩响。纪之楠转头一看，门口站着一个打扮朴素的中年男人，拎着果篮，模样十分拘谨。看完病人，两人转移到门外的长椅上说话。

男人先自报家门：“我叫岳松，是小宇的舅舅。”

纪之楠闻言愣住了，自己和秦魏宇相识这么久，不只没见过，连听都没听过他亲生母亲那边还有什么亲戚，举办婚礼时也没见有“岳”姓的亲朋参与。

男人见纪之楠不说话，赧然道：“说起来惭愧，我这个做舅舅的，一直都没有好好照顾他。”

纪之楠有些无措，不太明白他为什么跟自己讲这些。

“他还没醒，不如……”

岳松道：“我就是趁没人来看看他。你是小楠吧？我就几句话，说完就走。”

他毕竟是长辈，纪之楠只好正襟危坐，听他继续说。

男人双手交握，有些紧张似的，酝酿半晌才说：“我对不住小宇。他妈妈，也就是我姐姐走之前让我好好照顾他，可我没有做到。”

纪之楠知道他说的“走”，是再也不会回来的那种。

“那时候他还不叫小宇，但性子跟现在一样好强，对认定的事情，倔得九头牛都拉不回来。”忆起过去，男人的目光飘远，整个人慢慢放松下来，“我第一次见到他是我读大三那年寒假，他已经七岁了，却完全不像个刚上一年级的孩子。我给他拿糖吃，他看看糖又看看我，然后一声不吭地走了，戒备心比谁都重。我跟他去家里，他放下书包就去烧水、洗衣服。那时候没有洗衣机，他小小一个人，站在木桶里踩被单和厚棉衣，边踩还边捧着书看，外面的一切声音都影响不到他。”

“那时候我还不知道，姐姐的病已经严重到药物无法控制的地步，更不知道，我上大学的钱、隔壁二叔盖房子的钱、三叔家儿子娶媳妇的钱，都是从这对母子身上剥削来的。”

纪之楠心里一紧，这些事自己从来没有听说过。

岳松自嘲地笑了笑，道：“是不是觉得不可思议？他现在的样子，确实很难和当时的落魄联系到一起。我姐姐当年为了减轻家里负担去城里打工，一去就是六年，回来的时候带着个三四岁的儿子，所有人都在背后指指点点。姐姐精神状态本来就不好，整日郁郁寡欢，等发现的时候已经晚了，她周围又没有别的人，只有一个儿子，发起疯来就跟小宇拼命，什么话都骂，抄起家伙就打。”

“这些我也是后来才听说的。大学四年我没有回过家，毕业之后就在城里找了工作，逢年过节才会回去。每次见到小宇，我都觉得他变得更沉默了。那时候我还以为他天性如此，不知道他遭受了些什么，他也不说，几年如一日地照顾他妈妈、上学，其他什么事都不放在眼里。”

岳松的表情显得很痛苦，哽咽道：“我一直以为……以为他很好。要不是姐姐……”他用双手狠狠搓了把脸，艰难地平复呼吸，“姐姐走得突然，我赶回去连尸骨都没见到。听隔壁阿姨说，姐姐临终前很安静，一点都不疯，到处找我，嘴里喊着‘帮我好好照顾他’。”

“小宇在灵堂跪了整整三天。我打听到那些年他过得不容易，已经做好打算要把他带在身边，可他不肯，说要去城里找他父亲。我不想他掉进‘狼窝’，把他锁在家里，谁知第二天屋里已经没了人影。他把窗户给撬了，晚上没有车，他走了几十里路去城里。等到我找上门的时候，他已经穿上干净漂亮的衣裳，成了秦家的小少爷。”

纪之楠的手指慢慢收紧，心口像被灌进冷风，止不住地颤抖。这故事听起来像天方夜谭，却和秦魏宇本人果决狠戾的行事作风完全对得上，这就是他会做出来的事。

“后来的事你应该都知道了，他读书，出国，回来之后跟你结婚……这些都是他自己写信告诉我的。你别看他性子冷，其实谁真心对他好过，哪怕只有一星半点，他都记在心里。”

“所以，就算他的母亲十几年间多数时候对他非打即骂，他还是记着她的养育之恩，记着她曾经的愿望，所以才一个人跑回秦家争抢一席之地，哪怕他根本不想这么做。”

“小时候是一帮大人逼他，现在是他逼自己。这孩子心事太重，又不愿对别人袒露。他啊，没过过一天的安宁日子。”

纪之楠没等到第二天，下午就叫莉莉买来三明治。

“金枪鱼的怎么样？我记得你上次吃的就是这种。”纪之楠打开包装，把三明治放在秦魏宇边上晃了一圈，“嗯，还挺香，我先替你尝尝？”

见床上的人毫无反应，纪之楠也没了兴致，坐在床边发呆，岳松说的话又冷不丁冒出来在脑袋里盘旋。

“他呀，也就待你不一样。你们结婚前，他写信给我，字里行间都透着股高兴。这些年我还是第一次见他这样，这也是他第一次有这个年纪的年轻人该有的样子。”

“他看起来成熟稳重，可这么些年来，几乎没有得到过关爱，也就不懂怎样回馈别人。如果他先前做了什么傻事，你不要跟他计较，给他些时间，好吗？”

纪之楠想起他们在影视城酒店里同住的那一晚，秦魏宇在自己耳边说：“再给我一点时间。”

身上的热度还没完全退下去，纪之楠病恹恹地把手上的三明治放到桌上，埋头趴在床边，脸颊贴着胳膊，看秦魏宇横在面前的手，修长的手指上有几道伤痕交错，不知是抬桌子的时候碰的，还是……

他身上的伤更多，纪之楠不敢往下想。

纪之楠摸了摸秦魏宇无名指上的戒指，在他的指尖轻轻吹了口气，眯起眼睛迷糊地想：你要是今天醒过来，我就答应你。

迷迷糊糊中，感觉手背覆上一层温热，纪之楠在喧闹声中醒来，抬头就对上秦魏宇深邃的眼眸。纪之楠眨眼好几下，直到眼眶泛酸，看见周围有医生和护士在忙碌，才敢确认他是真的醒了。

秦魏宇像在雨中那样捏了捏纪之楠的手，比之前的任何一次都要用力。

医生检查完毕准备离开，秦魏宇用另一只手摘掉氧气罩，虚弱地说：“你在发烧。”

原本低沉、悦耳的声音此时如同被砂石磨过般暗哑，纪之楠皱眉阻止他讲话，给他喂了几口水后，那边的护士已经把吊针准备好了。

纪之楠登时垮下脸，站起来想溜，却被秦魏宇抓着手不放。

“麻烦您轻一点，小楠怕疼。”秦魏宇对护士说。

小护士抿嘴偷笑。虽然这家私人医院保密性极高，但纪之楠还是觉得自己英明尽毁，怕打针这事要传出去，一定会哗啦啦“掉粉”。五分钟后，来照顾人却反被照顾的纪大明星躺在小护士贴心弄来的折叠床上挂吊针，眼睛盯着天花板出神。

折叠床紧挨着病床，两人的手握在一起就没放开过，秦魏宇旁若无人，纪之楠却害羞得不行。

纪之楠要真想挣开他的手也不是做不到，如今他的身体大不如前，躺在床上还不是任人宰割？可纪之楠不太想挣开，就当日行一善，给他牵一会儿吧。

纪之楠闭眼酝酿睡意。

“你害怕吗？”过了一会儿，旁边床上的家伙突然说话了，声音压得很低，仿佛在自言自语。

纪之楠没睁眼，正思考他这话是什么意思，又听他说：“我害怕……我快怕死了。”

眼珠在眼皮底下转了转，纪之楠有点紧张，又有点期待，想知道他接下来会说什么。

结果秦魏宇只是更加握紧了纪之楠的手。杨珂敲门进来时，看见的就是两个人肩并肩、头挨头躺在一起的一幕，都穿着病号服，像对落难鸳鸯。

纪之楠浅眠，听见声音就醒了，先把食指放在唇上“嘘”了一声。

秦魏宇刚恢复意识不久，需要静养，纪之楠小心翼翼把手抽出来，起身下床，示意杨珂去外面说话。杨珂印象中的纪之楠爱笑也爱哭，喜怒哀乐都摆在脸上，最意外的便是隔了这么多年再次相见，纪之楠面对自己时，表情竟然一丝变化也无。

纪之楠也没想到自己会如此平静，大概是现在有了更牵挂的人和事，其他东西就显得不那么重要了。

“前几天在S市演出，今天才回来。”杨珂先解释道。

纪之楠点头，主动说了秦魏宇的情况。杨珂又问纪之楠怎么样，边问边伸手拉纪之楠胳膊。纪之楠下意识往后躲，杨珂摸了个空，尴尬地把手收回去。

“我没事，他救了我，我留在这里是为了照顾他。”纪之楠垂眼道。

纪之楠的视线刚好落在杨珂的手上，惯弹钢琴的手修长玉嫩，指甲边缘修得干净整齐，跟从前一样。岁月几乎没有在这个女人身上留下痕迹，潇洒自由、不受束缚的人大抵都是这样，不会轻易老去。

这些年纪之楠无数次设想过，如果妈妈回来了，一定要问问她当年为什么要丢下自己，丢下也就罢了，为什么还要编一个谎言来欺骗自己。

小时候的纪之楠是不懂事，是爱哭爱闹，可也知道妈妈在那小小的四合院里有多不快乐，像一只被圈在笼子里的金丝雀。如果她当年坦白说“妈妈想过得开心”，纪之楠未必不会答应，自己那么爱她，怎么舍得看她不开心？

“我看过你演的电视剧，很棒。”杨珂说。

纪之楠笑了笑，不知道该怎样回应这番带着讨好意味的赞赏。

“以后有什么打算？”杨珂问。

纪之楠迷茫道：“打算？”

“嗯，继续演戏？我认识几个国内外知名导演，可以帮你牵线搭桥。还有，听说你不想跟他结婚，想离开他，如果是真的，我可以帮你。”

纪之楠抬头，惊疑地看她。

杨珂直接解答纪之楠的疑惑：“秦魏宇告诉我，你跟他结婚并非自愿，他还说……”

身后的病房里突然传来一阵凌乱的响动，纪之楠先是一愣，然后忙转身拉开门。只见刚还躺在床上睡觉的秦魏宇狼狈地跪坐在地上，上方挂着的药水瓶被拽得乱晃，床边桌上的东西全部散落在地上，玻璃杯摔得稀碎。

“你干什么？”纪之楠双目圆睁，上前去扶他，走近了才瞧见他把右手上的留置针都弄掉了，血正顺着手背淌进指缝，鲜红刺目，满地狼藉显然也是他粗暴的动作造成的。

整颗心提到嗓子眼，纪之楠慌乱责备道：“要喝水还是要方便，喊一声不就好了？我就在外面。”

秦魏宇的伤腿被压在下面，纪之楠察觉到他抖得厉害，以为他疼，急忙要按床头的呼叫铃，不料手刚抬起来，就被他抓住，不由分说地死死捏在手心。

他刚从黑暗、冰冷的噩梦中醒来，看见手里空空的，还以为老天在跟他开玩笑，又将他打回原形。

他真的怕极了。

纪之楠感觉手都快要被捏碎了，心想这位重伤患者哪来这么大的力气。

秦魏宇喘着粗气，眼眶通红，失了魂似的盯着纪之楠看，嘴里还在不断地念叨什么。

纪之楠凑过去听。

“小星别走，别走……小星别走……”他嘴里反反复复就这一句话。

这句话仿佛一记敲在冰山上的重锤，在之前长达数月的春暖花开中，终于抖落半山积雪，让人得以窥见被掩藏许久的真实样貌。纪之楠眼里似有一潭水在剧烈地翻涌，于是深吸一口气，将漫上来的泪意逼退回去。

好不容易放松表情，纪之楠有点想笑，幸好自己跟妈妈的对话没让他听见。

谁能想到，以一己之力向整个秦家宣战，看似无所不能，连死都不怕的这个家伙，居然会像个小孩子一样坐在地上，霸道又无助地抓着纪之楠不肯放手，只因为害怕纪之楠离开。

纪之楠收紧手指，反握住秦魏宇的手，心中暗想，自己又何尝不怕呢？

纪之楠将重伤患者安顿回床上，尴尬和沉默终于姗姗来迟。直到纪之楠慢吞吞挣开秦魏宇的手，秦魏宇才主动抬头，眼角还泛着尚未消散的水光。

纪之楠被他浓烈得化不开的眼神看得发慌，躲闪道："我去洗个手。"

秦魏宇顿了许久，才舍得放开手。纪之楠洗了一条干净的毛巾，回到床边给秦魏宇擦手背上的血污，边擦边问疼不疼。秦魏宇说不疼，纪之楠又说他嗓子不舒服先别开口讲话。

纪之楠擦完换一条新毛巾，用凉水浸湿了敷在秦魏宇手上。他的手连续挂了几天吊针，肿得厉害，再加上刚才的折腾，整个手背肿得像个紫馒头，看起来好不吓人。

"吃三明治吗？"纪之楠没话找话。

秦魏宇此时平静下来，缓缓摇头，纪之楠才想起他这会儿还只能进流食，抬手捂了一下自己的嘴，道："我不是故意的。"

秦魏宇点头，双眼微眯，似乎在笑。

到傍晚，秦魏宇的状态好了很多，纪之楠把他扶起来坐着，喂水、擦脸一顿忙活，刚歇下又要站起来去接水。他拽住纪之楠的手，忙道："你还病着，别乱跑。"

纪之楠自己摸摸额头，说："上午就不烧了，没事。"

秦魏宇没说话，拇指摩挲着纪之楠手上的细小伤口，是地震的时候磕在地上划伤的。

被他摸得手心冒汗，纪之楠礼尚往来，也关心一下秦魏宇的脑袋，担心道："头还疼吗？会不会留疤啊……"

秦魏宇这会儿已经摘了氧气罩，说："在头发里面，留疤也没事。"

纪之楠“哦”了一声，愣愣地点头。

其实纪之楠还是不太放心，毕竟脑袋上开一刀，谁知道里面零件还有没有在各司其职。

吃过晚饭，纪之楠去自己病房把放在床边的两本书拿着，回到秦魏宇的病房后，有意无意地指着上面的英文单词问秦魏宇。秦魏宇答得还算快，纪之楠得到答案就暗暗抱着手机百度，都没错，这才把操碎了的心粘回去一半。

英语核对完毕，纪之楠又翻出一份电子版的小学生数学试卷，说：“帮我看看这道数学题。”

秦魏宇看纪之楠一眼，问：“准备考研？”

在某艺术学院表演班挂名的纪之楠窘迫地挠头道：“不啊，马上要上真人秀，第一期就是去学校体验当老师。”

纪之楠口中的真人秀正是《爱的初挑战》第二季。这是一个立志于让镜头前光鲜亮丽的明星们体验民间生活，尝遍世间冷暖的节目。纪之楠昨天刚从夕夕那边得到消息，不出意外的话，第一期节目会把全部嘉宾拖到小学校园里去带孩子。

于是秦魏宇认真解题，拿着铅笔列式讲给纪之楠听，吐字清晰，条理清楚。纪之楠一面摇头感叹“哇，现在小学数学可真难”，一面把另外一半操碎了的心悄悄粘上。

这人没傻就好，没傻就好。

秦魏宇装作不知道这小家伙在试探他，等纪之楠拍着胸口坐下，他把枕边的书拿起来，故意倒拿着翻开。

纪之楠刚拿起一个大红苹果脆生生咬了一口，回头就看见秦魏宇倒拿着捧，还看得津津有味，吓得大惊失色，扳着秦魏宇的脑袋左瞅右瞅，差点打算把绷带拆开，看看医生是不是把哪根筋拿出来忘了塞回去。

秦魏宇没忍住，低笑出声，纪之楠这才知道自己被耍了，红着脸坐回去，扭头不想看他。

“我没事，别担心。”秦魏宇说。

纪之楠狠狠咬一口苹果，心想：我才不担心你，傻了拉倒。

第二天，社会各界人士陆续收到秦魏宇醒来的消息，访客来了好几拨，除了秦家的四个人，其他几乎都是公司的高层代表还有合作客户，鲜花堆得满屋都是。

纪之楠不想跟他们打照面，等上午人散了才过去。

秦魏宇一大早就被一堆人闹，闭目养神片刻才坐起来。纪之楠喂他喝粥，他问："昨天有人来过？"

纪之楠手里的勺子顿了顿，道："有啊，你父亲、母亲、哥哥，还有……杨女士。"

秦魏宇推开勺子，表示不吃了，问："还有呢？"

纪之楠把碗放下，小声说："还有你舅舅。"

秦魏宇点点头，沉默片刻后才继续问："他说什么了吗？"

纪之楠保持淡定道："没什么啊，就让我好好照顾你。"

这回秦魏宇没点头。

两人各自忙了会儿，秦魏宇拿着平板电脑看邮件，纪之楠刷微博。中午吃过饭，继续并排躺着午休。

刚闭上眼睛，秦魏宇忽然喊："小星。"

"啊？"纪之楠一惊，就忘了自己在装睡。

"是我配不上你。"

纪之楠被他这话弄得丈二和尚摸不着头脑。

秦魏宇接着道："不是每个乡下傻小子都能娶到这么漂亮的城里媳妇儿。"

纪之楠张着嘴巴发呆，血液在脑袋里转了好几个弯才大致弄明白他话里的意思。

什么"城里媳妇儿"？还"漂亮"？有这么形容一个当红偶像明星的吗？

秦魏宇也盯着天花板，假装没看见小家伙的脸已经红成猴屁股。他闭上眼睛，眼前浮现出那本在梦里出现过无数次的日记本。纪小星的字跟本人完全不一样，圆滚滚的，像一排排抱着肚子的小熊猫，但是笔画中的认真让人无法忽视。

日记本他翻过无数遍，里面每一个字、每一句话他都能倒背如流。

5月20日 晴有微风 心情→高兴＋沮丧＝just so so

今天他来家里，能把白衬衫穿这么帅的只有他了。我忍不住偷看好几眼，幸亏没被发现，越看越觉得他哪里都好。

纪小星，看看你自己，哪里配得上他！

别睡了、别吃了、别玩了，还不爬起来努力挣钱！

想着想着，秦魏宇脸上的笑意渐渐扩大，喜悦和温暖爬上心头，悄无声息地覆盖了他第一次看到这篇日记时的痛苦和悔恨。

“如果我真的傻了，怎么办？”

纪之楠脸上的热度还没退下去，又被问蒙了：“能怎么办？努力挣钱呗。”

“挣钱做什么？”

纪之楠脱口而出：“养你啊。”

差点被老婆养在家里的秦先生听了这话，一点都不觉得耻辱。

“我很好养，”他说，“让我待在你身边就行。”

纪之楠“嘁”了一声，心里嘀咕道：又抢我台词。

醒来第二天，秦魏宇就奋不顾身地投入无穷无尽的工作了，还让助理把笔记本电脑送过来，在病床上支起桌板，俨然把这里当第三个办公室，他的第二个办公室是家里的书房，来陪床的纪之楠反倒成了无事可做的闲散人员。

《覆江山》那边，导演决定剩下的镜头全部在棚里拍摄，经过地震这么一闹，再外出采景的话，可能会被粉丝们“撕吧撕吧剁了”。好在剩下的镜头不多，后期多花点工夫，穿插进去，应该不会影响整部电视剧的效果。

纪之楠的拍摄定在下周，大约三天时间，拍完刚好飞节目组录第一期真人秀。接下来有部电影，周茹那边正在接洽，是纪之楠很感兴趣的犯罪刑侦题材，导演也是国内外拿过奖的“大腕”。制片方那边发来试镜邀请时，纪之楠和周茹都有些不敢相信。

纪之楠甚至怀疑过这是不是杨珂给牵的线。不过导演在圈内口碑很好，出了名地铁面无私，既然需要公开试镜，就代表还是存在一定的公平性，这种时候如果为了所谓的尊严放弃如此珍贵的机会才是真的傻。

纪之楠看了会儿剧本，站起来扭脖子、伸懒腰。旁边的秦魏宇还在看邮件，亮着的屏幕把他的脸照得更加苍白。纪之楠劝他休息会儿，他头也不抬地说等一下。

可纪之楠等了好久，他还是没有休息。

纪之楠就有点郁闷，咕哝：“这么拼命干什么？不都说了我养你嘛……”

秦魏宇突然把头从电脑前抬起来，纪之楠被抓个现行，冷不丁打了个心虚的嗝。

秦魏宇唇角向上勾起，藏不住的笑意在眼中弥漫，他抬手拍拍纪之楠的背帮忙顺气，说："找了个城里媳妇儿更要努力，吃软饭要不得。"

纪之楠抱着手机躲到卫生间，心想开过颅的就是不一样，跟疏通了哪根神经似的，随随便便一句话都能让人脸红心跳。人还在马桶盖上坐着，手机里进来一条消息。

周茹：第二季的嘉宾名单，看一下。

纪之楠顿时有点紧张，周茹做事雷厉风行，从不拖泥带水，浪费时间，她把这名单发过来让自己审核，就代表其中一定有问题。

打开名单一看，纪之楠的太阳穴就开始疼起来。

——陆姌是我认识的那个吗？

周茹回复很快：不然呢？

接着她甩过来一条百度百科：陆姌，二十岁，新生代演员、歌手……

看着照片上那个仰着头、自信跋扈的娇俏人儿，纪之楠一个头两个大。这姑娘整天嚷嚷着进娱乐圈，最后被父母管着没进成，谁晓得不过半年没见，居然出道了。

现实中变化虽多，可有些事就跟冥冥中注定了似的，再躲再回避，还是会兜兜转转回到你面前。

纪之楠还对着陆姌的照片出神，周茹又发来消息：陆姌先撇开不谈，再怎么说也是你们家亲戚，你跟秦先生打个招呼，她就算没大没小也不至于干出什么自毁前程的事情来。你看看其他人。

纪之楠回过头把名单又扫一遍，除了陆姌和自己，还有三个人：

林伟凡——演技派，圈中大哥般的存在，纪之楠曾经和他合作过一次。

刘雨卿——这个不必多说，《覆江山》里演过沈彦安儿时好友的新生代演员，和纪之楠关系不错。

最后一个，隋懿……纪之楠皱眉思索这人是谁，但想不起来，只是好像在哪里听过这个名字，刚点开百度准备查询，周茹那边就把他的资料甩过来，隋懿，十九岁，男子偶像组合 AOW 队长。

纪之楠脑袋里嗡地炸开，顿觉头晕耳鸣，整个人都不好了，不过不好归不好，节目还是要上的。

据周茹说，名单之所以这么晚公布，是因为原本还有两个位置一个是纪之楠，还有一个另属他人，临公布时突然改换成了隋懿。那个被换掉的“小鲜肉”演员论知名度完全不输隋懿，可还是被干净利落地挤了下去。言下之意就是，姓隋的这小子背景不容小觑，换掉是绝对不可能的。

这一点不用周茹说，纪之楠都可以猜到。秦魏宇都碰不得的人，区区一个节目组哪有抗争到底的本事？

《爱的初挑战》第二季共八期，每期拍摄时间一到两天，这样算起来，其实纪之楠并没有太多和那人相处的机会，且到时候到处是摄像机，每个人后头都有跟拍摄像机，那么多双眼睛盯着，想必不会出什么事。

纪之楠劝服自己放一万个心，让周茹去签合同。

节目组那边效率很高，当天合同就出来了，第二天就官宣，将第二季嘉宾名单一次性公布。相比其他几家粉丝为自家偶像上卖座真人秀而举杯欢庆，纪之楠的粉丝这边可以说是画风清奇。

“我没看错吧？我楠疯了？”

“楠楠又上这个破节目，是不是有不得已的苦衷啊？”

“虽然我很想楠楠，很想在电视上看到楠楠，可是真心不希望楠楠再上这样不负责任的节目了。”

“小楠儿别去，姐姐保护你！”

诸如此类的评论在节目组微博下刷屏，很快引起别家粉丝的注意。五个嘉宾中只有纪之楠参与过上一季节目，很多人并不了解去年的落水事件，纷纷好奇询问。纪之楠的粉丝们孜孜不倦地给他们科普，弄得人心惶惶，最后他们都跑去自家偶像微博下面劝其赶紧推掉这个真人秀。

其中一条带“外面风大雨大，楠楠跟我回家”表情包的评论被顶到热门，纪之楠眼尖地刷到“ReachForAStar”先生在下面回复——附议。

纪之楠啃着苹果偷瞄坐在床上的秦魏宇，暗暗琢磨这个微博号到底是不是他本人在打理。

秦魏宇拿起桌板上的水喝了一口，忽然道：“第一期要拍几天？”

纪之楠一怔，答道：“大概两天一晚。”

秦魏宇点点头，没再说话。

晚上，节目组在微博上发了通稿，大体描述了第一季节目里某嘉宾遭遇意外的始末，表明节目组一定按正规流程拍摄，并保护好嘉宾人身安全的决心，有理有据，态度诚恳。

纪之楠转发这条微博，说“请大家相信节目组和我们，敬请期待 [ 心 ]”。

偶像都这么说了，粉丝们只能偃旗息鼓，齐刷刷地叮嘱要注意安全，同时表达期待。

自从那次直播秦魏宇自卸马甲，纪之楠就把他的微博设置为特别关注。这天晚上微博提醒显示他发了微博，纪之楠点进去偷窥，看见他转发了自己的微博，难得地写了一段文字：出于私心，我也不想你去参加，但是你的所有决定，我都支持。

纪之楠先前惴惴不安好几天，担心秦魏宇一旦知道这件事，会阻拦自己去参加录制，没想到他早就知道了。

纪之楠舒了口气，不仅放下了心里压着的大石头，而且对即将到来的节目录制也似乎没那么紧张了。第二天一早，纪之楠便收拾东西办理出院手续，下午开始《覆江山》最后几个镜头的拍摄，拍完便直接飞往 W 市参加真人秀，作为当红艺人的忙碌生活又将拉开序幕。

医生说秦魏宇虽然恢复很快，但是至少还要在医院住上半个月。秦晟亲自给他找来一个护工，护工寡言少语，干活利索，纪之楠考察两天，觉得还算靠谱。

纪之楠走的那天，秦魏宇拄着拐杖把纪之楠送到医院门口。

“莉莉去开车了，就送到这儿吧。”纪之楠转身道。

秦魏宇这几天吃好喝好，脸色总算不像刚做完手术时那样苍白。这里头至少有纪之楠八分功劳，要不是纪之楠换着花样往秦魏宇嘴里塞食物，秦魏宇这个工作狂忙起来，连饭都能忘了吃。

思及此，纪之楠叮嘱道：“多喝水，别忘了吃饭。水果放在那儿不是做摆设的，让护工洗干净削皮给你吃。”

秦魏宇点头应下，纪之楠按住他的脑袋，道：“小心点，能说话还是不要点头摇头，还想早出院吗？”

秦魏宇笑了笑，道：“嗯，想。”

见这家伙瘸了腿，站起来还是比自己高，纪之楠愤愤地收回手，哼道：“听医生的话，好好养伤，别想提前出院。”

老婆的话必须应，秦魏宇不大情愿地说：“好。”

三天后，《覆江山》棚内部分拍完，纪之楠马不停蹄地赶往节目组，中途连家都没顾上回，于是家里的阿姨天天来给纪之楠送可口饭菜，不用想也知道这是秦魏宇吩咐的。

纪之楠到W市的当天晚上，节目组邀请几位常驻嘉宾吃饭，意在让他们在拍摄前互相熟悉一下。五位嘉宾全部出席晚宴，纪之楠在饭桌上见到了隋懿。

其实这不是他们第一次见面。去年年底，纪之楠应邀参加某音乐盛典，给新人组合颁奖，从纪之楠手中接过奖杯的正是隋懿。当时纪之楠刚醒来不久，整日心神恍惚，压根没注意这个少年。

来之前，纪之楠也是做了功课的。AOW是去年新出道的男子组合，成员年龄普遍偏小，平均年龄只有十八岁。虽然国内乐坛式微，但是偶像市场热火朝天，更新换代速度快，几个小伙子年轻有朝气，且各有特色，吸引不少大姑娘、小姑娘趋之若鹜，不说跻身一二线，每个拎出来抵半个流量小生还是绰绰有余的。

隋懿不仅是队长，还是组合中人气最高的一个，也是唯一粉丝数破千万的成员，节目组妥协让他顶另一个“小鲜肉”演员也不完全是亏本买卖。

纪之楠和他坐在包厢的两个角落，隔着大圆桌遥遥相望，只粗略地扫了几眼，心想所谓人气还真是现实，归根结底还是因为他长得好。

隋懿剑眉星目，宽肩窄腰，浑身上下无论拆开看还是组合起来，都挑不出可供指摘之处，微微上挑的勾人眼角和身上的男子气概杂糅在一起却毫无违和感，堪称完美。难怪在演艺圈摸爬滚打多年的夕夕见到隋懿本人，都掩着嘴惊呼好一个帅哥，喊着要做他迷姐。

不过这人也仅止于好看，纪之楠并不想把过多的注意力放在他身上。上次宁澜事件，隋懿本人没有直接参与，可无论是误会还是别的原因，那事情实实在在地给纪之楠造成了困扰，没人会这么轻易放松戒备，解开心结。

酒过三巡，隋懿作为后辈新人，恭敬地站起来挨个敬酒。敬到纪之楠时，他说：“我看过您很多戏，演得真好。听说第一季节目有您参与，希望您不吝赐教，多多指点批评。”

他嘴上谦虚，脸上带着恭敬的笑容，纪之楠却察觉到他的笑意不达眼底，也有可能是外貌过于出众的原因，给人的疏离感极强。

当着这么多不知情者的面，纪之楠自然不会给人难堪，举杯道：“言重了，出门在外，靠的就是大家互相帮助。”

相比于隋懿的谦逊有礼，陆婻还是端着大小姐姿态，对谁都爱搭不理，只有在有人提到纪之楠，或者纪之楠向节目组负责人敬酒时，才冷冷地瞟一眼，不满和不屑都写在脸上。

除了两位当事人和夕夕，没人知道陆婻和纪之楠有什么过节，干脆都睁一只眼，闭一只眼，假装没看到，席间一派其乐融融。

纪之楠倒不怕陆婻在人前乱说话，既然秦魏宇放自己过来录节目，那就代表该打点的都打点妥当了，纪之楠笃定他不会让自己陷于危险的境地。

饭毕，纪之楠返回节目组下榻的酒店，刚进屋就收到郭昊发来的语音：“吃饭没？”

二人在同一个剧组培养出深厚的革命友谊。地震那次在远处按喇叭、打车灯的也是郭昊。秦魏宇当时满脸是血，已经昏迷，纪之楠乱了方寸，只知道抱着秦魏宇流眼泪，后来要不是他冒着危险连夜开车，带着伤员往山下闯，再拖下去，后果不堪设想。

自此，纪之楠打心眼里把他当成好朋友。

纪之楠语音回复：“嗯，刚吃完。”

“嘿嘿，听说你们明天就开始录节目啦？”郭昊这人话多，“说起来，你们俩什么时候的事儿？居然都不告诉我！你都有一个能为你出生入死的对象了，还瞒我瞒得死死的。”

纪之楠无言以对。

生死那一瞬间的反应是最真实的，自己的亲生父母都无法做到豁出命来保护自己，说是普通朋友，根本没人会信。

和郭昊聊完，纪之楠打开箱子拾掇行李。这次录制时间短，莉莉没有跟来，行李箱还是纪之楠从医院直接拖来的，中途动都没动过。

纪之楠把明天要穿的衣服拿出来，意外地在箱子角落里发现一个红彤彤的大苹果，用食品袋包着，外头贴了张字条，上书：Day 4。

纪之楠愣了半天，想起前几天拍内景时，阿姨每天来送饭时都会带一个苹果来，从 Day 1 到 Day 3，是以纪之楠一直以为苹果是有心的阿姨准备的。

在医院的几天，能碰自己行李箱的只有一个人，纪之楠不由得勾起嘴角。其实纪之楠并不是很喜欢吃苹果，在医院每天都吃一个，主要是因为在床上躺了好几天，肚子上贴了一层膘，所以吃苹果代餐减肥。

没想到那家伙居然以为自己是喜欢苹果才吃，真是傻得可以，纪之楠嗤笑一声，但还是把苹果拿出来吃了。

纪之楠边吃苹果边想：那 Day 5 怎么办？

次日，太阳还没露脸，节目组就将纪之楠从床上挖起来，进行晨间突袭。纪之楠在镜头前强撑笑脸洗漱完毕，上车后先被拐去做指压板过关游戏，赢得一盒生煎作为早餐，紧接着就被戴上眼罩，带往今天的拍摄场地。

所有人都知道今天在学校活动，但打开眼罩的一瞬间，还是都很配合地做出惊讶状。

演技派林伟凡感叹道："想当年我上小学的时候，别说操场了，整个学校就只有一个厕所，下课铃都是靠校长在门口吼。"

大家纷纷笑说看不出来呀，还以为他是零零后呢。

五名嘉宾做过自我介绍后，通过抽签被分成三组进行对战。由于嘉宾人数为单数，男主持人也加入队伍充数，最终确定的组合是林伟凡和陆婔、男主持人和刘雨卿、纪之楠和隋懿。

怕什么来什么，隋懿这小子脸上戴着面具，谁知道下面究竟藏着怎样一个人格。

前半段的游戏还好，大家在操场、教室的各个角落收集材料以获得通关钥匙。纪之楠和隋懿兵分两路，纪之楠负责室内。节目组还给他们准备了夏季校服换上，奔跑在空荡荡的校园里，初夏的风拂面而过，让纪之楠颇有一种回到青涩少年时期的错觉。纪之楠觉得这期节目播出去后，必然会给正在播放的青春剧带来正面效应，于是在玩游戏的过程中提了好几次剧名和自己饰演的肖扬。

而实际上，纪之楠满脑子都是那个夏天身穿白色短袖衬衫和黑色长裤的秦魏宇，想象着他捧着书坐在教室中、图书馆里、窗台上的模样。

好不容易拿到钥匙打开门，纪之楠知道重头戏来了。

房间里面二十多个孩子端端正正地坐着，等两位新老师来给他们上课。纪之楠原本以为他们要教的是文化课，语数外之类的，因此还临时抱佛脚，花了几天时间做完好几张小学生期末考试卷。

谁知教室前面摆着一架立式钢琴，小朋友们有的拿着铃鼓、沙锤，有的拿着口琴、三角铁，显然是准备上音乐课的阵仗。

纪之楠哪里会教音乐，对隋懿道："你不是歌手吗？你上，我给你打下手。"

隋懿一脸无奈地迎难而上。他有音乐基础，很快就摸清口琴的吹法，教孩子们吹《上学歌》，纪之楠则在一边指挥拿沙锤和三角铁的孩子打节奏，一节课有惊无险地过去了。

最后的表演拉票环节，他们在音乐教室里很巧地找出一把小提琴，隋懿表示他学过一点，可以试试。

纪之楠心知这是节目组刻意安排的，隋懿的百度百科资料里明明白白写着特长小提琴。纪之楠觉得自己在刚才的环节里抖的包袱够多了，隋懿情商高，综艺感不错，各种梗都接得住，这期节目他们这边剪出来的效果应该挺好，便准备功成身退，到边上围观。

隋懿给琴调完音，说："我需要一位钢琴伴奏。"

在场的各位面面相觑，好像在说：之前对台本的时候没有这一出啊？

"纪老师，可以帮我伴奏吗？"隋懿直接看向纪之楠。

拿着乐谱坐下来的时候，纪之楠只觉得紧张，没觉得什么不对劲。不过纪之楠很多年没有弹琴了，即便是简单的曲目，还是担心弹不好。

节目组放孩子们出去玩，给了纪之楠半个小时练习时间，等孩子们回来，继续拍摄，一首优美的《爱的致意》便在小提琴和钢琴的完美配合下，缓缓倾泻而出。

演奏完毕，掌声雷动，孩子们也竖起大拇指喊"真棒"。纪之楠第一次在公众面前露这一手，众人纷纷夸赞，纪之楠却客观地认为隋懿才更叫人惊讶，那音准和节奏，绝对不是随便学两年能达到的水平。

换衣服返回酒店时，纪之楠才后知后觉地想起，隋懿怎么知道自己会弹钢琴，自己的百度百科资料里可没写这个特长。

回去的车有三辆，隋懿在后面的车上。纪之楠先下车，心想要不等等他问个清楚，又觉得这不是什么大事，说不定是他道听途说来的呢。可明天还有半天拍摄，如果他还这样随性胡来，到时候无法控场怎么办？

纠结之下，纪之楠在酒店门口徘徊半天，结果隋懿没等来，等来一个阴阳怪气的小姑娘。

"哟，三嫂，听说您今天露了一手，可惜妹妹我没有看到。什么时候给咱们家里人表演表演啊？”

纪之楠熟悉陆娴的幼稚套路，没搭理她，按电梯准备上去。

陆娴便跟着纪之楠上电梯。白天的拍摄过程中她快气死了，除了早上集合，一整天都没能碰到纪之楠。她来之前得了家中父母的警告，说再不安分就别混娱乐圈了，他们本来就不想让她当演员，可她就是不甘心。既然秦魏宇喜欢演员，她就投其所好也当演员。秦、纪两家本就是利益联姻，秦魏宇和纪之楠的感情看起来并不好，再加上婚后聚少离多，她不信自己插不进去。

“喂，我三哥还没出院，你就跑出来接活儿，还有没有良心？”

她并不知道秦魏宇是为了救纪之楠受的伤，秦家没有声张此事，对外只说小儿子意外遭遇车祸。

纪之楠看着跳动的楼层数字，完全没有说话的意思。

“是不是知道三哥利用完你就会甩了你，所以在拼命挣钱？呵呵，也是，到时候一无所有，家里也靠不着，只能靠自己咯……”

纪之楠微微皱眉，差不多的话自己在梦中就听过，不过不是这个时候，场合也不一样。

“我看你啊，还不如早点知难而退，及时止损。”陆娴见纪之楠不说话，越发口不择言，“回去看看你们家的产业都到谁名下了。你爹跟你一样，也是个蠢的。”

纪之楠终于给了点反应，回头看了她一眼。

这番话对梦中的纪之楠无疑是一个巨大的打击，不过对于现在什么都经历过的纪之楠来说，威力就小了很多，但也不是完全没有。

“知道了，多谢提醒。”纪之楠道。

电梯门开了，纪之楠脚下生风，走得飞快。

陆娴不屈不挠地跟在后面，不死心的追问：“你知道？你知道还跟他在一起？”

陆娴本想好好刺激刺激纪之楠，没想到对方的反应如此平淡。陆娴惊诧不已，还以为自己得到的情报有误，不甘心地追问：“那你知道吗？我三哥根本不喜欢你这种徒有其表的明星，他喜欢的是……”

纪之楠突然停住脚步，陆娴跟着急刹车，一个踉跄，差点在楼道里绵软的地毯上摔倒。

“喂，你故意的？”陆娉叉着腰质问，“小心我去告诉姨妈和姨父，让他们都知道……”

她的话音戛然而止，因为秦魏宇正站在不远处的楼梯间门口，定定地往这边看。

纪之楠进屋先把空调打开，接着去烧热水，然后打电话给前台要干净毛巾。放下电话，纪之楠发现秦魏宇还寸步不离地跟着自己，他的视线一刻也没从自己身上移开。

纪之楠心里还乱着，不太想面对他，站起来边铺床边问：“怎么提前出院了？”

“来看你。”秦魏宇道。

他绕到床的另一边帮忙，走路的时候左腿还有点跛。

“你坐着吧，伤还没好就到处乱跑。”纪之楠语带责备。

秦魏宇听话坐下，纪之楠铺好床就往卫生间去，他又站起来跟在后面。

“干吗？”纪之楠回头问，“要方便吗？你先。”

秦魏宇绷着脸，摇摇头。

纪之楠打开抽拉门要进去，秦魏宇就跟着往里面挤，一副怕人在他面前跑掉的样子。纪之楠无语道：“我不会跳进马桶消失的。”

秦魏宇这才松开按住门框的手。

洗完澡出来，纪之楠首先看见贴着“Day 5”字条的大红苹果放在桌上，人工运输，新鲜直达。

纪之楠想了想，还是拿起苹果啃了一口，边吃边问：“要不要洗澡？”

等秦魏宇一步三回头地进去了，纪之楠突然想到什么，找了个浴帽，推开卫生间的门，道：“哎，把这个戴上，别让伤口……”

谁知里头的秦魏宇如此动作迅速，已经把上身的衣服脱了个干净，肩背毫无遮挡地展现在纪之楠眼前。纪之楠一慌，扔下东西就要跑，未料胳膊被秦魏宇一把抓住。

“帮我擦擦好吗？医生说伤口不能碰水。”

他的伤是为自己受的，纪之楠哪能不答应。

纪之楠站在秦魏宇身后踮起脚给他戴浴帽，他察觉到纪之楠不方便，稍稍屈腿配合。

纪之楠细心地将他鬓角的头发都收进浴帽。后脑勺因为开刀剃掉了一部分头发，秦魏宇干脆剃了个寸头，只有一厘米不到的发根立在脑袋上，像刺猬似的，纪之楠手指的每每刮蹭到，都觉得触感奇特。

秦魏宇有些不好意思，侧头问："很难看吗？"

纪之楠摇头道："不难看。"

刚才在房间外面，纪之楠一眼就看到秦魏宇换了发型。从前他总是把头发梳到脑后，显得严肃、庄重，如今这几乎起不到修饰作用的发型，更凸显他额头饱满、五官深邃，刻板的感觉消失了，平添不少青春气息。

此时他侧着脸，高挺的鼻梁投下一片阴影，头顶的暖光灯将他的眉眼刻画得无比温柔。

纪之楠几乎立刻就脸上发热，伸出食指按住秦魏宇的脸颊，吩咐道："不准转过来。"

秦魏宇不明所以，但还是乖乖地转了回去。他的小腿上还扎着绷带，勉强只能擦擦上身，纪之楠便尽职尽责地给他细细擦了两遍。洗漱完后，纪之楠倒了热水，监督他吃了药，才把人安顿到床上。

纪之楠还在纠结两人是不是应该分开住，万一自己睡觉不老实，压着秦魏宇的腿怎么办？

于是纪之楠犹豫道："以前家里的阿姨老说我是踹被小霸王，一晚上得看好几次。"

和"小霸王"多次同住的秦先生思索片刻，而后道："确实是这样的，根本按不住。"

"按"这个字眼让纪之楠脑海中出现了诡异的画面，于是纪之楠抱起枕头就要下床道："那我睡地上。"脚还没沾地，纪之楠整个人就被抱起来，一阵天旋地转后掉到床上。

纪之楠心想：这个人的腿伤什么的不会是装出来的吧？

不一会儿，耳边传来均匀的呼吸声，纪之楠猜秦魏宇应该睡着了，便慢吞吞地翻身，侧过来看他在黑暗中的睡颜。夜深人静时分，是纪之楠神经细胞最活跃的时候，被强行压下去的念头如同鬼魅般扭着腰升腾起来，在脑中层层叠叠缠绕。

"是不是知道三哥利用完你就会甩了你，所以在拼命挣钱？"

“你知道？你知道还跟他在一起？”

“我三哥根本不喜欢你这种徒有其表的明星，他喜欢的是……”

陆姌尖锐的嗓音挥之不去，与梦中的声音交织在一起，猎猎的风穿越时空而来，在纪之楠耳边呼啸，时隔许久的震惊和绝望的滋味像冬天凉意刺骨的河水，触碰到的瞬间便浸湿全身。

纪之楠以为自己已经可以不去管梦境之中发生的一切，像从前那样脑中装着过滤网，来回筛几遍，只留下愉快的那些就够了。然而回忆不会按照你的意愿行动，你不知道它会在什么时候突然冒出来，给你迎头一棒，提醒着你，陷得越深，就跌得越重。

清晨，秦魏宇看见缩在自己胸口，紧紧抱着自己胳膊不放的小家伙，一颗心又软又暖，便抬起另一只手，摸了摸纪之楠细软的头发。

纪之楠很快便醒了，做了一晚上七零八碎的噩梦，精神有些不佳。秦魏宇注意到纪之楠脸色发白，额头上还有细汗，紧张地问：“怎么了？”

纪之楠抿着唇摇头，见秦魏宇还是不动，推他肩膀，道：“你要抽烟吗？这层是无烟区，抽烟去楼下。”

秦魏宇深深地看着纪之楠，一字一句道：“我戒烟了，跟你说过的。”

纪之楠愣住了。

秦魏宇又说：“你不相信我。”

这话听起来是陈述句，却莫名带了些质问的意味。

纪之楠无言以对。不说话即默认，秦魏宇的眸色在倏忽间变深，里面像在酝酿一场风暴。

“你宁愿信她，也不愿意信我。”

这句话更是夹杂着呼之欲出的难过和委屈。

纪之楠有点害怕，又有点心疼，想摸摸秦魏宇的脸，可偏偏自己说不出“不是”。

纪之楠承认自己还喜欢着眼前这个人，自己的心脏只为他“怦怦”跳动，可那个真实的梦境沉甸甸地压在心头，“信任”这两个字横在中间，太过沉重，自己扛不起。

两人就这样僵持着，秦魏宇似想到了什么，眼中的风暴渐渐平息，接着胳膊一松，无力地趴在纪之楠身上，脑袋埋在纪之楠肩头，像只大型动物一样轻轻蹭纪之楠的侧脸。

“对不起，都怪我。”他闷闷地说，“你现在可以相信我……真的。”

即便回忆沉重不堪，人也要继续往前走。

上午还有半天拍摄，吃过早饭，纪之楠让秦魏宇先回去。

“今天的行程有粉丝知道，她们可能会组织送机，我们还是分开回去比较好。”

秦魏宇同意，收拾好不多的行李，打开门就要出去。

“等一下。”纪之楠喊住他。

秦魏宇回头，一顶帽子扣在他的头上，纪之楠帮他戴端正，道：“夏天伤口也不能吹风。”

秦魏宇看不到帽子长什么样，但直觉告诉他老婆挑的一定不会难看。他扶了扶帽檐，说：“好。”

“镯子，我是说你妈妈给我的金镯子，”纪之楠摸摸鼻子，别扭地说，“我放在衣柜里，套在白猫的手腕上，你如果回家的话，把它拿出来，梅雨天不知道会不会受潮……”

秦魏宇脸上露出今天的第一个笑容，道：“放心，你的东西，一定替你保管好。”

《爱的初挑战》第二季第一期最后半天拍摄完毕，纪之楠的微博话题里一片沸腾，除了有人分享偶像现场美照，还有一小撮人在讨论今天在现场目击到的男粉丝哥哥。

“男粉丝哥哥超帅，姐妹们，真的超帅啊！身高得有一米八五以上吧，那身材真是绝了！”

“口说无凭，有没有照片？”

“［图片］偷拍的，只有侧脸，待会儿删。”

“已保存！”

“让我好好欣赏下，寸头是多么考验颜值的发型啊。”

“这么一看，还真不错。他真是我楠的粉丝吗？”

“是粉丝。我在现场，他主动问后援会要手幅，举了全程，脸上那宠溺的笑啊……”

“等下，宠溺？”

“嗯，别的嘉宾出来的时候他板着脸，只有我们楠楠出来他才舍得笑，那叫一个春风拂面！”

“真没想到有生之年会看到活的男粉丝，还这么帅，此生圆满……”

当然也有不同的声音。

“总觉得有猫腻，不会是什么十八线‘网红’想蹭热度吧？”

“不好说。最后后援会组织大合照，让他一起来，他说要赶飞机先走了。”

“你们都没注意他戴的帽子吗？前几天楠楠飞 W 市的时候戴的同款！”

“是同款不同色，楠楠戴的白色，他戴的黑色。”

“呃，故意跟我们大宝贝戴情侣帽？”

“哼，心机 boy！”

忙了一上午把节目录完的纪之楠并不知道粉丝们在讨论啥，在候机室闲来无事，点开“特别关注”瞅一瞅。

十五分钟前，“心机 boy”秦魏宇发了一条定位在首都机场的微博——等你回家，等你信我。配图是写着“Day 6”的一只大苹果。

回到首都，纪之楠回家后放完行李，就马不停蹄地赶往试镜场地。

犯罪刑侦题材电影《夜奏》主角试镜统一安排在今天下午，纪之楠也是昨天才接到通知。

纪之楠想挑战的是心理畸形的犯罪者。这个角色除了年龄跟纪之楠差不多，其他毫无共同之处，但明眼人都知道这个角色会出彩，是故纪之楠想试一试。

梦中是有这么一部电影的，当时试镜与纪之楠无缘，等到上映时，纪之楠已经走到事业低谷，接不到什么工作，几乎淡出娱乐圈了，所以连导演是谁、主演是谁都不知道。

纪之楠边下电梯边摘口罩，莉莉在后面跟着，絮絮叨叨地讲今天大半个娱乐圈的适龄演员都来了。拐个弯，看到走廊的椅子上坐满人，墙角边也站着好几个，眼熟的、眼生的都有，纪之楠才相信莉莉这回没夸张。纪之楠不喜交际，只知道闷头拍戏，在世外桃源待久了，还真不知道同龄演员有如此庞大的数量。

纪之楠走过去跟几个认识的圈内人打招呼，然后找了个角落看剧本。

过了一会儿，秦魏宇发来消息：几点结束？我去接你。

纪之楠回复：不确定。别过来，我自己回去。

消息刚发出去，有个人影挡住面前的光，纪之楠抬头一看，居然是隋懿。

上午刚录完节目，纪之楠为了避免跟他碰面，拒绝了夕夕姐和编导共进午餐的邀请，推说家里有事，午饭都没吃就赶飞机走了，谁知道没隔几个小时又在这里碰上他。

“纪老师，这么巧。”隋懿先打招呼。

他笑起来很阳光，毕竟年龄摆在那儿，青春逼人。纪之楠当即就在想，他这一脸正气的模样来试镜杀人犯？

两人不咸不淡地聊了几句，隋懿对自己的气质很有自知之明，道：“其实我知道自己不太适合这个角色，但经纪人姐姐非要我来试试，说实在不行还有警察做备选。”

他口中的角色也是主演之一。

纪之楠嘴上说重在参与，心里想的却是：可别了吧，老天保佑警察弟弟的角色也别选你。纪之楠对隋懿的第一印象彻底被固定在那两个晚上与宁澜的对话中了，着实没办法把他视作什么良善之辈。

隋懿貌似浑然不觉纪之楠对他的疏远与抵触，继续找话题跟纪之楠闲聊：“纪老师不是第一次拍电影吧？我记得您的出道作品就是电影。”

周围都是人，纪之楠不好甩脸走人，只好敷衍回答：“嗯，这部电影能不能选上我还不一定。”

“主演的性格跟你本人确实相差甚远。”隋懿若有所思道。

这话听得纪之楠不太舒服，好似他很了解自己似的。纪之楠垂眼看剧本，道：“演员的职责就是诠释好与自己截然不同的角色。”

隋懿笑了笑，道：“您说得对。”

熬了十多分钟，莉莉终于过来喊人，纪之楠如蒙大赦，合上剧本就要走。

“纪老师，之前的事，我替宁澜向你道歉。”隋懿在纪之楠身后说，“还有上次地震，谢谢你救了他。”

纪之楠捏了捏手上的剧本，回头道：“没事，无论是谁，我都会去救的，再说救他命的不是我。”想了想，沉着气又说，“我这个人怕麻烦，不希望再发生类似的事，还请你和身边的人注意言行。”

试镜还算顺利，纪之楠的目标只有主演，不像其他演员，为了参与这部电影，每个角色都做了准备，而眉毛、胡子一把抓的结果就是对角色理解得不够透彻。

纪之楠进门就表明来意，导演选了一段戏示意开始。纪之楠抬手弄乱头发，站在墙角背光的阴影里低着头，只露出一只目光狡黠的眼睛。

回去时纪之楠走得很急，没再遇到隋懿。纪之楠站在空旷无人的后门等莉莉，却见一辆黑色轿车在跟前停下。

秦魏宇从车上下来开车门时，纪之楠还是愣的，眨眨眼睛问：“莉莉呢？”

秦魏宇看着纪之楠呆萌的样子，勾起唇角，抬手揉了揉纪之楠乱七八糟的头发，说：“在停车场遇到她了，我让她先回去了。”

坐上车，纪之楠先给周茹发条信息汇报试镜情况，然后盯着窗外看霓虹灯闪烁的夜景。

纪之楠是个很恋家的人，偏偏选了一个天南地北到处跑的职业。纪之楠想起刚入娱乐圈的时候，只要没戏拍，一个人能在家里待上好几天，从天亮到天黑，也不觉得寂寞。其实，要不是把什么人放在心上，盼着他回来陪自己，谁会生出寂寞的感觉呢？就像现在，身边坐着人，纪之楠就不想再回到那辆自己独占一排座位的保姆车了。

晚饭是火锅，两人到家时，阿姨已经把食材准备好，锅烧开了就能吃。大夏天开着空调吃火锅别有一番滋味，纪之楠原本打算今天开始新一轮节食瘦身，可面对一桌子自己喜欢的菜和麻辣鲜香的酱料，再加上一个默不作声，只顾往自己碗里夹菜的人，纪之楠痛苦地决定再放纵一回。

吃完饭，纪之楠上楼去洗澡，因为明天要早起，周茹给接了个杂志拍摄的活儿。

纪之楠洗完澡出来，秦魏宇就端着牛奶进屋，叮嘱道：“喝了早点休息。”

纪之楠拿起杯子往嘴边送，秦魏宇眼明手快地拦住纪之楠，忙道：“还烫着，慢点。”

于是纪之楠捧着杯子小心地吹气散热。秦魏宇站起来打开柜子，从抽屉里拿了什么东西出来，放到纪之楠面前。

一开始，纪之楠没当回事，瞅了几眼，然后吹着吹着就停下了。

“这些都是你的东西，收好。”秦魏宇说。

最上面是放镯子的首饰盒，下面是打开的一堆合同，每份合同上面的所有人一栏都写着“纪之楠”三个字。

“我们现在拥有的全部，都转到你名下了。”

纪之楠愣了愣，问：“不是共同财产吗？”

秦魏宇挨着纪之楠坐下，道：“都是婚前办的转让手续，包括这幢房子。”

本国婚姻法规定，婚前财产均属于个人，结婚后不与伴侣共有。

纪之楠不愿伸手去接，偏头看他，疑惑道：“给我这些做什么？我又不会管理公司。”

秦魏宇道：“我来管，你负责收钱就行。”

纪之楠别开目光，视线不知该往哪里落，停了半晌，然后说：“那如果现在，我要跟你离婚的话……”

秦魏宇还看着纪之楠，眼中像蕴藏着一汪幽深的湖水，轻声道：“如果你跟我离婚，这些都属于你，我将会一无所有。”

“我说过，我的都是你的，我说话算数，你可以相信我。”

纪之楠缓缓吸了口气再呼出来，面前这份东西可能是再次锁住自己的枷锁，成为自己离不开、放不下的牵绊，可是此时气氛太好，牛奶的甜香在鼻间萦绕，连空气都是暖的。

纪之楠伸手拿起那些东西，说：“那我先替你保管。”

两天后，周茹通知纪之楠去签《夜奏》的合同，主演，半个月后进组。纪之楠把演员表扫了一遍，没有不该出现的人。

秦魏宇买了蛋糕庆祝，纪之楠减肥的时间所剩无多，忍痛只吃了一小块，吃完在院子里边数数边溜达，走了一百圈，才敢坐下。

秦魏宇晚上回来听阿姨说了这事，就撸起袖子把院子里的花花草草挪开，整理出一条适合散步的小道，把星星灯也往路边移了移。

纪之楠在屋里捧着剧本研究，透过窗户看着他忙活，郁闷地想：我看起来是那种在自家院子里都会迷路的人吗？

签合同那天，秦魏宇要陪着纪之楠去，却被纪之楠以“好好管公司，年底我要看效益”为由拒绝。这几天他们整日出双入对，回纪家时，连奶奶都看出他们的关系越来越融洽，遂笑得合不拢嘴，给纪之楠塞了一口袋糖。

周茹旁敲侧击纪之楠好几回了，让他们收敛一点，说那些明星在微博上暗暗秀恩爱那套千万不能学，保不齐哪天被扒出来，这些就都成了罪证，等拿到大奖，稳坐实力派，再公开也不迟。

哪想纪之楠一蹦三尺高，嘴上喊着“谁秀恩爱了”，心里却不由得开始盘算，如果他们真的公开了，粉丝们会是什么反应。

纪之楠出道时年纪小，因着长相，十分讨喜，只是每当有粉丝在微博下面喊话，那里立刻就会被“楠楠到姐姐怀里来”“小楠楠太可爱了，亲亲亲”“多吃点啊，瞧我宝宝瘦得”之类充满母性光辉的评论覆盖。要是搁别的明星身上，这见怪不怪，到了纪之楠这里就是稀罕事了。秦魏宇微博下面一堆顶着纪之楠头像的粉丝来“观光”，留下一串热情评论。

“小哥哥，你也觉得我们楠楠超好看，对不对？”

“哥哥你身材这么好，不如去做楠楠的保镖吧！”

“小哥哥千万不要脱离队伍，要和我们一起守护楠楠！”

“小哥哥有空发张自拍啊，我们给你点赞！”

“我们楠楠看到这么帅的男粉丝一定会脸红，想想就刺激，嘿嘿！”

纪之楠边翻评论边吐槽，这说的都是什么话啊，回头一看，好家伙，上个星期还只有几个系统赠送粉丝的小号，如今已经有一万多粉丝了。

如果秦魏宇不是长得这么好看，这粉丝数起码少八成。

纪之楠顿时就不太高兴了，可又说不上来自己为什么不高兴。这感觉如鲠在喉，让纪之楠食不下咽，苹果吃到一半就丢下了。秦魏宇洗完澡出来，想也没想就把纪之楠扔在桌上的半个苹果拿起来吃。纪之楠看着看着，脸就红了，觉得这画面还真挺刺激的。

“喂。”纪之楠躺在床上用脚尖踢踢吃苹果的人，“冰箱里多着呢，干吗吃我剩下的？”

秦魏宇一本正经道：“在我老家，老公吃老婆的剩饭是传统习俗。”

虽然这话没什么可信度，但是纪之楠心里的乌云还是迅速散得一干二净。

纪之楠把脸埋进枕头里，心道：行吧行吧，反正我的粉丝多，分你几个好了。

《夜奏》开机前，纪之楠成功减重八斤，还录了两期《爱的初挑战》，一期在北方城市，一期在南方海边，每期都是不同的主题。这档节目算是边录边播，电视台那边通知下周开始在周六晚上黄金档放送，每周一期。

第一期十分钟超长预告已经在各大视频网站放出，五个嘉宾都有两三分钟镜头。分组活动中，纪之楠和隋懿的部分被剪进预告片中的尤其多，二人的合奏也作为噱头在预告中占了半分钟，据说两家的粉丝看完都疯了。

纪之楠是在第一期节目播出后才从莉莉口中得知，自己和隋懿居然成了一对热门组合。现在的节目为了吸引眼球，刻意配对已经成了惯用手段，暧昧的背景音乐配上引人遐想的文字，纪之楠把自己抽离出来，从客观的角度看，都不得不承认那画面确实有粉红泡泡在往外冒。

纪之楠心情复杂地关掉视频，退出微博前扫了一眼私信，发现宁澜给自己发了个链接。

自打地震之后，两人私下和明面上都没有再联系过。纪之楠身正不怕影子斜，大大方方点进私信一看：懿楠组合粉丝制作视频——《绝配》。

纪之楠满脸黑线，想说点什么，又不敢在私信里直接回复，生怕宁澜截图做文章，思来想去，点出了从未联系过的隋懿的号码。

编辑短信的过程中，秦魏宇的电话进来，纪之楠手抖按了挂断键也不慌，等到发完信息，秦魏宇的电话又来了。

《夜奏》的第一个拍摄地点在市郊的城乡接合部，虽说离市中心不到两小时路程，可导演要求严格，禁止演员在拍摄期间离开场地到处乱跑，周围人多嘴杂，探班也不方便，所以从纪之楠进组以来，两人有一周多没见面了。

“在干吗？为什么挂电话？”秦魏宇问。

纪之楠答：“发短信呢。”

“给谁发？”

“隋懿。”

纪之楠说完才觉得不妥，自己这阵子在秦魏宇面前太放松了，加之这本来就没什么可遮掩的，所以想到哪儿就说到哪儿。

结果秦魏宇那头半晌没动静。

“那个，我找他其实是想……”纪之楠的舌头迷之打结。

“我看了你们的节目。”秦魏宇转换话题道。

纪之楠顺着台阶下，问道：“哦，好看吗？”

“嗯，你弹得很棒，他拉得也不错。”秦魏宇声音平淡，听不出情绪，“你们俩很配。”

纪之楠：“……”今天是怎么了，一个两个的都来给我和隋懿拉郎配？

纪之楠还没想好要说什么，秦魏宇又说：“我什么都不会，配不上你。”

纪之楠被他这话噎住半天，随即试探着问："你……喝酒了？"

秦魏宇是那种喝多了让人瞧不出与平时有什么不同的人，但也仅止于不开口说话，尤其是在熟悉的人面前。纪之楠记得秦魏宇在住院时也说过"配不上你"之类的话，当时还以为他在说笑，现在听来，里头还是有几分真意。

这个突然察觉到的信息不免让人震惊。纪之楠眼中的秦魏宇从来不会说"我不行""做不到"。他是行动派，做的比说的多，凭着先天的聪明和后天的谨慎，几乎从未遭遇过失败，纪之楠一直以为他面对任何事都是信心十足的。

秦魏宇既没否认也没承认，慢吞吞地说："我曾想过，如果到最后你都不原谅我，不接受我，我该怎么办。"

纪之楠现在可以确定他是喝多了，平日里的秦魏宇哪会说这样不着边际的话？

纪之楠想笑，又怕电话那头的人生气，干脆顺着他问："怎么办啊？"

秦魏宇低低的喘息声像羽毛一样轻轻挠着纪之楠心口的痒痒肉，他说："我就做你一辈子的哥哥，保护你，对你好，你要什么，我就给什么。"

听了这话，纪之楠的目光动了动，久远的青涩回忆纷至沓来。

秦魏宇出国的那几年，纪之楠曾经偷偷给他写过情书。少年情怀总是诗，纪之楠把泰戈尔的诗句工工整整地摘抄下来，然后咬着笔纠结，最后添上一行小小的字：我可以喊你哥哥吗？

那时候的纪之楠自卑、懦弱，从不敢奢望能跟秦魏宇在一起，叫一声"哥哥"，已然是数年的暗恋中最大胆的举动了。

那封信自然没有送出去，被夹进日记本，变成一个被深埋的秘密。

如今秘密被挖出来，纪之楠并不觉得难堪，只觉得心跳得很快。纪之楠问："那你……还想做我的哥哥吗？"

"想。"秦魏宇不假思索道，"想做你的哥哥，也想做你的老公。你知道，我很贪心，什么都想要。"

纪之楠抱着手机笑起来，就知道自己认识的秦岳还是没变，从骨子里透出来的那份自信和骄傲，才是一直吸引着自己追逐的光。

挂了电话，隋懿的短信回复已经显示在屏幕上：好的，说起来还是我占了便宜，辛苦纪老师。

纪之楠给他发的内容直白坦荡，表示自己刚刚听说组合的事情，希望他静等风头过去就好，这阵子千万不要轻举妄动。纪之楠意在让隋懿管好自己，隋懿这个回复却让纪之楠有点摸不着头脑，不知道这小子是真傻还是装傻。

被配对这种事短期内对两人的人气都有帮助，长期下去却是有害无利，隋懿看起来那么聪明的一个人，没道理不懂，现在是计较谁比较吃亏，谁又占了便宜的时候吗?

纪之楠摇摇头，干脆随他去了。

《夜奏》刚拍摄两个星期，就出了件大事——饰演警察弟弟的男演员张益被某知名狗仔团队爆出丑闻。

上个月首都市南区警方在某小区私宅内抓获几个演艺人员，名单已经公布，原本和张益没什么关系，然而狗仔那边刚爆出的视频显示，私宅被警察一锅端的前几个小时，张益刚从那里出来，上车就往位于市中心的某酒店赶。

张益的粉丝们还试图为偶像辩解，说视频不清楚，看不清人脸，一定不是他们的偶像。很快另一个视频放出，是酒店监控录像，那人进了电梯就摘口罩和帽子，不是张益还能是谁?

无论他那天是否参与，这下跳进黄河也洗不清了。

《夜奏》剧组连夜开会讨论，第二天早上就有了结论。因为开机仪式是对外开放的，主演阵容全部曝光，张益饰演的角色是正义的警察，现在爆出的丑闻严重影响电影对外的形象，违背合约上拍摄及上映期间维护好个人正面形象的条款，所以剧方决定与张益解除合约。

这厢剧组宣布解约没多久，警察就来剧组把人带走协助调查去了。警察弟弟在整个电影中的戏份颇重，在这片区域拍摄的内容都有他的镜头，剧组的工作被迫暂停。

签新的演员，需要耗费的时间可能不止一天两天，把这么多演职人员留在这里发呆显然不妥，导演只得宣布先放假，让大家等候通知再次开工。

纪之楠作为本片主演，得到放假通知，除了遗憾加可惜，还难以抑制地生出一丝兴奋。怀着对剧组的愧疚，纪之楠给秦魏宇打了个电话。

“我这儿要放假啦。”

“因为张益的事情吗？”

“嗯，你怎么知道？”

秦魏宇没回答，直接说："在那儿等着，别乱跑，我去接你。"

挂了电话，纪之楠边收拾行李边哼歌。

一旁帮忙拾掇东西的莉莉看不下去，打趣道："同僚被抓，您高兴成这样，不知道的还以为您跟他有仇。"

纪之楠赶紧捂嘴，不唱了。

莉莉笑起来，道："唱吧唱吧，虐死我这条单身狗算了。"

纪之楠有点不好意思，辩解道："我没有很高兴啊。"

莉莉看破一切，嘴上却附和着说："对，像您这样德艺双馨的艺术家，一定是把工作摆在第一位，小情小爱根本挡不住您对艺术的追求，今天这是身不由己。"

纪之楠满意地点头。

秦魏宇不到两小时就到了，为低调起见，没有把车开到里面。过几天还要回来，纪之楠带回去的行李不多，直接扔在后座上。

纪之楠和莉莉刚上车，秦魏宇就绷着脸。他不笑的样子威慑力十足，有些可怕，和行李一起在后座的莉莉噤若寒蝉，纪之楠却浑然不在意，扭头跟莉莉说话，聊本市新开的水上乐园，说这个天气最适合下水玩了。

秦魏宇冷冷插了一句："你不会游泳。"

纪之楠笑眯眯答："没关系啊，可以带上你。"

秦魏宇的面色当即缓和不少。

纪之楠和莉莉两个吃货在剧组憋了半个月没吃上好的，经过认真严肃的讨论，决定去一家网上评价很好的粤菜馆吃午饭。

纪之楠开着手机导航指挥，车子左拐右拐进入一条小巷，秦魏宇好不容易找到位置把车停好，纪之楠下车又给难住了。昨晚下大雨，大约下水管堵了，通往饭店门口的路面上满是积水，莉莉穿着人字拖还好，纪之楠穿的是休闲鞋，踩进水里必然会弄湿鞋子。

吃货纪老师陷入忧愁。

正当纪之楠犹豫是脱鞋子过去还是一鼓作气蹚水过去时，秦魏宇在纪之楠面前半蹲下，道："上来，我背你。"

纪之楠愣住了。秦魏宇显然是从公司直接出来的，还穿着正装，皮鞋、领带。纪之楠往两边瞅瞅，来来往往的人还不少。

这……不太好吧？

纪之楠不动，秦魏宇偏头问："还想不想吃饭？看见门口排着多少人吗？"

纪之楠一看，果然是"网红"店铺，正值饭点，人都排到隔壁店门口去了。

纪之楠心一横，把口罩拉高些，爬上秦魏宇的背。秦魏宇腾地就站了起来，纪之楠吓一跳，赶忙用胳膊圈住他的脖子。

秦魏宇托着纪之楠的大腿，轻轻捏了捏，脸又拉下来，嗔怪道："怎么又瘦了？"

纪之楠恍然大悟，原来他不高兴是因为这个，想想上次被他背着的时候，他也面色不虞。这家伙总是冷着脸，很容易让人误解他的意思。

纪之楠说："得减肥啊，要符合新戏主演的气质。"纪之楠边说边做出穷凶极恶状，以掌为刀做了一个抹脖子的动作。

秦魏宇装不出害怕的样子，只说："不是让你不吃饭，多吃低热量高蛋白的食物，减脂增肌。"

纪之楠伸手按了按他结实的胸大肌，问："能变得跟你一样吗？"

到门口，秦魏宇把身上的人放下来，纪之楠在他耳边小声说："谢谢哥哥。"

还没等秦魏宇做出反应，纪之楠就一溜烟跑掉，跟莉莉一起挤进店里去了。

低调守规矩的纪老师坚持和群众一起排队，半个小时后三个人才落座。

菜上得很快，味道和传说中一样好，纪之楠吃得高兴，多要了一份流沙包，秦魏宇对此更高兴，把自己那份也推到纪之楠面前。

可惜轻松愉悦的气氛没有维持太久，莉莉接到电话，说剧组那边候补演员选好了，下午到位，明天继续拍摄。

纪之楠惊讶地问："是谁啊，随叫随到？"

莉莉看看纪之楠，又看看秦魏宇，吞吞吐吐地说："隋……隋懿。"

纪之楠："……"那人真是阴魂不散。

尽管万分不情愿，但纪之楠还是负责任地做出了吃完饭就回剧组的决定。

秦魏宇对此没有发表任何意见，只默默给纪之楠添菜，企图用一顿饭把人喂胖似的。

磨磨蹭蹭吃完饭，回去的路上，外面又下起雨来，纪之楠完全没了来时的兴致，噘着嘴坐在副驾驶座上刷微博，看见微博下面多出一群顶着自己和隋懿双人头像的情侣粉，蹦跶着留言，还有唯粉（网络流行语、饭圈用语，是指在某一真人偶像团体中只喜欢某一个成员，对其他成员则仅是“路人”，甚至是“黑”的粉丝。）在跟他们掐架，心里更堵得慌。

到了地方，莉莉先拿着行李去安顿，纪之楠坐着不想动，秦魏宇撑伞下车，绕到这边打开车门，纪之楠才不情不愿地挪下来。

“不好意思，今天让你白跑两趟……”纪之楠低着头闷闷地说，像个没吃到糖的孩子。

见纪之楠这副小可怜样，再硬的心也软成一团棉花，秦魏宇几不可闻地叹了口气，然后抬手勾起纪之楠的下巴。他靠近的瞬间，纪之楠躲了一下，但他还是亲到了。

这个吻很轻很短促，蜻蜓点水般，秦魏宇还贴心地用伞挡住两人的脸，伞下光线昏暗，只听见雨拍打在伞布上淅淅沥沥的声音。

纪之楠还瞪着眼睛蒙着，秦魏宇柔声叮嘱道：“可以跟他拍戏，但不可以对他产生好感。”

纪之楠张开发烫的唇瓣，无意识道：“啊？”

秦魏宇摸了摸纪之楠的脸，简明扼要地解释：“哥哥会生气。”

后来纪之楠红着脸琢磨，就算自己想对隋懿产生好感，那也是一件十分困难的事情啊。

隋懿进组还没几天，宁澜就跟了过来，某天晚上收工回去时，不巧地让纪之楠撞个正着。

纪之楠觉得宁澜是故意的，因为他关门的时候看自己的眼神里带着赤裸裸、明晃晃的得意。纪之楠作为年长的前辈，自然不会将此放在心上，不过还是在心里狠狠啐了一口，暗道：哼，幼稚的小屁孩。

隔天休息时间，看着莉莉拿着手机对着不远处的隋懿使劲儿拍，纪之楠斜着眼睨他，问莉莉：“就这么好看？”

莉莉点头答道：“嗯啊，这要在学校里，我一定放下老脸疯狂倒追他！”

纪之楠不屑地想，他还没某个男粉丝好看呢。

莉莉拍完又换了副面孔，严肃道：“纪老师您放心，我只是沉迷于他的颜值。对他本人，我是没有兴趣的。”

纪之楠：“……”

晚上纪之楠下楼跑圈，回来就看见宁澜蹲在酒店楼下的角落里。

经过宁澜身边时，纪之楠权当没看见他只穿了背心、裤衩和拖鞋，心想不红也是有好处的，口罩都不用戴，不怕被人围追堵截。

搜隋懿的百度百科资料时，纪之楠顺便瞟了一眼他们组合的新闻，第一条就是宁澜欺负队友，削尖脑袋处处争资源，弄得粉丝对他的好感度下降，甚至让他退出组合的传闻，和他现在的落魄样倒是贴合。

回到房间，扑倒在床上，纪之楠翻过来呆呆地盯着天花板，脑袋里突然钻入一些久违的恼人思绪，纪之楠洗完澡看到秦魏宇的未接电话，撇撇嘴没兴趣回，直接睡了。第二天打开手机，纪之楠看到秦魏宇的短信：睡醒了吗？起来记得吃早餐。今天会忙，晚上再打电话。

这人看起来一点都没生气。现在的秦魏宇面对纪之楠偶尔的任性，似乎可以全部包容、接受。纪之楠享受着他这样的关怀、照顾，其实并不是心安理得的。时至今日，纪之楠还是不能免俗，会想他对自己究竟是愧疚多一些，还是喜欢多一些。梦中纪之楠意外离世的时候秦魏宇还活着，那么他必然知道纪之楠为何丢掉性命。

而醒来后，时间不知不觉已经匆匆过去大半年，两人都没提过那件事，像是心照不宣，微妙地维系着某种平衡。

吃完早饭，纪之楠坐在休息室里念台词。

“你以为过去就过去了？轻飘飘的一句话，假惺惺的一滴眼泪，就能让它消失在空气中？别做梦了，就算山川消融，日月更替，它依旧扎在我心里，每当我去碰它，都会流出新鲜的血液。”

这是临近片尾，纪之楠角色的一段内心独白。直到最后，这个角色才透露出一点类似正常人的情绪。纪之楠为了理解角色，经常反复研读这几段。纪之楠自嘲地想，角色其实要比自己勇敢多了，自己就不敢主动去触碰扎在心里的东西，只能躲得远远的，等待它被尘土掩埋。纪之楠和秦魏宇之间横着的问题，究其根本，不是信或者不信，而是敢或者不敢。

七月中旬的午后异常闷热，剧组拖来几车冰水，但依旧冲不淡满身的燥热。

纪之楠算是在场演员当中比较坐得住的一个。下午这场戏很重要，纪之楠饰演的角色在狭小、闭塞的出租屋里处理尸体，然后顶着烈日，一袋一袋地扔到平房边上的垃圾桶和水沟里。这是角色心态转变的重要一幕，没有台词，但状态和情绪更难拿捏。

昨天导演还说这片子能不能拿奖就看这一段了。纪之楠知道这话里有玩笑的成分，可是导演吃过饭就时不时到院子中间观察太阳、摆弄镜头，认真严肃的态度让周围的人跟着紧张起来。

纪之楠放下剧本，闭上眼睛，开始酝酿情绪，让自己全身心投入剧情。四周原本没什么人声，只有搬水的两个小哥操着粗嗓门在讲话。

“哎，动作麻利点，送完这些，我要去市里一趟。”

“干啥去？待会儿还有活呢。”

“不干了。我叔在华晟那边闹事呢，听说特警都出动了，我得去看看。”

听到“华晟”两个字，纪之楠几乎立刻睁开眼睛。

“华晟？搞房地产那个吗？闹什么事？”

“裁员，多少年的老员工说辞退就辞退，补偿又给得不到位，能不闹吗？”

“不是上市公司吗？几个员工都养不起？”

“说是换了新老总，新官上任三把火，想搞出点业绩吧……”

后面的内容压根没听进去，纪之楠腾地站起来，扔下剧本就往外走。

坐在旁边打盹的莉莉闻声醒来，看纪之楠去的方向不对，擦擦口水追上去问：“纪老师你去哪儿？”

纪之楠听到声音突然停住，对莉莉道：“帮我跟导演说一声，请假。”

莉莉一脸莫名其妙，问：“发生什么事啦？好好的突然要请假……这场戏准备好久了，导演怕是不会同意……”

纪之楠恍惚地点头，道：“对，对，我去跟他说。”

纪之楠说着就往里屋跑，但脚下发软，视线也找不到落点，整个人魂游天外似的，猛地跟从里面出来的隋懿撞上，身体后仰，险些摔倒。隋懿抓住纪之楠的胳膊扶对方站稳，瞧出纪之楠的脸色不对，问：“你怎么了？”

纪之楠越过他走进去，向导演提出请半天假。主演在一场大戏的节骨眼上请假，导演登时就拉下脸来了，拍着桌子问原因。

“我……我，华晟那边出事了，朋友在那边，我要过去……过去看看。”纪之楠呼吸紊乱，简单的一句话，差点没能说清楚。

华晟那边从早上起就有人在闹事，因着在业内名气响亮，已经在微博上闹得沸沸扬扬。莉莉刷微博的时候是看到了这件事的，看纪之楠的反应，脑筋一转，才想起华晟是秦氏集团的产业，纪之楠口中的朋友必然是上任不久的总裁秦魏宇。导演不满地皱眉，不想批假。莉莉会看眼色，忙劝纪之楠道：“闹不出什么大事，不是说警察都过去了吗？纪老师你放宽心，没事的。”

纪之楠抬眼看她，道：“你怎么知道没事？他们带了非法制作的炸药。”

“炸药？新闻上没看到啊……”

纪之楠的语气是从未有过的强硬，让人无法反驳，尽管疑惑，莉莉还是被噎得噤了声。后脚跟进来的隋懿也劝道：“就算现在过去，你又能做什么？”

“对不起，李导，我必须去一趟。”

纪之楠说完便不顾在场的众人，转身疾步走出去。此时此刻纪之楠能坚持过来跟导演请假，已经耗尽最后一点理智和耐心。梦中的华晟也经历了这场风波，不过不是在这时候。秦魏宇是明年的这时候才拿到华晟的大权，现在却整整提前了一年。

纪之楠早就发现了，现在某些事情发生的轨迹，并不与梦中完全一致。

可是纪之楠居然忘记了，居然就这样忽略了这件事。车窗外毒辣的阳光照在纪之楠身上，让纪之楠有些睁不开眼。纪之楠狠狠吸了一口气，努力控制住拿着手机边翻号码边发抖的手。

自己过去能做什么？

……能做什么？问得好。

纪之楠想笑一笑，让自己放松一些，可是整张脸都僵硬、麻木了，连嘴角都咧不开。

梦中的这一天，自己以一己之力保护了深爱的那个人。

梦中的这一天，是自己生命的最后一天。

# Chapter 11
# 你眼里的星星去哪儿了

还是在那场梦里。华晟公司大楼顶层天台上，风在纪之楠耳边呼呼地吹，炎炎日光毫无遮挡地笼罩全身。

“喂，你傻啦，有没有在听？”陆姌不耐烦地推了一下面前的人。

纪之楠的身体晃了晃，一个踉跄差点摔倒。纪之楠最近失眠严重，秦魏宇有几天没回家，纪之楠就有几天没好好睡觉，面黄肌瘦，无神的眼睛下面一片乌青，哪还有半点从前光鲜靓丽的影子。

陆姌看纪之楠的目光中带着几分嫌弃，怕纪之楠碰瓷似的往后退两步，抱着胳膊继续说：“别怪我没提醒你哦，我三哥根本就不喜欢你，他跟你结婚不过是看你身上有利可图，等利用完了就会一脚把你踹开。”

明明站在这里好久了，还是适应不了刺人的阳光，纪之楠微眯着眼睛，没听懂似的，什么都没说。陆姌没有看到她想看到的反应，继续补刀：“三哥最讨厌你这种不干不净的人了，他怎么可能喜欢你？”

纪之楠的睫毛动了动，风太大，吹得眼睛酸疼。陆姌回过头来，看纪之楠还呆呆站在那里不动，嗤笑一声说：“你呀，还是知难而退吧，赶紧多挣点钱，到时候才不至于像个乞丐一样流落街头。”

陆婻走后，纪之楠又在天台上站了许久，下去的时候，整张脸被晒得通红。纪之楠皮肤白，一被晒就很明显。走到一楼大厅里，有认识纪之楠的前台助理姑娘问有没有事，需不需要去医院，纪之楠还站得稳，摆摆手说没事，自己戴上口罩走出去，拦了辆出租车。刚坐上车，纪之楠就接到莉莉的电话。

“纪老师，你在哪儿呢？”

纪之楠看向窗外，自己的方向感不好，说不出具体位置，于是模糊地回答：“外面。”

“下午有空没？这边有个适合你的角色，周茹姐叫你来试镜。”

手指紧了紧，纪之楠片刻后说：“你不用再帮我，别让周茹姐不高兴。”

电话那头的人沉默了。纪之楠知道自己现在是什么处境，消极怠工一整年的后果终于显现出来了。纪之楠许久没有作品，没有曝光度，今年春节期间播放的《覆江山》只有自己一人表现不佳，收获差评无数，加上不敬业的评价传遍整个圈子，娱乐圈更新换代速度极快，最不缺的就是自己这样有点颜值又有点演技的年轻人，曾经的最佳新人演员就这样沦落到没有大导演再敢用的地步。

墙倒众人推，最近网上有人爆出纪之楠外出的私照，头发凌乱如枯草，瘦得形销骨立，立刻有营销微博号带节奏说纪之楠这模样像瘾君子。流言甚嚣尘上，网友哪管真不真实，路过顺便踩一脚，只需动动手指而已。纪之楠注意到有个从出道起就喜欢自己的东北女孩，每场活动她都在后援会忙前忙后，如今她没有表明立场，只在微博话题里发了狗仔偷拍到的正面照片，配文字：你眼睛里的星星去哪儿了？

纪之楠苦笑，从来就没什么星星啊。那时候纪之楠正从大楼里失魂落魄地走出来，根本没注意有人在偷拍。看着照片上的人，纪之楠自己都觉得陌生。

“谢谢你，莉莉。”纪之楠对着手机缓缓道，“以后别再管我了。”

没用的。路是自己选的，自己早就该知道事情会变成这样，只是没想到这一天会来得这么快。纪之楠无力的想。

晚上，家里阿姨知道纪之楠最近肠胃不好，做了养胃的小米粥。纪之楠实在没什么胃口，让阿姨先回去休息，然后喝了小半碗粥，慢吞吞地站起来收拾。

最近空闲的时间越来越多，不找点事情做，纪之楠怕自己会发疯。碗洗到一半，门铃响了。纪之楠擦擦手去开门，看见门口站着的秦魏宇，愣了会儿神才反应过来，弯腰给他拿拖鞋。

“阿姨呢？”秦魏宇问。

纪之楠垂眼道：“家里没什么事，我让她先下班了。”

秦魏宇走进屋里，看见厨房里只有一锅粥，问：“晚上就吃这个？”

纪之楠以为他没吃晚饭，忙道：“你想吃什么？我给你做。”

秦魏宇脸上没什么表情，道：“不用了，帮我倒杯咖啡。”

秦魏宇有一周没回来了，上一次在家里过夜，他们俩吵了一架。想到这里，纪之楠揉揉额角，吵架？不对，准确地说是自己单方面在发泄，是自己声嘶力竭地问秦魏宇既然不喜欢自己，那为什么要结婚。当时秦魏宇皱着眉，十分不耐烦地说：“别闹。”

发完疯，纪之楠就后悔了，没人比自己更清楚秦魏宇讨厌撒泼耍闹的人。纪之楠纠结好几天，还是去他公司里走了一趟。纪之楠想道个歉，希望秦魏宇能回家吃顿饭，哪怕维持表面的和平也好，自己不会再妄想其他。结果纪之楠没见到秦魏宇，只见到了趾高气扬的陆婀，在她肆无忌惮的言语攻击中，心又被狠狠撕开一次，血肉暴露在阳光下而无所遁形，疼得快麻木了。

纪之楠端着咖啡推开书房门，把杯子放在桌上，埋首于文件的秦魏宇头也没抬，低低说了声“谢谢”。他工作时不喜欢被人打扰，纪之楠放轻脚步，转身准备出去。经过书架时，纪之楠的肩膀不小心蹭到边上的一本相册，里面夹着的东西哗啦啦散落了一地。纪之楠忙蹲下来捡照片，拿起最上面的一张照片，整个人愣住了。那是一张偷拍视角下的侧脸，画面正中的人身穿校服，趴在桌上睡觉。

秦魏宇闻声过来，也蹲下来收拾。他动作很快，有点慌张似的，把那些东西一股脑塞进相册。他的动作再快，纪之楠还是看见里面为数不多的几张照片，要么是那个人的单人照，要么是和秦魏宇的合影，其他则全是明信片，目的地都是F国，落款都是同一个名字。纪之楠想起自己偷偷夹在日记本里的那几封没有寄出的信，心里很清楚，如果自己当时鼓起勇气寄出去了，它们一定得不到这样的悉心珍藏和对待。纪之楠自欺欺人这么久，终于有赤裸裸的证据甩在面前，又如何再挖空心思找借口？

“手怎么了？”

秦魏宇的声音把纪之楠的思绪拉回当下，纪之楠“啊”了一声，看了一眼自己红肿的手背，小声说：“没什么，倒咖啡的时候不小心烫到了。”

秦魏宇往前伸手，纪之楠就往后缩，补充道：“我洗过手，消过毒了，杯子也是干净的，你放心喝。”

秦魏宇紧紧抿着唇，看起来不太高兴。他站起来，把手上的相册塞到书架上比较高的位置。纪之楠跟着站起来，不知所措地站在那里，像在等候他发落。

“最近没有工作？”秦魏宇问。

纪之楠没想到他会问到自己身上，大脑转了半晌才回答：“嗯，没有。”

秦魏宇从书架上拿了一本书，又问：“有什么想去的地方吗？”

心脏猛地一跳，纪之楠不太明白这话的意思，慌乱中依着本心回答：“我想……想去海边。”

秦魏宇轻不可闻地“嗯”了一声，把手里的书举到纪之楠面前，道：“最近公司里忙，等下周吧。这本书你应该能看。擦点烫伤膏，早点休息。”

纪之楠抱着书躺下的时候，心脏还在扑通扑通狂跳不止。纪之楠不知道秦魏宇的话是不是自己想象的那个意思，一方面不敢相信，另一方面又控制不住地想，万一呢？万一是真的呢？早上起来时，秦魏宇已经上班去了，纪之楠懊恼自己吃了药睡得太沉。吃早饭的时候，纪之楠又忍不住想昨晚的事，一会儿皱眉，一会儿傻笑。阿姨许久没见纪之楠这样生动活泼的面孔，掩嘴笑着说：“纪老师和秦先生下周是要出门吗？”

纪之楠惊讶道：“谁说的？”

“秦先生早上说，从下周一开始，给我放假一周。”

纪之楠沉寂了一晚的心，又开始生龙活虎地上蹿下跳。

回到房间，纪之楠先是抱着手机查海岛、看游记，接着又跳起来打开衣柜，把自己的夏装铺得满床都是。“秦魏宇要带我出去玩”这个认知缥缈得像天边的浮云，纪之楠根本拒绝不了这样的诱惑，哪怕只有万分之一的可能性是秦魏宇终于发现自己的好，愿意给予自己些许回应。纪之楠试衣服时，电话响了，来电显示“纪之槐”。纪之楠跟这个常年在外国的大哥平时没有交流也没有往来，想不出大哥找自己能有什么事，但还是接起电话，道：“喂，大哥。”

“纪之楠，你非要把父亲逼死才甘心吗？”纪之槐开口就是严厉的责问。

纪之楠不明所以道：“什么？”

“秦魏宇究竟给你下了什么蛊，你才不惜把整个纪家都送到他手上？你疯了吗？”

“我……我没有，发生什么事了？”

“你没有？”纪之槐怒道，“要不是我昨天回国，我们根本就不知道你把父亲在你结婚时给你的公司全转移到了他的名下。他真是煞费苦心，花一年多时间让父亲放松警惕，渗透进纪家其他公司。现在趁着父亲病倒，他就一网打尽，吞并掉纪家在国内的大半产业。你敢说这其中没有你的功劳？”

纪之楠听得眼前一黑，扶住旁边的桌子才勉强稳住身形，无力道：“你说什么……怎么可能？”

纪之槐冷哼一声道：“我知道你一直怨恨父亲，可万万没想到你是这样一个是非不分的人！就算只顾念养育之恩，你也不该把整个纪家逼上绝路！”

纪之楠不知道自己是怎样来到华晟公司楼下的，下了车才发现身上还穿着在家试的那件白衬衫，低头一看，雪白的衣角随风飘起，入眼尽是讽刺——怪不得秦魏宇会突如其来地对自己好，事出必有因，自己还傻乎乎地把公司都交给他，他得到他想要的之后，心怀愧疚，所以做出补偿。这就说得通了。

到了楼下，纪之楠忽然开始茫然，秦魏宇不喜欢自己来公司找他，每次都会冷着脸，派车送自己回去，而且见到了又能怎么样？能说点什么？问“你为什么要骗我”？还是说“我不要你假惺惺的补偿”？前者已经有了答案，后者纪之楠居然直到如今都狠不下心说出口，甚至直到现在还盼着秦魏宇带自己去海边，真真是无药可救。纪之楠找了个角落，靠着墙无力地蹲下。骄阳似火，灼烧大地，身体里却是冰冷的。等了一会儿，纪之楠看见秦魏宇的车从远处驶来，停在大楼正门口。纪之楠站起来慢慢走近，看着秦魏宇从车上下来，走进去的前一刻，他匆匆往这边瞟了一眼。纪之楠不确定他是否看到了自己。

可能是因为走到太阳底下，阳光太刺眼，纪之楠觉得眼眶有点热，没等到秦魏宇的背影消失，自己就先一步背过身去了。纪之楠不敢再看秦魏宇的背影，至少这样还能蒙骗自己说，他还会回来。纪之楠在原地踌躇许久，不知道自己该往哪里去。直到周围熙熙攘攘聚满了人，纪之楠才将自己从迷茫中抽离出来。

有好事者过来问："这儿怎么这么多人？发生什么事了？"

纪之楠怕被认出来，慌忙别开脸，道："我不知道。"

那人没得到答案，便跑去前面问别人了。纪之楠把口罩拿出来戴上，怀着疑惑往人群中走，聚在一起的人们或默不作声地盯着大楼出口，或三五成群围着大声嚷嚷，愤怒和暴戾之气满溢。从他们的对话中，纪之楠捕捉到"裁员""新老总""要个说法"这几个关键词，更有"跟他拼命""没什么好怕的""大不了鱼死网破"等让人心惊肉跳的言论。

纪之楠很快意识到，他们嘴里的"他"指的是秦魏宇，华晟刚上任不久的新总裁。商场上的事情纪之楠不懂，除了在电视上，纪之楠从来没见过这种大型聚众闹事的景象。周围几个中年人尤其激进，有的说家中有患病的妻子，还有的说女儿刚刚出国，都是最缺钱的时候，却遭逢被炒鱿鱼的打击，这把年纪还能去哪里找到稳妥、合适的工作？即便不能感同身受，纪之楠也能从言语中听出他们的崩溃和绝望。越是这样的状况，就越危险、越不可控。纪之楠去到无人的角落，拨通秦魏宇的电话，想提醒他注意安全，可打了三遍，那边都无人接听。纪之楠心急如焚地又回到人群中，前面已经有人吵吵闹闹地喊着要进去找老总谈谈，门口只有两个保安挡着人不让进，想硬往里面闯的人越来越多，保安有些无力招架，场面一片混乱。

纪之楠又到旁边打 110 报警，挂断后紧张地捏着手机，在心里祈求警察赶快过来。这时纪之楠偶然注意到两个男人从人群中出来，走到无人的角落，其中一个手上提着白布袋，鬼鬼祟祟地把里面的东西拿出来，往另一个穿黑外套的男人手里塞。纪之楠不在人群中，视野清晰，自然将那两人的举动看得一清二楚。这种天气穿外套本就奇怪，在那人把拿到的不明物隔着外套往腰上捆时，纪之楠瞪大眼睛，惊得呼吸都快窒住了。

两个男人都没戴口罩，仗着没人注意到这边的动静，飞快地做好准备，脸上的表情平静得吓人。最后，穿黑外套的男人接过另一个男人手上的蓝色牌子，那东西纪之楠见过，是华晟大楼的出入证。他要进去，带着疑似炸药的东西。

纪之楠双手握拳，额角青筋突突直跳。如果那个男人真的混进去了，而他的目标是谁显而易见……秦魏宇还在里面，不接电话，应该是在开会。华晟大楼是普通的写字楼，进门处没有安检措施，有出入证就可以进去，会议室也没有门锁，只要进了大楼就能轻易闯入。穷途末路的人，什么事都做得出来。

眼看黑衣男子就要拿着出入证往大楼门口去，纪之楠脑袋一热，冲过去拦在他面前。黑衣男子表情淡然，只在抬眼看纪之楠时，眉宇间流露出一丝不耐烦和狠戾。纪之楠努力压制混乱的呼吸，装得一派冷静，道："我都看见了，警察马上就过来。"男子只冷笑一声，越过纪之楠继续往前走。

纪之楠脑中瞬间冒出无数种办法，可哪种都不妥，这男人根本什么都不怕。虽然纪之楠知道该男子带危险物品有可能只是为了恐吓楼里的人，那东西不一定真的具有炸弹的威力，可这仍然让人太害怕。纪之楠不想秦魏宇陷入哪怕只有万分之一的可能性的危险之中。自己得把这个人带走。纪之楠决定了。

"等一下。"纪之楠疾步上前，再次挡在男人面前，"你有什么要求？我可以帮你。"前方人群还在叽叽喳喳地吵闹不休，叫骂声、哭喊声此起彼伏。面对男人怀疑的目光，纪之楠从口袋里拿出一个红色的本子翻开给他看。

"我是秦总的合法配偶，你相信我，我有两全其美的办法。"

记忆中留存的画面至此为止。

# Chapter 12
# 罚你这辈子在我身边

出租车驶入市区，即将抵达目的地时，经过一片翠绿的湖泊。

湖很大，纪之楠目不转睛地看着，黑眸里映着它反射出来的零碎的光。这是纪之楠第一次看到这片湖，而留存在记忆中的梦中的最后一幕，也是这片湖。

彼时的纪之楠自怨自艾着，活成了自己最不想看到的样子。

经过那片湖，不到三分钟便抵达华晟大楼。车还没停稳，纪之楠就拉车门要下去，下了车边跑边继续拨电话，未料手机屏幕都被手汗浸湿，按了好几下才点进去。

纪之楠满脑子想的都是：怎么办？今天结婚证没带在身上，那个人要是不肯跟我走怎么办？

华晟大楼底下人声鼎沸，与梦中不同的是，有拿着武器和护具的特警在场，那帮人即便情绪激动地吵嚷叫嚣放狠话，也在警察的包围下无计可施。

纪之楠在人群之外扫视一遍，没有看到梦中那两个男人。纪之楠心口猛地揪紧，难道他们已经上楼去了？

电话里漫长的“嘟”声一下一下重重敲在耳膜上，泛起的轰鸣声越来越响亮，全身的血液仿佛都往头顶冲去，连纪之楠的心跳声都遮盖住了。

纪之楠疯了似的拨开人群挤到大门前，门口的保安以为纪之楠是闹事者中的一员，拦着不让进，正巧前台有认得纪之楠的助理经过，把人放了进去。

“纪老师，您怎么……”

助理姑娘还在惊讶，纪之楠打断她问：“他在哪里？”

得知秦魏宇在二十八楼的会议室开会，纪之楠等不及还在顶楼往下缓慢移动的电梯，拐进楼梯间就顺着台阶往上跑。双腿因为超负荷运动不住地发软打战，纪之楠扶着墙站了会儿，撑着一口气到处寻找。

走道里异常安静，几个办公室都大门紧闭，偶有人声也听不真切。忽而有开门的声音从后面传来，接着是多人纷乱的脚步声，纪之楠扭头看过去，视线有些模糊，只能看见幢幢人影中，有个步履从容的高大男人走在最前面。

秦魏宇这边刚结束会议。

他掌控华晟不久，之前管理层的遗留问题，尤其是秦魏峰在任期间折腾出来的成堆破事都等着他处理，这些天他的时间和精力几乎都耗在开会上，家都没空回。他想抓紧时间让公司步入正轨，等纪小星电影杀青，带纪小星出去散散心。

秦魏宇边往外走边打开手机，看见满屏幕的未接来电，心头一紧，还没来得及回电话，就有一个人从正前方跌跌撞撞地过来，猛地扑到他身上。

他被那人扑得后退一步，下意识伸手去接，结果怀里的人气势汹汹地冲上来，然后软绵绵地趴在他肩头，粗重而急促的气息喷在肩上，他触目所及的只有雪白后颈上细密的汗珠，和被汗水打湿已经黏在瘦削后背上的薄衫。

纪之楠稍稍平复了呼吸，才把头抬起来。旁边和秦魏宇一起出来的参会员工都呆呆地站着围观，纪之楠这才察觉到失态，推开秦魏宇抓着自己胳膊的手，低着头不敢看他，讪讪地说：“抱歉……你们忙。”

纪之楠刚要跑，手就被抓住了。纪之楠完全是被秦魏宇拉着走，他走得很快，纪之楠两腿发软走不动，差点一个踉跄摔倒。他几乎是用拎的，把人拖进会议室。

门“砰”地被摔上，纪之楠还蒙着，就被秦魏宇按住，从头到脚检查一遍。

“没事吧？有没有哪里疼？怎么过来的？不是在拍戏吗？为什么要过

来？嗯？说话！”

最后两个字几乎是从齿缝中挤出来的，纪之楠被他吼得一怔，刚抬起耷拉着的眼皮，豆大的一颗眼泪就这样毫无预兆地掉了下来。秦魏宇张开的嘴唇动了动，手都不知道该往哪里放了。

纪之楠在他面前红过无数次眼眶，现在连哭都不止一次了。他为什么总是让小星哭？

纪之楠心里也懊恼得很，拍戏的时候，眼泪明明收放自如，怎么到了这家伙面前就不行了呢？

抬手挡住自己的眼睛，纪之楠不想让秦魏宇看见自己狼狈的样子，可是眼泪像决堤的河流，誓要在今天闹个痛快似的，不受控制地往外涌。秦魏宇慌了，抬手给纪之楠擦眼泪，可纪之楠不让，埋头躲闪，拽住秦魏宇的胳膊不让他碰自己的脸，脑袋一下子撞到他胸口。

这下没人看见自己的丑样了，纪之楠干脆又狠狠地撞了一下，哽咽着问："为什么……不接我电话？"

秦魏宇拗不过纪之楠，只能站着挨撞，任毛茸茸的脑袋抵着自己胸口。

"说啊，为什么不接我电话？"纪之楠拔高音量，语气中却仍然是委屈大过生气。

秦魏宇叹了口气，答道："在开会，没听到。"

纪之楠后退，然后往前，又撞他胸口一下，质问道："有人闹事为什么不告诉我？"

"早就准备好了应对措施，何苦让你担心呢？"

纪之楠吸吸鼻子道："为什么不回家？"

秦魏宇一愣。

不等他回答，纪之楠继续埋头问："为什么跟我结婚？"

"为什么骗我？"

"为什么假惺惺地对我好？"

"为什么就是不喜欢我？"

每撞一下就问一句，带着哭腔的嗓音一声比一声小，却一句比一句让人心疼。秦魏宇胸腔里像装了把生锈的刀，狠狠剐着他的心脏，嘴里都弥漫起血腥味。

他扳着纪之楠的下巴，强迫纪之楠抬头，在看到那双满是伤心和惊惶的眼睛后，再次败下阵来。他手足无措地把纪之楠按在怀里，用力得像要把纪之楠嵌进身体。

“那你告诉我，为什么要来救我？为什么要跳下去？为什么……”秦魏宇深吸一口气，满目猩红，“为什么要丢下我一个人？”

没人知道他在梦中看见冰冷的纪小星躺在那里时脑子里在想什么。他们只知道，他的纪小星死了，既是隐婚，又是利益联姻，两人想必也没什么感情吧。他连听着当事人陈述事发经过时，脸上都是没有什么表情的。

他听说纪小星把两个男人骗到湖边后，才坦白说自己做不了主。争执之下，为了不让捆着炸药的男人返回华晟大楼，不会游泳的纪小星拉着那人一起跌进湖里。

有人在背后说他冷血无情，他都认，都是他的错，是他把那么好的纪小星弄丢了。可是没人知道，在纪小星消失在这个世界上的那一刻，他的心跟着死了。

纪之楠哭累了，趴在秦魏宇肩膀上断断续续地打哭嗝。

来时的疯跑加上刚才的一闹，几乎耗光了纪之楠的体力，自己心心念念的人如今毫发无损地站在这里，紧绷着的神经才慢慢松弛下来。秦魏宇听见耳边均匀而绵长的呼吸时，才知道这小家伙居然睡着了。

他把人打横抱起来，走出会议室，小心翼翼地放在休息室里的沙发上，拿毛巾打湿，回来给纪之楠擦哭花了的脸。

纪之楠脸上还带着妆，哭得斑驳一片——小家伙那么爱美，怪不得不给他看。

秦魏宇仔细将纪之楠脸上每一寸皮肤擦拭干净，末了小心翼翼地把手覆上去，是热的，连着手腕可以感知到的脉搏，令人心安。

他知道自己有多可恶。梦醒时他就想过，如果自己不去找纪小星，没有自己这个浑蛋让小星伤心难过，小星的日子会不会好过很多？

他想了很久很久，直到出院后，父亲和继母要为他说亲，他一个人来到梦中他们俩的家。屋子里空空荡荡，到处是纪小星的影子，吃饭的、睡觉的、笑着的、哭泣的……两人在这里相处的时间加起来并不多，这里却承载了他所有的喜怒哀乐。

他知道，他有多想纪小星。

在那一刻，他决定可恶到底。仗着纪小星对他的爱，他要继续把纪小星捆在身边，半步都不准离开。

他要亲手为他的纪小星保驾护航，让纪小星此生顺遂无忧。

秦魏宇把文件拿到休息室批阅，就在沙发边上守着，纪之楠刚醒过来，他就发现了。纪之楠的眼睛肿得厉害，不太睁得开，意识回笼后猛地坐起来，手一伸摸到秦魏宇的胳膊，对焦半天看清他的脸，提着的一口气才放下。

秦魏宇捏着纪之楠的手，温声道："怎么样？难不难受？要不要喝水？"

纪之楠点头，秦魏宇把边上准备好的水端起，结果纪之楠非要自己喝，捧着杯子喝一口瞟一眼秦魏宇，像只紧张兮兮的小动物。

秦魏宇一站起来，纪之楠就跟着动了一下，也要站起来似的。秦魏宇拍拍纪之楠的手，温声道："去给你拿吃的，就在门口。"

秦魏宇不想让别人看见纪之楠在这里，以免引起骚动。他拿着助理买回来的蛋糕进来，看见纪之楠对着门口伸长脖子，难得地把目光都放在他身上而不是他手中的蛋糕上。

秦魏宇把蛋糕打开，用勺子喂纪之楠吃。纪之楠这回没有推开他，乖巧地由着他喂，眼皮低垂，纤长浓密的睫毛黏成一簇一簇的——刚才秦魏宇怕惊动纪之楠，没敢仔细擦。

喂到一半，秦魏宇说："你的助理来过电话了，我跟她说了你没事，顺便让她帮你请假到后天。"

纪之楠摇摇头，道："我明天就回去。"想了想又说，"不，今晚。"

"回家住一晚吧。"秦魏宇道。

纪之楠没抬头道："回去干吗？我还有大戏要拍。"

秦魏宇抬手擦掉嘴角蹭到的奶油，难得地示弱道："今天出事了，我一个人待着害怕。"

纪之楠吞下一口香甜的蛋糕，说："我的工作很重要的。"

秦魏宇忽然想到纪之楠说过工作就是全部，便问："你能为了我丢下工作，是不是代表我现在也能在你的心里占一个位置？"

纪之楠的睫毛抖了抖，答非所问："我的工作哪能跟你的比？"

秦魏宇又挖了一勺蛋糕送到纪之楠嘴边，道："这个公司也是你的，我得帮你把它管好。”

下午，外面的闹事者被疏散干净，华晟大楼上下所有员工都得到一杯奶茶和糕点作为下午茶，大家惊讶不已，暗道：新老总可不是这么体贴的人啊？

助理姑娘上楼送文件，八卦地站在总裁办公室门口探头探脑，可秦魏宇不让她送进门，亲自出来拿。助理代表公司员工表达了大家对下午茶的感谢，秦魏宇在门口边翻文件边说：“不是我请的。”

助理似懂非懂地眨眼睛，一副求知若渴的样子。

秦魏宇难得在员工面前露出笑脸，和颜悦色道：“是你们老板娘。”

傍晚，因为白天的事故，全体员工得以提前半小时下班。秦魏宇带着纪之楠乘坐专用电梯下楼，递给纪之楠一张电梯卡，说以后来找他，可以直接上来。

纪之楠面上表情淡淡的，只将卡接过来塞进口袋，待晚上吃完饭，先找了个双肩包出来，才把那张卡妥帖地装进拉链口袋里。

秦魏宇敲房门问要不要出去散步消食，纪之楠今天吃多了，正有此意。

在安静的路上走了一会儿，纪之楠想起这是他们俩第一次在小区里一起散步。小区里绿化很好，夏夜微凉的风吹在身上，带着树叶和青草的芳香，让白日里的疲惫一扫而空。

“还害怕吗？”沉默一下午的纪之楠突然问。

秦魏宇走在纪之楠身边，道：“现在不怕。”

纪之楠在一棵梧桐树下停住，仰头看天，秦魏宇静静陪着，猜测两人看的是不是同一颗星星。

“还报仇吗？”纪之楠又问。

“报。”秦魏宇缓缓道，“报你把我一个人丢下的仇。”

纪之楠垂在身侧的手指动了动。

秦魏宇做思索状，慢慢道：“罚你什么好呢……就罚你这辈子在我身边，不准离开。”

这话听得人有些恼，纪之楠心想：怎么就成了我的错呢？这人还是数年如一日的霸道。

耳尖发热，幸好月色正浓，看不真切，纪之楠转身就快步往前走，秦魏宇不紧不慢地在后头跟着。

路遇开着巡逻车的小保安，他依旧热情似火，老远就挥手跟秦魏宇打招呼：“秦先生，出来散步啊？”

车开近了，小保安才注意到秦魏宇前面埋头走着的人是纪之楠，他的眼睛都快黏纪之楠身上了，嘴上还不忘傻乎乎地跟秦魏宇搭话：“您的宝贝媳妇儿哄回家了吗？”

秦魏宇答：“回家了，不过还没哄好。”

“那您加把劲，我妈说，只有不够努力的男人，没有哄不好的媳妇儿。”

秦魏宇笑了笑，道：“借您吉言。”

纪之楠红着脸跑回家。阿姨以为外面热，问纪之楠要不要喝酸梅汤。纪之楠要了一杯，飞快溜上楼去，进到房间把门关上反锁。

洗完澡、喝完酸梅汤，一个人待着无聊，纪之楠从兜里摸出手机，结果按了半天也没亮，早就没电了。

打开门，纪之楠先伸出脑袋左右张望，走道上没人，秦魏宇应该在书房。纪之楠悄悄摸到客房，刚把床头的充电器拔下来，就听见有脚步声靠近。纪之楠连灯都没开，做贼似的想找个地方躲起来，慌不择路下，腿磕到床脚，没忍住“啊”地叫唤一声，彻底暴露了。

秦魏宇打开灯，既好气又觉得好笑地把人从地上扶起来，忍俊不禁道：“要充电器？给我发条短信不就好了。”

纪之楠别开脸，这会儿更不想看见他了，也不想让他哄。

秦魏宇按着纪之楠坐在床上，自己蹲下看了看纪之楠的小腿，磕红一块，看着没什么事，凑过去吹了两下，问：“疼吗？”

纪之楠觉得有点痒痒，却无处可退，只好缩了缩脖子，然后摇头道：“你不是不喜欢发短信吗？”

秦魏宇愣了会儿才明白过来纪之楠在回答他之前的问题，道：“你喜欢啊。”

纪之楠又说：“你不用这样委屈自己。”

“委屈？”秦魏宇不明所以，问“委屈什么？”

“骗我。”

秦魏宇心头一颤，一时找不到合适的解释，直接道：“没有，真的。”

他都恨不得把心掏出来了，这小家伙还是东想西想。

纪之楠还低着头，看着自己的膝盖，小声说：“哄不就是骗吗？”

秦魏宇叹了一口气，无语道："那不一样。"

纪之楠摸了一圈，找不到纽扣可以抠，不悦道："就是一样的。"

秦魏宇许久没见纪之楠在自己面前耍小孩儿脾气，心里又酸又软，就着蹲在地上仰视纪之楠的姿势，按住纪之楠无处安放的手，耐心地说："不一样。梦里有个浑蛋是骗过你，但我不是他……"

纪之楠抬手揪住秦魏宇衬衫袖口上的纽扣，狠狠地又拽又拧，秦魏宇便往前送胳膊方便纪之楠拧，一直到纽扣被拧脱线，才堪堪作罢。

纪之楠带着充电器回到卧室，结果拿一赠一，附带一个大活人。纪之楠没赶他走，趴在床上边充电边刷微博。秦魏宇看小家伙这会儿还算冷静，就收拾衣服去洗了个澡。

洗完出来，见人还在那儿，只是换了个侧卧的姿势，秦魏宇拿牛奶递过去。纪之楠皱眉说刚喝了酸梅汤，肚子胀得慌，不想喝，可嘴上这么说，睡前还是喝了半杯牛奶才躺下。秦魏宇关了灯，轻手轻脚地躺下，做好了被一脚踹下去的心理准备，结果纪之楠没动作，安静得像睡着了。

借着外头的月光，秦魏宇看见纪之楠的眼睛还睁着，亮晶晶的泛着水光。

过了许久，纪之楠才开口说话。

"你醒来的时候……后怕吗？"人处在黑暗中，似乎更容易直面自己的内心和坦白。

秦魏宇道："不怕。"

"骗人。"纪之楠想到自己掉进湖里的时候怕得要命，但是相比之下，却更怕秦魏宇有危险。

秦魏宇轻轻一笑。经过今天的事情，小家伙在他面前连遮掩都省了，原来他在纪之楠眼里就是个十恶不赦的大骗子。

纪之楠眨了下眼睛，没再细问。

秦魏宇继续道："大概是老天看不下去，帮了我们一把。"

纪之楠翻过身去背对他，用行动表示不想再听。秦魏宇便不再说话，也闭上眼睛。

次日，纪之楠起了个大早返回剧组。

纪之楠歪在副驾驶座上刷微博，昨天看到微博上有狗仔爆出自己私自离开剧组，导致电影拍摄中断的消息，几个营销微博号转发这条微博试图把这事炒起来，可今天一看已经销声匿迹了，别说没上热搜，在搜索栏里输入关键词都找不到对应的微博。

纪之楠放下手机，看了一眼正在开车的秦魏宇，秦魏宇侧头看纪之楠，疑惑道："怎么了？"

纪之楠摇头，不想问了。除了他，还能有谁呢？

粉丝们也没把那条消息当回事，她们拎得清，纪之楠那么敬业，晚饭不吃也要准时开直播，就算离组也一定是因为有急事，那些个阴险小人休想往自家偶像身上泼脏水。

然而粉丝们回过头来又开始好奇，照片上纪之楠行色匆匆，口罩都没顾得上戴，什么事啊，急成这样？

纪之楠如今很重视舆论和口碑，就算是虚惊一场，还是有些后怕。罪魁祸首就坐在旁边，纪之楠凶凶地瞪了他好几眼。

秦魏宇摸不着头脑，想了想道："不如直接开口骂我吧，别憋坏了。"

纪之楠乐意憋着。纪之楠现在多了个恶趣味，就爱看某些人拿自己没办法的样子。到地方下车时，昨天爬楼的后遗症上来了，纪之楠的腿脚酸得不行，坐了一个多小时再站起来，脚一沾地就发软，每走一步都是会呼吸的痛。

秦魏宇早前就从助理口中听说纪之楠硬生生从一楼爬上二十八楼，看纪之楠这样子无语又无奈，眼看离拍摄场地门口还有不短的距离，四下无人，他干脆蹲下身，用旱地拔萝卜的姿势把人抱了起来。

纪之楠吓得叫了一声，趴在秦魏宇肩上手舞足蹈道："干什么？快放我下去！"

纪之楠很高，但身上瘦，扛起来并不很费劲。秦魏宇扭头道："再乱动，把你抱回家去。"

他本来就舍不得纪之楠这么早就回剧组，要不是发过誓得把老婆的话当圣旨，他恨不得把纪之楠锁在家里。

纪之楠立刻停止挣扎，莫名觉得秦魏宇说得出就做得到。

秦魏宇走得不算快，一边走还一边跟纪之楠讲话："昨天问了我那么多问题，今天我是不是也能问你一个？"

纪之楠双脚悬空，被捏住命门似的，看着摇晃的地面视死如归道："你……你问。"

“当时，为什么带着结婚证？”

没想到他会问这个，纪之楠张口结舌，接着心里隐隐发酸，道：“跟……跟你离婚啊。”

纪之楠当时确实存了这样的心思，接到大哥的电话之后，伤心和愤怒齐齐涌上心头，翻出结婚证揣进口袋里就出了门，结果半路上就觉得自己多此一举，傻得可笑——婚姻是牵着两人的最后一根锁链了，自己怎么舍得离。

秦魏宇从纪之楠口中听到“离婚”二字，身体微不可察地颤了颤。

到门口，秦魏宇把人放下，纪之楠惊魂未定地拍胸口，心中刚冒出来的一点点酸楚也被这番惊吓折腾没了。

秦魏宇却好整以暇，呼吸都没乱，只是脸色不太好，双唇紧紧抿着。他抬手帮纪之楠整了整鬓边的头发，在纪之楠耳边一字一句地说：“这两个字，以后想都不准想。”

## Chapter 13
# 爱它，守护它，一辈子

纪之楠回到剧组，导演只背着手哼哼几声，并没有为难纪之楠，再加上当天的戏拍得顺利，到晚上收工时就嘻嘻哈哈地喊纪之楠和他一块儿去吃饭了。

导演这么大气，纪之楠欣然应允，道：“好啊，不过我不喝酒。”

导演一脸了然，说道：“家里那位不同意吗？明白，明白。”

纪之楠：“……”现在什么解释都晚了吧。

吃完饭回住处的路上，莉莉告诉纪之楠，导演原本很生气，又是拍桌子又是摔剧本，连把主演换掉的狠话都说出来了。

纪之楠一惊，问后来这事怎么处理的，莉莉道：“后来导演接了个电话，态度缓和不少，再加上隋懿在边上帮您说好话，他本来也就一时生气，没过多久就好了。”

纪之楠知道电话是秦魏宇打的，可是隋懿为自己说话是图什么？

听莉莉的描述，那小子似乎起了挺大的作用。纪之楠不喜欢欠别人的情，琢磨该怎么还回去：请他吃饭吧，好像阵仗有点大；送他东西吧，看他什么都不缺的样子，也不知道送点什么合适。

纪之楠跟莉莉商量一番后，第二天晚上从市区著名的法国餐厅里叫了一份豪华双人套餐送到隋懿的房间，就当请他吃过饭了。

餐点刚送过去，一大半原封未动的菜品就被退回来，隋懿没出面，发了条短信过来：谢谢纪老师，我助理不在，一个人吃不了这么多。

最后这些吃的几乎都进了莉莉的肚子。她酒足饭饱后也没闲着，拿起冰贴给纪之楠的腿脚关节每处都贴了一块，脚底板都没放过，说这东西能缓解肌肉酸痛。

纪之楠坐在椅子上享受服务，冷不丁想起什么，问："你怎么想起给我贴这个？"

莉莉嘿嘿一笑，也不避讳，道："纪老师您说呢？"

纪之楠心情复杂，自己的助理这是又跟秦某人通上气了？

"您放心，我的目标是为您服务，不该说的，就算他拿枪指着我，我也不会说一个字。"莉莉表忠心道。

纪之楠斜眼看她，深表怀疑。

莉莉还是笑嘻嘻的，说："唉，从前你们俩不好，算我多管闲事，现在你们俩好了，我的工作不就是锦上添花嘛！"

纪之楠翻白眼道："此处是不是该给你鼓个掌？"

莉莉抱拳道："客气客气。"

如今也没什么不可说的秘密，纪之楠便随她去了。

作为演员，纪之楠经常在外工作，拍戏忙起来就是起早贪黑，后来几天发现莉莉在他们两人中间当传声筒，的确起到不少作用。

比如今天秦魏宇出差，走的时候纪之楠还在睡，怕吵到纪之楠，于是给莉莉留了条信息让她代为转告，叫纪之楠如果打不通电话别担心。

再比如昨天大夜戏，纪之楠没打算吱声，结果莉莉早把近几天的通告表拍了一张发给秦魏宇，他便不动声色地陪着纪之楠聊了一晚上的微信解闷，从人生哲学谈到柴米油盐，毫无保留地把自己二十多年的经历都交代了。

纪之楠：所以你的愿望是当飞行员？纪之楠的好奇心成功被他挑起。

QY：嗯，十几岁时想过。

纪之楠遇见他的时候，他已经十九岁了，冷着脸不苟言笑，往那儿一坐，周身自带煞气，别人都离他远远的，也就纪之楠傻乎乎地被他吸引。

纪之楠：［白眼］那你为什么不考航空学院?

QY：视力不达标。

纪之楠：［发呆］怎么会?

QY：本来不错，后来经常夜里看书学习，慢慢就不行了。

纪之楠不禁唏嘘，原来学霸也不好当啊。

QY：而且飞行员挣得不够多，养不起你。

纪之楠差点跳起来，回道：［敲打］谁要你养了？我挣很多的。

QY：嗯。可我想做你的后盾，让你今后无论做出什么决定，都不会有后顾之忧。

纪之楠捧着手机半晌，最后回了个微笑的表情过去。

《夜奏》那场阳光下抛尸的大戏终究是延后拍摄了，导演担心纪之楠回家一趟，情绪不稳，安排了几场冲突小的戏放在前面做铺垫，等到拍大戏的时候纪之楠状态绝佳，没几条就过了，剧组上下士气大振。

这部分拍摄完毕，纪之楠和隋懿去录了一期《爱的初挑战》，接着回剧组就换了拍摄地点，一样是市郊，但是与市中心距离更远，周围有山有水有树林，剧组就驻扎在山下的小旅馆中。

经过上次地震一事，秦魏宇对野外环境尤为担心，还过来考察过几次。他来的时候都是下午，山高路远，天黑路不好走，纪之楠不放心他晚上独自开车回去，只好每次都让莉莉去送房卡，偷偷摸摸把他安排在自己房间里，收工后就急忙往回赶，颇有金屋藏娇的感觉。

这天秦魏宇带了最近网上很红的自煮小火锅过来，纪之楠万分期待，倒上水，等小火锅加热时，就握着筷子掐表盯着，时间一到就要去掀盖子，要不是秦魏宇拦得快，就要烫着手。

先开的是麻辣锅，等那边的清汤锅也开了，纪之楠已经把麻辣锅里的肉类消灭得差不多，眼巴巴地盯着秦魏宇的那份。秦魏宇叮嘱纪之楠蔬菜也要吃，纪之楠噘着嘴用筷子戳自己碗里的菜，挑挑拣拣地吃了几口。

纪之楠嘴上傲娇，爱跟人对着干，实际上懂事又乖巧，一点都不让人操心。秦魏宇现在看自家媳妇儿，真真是觉得哪里都好，挑食都那么可爱。

山下小旅馆条件虽然简陋，但剧组包的几个房间还是配了电热水器。秦魏宇在洗漱，纪之楠趁他不在去看他的微博，点进去就看见他把今天吃的小火锅拍照发上去了，配了微笑的表情。

微博底下有纪之楠的粉丝评论：

“天啦！小哥哥发微博了！”

“为什么没有自拍？差评！”

“看起来好好吃啊，小哥哥是接广告了吗？”

“这个表情让我虎躯一震。[汗]”

“小哥哥不会不知道这个表情有多惊悚吧？”

“没想到你是这样的小哥哥。[微笑][微笑][微笑]”

“这条微博的重点难道不在于有两份火锅吗？”

“果然好看的小哥哥都有对象了，哇的一声哭出来！”

纪之楠看得直乐，一个不留神就点赞而不自知，等发现后再取消已经晚了，纪之楠点赞的截图都被粉丝发到微博话题里去了。

被点赞的“哇的一声哭出来”的妹子惊喜又茫然：“楠楠喜欢看我哭咩？那我多号几声！呜呜哇哇嘤嘤嗷嗷嗷咩——”

很快就有其他粉丝闻讯赶来，说重点难道不在纪之楠为什么会翻男粉哥哥的评论这件事上面吗？

她们开始头头是道地分析，连秦魏宇发的照片中入镜的两根手指都被拿出来研究考据。纪之楠急得满床打滚，边滚边想以后再也不用大号刷微博了。

后来莉莉登上工作微博号去控评，把大家的关注点往纪之楠的新剧急需刷话题上面引，福尔摩斯般的粉丝们终于放过这个赞，跑去打榜了。

纪之楠劫后逢生，仔细一想，都是秦魏宇发微博惹的事，立刻甩锅给刚洗漱完出来的男人，狠狠地说：“以后不要再过来了！”

谁知秦魏宇就真的听话不来了。原本他一星期至少来两趟，这会儿眼看半个月没见人影，虽然电话、短信一样没少，但纪之楠还是坐立不安起来。

纪之楠想起秦魏宇之前留宿的几晚，两个人吃了饭，看会儿电视就躺下，然后盖着被子聊天；早上起床，秦魏宇都只是亲亲自己的脸颊，告诉自己该起床了，或者还能再睡会儿，然后自己起床去卫生间。纪之楠的心思百转千回，对秦魏宇的态度转变尤其敏感，可是自己叫人家别来的，又不好意思开口问，整天除了拍戏就是在心里琢磨，昨天下午休息时还脑补了一出婚内出轨的戏码。想得太入神，纪之楠扔矿泉水瓶时把手机也丢进了垃圾桶。

莉莉哪能看不出纪之楠魂不守舍，立刻向秦魏宇汇报了这件事。秦魏宇如今开窍了，一点就通，晚上就打电话来，主动给纪之楠报备说这阵子公司里忙，每天的吃住几乎都在公司解决，怕纪之楠担心才没有说。

“以后我每天都向你汇报一天的行程，方便你检查监督。”秦魏宇保证道。

纪之楠觉得害臊，忙道：“我才不检查，你别给我发。”

秦魏宇摸透了纪之楠的口是心非，从第二天开始，每天像列工作计划似的给纪之楠发行程，晨昏定省，事无巨细。

纪之楠嘴上嫌弃，其实每条短信都看得很认真，从简单的几段文字中了解到秦魏宇平时工作真的很忙，每天都要在好几个公司之间来回跑，有时候还要出差，经常连饭都顾不上吃。

实际上他忙还有一个原因，但被他选择性地略过了。最近正值多事之秋，秦魏宇的继母和两个哥哥见他受秦晟器重，频频对他发难，他正凭借梦中先知的记忆，一边见招拆招，一边暗中部署，准备伺机将他们扳倒。

虽然现今他已经决定不再背负长辈们的恩怨，但那些人紧咬着他不放，他也不会坐以待毙。只有站稳脚跟，攀至无人能撼动的地位，他才有足够的能力保护他的纪小星。

慢慢地，纪小星本人也投桃报李一般给秦魏宇汇报自己的生活，大到“后天飞 C 市录节目”“新剧收视飘红”，小到“今天被导演夸了”“晚上节目组一起吃饭”，都絮絮叨叨地说给他听。

两人终于能直接坦诚地交流，“传声筒”莉莉逐渐退居幕后，深藏功与名。

八月底的某一天，纪之楠向秦魏宇分享自己得到的最新消息：我上的真人秀节目最后一期要去华晟地产录制。[傲慢]

纪之楠心里兴奋，但表面上还是要装得淡定一点。

秦魏宇不一会儿就回复：恭喜。[鼓掌]

纪之楠撇撇嘴，恭喜个头啊！这时发现秦魏宇会学自己发表情的习惯，包括上次微博上那个引人注目的微笑表情。

知道秦魏宇在忙，纪之楠直切主题问：九月五号那天，你在华晟吗？

QY：不在，要出差。

纪之楠难掩失落，回了句“好吧”，结束本次聊天。

他们俩快有一个月没见面了，纪之楠忍不住想，不知道他的头发长长一点没，还扎不扎手。

转眼到九月五日，纪之楠前一天晚上就回了市区家里，秦魏宇果真不在。

天气不再燥热，夜间隐隐有些凉意，阿姨给床上换了厚毯子，纪之楠一个人躺在偌大的床上，给远在他国的秦魏宇发了句“晚安”。

早上莉莉来接纪之楠，强调了一路“千万不要表现出对这个公司很熟悉的样子，千万不要提秦总”，纪之楠不胜其烦，心想：我又不傻，至于把我当小孩念叨个不停吗？

莉莉正色道：“严格说起来，您可是华晟地产的老板娘，这要是捅出去，不得炸开锅啊？”

纪之楠挑眉看她，摸着下巴说：“不好意思，我不是老板娘，我是老板。”

《爱的初挑战》最后一期的主题是美味食堂，选择华晟是因为它有个足足占了两层楼的员工餐厅，且在网上风评极佳，据说有吃货就因为餐厅饭菜味道好，才想进入华晟就职。

纪之楠到的时候，节目组还在做准备工作，一箱箱新鲜的食材往后厨抬。纪之楠好奇地巡视一圈，连食堂都如此井井有条，老板表示很满意。

嘉宾陆续到齐，刘雨卿给全剧组带了早餐，大大咧咧跟导演说要跟纪之楠分在一组，就她和纪之楠还没同组活动过，纪之楠欣然答应。

隋懿笑着在一旁插话：“大家想吃什么尽管说，都别跟我抢人啊。”

为了节目效果，纪之楠和隋懿搭档的次数最多，两人的CP在网上越炒越热，势头高涨。隋懿此言一出，周围人便纷纷起哄。纪之楠知道大家只是开玩笑，但心里还是别扭得慌。

陆姌在边上阴阳怪气地冷哼一声，纪之楠怕她管不住嘴，忙扯开话题，应景地带头聊起网红美食。

节目开始拍摄，纪之楠和刘雨卿果然被分到一组。两人都是厨房杀手，抽签抽到甜品制作，都松了口气。然而甜品也不是那么好做的，光是过筛和打蛋的步骤就弄得鸡飞狗跳，两人做个简单的纸杯蛋糕，弄得满脸都是面粉。

把蛋糕推进烤箱，纪之楠躲在角落里发微信：我做了蛋糕，可惜你尝不到咯。［转圈］

秦魏宇那头没回复，可能在睡觉倒时差。纪之楠便没再打扰他，洗洗手继续忙活。

到中午食堂开门，两人又做出蛋挞和曲奇两种甜点，卖相不怎么好，但味道还凑合。五位嘉宾戴上口罩开始卖货，游戏规则是哪个窗口的营业额多，哪一组即获胜，如果被路人认出来，则直接淘汰出局。

纪之楠很紧张，口罩都快拉到眼睛上了。幸好华晟工作节奏快，几乎没人注意打饭阿姨换了人，只有几个年轻姑娘好奇询问，纪之楠压低声音神秘道："阿姨请假了，我来替她一天。"

忙活一中午，五个嘉宾竟一个也没被人认出来。接着统计结果发布，纪刘组的甜品屋和隋陆组的煲仔饭窗口营业额分毫不差，并列第一。和夕夕一组的林伟凡大呼节目组一定搞了鬼，镜头给到边上的工作人员，大家伙儿齐齐摊手，数脸无辜。

既然是比赛，就要决出个胜负。节目组经过商量，决定邀请华晟地产一位高层领导出面品尝，评出高下。

华晟之前出了聚众闹事的负面新闻，这次同意接纳娱乐节目的拍摄，意在维护公司在大众心中的形象，不仅无偿提供场地和物资，为迎合节目"爱"的主题，还主动捐赠了几所以节目组命名的希望小学。导演请华晟高层领导露脸的举动算是卖个人情，顺便表达感谢。

没承想，过了一会儿，派出去请人的工作人员就回来了，说华晟的高层领导全部在开例会，连部门主管都不在。待会儿还要拍外景，时间不等人，导演刚准备另寻他法，外头突然传来消息，说总裁回来了，愿意过来参与节目录制。

纪之楠以为自己听错了。总裁？难道华晟还有其他总裁吗？

心脏扑通扑通跳得厉害，纪之楠辨不清惊和喜哪个比较多。等到风尘仆仆的秦魏宇真的出现在面前，纪之楠才有了些许真实感。

陆姌大老远就喊了声"三哥"，圈里人都知道她来头不小，惊讶了一瞬后，倒也没觉得太稀奇。结果秦魏宇没应她，直接问节目组负责人需要他做些什么，迅速沟通好流程后开始拍摄。

面前的两组四个人，除了刘雨卿不认得他，其他人和他都互相认识。亏得大家都是演员，吵闹拉票的戏码演得有声有色。陆姌嘴上喊着要用美人计，举着勺子就往秦魏宇嘴边送，结果秦魏宇稍稍后退，然后从她手里接过勺子，自己尝了一口。

到了纪、刘这组，刘雨卿莫名推搡着纪之楠上去喂。纪之楠只露了两只眼睛在外面，口罩底下的脸已经开始发热了，秦魏宇脸上却没什么表情，好像根本没认出纪之楠。

戴上一次性手套，纪之楠硬着头皮拿起一块曲奇，刚准备送到秦魏宇手里，秦魏宇稍一低头，直接就着纪之楠的手把曲奇咬进嘴里。

纪之楠举着手，窘迫得恨不得找个地洞钻下去，暗骂这家伙太猖狂，回头自己又该被周茹姐教训了。

第一名自然给了纪之楠那组，主持人问秦魏宇原因，他笑了笑说："很甜。"

他的回答是一贯的惜字如金，却让纪之楠的耳朵都红了。

最后嘉宾们挨个跟秦魏宇握手，轮到纪之楠的时候，夕夕姐在边上插嘴说："纪老师是不是该感谢一下咱们的秦总？赠送一个拥抱呗！"

纪之楠"啊"了一声，还站在那儿发愣，就感觉秦魏宇握着自己的手突然发力，一把将自己带到怀里。

然后他用只有他们俩能听见的声音在纪之楠耳边说："晚上在家等我。"

回去的路上，莉莉又像个操碎心的老妈子唠叨了一路，求他们秀恩爱低调一点，她还想好好活着。纪之楠不以为意，边哼歌边拿出充电宝，摇头晃脑地摆弄。莉莉说得激动，前面红灯亮起，一脚刹车踩得有点猛，纪之楠手一抖，充电宝掉在地上。

"女司机您还是仔细看路吧，待会儿下了车，给您五分钟时间当面唠叨行不？"纪之楠说着弯腰把东西捡起来，外面的布套滑开，露出充电宝身上黑乎乎的涂鸦。

只一眼，纪之楠就发现不对劲。原本充电宝上头画着一颗星星和一个月亮，是自己去年在剧组等戏时的无聊之作，当时画完觉得画面有点空，便拿着笔给星星添了个气泡框，里面歪歪扭扭写了句"Do you love me？"。

纪之楠有许多话说不出口，无一例外都选择了倾注于笔下，然后悄悄藏起来。后来纪之楠觉得这行为既幼稚又羞耻，自己都没再打开布套看过。

而此时，弯弯的月亮旁边也多了个气泡框，里面用黑笔端端正正写着"Yes,I do"。

华灯初上，院子里的星星灯将回家的路照得温暖而明亮。

秦魏宇停好车，抬头看见一楼、二楼都没有灯光，疑惑地打开门。一缕光线刚从门外漏进玄关，秦魏宇猛地被屋里扑过来的黑影按在墙上，毫无章法地亲了一下。偷袭的人动作生涩又紧张，能主动至此大约已经花去纪之楠积攒起来的所有勇气。纪之楠连灯都没敢开，怕一看见秦魏宇，就什么都做不出了。秦魏宇手上的东西掉在地上。

纪之楠边喘边问："喜欢我吗？"

秦魏宇直直看着纪之楠水汪汪的眼睛，肯定道："喜欢。"

"真的？"

"嗯，真的。"

纪之楠也看着秦魏宇，他的眼睛里没有犹豫，没有躲闪，满满的全装着自己。

"我做的蛋糕……还有曲奇……真的很甜……吗？"纪之楠又问。

秦魏宇低头亲了纪之楠一下，道："甜，不过没你甜。"

半个月后，《夜奏》全员杀青，纪之楠和剧组一起吃了顿散伙饭，当天晚上就被秦魏宇接回家。夜路不能一个人走，但两个人就没问题了。纪之楠非要打开天窗看夜空，秦魏宇怕纪之楠着凉，只准小家伙看一会儿。郊外空气新鲜，连星星都比别处的亮。

第二天纪之楠起了个大早，穿戴整齐下楼，饭吃得比平时多了不少。秦魏宇要去工作，纪之楠把他送到门口，挥手甜笑着说："拜拜，早点回来。"

秦魏宇差点就不想走了。

他隐约察觉纪小星有事瞒着自己，中午打了个电话回去，纪小星说在吃饭，电话里传来碗筷碰撞的声音，这小家伙应该没有撒谎。下午他再打电话回去，纪小星接得很慢，在电话里一个劲儿地喘，压着声音，以为他听不到。他问纪之楠在干什么，纪之楠就说没干什么啊，刚睡午觉呢。

有猫腻，秦魏宇如是想。

他把下午的会议挪到明天，早早下了班，车子驶近家门口，就看见一辆小货车停在那里，两个工人模样的男人正把一台跑步机往屋里搬。

秦魏宇跟在后面进去，阿姨见他回来了，刚要往楼上通报，他让她不要出声，自己换了鞋上楼去。

秦魏宇推开卧室门，看到满地都是衣服、杂物，纪之楠蹲在中间收拾，背影都是崩溃的，自言自语般地嘟哝：“我怎么会有这么多东西啊……”

有人靠近，纪之楠也没察觉，正捧着许久不碰的日记本犯难，纠结半天该放在哪儿，站起来准备先塞到床底下，一转身就撞上一堵墙似的秦魏宇。

“你你你干吗不出声？吓死我了！”纪之楠拍拍小心脏，嗖地把日记本藏在身后。

秦魏宇说：“这个可以放在书房。”

“啊？”纪之楠假装听不懂。

秦魏宇指指纪之楠身后，道：“日记本，可以放在书房。你还想写的话，可以去书房写。”顿了一下后补充道，“里面的内容我都看过了。”

纪之楠的脸上险些没挂住。纪之楠猜，应该是因为那个梦，自己走后秦魏宇有可能看过自己的日记，但猜测是一回事，被人当面说出来就是另外一回事了，这让纪之楠有一种脱光了站在太阳底下的羞耻感。

有时候太过坦白也不完全是件好事啊。

纪之楠别别扭扭地抱着日记本去书房，在书架前站定，目光在上面搜索合适的空位，搜着搜着就变成寻找另一样东西了。

秦魏宇抬起胳膊把一本相册从书架上取出，问道：“在找这个吗？”

纪之楠心跳如擂鼓，眼睛忍不住往上头瞟，嘴上却否认道：“不是啊，这是你的东西，我找它干什么？”

秦魏宇把相册往前推了推，淡定道：“早就想处理掉了，但一直没得空闲，拖着拖着就忘了。”

纪之楠盯着相册看了会，却没有接，他把相册推回秦魏宇怀里，道：“还是收着吧，谁没点过去呢？我小时候还喜欢过林伟凡大哥，现在还存着他的海报呢。”

秦魏宇知道纪之楠在给他找台阶下，他的纪小星从来都是心软又善良的，宁可把一根刺扎在心里，也不舍得让他为难。要怪只能怪他自己，年少懵懂时错把欣赏当成喜欢，结果在它真的降临的时候，不仅没有用阳光和雨露给它滋养灌溉，还让它在怀疑和误解中被蒙上尘埃。

幸得上天眷顾，他回头时它还在，动手擦一擦便又恢复光彩。

“纪小星。”

纪之楠正在把日记本往书架上塞，闻声回头道：“嗯？”

“我爱你。”

“……嗯。”

“只爱你一个。”

“……哦。”

“没有别人，从头到尾只有你一个。”

“嗯……知道了。”

“我……”

纪之楠恼羞成怒，一巴掌堵住秦魏宇的嘴，忙道：“知道了知道了，不准再说了！”

下午还在为自己把东西往这边搬感到丢脸的纪之楠，晚上就心安理得地将杂物交给秦魏宇收拾，毕竟两个人从今以后就住在一起了。

纪之楠闲来无事，试了试自己闲置数月的跑步机，结果跑不到十五分钟就手脚发软，遂滚了下来，纵身一跳，呈大字形躺在床上，伸着舌头说自己大概是废了。

秦魏宇收拾完东西，像模像样地给纪之楠写了一份假期运动计划，纪之楠看了一遍，眨巴着大眼睛问：“游泳课……你就不怕有人占我便宜？”

秦魏宇莞尔一笑，道：“不怕，老公亲自教你。”

做了些预备运动，为即将到来的运动计划打下坚实的基础后，两人窝在床上看《爱的初挑战》最后一期的夜间重播。

这是两人首次在大众面前同框，纪之楠莫名有种公开关系的错觉，全程攥着拳头看完，手心都捏出汗来，直到片尾曲响起，才长长地呼出一口气。

秦魏宇被纪之楠这样子逗笑了，摸了一把纪之楠的头发，问：“怎么紧张成这样？”

纪之楠倒在秦魏宇怀里，懒懒地打了个哈欠，咕哝道：“你的出道首秀，能不紧张吗？”

纪之楠其实是担心秦魏宇受到粉丝攻击，不过节目组显然很上道，把秦魏宇从自己手中咬走曲奇的画面截掉了，不然两人确实十分暧昧，难保看客不会多想。

第二天醒来纪之楠做的第一件事就是刷微博，经过一晚上的讨论发酵，舆论方向大致定型了，节目微博刷一刷，自己的微博刷一刷，风平浪静，粉丝们的关注点基本上都放在偶像本人身上。

纪之楠咂咂嘴，刚要放下手机睡个回笼觉，莉莉就发了个链接过来，点进去一看，不得了，谁说没事的？大事都在微博话题里闹腾着呢。

该视频微博的标题叫：天哪！一小时二十二分三十五秒开始，评论见！

视频从秦魏宇出现开始，一直剪到他退场。纪之楠忙去翻评论，热评第一、第二分别是秦魏宇扣着帽子的一张侧脸和《爱的初挑战》视频里截出来的一张侧脸，再往下翻，评论队列整齐，一水的“我天！”。

粉丝们的震惊程度可见一斑。

纪之楠顺着该微博点进微博话题，除了昨天自己在节目上的一些小视频和新鲜出炉的表情包，几乎都是粉丝们的感叹：

“我们楠楠的粉丝已经是总裁级别的了吗？再看看我，只会吃饭睡觉养肉肉。[泪]”

“上周刚去华晟面试，早知道和他们总裁追同一个偶像，应该写在简历里啊！”

“我有一个大胆的想法，华晟赞助这期节目，不会就为了方便总裁追星吧？”

“还是觉得不可思议……@ReachForAStar 是你吗，亲？”

也有人玩笑道：“手头上没几个公司都不好意思说自己追星啊，唉！”

纪之楠看得满脸黑线，心里又迷之自豪，扫了一圈没看到对秦魏宇有威胁的言论，问莉莉：怎么了嘛？[困]

莉莉回复：秦先生红了。

纪之楠：然后呢？[困]

莉莉：后援会会长找到我，问我能不能联系到他，请他加入后援会。

纪之楠谨慎起来，忙问：干什么？

莉莉：她说秦先生指头缝里漏出来的经费就够支撑后援会运转一年了，只要他愿意加入，以后每场活动都给他留一百个应援手幅。

纪之楠：“……”

等到纪之楠学会游泳，已是初秋十月。纪之楠这一假放得漫长，中间只有几个广告拍摄和杂志访谈之类的小通告。只要纪之楠在本地工作，秦魏宇都会亲自接送。周茹跟过几次行程，忧心忡忡地提醒纪之楠别太沉溺于情爱，工作还是要放在第一位。

纪之楠点头道："嗯，我知道，男人算什么东西，还是钱最靠谱。"

在车里等老婆下班的秦先生打了个喷嚏。

"之前你不是很抗拒这桩婚事吗？怎么突然就转了性？"周茹问。

纪之楠吸一口奶茶，说："以前是怕陷进去出不来。"

"现在呢？"

纪之楠笑得眉眼弯弯，道："现在想通了，拉他一起下去不就好了？谁都别想跑。"

等纪之楠拍完杂志封面，秦魏宇直接载着纪之楠去世纪音乐厅。杨珂将在这里举行最后一次加场复出演奏会，这也是她在国内的收官表演。

两人坐在前排中间位置。演奏会没开场时，纪之楠一副"我就随便听听，睡着了就别弄醒我"的模样，到演奏会开场，身穿红色连衣裙的美丽女人款款走上台，纪之楠的目光就没从她身上移开过，听到熟悉的曲目还会用手在膝盖上敲敲打打。

最后杨珂站起来向观众鞠躬，音乐厅里掌声雷动，纪之楠的唇角向上高高翘起，鼓掌比谁都带劲。

母亲永远是纪之楠心里最美的那朵玫瑰花，碰了会疼，拔掉又会哭的那种。

散场后，秦魏宇把纪之楠送到后台，自己很识相地走开。

"明天就走啊？"纪之楠问。

杨珂道："嗯，在Y国的演奏会放在下周。"

"哦。"纪之楠低头看脚尖。

纪之楠的长相更像母亲，看着杨珂的脸，纪之楠总会想到小时候周围邻居夸自己好看，杨珂总是会把自己抱起来，与自己脸贴着脸，笑盈盈地说："我家孩子哪里都像我，将来是要当演奏家的。"

哪料纪之楠没当成演奏家，最后做了个演员。

"最近工作顺利吗？"杨珂问。

"挺好的。"纪之楠顿了顿，说，"谢谢您。"

杨珂知道纪之楠在谢她帮忙给纪之楠和《夜奏》的导演牵线的事，温声道："没什么，你不要有心理负担，最后能拿到角色完全是你自己的本事。"

纪之楠点头，两人沉默了一会儿。

“小星。”

纪之楠抬头，问：“嗯？”

杨珂看见纪之楠左手无名指上的戒指，到嘴边的话又咽了回去。她笑着说：“有时间来Y国玩，妈妈带你去看那里的海。”

纪之楠垂下眼帘，复又抬起，也露出一个微笑，答道：“好。”

十一月初，秦氏集团内部人员大洗牌，八卦消息都在说秦家后宅不宁，多年前的争风吃醋演化到谋害人命的丑事在坊间传得有板有眼。然而事实究竟如何，外人不得而知，大家只看到从前默默无闻的秦家三少爷越来越多地出现在各种场合，代表整个秦家露脸，俨然成了被重点栽培的家族继承人。

圈中人心思活络，最会见风使舵，眼看秦家变天，便成群结队地调转方向，秦魏宇近些日子收到的聚会邀请都比往常多了一倍有余。

这天他下班前，助理又送来邀请函，提醒说这是李少这个月送来的第三张了，再推掉恐怕不太合适。秦魏宇翻翻日历，给在外地拍戏的纪之楠发了条短信，然后坐车前往聚会地点。

路上秦魏宇收到纪之楠的回复：去呗，少喝点酒。[傲慢]

秦魏宇神色温柔，飞快打字问：明天回来吗？[可怜]

纪之楠：忙着呢，没时间。[困]

秦魏宇看破不说破，回了个心碎的表情配合纪之楠演戏。

晚上聚会到一半，他就起身要走，立刻有人拉着他：“秦少这么早回去作甚？看看这一屋子姑娘，可都是冲着您来的，您忍心就这么走了吗？”

秦魏宇不动声色地拍开拽着他的那只手，冷淡道：“不好意思，家里那位在等我回去，先走一步。”

推开家门，里头依旧漆黑一片，秦魏宇刚迈上玄关台阶就踢到什么东西，伸手一摸，是一只行李箱。

他不在家的夜晚，某个小家伙总是不爱开灯。

秦魏宇只开了玄关一盏昏黄的灯，蹑手蹑脚走进去，不出意外地在沙发上看见团成一团、睡得正香的纪之楠，旁边的茶几上摆着一个硕大的蛋糕盒。

秦魏宇先摸了摸纪之楠的手，还是温的，应该没睡多久。他弯腰把人抱起来，楼梯上到一半，纪之楠悠悠转醒，迷迷糊糊地说：“你回来啦。”

秦魏宇把人放到床上，纪之楠困得眼睛都睁不开，还挣扎着要起来，嘴里咕哝着：“十点半了……马上就到明天了……”

秦魏宇按住纪之楠，亲了亲纪之楠的额头，柔声道：“乖，蛋糕明天白天吃也是一样的。”

纪之楠最近起早贪黑地拍戏，连睡觉的时间都要争分夺秒，跟沉重的眼皮搏斗几个来回，最后以失败告终，在秦魏宇臂弯里沉沉睡去。

第二天早晨，秦魏宇是在叮叮咚咚的钢琴声中醒来的。

可能是昨天晚上喝了点酒的原因，他难得比纪之楠起得晚。

纪之楠正在弹《土耳其进行曲》，纤长的手指在琴键上翻飞跳跃，秦魏宇一个不懂音乐的人也听出节奏越来越快，像在催人赶紧过来跪下。

秦魏宇心中有数，走过去就沉声道歉：“我错了。”

纪之楠敲下最后一串音符，歪头看他，道：“错哪儿了？”

秦魏宇诚恳道：“零点没有把你叫醒。”

纪之楠哼了一声，站起来往餐厅去。蛋糕已经摆在桌上，上面插着两根数字蜡烛。

今天是秦魏宇二十六周岁生日。

“你也别太高兴，”纪之楠边点蜡烛边说，“我做这个蛋糕是为了庆祝自己被提名，不是特地给你过生日。”

听了这话，秦魏宇脸上的笑容越发灿烂：“嗯，我知道。”

知道你口是心非。

纪之楠又拿出一瓶红酒，道：“喏，这个给你尝尝，纯天然、无添加，不信的话，我可以先帮你试试。”

秦魏宇有些愧疚，他握住纪之楠的手，道：“好宝宝，看在我生日的分上，你就饶了我吧。”

纪之楠的脸腾地红了，这家伙最近不知道跟谁取的经，对自己的称呼那叫一个花样百出。

大人不计小人过。纪之楠大人坐下，清清嗓子说：“既然蛋糕都有了，那我就勉为其难给你唱首生日歌吧。”

秦魏宇在纪之楠对面坐下，洗耳恭听。

外面太阳正好，秋天的第一片落叶打着转慢悠悠坠落，眼前的人沐浴在阳光下，却比阳光更加夺目耀眼，清亮的歌声响在耳畔，比他听过的所有旋律都要动人心弦。

梦中他的最后一个生日，会给他唱生日歌的那个人不在身边。

他像往常一样早早起床，穿上笔挺的西装，走进公司，打开电脑，邮箱里躺着整整三页的生日祝福邮件，他却一条都不想点开看。

中午助理进来送餐，不敢多做打扰，放下蛋糕就带上门出去了。

秦魏宇忙到下午上班时间，才把目光从电脑屏幕上移到小小的蛋糕盒上，打开挖了一勺奶油送进嘴里，尝不出什么味道，舌头好像麻木了。

华晟员工享有生日带薪休假半天的福利，下午助理姑娘提醒秦魏宇时，他先是愣住，然后问她："过生日，一般都干些什么？"

助理被问得愣住了，磕磕巴巴道："生日的话……一般就是跟朋友聚餐，或者回家过，吃蛋糕，点蜡烛，许愿……大概就这样。"

秦魏宇点头。

他一个人开车上了千叶山。那时正值大家烧完香、拜完佛的返程高峰，等他到了山上，太阳即将敛去最后一丝光亮，天色昏暗，庭院佛堂里人烟稀少，白天供奉的香烛也快燃烧到尽头，只有和尚敲木鱼的声音在秋日微凉的空气中飘荡。

秦魏宇看着院子中间挂满红色绳结的树入了神，小和尚出来清扫时，他才迈开步伐走进佛堂。

老和尚念完最后一段经文，睁开眼睛就看到一个年轻男人立在佛像面前，面上无悲无喜，瞧穿着打扮，应当正处在人生中春风得意的好时候，何以要来这里寻得安宁？

进来的都是客，老和尚手握佛珠，上前问道："施主想求点什么？"

秦魏宇一怔，嘴唇翕动几下，半晌后才道："我想要纪小星回来。"

老和尚摇头，念了声"阿弥陀佛"，缓缓道："风起缘散，往事休提。"

下山时夜幕低垂，月明星稀，秦魏宇把车停在路边，站在外面看了好久的天空，直到云飘过来，遮挡住皎月的光亮。

都说过生日要许愿，凭什么他的愿望就不能实现？

他开车飞速行驶在环山公路上，脑中不断盘旋着那句无可奈何的"往事休提"。

往事休提。

那以后呢？

他承认自己偏执得有些疯狂。在别人看不见的地方，他把那些得不到的东西放在心里，不死不休地折磨自己。他本来一伸手就能得到他想要的——完好无缺的一个人，完完整整的一颗心。

秦魏宇咬紧牙关，将油门一踩到底。他抬头透过天窗望向天空，许是车子开得太快的关系，云被风吹散，点点星光露出来，忽隐忽现，像是在朝他眨眼睛。

整整四个月，他的心情从未有此刻这般轻松，好似盘绕在心头许多年的乌云也终于散开，他整个人豁然开朗，得见天地。

——纪小星走了，我可以去追啊。

风在耳边呼啸，伴着轰鸣的引擎声，他目不转睛地看着夜空里的星星，最后深吸一口气。

“喂，唱完啦，你有没有在听？”纪之楠不满地拍桌子。

“嗯，好听。”秦魏宇鼓掌。

纪之楠翻白眼，无语道：“你就吹吧，以后不给你唱了！”

“不一定要唱，说也是可以的。”秦魏宇开始切蛋糕，“不过唱的话，我会更高兴。”

纪之楠哼了一声，把这事儿认真记在心上，然后手舞足蹈地指挥秦魏宇给自己切块小一点的，顺便帮忙算一下热量，周茹姐又嫌弃自己这阵子长胖了。

吃完蛋糕，阿姨还没过来，纪之楠说要去跑步机上挥洒汗水，秦魏宇便揽下收拾的活儿。

秦魏宇在厨房里接到舅舅岳松的电话。都说外甥像舅，他这个舅舅平时跟他一样寡言少语，能用文字绝不用嘴，他回国后就把电话号码给了舅舅，这还是舅舅第一次打电话来。

“小宇，生日快乐。”

秦魏宇正在洗盘子，打开免提把手机放在料理台上，对着话筒说：“谢谢舅舅。”

“怎么样，去年的生日愿望实现了吗？”

“嗯，承您吉言。”

“那就好，和小楠好好过日子。”

电话刚挂断，偷懒没挥洒汗水的纪之楠就从背后跳上来搂住他的脖子，踮起脚把脑袋搁在他的肩膀上，凶巴巴地问："去年的生日愿望是什么？快告诉我！"

秦魏宇笑了笑，湿手伸到后面点了点纪之楠的鼻子，纪之楠吓得一缩，然后愤怒地用手挖了一块边上放着的蛋糕，抹得秦魏宇满脸都是奶油。

这些日子以来，秦先生初尝家有明星的不容易。

纪大明星如今炙手可热，刚传出凭着肖扬这个角色被提名年度最佳演员的消息，接下来还有电视剧和电影要上，前途一片光明。即便最后纪之楠没有拿到今年的年度最佳，一个重量级的提名也足以奠定纪之楠的人气和地位。

纪之楠难得请了半天假，下午就要回剧组去，秦魏宇揽着纪之楠睡午觉。

"哎，你说……"

"叫老公。"秦魏宇纠正道。

纪之楠还不太习惯这个称呼，皱着脸哼哼唧唧道："嗯……老……老公你说，梦里我也演了肖扬，但为什么没有拿到提名？明明都是我演的啊。"

秦魏宇想让纪之楠趁着太阳好多睡一会儿，一边轻轻拍纪之楠的胳膊，一边小声说："只是梦。"

纪之楠打了个哈欠，含糊道："嗯……我想也是。"

秦魏宇看着怀里呼吸绵长、像只小猫一样的纪小星，心想：运气最好的其实是我，在梦里被那样好的人爱着，梦里的一生恍然而过，眨眼间回到当下，许下的第一个生日愿望就这样轻轻松松地实现了。

一年前的今天，秦魏宇下定决心把自己错失掉的幸福追回来。

他给舅舅写了封信，在信里说：

我想摘一颗星星。

数天后，他收到舅舅的回信：然后呢？

秦魏宇摊开白纸，在上面虔诚地写下一句话——爱它，保护它，一辈子。

# 番外一 秦魏宇

“魏宇，今天家里蒸螃蟹，你留下吃饭呗。”

纪之樟跟我说话的时候，那个小家伙正躲在角落里偷看，还以为我不知道。

“不了，我得回去。”我想了想，还是说，“别这么叫我。”

纪之樟拍了下我的肩膀，打趣道：“还非得连名带姓地喊你啊？生不生分啊？魏宇，魏宇，魏宇，我就叫你魏宇，不行吗？”

其实我不喜欢这个名字，尤其是中间那个字。可我已经习惯隐藏情绪，而且对方是纪之樟，我来到这里后第一个对我表达善意的人。

“行，随你。”我说。

我没留下吃饭，因为父亲叫我回去，今天是继母的生日。

纪之樟黑着脸送我出来，我说下回，纪之樟就又笑了，说一言为定。走之前，我不经意回头瞟一眼，那个小家伙露在门外的半个脑袋立马缩回去了，傻乎乎的，一点儿都不像纪之樟。

晚饭时间，我把准备好的丝巾送了出去，魏萱一脸惊喜，说非常喜欢这个花纹。睡前我就在厨房的垃圾桶里看到那条丝巾，包装都没拆。

不过这不值得我放在心上，也没什么好生气的。这个家里，大家都在演戏，演母慈子孝，演其乐融融，谁能坚持到最后，谁就是赢家。

在我出国之前，父亲带我回祖籍所在地烧香，把我的名字正式登上族谱。

我们晚上回来后，魏萱的脸色很难看，我关上门都能听见她和父亲吵架的声音，到最后她还哭了。

我一个人在隔壁的隔壁安静地看书。她流的眼泪还没有妈妈的千分之一多，以后有她哭的时候。

我走的那天，只有纪之樟来送我。纪之樟去过 F 国游学，说那边的东西很难吃，给我塞了一大包吃的。我不知道要去多久，只知道这些吃的肯定支撑不到我回来。我想对纪之樟说别忘记我，可是时间那么长，人都会变，口头上的东西最不靠谱了。

到 F 国不过一周，我就吃腻了汉堡、薯条，打开纪之樟给的大礼包，里面尽是纪之樟自己爱吃的，有各种型号的火腿肠，还有速冻水饺。

纪之樟是真的没有生活常识，水饺早就化冻，都黏在包装袋上了。

但我还是支起锅煮饺子来吃，吃完从袋子里摸到一小包水果糖。纪之樟不喜甜食，我给纪之樟 QQ 留言问他是不是放错了。纪之樟十几个小时后才回我，说是问纪之楠要的，为了让大礼包里的食品种类显得丰富些。

我剥了一颗糖放进嘴里，挺甜。

L 城每天都雾蒙蒙的，很少看到太阳。这里的人也很冷漠，都刻意保持着距离，这一点正合我意。

安宁的日子过一天便少一天，我开始写博客，记录所见所闻，而固定读者只有纪之樟，他还会用英文回复我。我们假装是网友，经常在评论区下面聊几个来回。

不记得从什么时候开始，偶尔会有一个 ID 名为“LittleStar”的人给我回复，第一次跟我打招呼就是一句“Good morning”，而我没回复。

我不理那人，那人反而更起劲。那人越来越频繁地出现，有一天我看到那人的评论“Do you have a dinner？”，没忍住回复：八小时时差，语法错误。

这让我想起纪之樟家里的小孩，好像叫纪之楠，英语成绩很差，我讲题时永远傻乎乎盯着我看，问听懂没，小家伙就张张嘴，然后摇头，不知道为什么这么笨。

那人没有回我，但我发新博客，那人还是会评论，像没事人一样。我没再回复过那人，也不想看那堆乱七八糟的英文。

本科最后一年，我在博客上发了毕业证书。纪之樟对我说“Congratulations”。LittleStar也留言了，破天荒写了很长一段英文，我大致看了一下，大意是说为我高兴，也找到了自己想做的事，正在为之努力。

我只想笑。这才不是我想做的事。

我读研后学习很忙，忙到没空去想其他事情。难得有一天在网上碰到纪之樟在线，我才意识到很久没有跟他聊天了，竟也没有什么思念的情绪。

人果然是会变的。或者应该说，我对任何人、任何事都不存在割舍不下的牵绊。

纪之樟的言语中也透出疲累，说刚从实验室回家，开电脑查点资料。我们都不想提工作和学业，而我的生活像流水线一样乏善可陈，只能由纪之樟来寻找有意思的话题。

纪之樟：纪之楠你还记得吗？现在进娱乐圈了。

我皱了皱眉，问：娱乐圈？

纪之樟：嗯，演戏。昨天摔伤腿回来休养，可怜巴巴的。

我不懂演戏为什么会摔伤腿，我只知道娱乐圈不是什么好地方。我那个便宜二哥秦魏峰最喜欢娱乐圈的明星，三天两头换，有时候还带回家里。

算起来，那个小孩儿今年不过十八岁，我一直记得纪之楠的脸，又小又白，眼睛大而亮，做演员的话，应该很招人喜欢。

十八岁……还是长身体的时候，那小孩儿不好好在学校里待着，进什么娱乐圈？

第四年的秋天，我依旧没有回国，不想回去，也没人希望我回去。

倒是LittleStar，在博客上问我有没有回国的打算，说这个时间可以吃到桂花糕，又说巧克力蛋糕也不错，吃甜食，心情会变好。我突然产生好奇，点进那人的博客，对方只发过一篇博文，是受伤缠绷带的一条小腿，地板花纹和边上形状特殊的艺术灯跟纪家客厅里的一模一样。

原来这就是那个小笨蛋。

我不想深究纪之楠这样做的原因。小家伙看起来很单纯，眼神干净清澈，不是能干坏事的那类人。

可是纪之楠进了娱乐圈。

魏萱也是演员出身，能把秦晟绑住这么多年，稳坐正宫位置，手段着实了得。还有秦魏峰身边的莺莺燕燕，心机要遍，没一个善茬。想到这里，我没来由地有些烦闷，把刚点开的页面关掉了。

第五年，我提前结束学业，坐上回国的飞机。

重新踏上故土，来不及感慨万千，等待我的是一场残酷的斗争，我只能背水一战，没有退路。秦家还是老样子，魏萱亦没变。她保养得当，举手投足雍容得体，贵气十足，跟我妈妈临走时的满头银丝、形容枯槁比起来，一个天上，一个地下。

她不愧是演员，比从前更压得住情绪，将慈母这一角色演绎得淋漓尽致。我刚进入秦氏集团不久，她就开始帮我张罗婚事，妄图把我捏在手心。

我当然不能让她如愿。我心里早就有自己的择偶标准——家世尚可，能让魏萱和秦晟放下戒备，性格绵软好拿捏，最好能为我所用。

满足这些条件的人很多，我也不着急，慢慢挑。

回国一月后，我和纪之樟才都抽出时间聚一聚，地点定在纪之樟家里。上中学时，我经常去纪家，纪之樟父亲是商人，于情于理也该去走动走动。

纪家还在老地方，我买了礼品上门。纪伯父亲自给我开门，我刚坐下就热情地问我现在的工作情况，我应付好一阵才有机会和纪之樟说话。

纪之樟还是老样子，斯文、和善，脱了白大褂，完全不像在实验室摆弄试管、烧杯的研究员。五年没见，我们还和当年一样默契，聊这些年的阅读和见闻，有说不完的话题。

在我小时候，外公说我天性凉薄，这辈子难与人结善缘。我相信科学，可他说得很准。无论什么样的感情，对我来说都是奢侈的。

午饭吃到一半，纪之楠回来了。

纪之楠戴着帽子、口罩，拎着个大行李箱，风尘仆仆地推开门，像是着急跑回来的，在餐桌旁坐下的时候还在喘。

纪伯父训斥纪之楠不懂礼貌，纪之楠冲我点头，小声喊："秦先生好。"

不知是不是我的错觉，纪之楠的脸似乎比刚进门时更红了。

吃过饭，我没有多加逗留，走到院外拐角处，余光又扫到一个黑影在门口探头探脑。小家伙除了长高不少，其他看起来一点都没变。

接下来的日子更加忙碌。父亲兴许是听了魏萱的劝，对我戒备重重，我在集团旗下的一个电子产品公司里做了大半年的策划部主管，年末才获得一次晋升。

这太慢了，远远不够。

我开始认真考虑结婚的事，说是认真，实际上再儿戏不过，甚至连对方的面都不用见，就知道对方是不是我要找的理想配偶。

父亲给我寻了几个条件相当不错的世家千金，我表示高攀不起，接二连三地拒绝。他表面上觉得遗憾，心里不知道松了多大一口气。

下半年应酬多，再加上魏萱把我要成家的事透露出去，各种聚会邀请纷至沓来。社交活动有利于拓宽人脉，我参加过几次，也遇到几个条件符合的对象，回去魏萱问我怎么样，我都说挺好。

我把那些人挨个编号，到时候骰子一扔，谁朝上就选谁，简单至极。

比起那些，让我意外的是在聚会上见到过几次纪之楠。听说当明星也需要交际，尤其是不红的，削尖脑袋往这种场合里挤，盼着被哪个老板看上，从此星途坦荡。

纪之楠生在纪家，应该不缺钱，跑来这里的原因有待商榷。但来这种场合的人都带着目的，我不认为这小家伙单纯地喜欢喝酒，或者喜欢热闹。

昨天晚上李少在私人会所组的局纪之楠也来了，坐在角落里捧着一杯酒发呆。有人让纪之楠献歌一曲，纪之楠摇头不愿意，周围人便闹着让纪之楠罚酒三杯，纪之楠真就老实巴交地喝了。那酒后劲大，我都受不住，没多久，纪之楠就在那儿摇头晃脑，一副痴傻相，咧着嘴笑。

李少不知从哪儿请来的两个混蛋，凑到纪之楠跟前去，一看就没安好心。我坐的位置正对纪之楠的方向，灯光昏暗，视线避无可避，有人想占便宜。纪之楠毕竟是纪之樟的家人，我还是出手管了这个麻烦。

我扶着醉鬼出门，冷风吹过来，纪之楠团着手脚往我怀里钻。我讨厌纪之楠这副样子，把这人往外推。纪之楠抬头看我一眼，然后笑弯了眼睛，拉长声音喊我："秦——先——生——"

当我把纪之楠送回家时，纪之樟欲言又止。我隐隐猜到点什么，但拿不准该怎样询问，或许不要开口比较好，顺其自然，说不定会有意外惊喜。

最近公司里的女员工都在讨论一档真人秀节目，我从她们口中听到纪之楠的名字，好像还挺红。那天从隔壁市谈完业务回来的路上，我开了半天的车，累了就停在市郊人造湖边上抽烟。

旁边有百十个人聚在一处，地上架着摄像机。我刚抽两口烟，就听见有人尖叫，女人的声音响彻云霄：“纪老师落水了！”

我记不清当时自己是怎么想的，等反应过来，已经跳进湖水里了。

十一月份的首都温度很低，只有我一个人下水救人。当我把已经不乱扑腾的落水者拖到岸上时，周围人又哭又喊地围上来，所以我只来得及探了下纪之楠的鼻息就被挤出去了。

那人还有气。

那人竟是纪之楠。

也许是从这时开始，我和纪之楠一同坠入无边梦境，但那时的我，还对一切浑然不知。

过了几天，我就接到纪之楠的电话。纪之楠似乎还没大好，说话细声细气的，结结巴巴问我晚上有没有空，想请我吃饭。

我客气地说最近忙，不用放在心上。挂了电话后，我想，也许这就叫无心插柳柳成荫。就在预备扔骰子结个婚的当口，我接到纪伯父的电话，他以个人的名义约我单独见面。

刚坐下来，他就单刀直入地，问我是否有意向与纪家联姻。我早有心理准备，并不惊讶，只说这事应该同我父亲商量。

纪伯父笑了笑，说这不是什么大事，重要的是我的意愿。我对纪家知根知底，能规避不少潜在的风险，怎么会不愿意。没过多久，两家人订了包厢吃了顿饭，婚事就这样定下了。

那天纪之楠在桌上没喝酒，许是怕自己再失态。父亲和魏萱给纪之楠封红包，纪伯父催纪之楠给长辈敬酒，纪之楠手忙脚乱，捧着酒杯的手都在哆嗦。

最后那杯酒我代纪之楠喝了，并告诉父亲说小楠不会喝酒。

坐下的时候，我看见纪之楠的耳朵尖通红，小手在桌子底下扯了扯我的衣角，用只有我们两人能听见的声音说：“谢谢。”

我不确定纪之楠这个时候是不是在演戏，看起来十分乖巧，是我需要的那一款结婚对象。从日常表现来看，纪之楠聪明不到哪儿去，将来就算要心机也躲不过我的眼睛。

况且，纪之楠好像真的喜欢我。

于是我和纪之楠结婚了。

领证那天，看得出来纪之楠悉心打扮过，跟着我一起进民政局大厅的时候，瞧见一眼望不到头的长队，还小小地“哇”了一声。

我也是第一次来，但并不想在这种地方多做停留。我找了早就联系好的人，填表、拍照、拿证，十分钟就搞定了。

纪之楠朝那边国徽下的宣誓台看了好几眼，跃跃欲试的样子。我装作没看见，径直往外走，纪之楠忙追上来。

车上，纪之楠捧着小红本问我：“下午……您有没有时间呀？”

我本想说没有，转念想起纪伯父转给我的股份，还有刚被分到纪之楠名下的公司，改口说：“什么事？”

纪之楠见我没拒绝，连忙道：“下午我去棚里拍定妆照，就前面不远的地方，你有空的话……可以……”

我明白了，纪之楠想要我陪着去。即便是利益联姻，表面上也不能做得太难看，于是我答应了。

纪之楠很高兴，眼睛都亮了。化妆的时候，纪之楠一直往我这边瞧，我坐在边上翻杂志。纪之楠的助理端茶进来，我把茶放到化妆桌上，示意纪之楠先喝，纪之楠的脸红了，喝了两口，把茶杯转了个方向端回来，道：“您也喝。”

我没接，纪之楠这才意识到什么，局促不安道：“抱歉，抱歉我忘了。莉莉，麻烦你再倒一杯水过来。”

我有洁癖，纪之楠应该听纪之樟说起过。来到这里上中学后，我在纪之樟的建议下看过心理医生，医生很负责任地帮我分析原因，可我不想对他坦白。

这得追溯到十几年前。那时我还在乡下，妈妈病了，神志时而清醒，时而混乱。有次隔壁二叔来家里借钱，说是借，其实就是明抢。他从妈妈枕头底下翻出钱就要走，我拦着不让，说这是妈妈看病、吃饭的钱。他不耐烦，说以后给我们母子俩送饭吃。

可他送来的都是什么呢？馊掉的剩饭剩菜，还有长霉的馒头。我一怒之下将饭菜掀翻在地。二叔得了钱刚喝过酒，扬起手把我按在桌上，拿着发霉的馒头往我嘴里塞。我那时瘦弱，再加上几天没吃饭，根本反抗不了，带着怪味的馒头被塞进嘴里，令人作呕的味道盈满鼻腔。旁边披头散发的妈妈指着我傻笑，二叔发着酒疯，把我摔在地上。

从那以后，我就对脏东西产生严重的抵触心理。什么东西脏，什么东西不脏，我无形中有了一套自己的评判标准。眼下这杯茶水有些奇怪，如果是别人喝过的茶，我一定会断然拒绝，但这是纪之楠递过来的，于是我有些犹豫。

幸好纪之楠没让我为难，化完妆就出去拍照了。

我一个人又看了会儿杂志，然后站起来出去走走。那个小家伙把我拖到这儿，无非想让我看纪大明星工作时的样子，去看看也未尝不可，说不定纪之楠看到我又会脸红。

经过卫生间，我进去洗手，有两个工作人员在角落里抽烟聊天。水流声遮盖不住他们的声音，我不想听，对话内容却一字不落地钻进耳朵里。

他们聊的是今天在棚里拍摄的某纪姓明星的上位史，说这人看似单纯，实则私生活很乱，从十八岁出道以来，就和不少导演、资方有染，不然哪能红这么快，这部剧中沈彦安的角色也是这样得来的。

其中一个工作人员用鄙夷、不屑的口吻说："试镜的时候，我亲眼看见纪大明星从导演的休息室走出来，衣服都没穿整齐。"

我平静地关上水龙头，走出去，拿出手机查了下这部剧的演员名单。

纪之楠饰演沈彦安，没错。我没再回休息室，路上遇到纪之楠的助理，让她帮忙带句话，说我有事先走了，便直接离开。

真脏。

我的生活并没有因为结婚发生太大变化，只不过换了住的地方，换了和我住在同一屋檐下的人，要说有什么不一样的话，就是偶尔会发现身边确实多了一个人。严格说起来，纪之楠挺懂事，存在感并不强。下班回去，我会看到纪之楠在客厅里等我。晚上我在书房办公时，纪之楠有时候会轻轻敲门，问我要不要喝茶，其他时间都是默默在外面待着，不该问的从不多嘴。

不知是有意还是无心，纪之楠很会讨好我父亲和魏萱，每次去秦家都会准备礼物，像平常人家刚过门的小媳妇一样去厨房帮忙，甚至我那个混账二哥拉着纪之楠要娱乐圈女明星的联系方式，纪之楠也没有不耐烦，笑脸回应。

从这个角度说，纪之楠的确是个不错的结婚对象，可我心里莫名地有些烦闷。吃完饭，纪之楠被秦魏峰拉着说了半个小时的话，我走过去时，正听见秦魏峰贱兮兮地问："那个薛莹，拿最佳女主角那个，听说有很厉害的圈外金主，还换了不止一个？"

纪之楠还是微笑着，答："没听说过，应该不是吧。"

应该？这种模棱两可的词听起来让人恶心。

过年后没多久，纪之楠就去外地拍戏了。我本以为纪之楠要几个月后才会回来，谁知纪之楠三天两头往家跑。有次我下班很晚，回去时，屋里漆黑一片。我正寻思阿姨去哪儿了，刚打开客厅灯，就看见纪之楠揉着眼睛从沙发上坐起来，说："你回来啦。"

纪之楠给我做了饭，两个炒菜和一个排骨汤，味道一般，我吃了一点就放下筷子。纪之楠有点慌，问我菜是不是很难吃。我说不饿，然后站起来去书房办公。

过一会儿，纪之楠进来送咖啡，我对气味敏感，闻到纪之楠身上散发出来的沐浴露清香。

不知道有多少人见过纪之楠这副样子。

利益联姻，说白了就是两个不相干的人搭伙过日子，生活习惯、情感需求都与对方无关，偶尔面对外人牵个手装恩爱就行了。

可能是最近工作太累的原因，纪之楠这番举动影响到了我，让我产生了一种名为"不悦"的情绪。

纪之楠问我要不要早点休息。我看见纪之楠攥着袖口的手指都蜷缩起来。

我压着脾气说"你先睡"，纪之楠又在边上站了一会儿。我合上一份文件抬起头，才发现人已经出去了。

后来纪之楠有段时间没有做过类似举动，不过依旧三天两头往家跑，拍戏就像儿戏，或者因为跟导演的关系非同寻常，所以才来去自如。

想起几年前纪之楠在我博客留言说什么"找到努力的方向"，就是一个笑话。

纪之楠还是会在家做饭，但手艺毫无长进，有次做蛋糕，险些把厨房炸了，看到我回来，吓得手脚都不知道该往哪儿放，低着头，快哭了似的。

从那以后，纪之楠很少自己动手，但还是会自作主张往我公司里送饭，有时候让司机送过来，有时候自己送。

我和纪之楠的婚姻在圈子里鲜少有人知道，知道的也不会到处说，可含沙射影的戏谑还是避免不了。我和纪之楠出身不好是众所周知的事，再加上纪之楠是个演员，想都不用想，就知道我们二人给大家在茶余饭后闲聊提供了多少谈资。

这天我在桌上应酬，合作方其中两个人喝多了，大着舌头跟满桌人吹自己的风流史，说着说着就冲着我不怀好意地笑，问我娶个明星的感觉怎么样。我拳头紧了又松，想着几千万的合同，终是忍住了。

未承想，刚走出酒店，我就看见纪之楠迎上来。后面两个人起哄要闹，我忙推着纪之楠上车去。

纪之楠给我带了饭菜，用勺子喂我喝汤，见我喝了，笑眯眯地也用那勺子喝了一口。我这才注意到纪之楠脸上还带着妆，眼角上挑，瞳孔陷在阴影里，像戴着一张面具。

戏子无情，天知道纪之楠这样讨好我图什么。

我没心情再吃纪之楠带来的饭菜，纪之楠又缩在角落里偷看我，灼热的视线落在我身上，让我坐立难安，心里像有无数只蚂蚁在啃噬、撕咬，亟待一场大水将它们冲走。

三月十八日是纪之楠的生日，家里阿姨在前一天提醒我，说纪之楠明天可能会回来。

我再不想面对纪之楠，也要维持表面上的和睦。白天我交代助理出去随便买一份礼物，下了班就直接回家。纪之楠果然在家里，做了牛排和面条，小心翼翼地请我品尝。

红酒牛排，味道一般，纪之楠满怀期待地看着我，我低头便看见纪之楠戴在左手无名指上的戒指。

毕竟今天是纪之楠的生日，我违心地说好吃。

纪之楠咧开嘴笑得开怀，亮而清澈的眼睛里看不出一丝献媚和虚伪。可一想到这样的笑容不是只属于我一个人的，古怪的烦躁就又在我心里升腾。

吃完我去洗澡，等到汹涌的热度席卷身体，我才意识到不对劲。我向来自持，即便喝醉酒，也从未做出过违背大脑指令的事。

我推开卫生间的门，看到纪之楠正背对着我整理东西。

纪之楠是故意的。

我气极，冲上去把纪之楠抓住。纪之楠惊慌失措地看着我，问我怎么了。

我冷笑，演技这么好，怪不得能红。纪之楠继续否认，说自己不知道，而我越是看这张单纯无辜的脸，就越是生气。我在暴怒之下掐着纪之楠的脖子，看着眼前的人涨红了脸，眼睛里盈满泪水，嘴唇翕动着，一遍又一遍地说“对不起”，才慢慢松开手。

那种被蚂蚁啃咬心脏的感觉又来了，这次更甚，万蚁噬心，疼得我以为自己得病了。我痛恨失控的感觉，我不能失控。

都是因为纪之楠。

第二天我醒来时，纪之楠不在家。阿姨说天没亮，纪之楠就回剧组了，还说纪之楠告诉她我身体不舒服，让她做一些清淡营养的早餐。

纪之楠这次回剧组，很久没有回来。

天气越来越热，人也开始心浮气躁。一天之内我看了好几次手机，可手机屏幕上干干净净，没有一条纪之楠发来的短信。

纪之楠明明很喜欢发短信。之前纪之楠非要自己去国外买婚戒，发了很多信息给我，我忙到忘记回复，第二天这人又傻乎乎地继续发，只是频率低了很多。

现在一条信息都没有了，算怎么回事？

我没想到小家伙会不声不响地自己回来。打开门看见纪之楠在厨房里忙碌，我还以为自己在做梦。

心里涌动着难以名状的热流，我问纪之楠：“怎么不说一声就回来了？”

纪之楠还像从前那样眯着眼笑，说道：“天气不好，山上没信号，我就直接回来了。”

奇怪的是，看到纪之楠笑着的脸，听到纪之楠的声音，困扰我数日的烦躁就这样悄无声息地不见了。晚上我鬼使神差地允许纪之楠在我的书房里待着。纪之楠很高兴，来回跑了好几趟，把自己的椅子、书、杯子、充电器一样一样搬来，又张罗着给我煮咖啡。等到纪之楠坐下来，我都处理了好几封邮件。

纪之楠是个坐不住的人，身上长了钉子似的，捧着书扭来扭去，而这时候只需我轻咳一声，纪之楠就立刻偃旗息鼓。

等到忙完已是深夜，我站起来扭扭脖子伸个懒腰，这才注意到旁边的人已经睡着了。纪之楠屈着腿，整个人都团在椅子上，我费了好大工夫才把圈着腿的胳膊掰开，把纪之楠抱上楼去。

刚被放到床上，纪之楠就醒了，眼睛半眯半睁着看我，口齿不清地喊我："秦先生……秦岳……"

这次纪之楠主动多留了几日，帮忙照顾躺在床上的我父亲。

父亲是被气出病来的。秦魏海和秦魏峰争华晟地产争得头破血流，我也掺和了，本以为父亲无暇注意我这边的动静，谁知螳螂捕蝉，黄雀在后，魏萱在背后推了我一把，最后让我一个人背了锅。

我步步为营到今天，却栽在这个女人的计谋上，着实不甘心。

晚上回家，纪之楠跟我絮絮叨叨地说医院的事情。纪之楠最近在我面前放松许多，笑容也多了不少，可我现在没有心情听。

两天后纪之楠回组，走之前把几份文件交给我，我打开一看，是转让合同，纪之楠把纪伯父在结婚时给的公司全转到了我名下。

"我走啦。"纪之楠说着往前凑了凑，又想到什么似的退回去，小声说，"别不开心啊。"

我把纪之楠送到机场，纪之楠不要我下车，自己拖着行李箱往航站楼走。

不长的一段路程，纪之楠回头向我挥了五次手。直到看不见纪之楠的背影，我把那几份文件拿在手上翻看，在车上坐了很久。能为我助力的东西已经到手，纪伯父对我没有设防，等我慢慢动手将纪家其他产业吞并掉，我就可以不用再去管没有利用价值的人了。

可是想到这里，我居然没有觉得很开心。

纪之楠拍完戏回来，清闲了很久，我每天回去时，纪之楠都在家。

我本来以为纪之楠是没有新戏要拍，直到有一天回家，纪之楠没出来迎我，我到楼上看到房间没关，听见纪之楠在讲电话：

"真人秀？要到处跑的啊……算了吧，我想在首都待着……偶像剧？不接，拍了也没什么意思……我得留在家里啊……"

原来纪之楠不是接不到工作，而是为了我不出去工作。这让我有些不安，可转念一想，娱乐圈那么乱，纪之楠在家待着也没什么不好。我一天比一天忙，有时回家很晚，有时干脆睡在公司。纪之楠每天都给我准备饭菜，后来发现自己在公司露面让我不高兴，就让家里司机送。

虽然我觉得纪之楠多此一举，公司有食堂，写字楼周围也有不少饭店，但我没有阻止这个行为。纪之楠做饭一般，泡咖啡、做果茶却有两下子。我渐渐开始不喝助理泡的咖啡，习惯了喝每次送过来时还冒着热气的饮品。

纪之楠给我准备的饭菜讲究营养搭配、荤素合理，自己的饮食却乱七八糟。有天我难得早回去，一进屋就闻到浓烈的香精味和廉价的油脂味。纪之楠不知道从哪里回来，打扮得很好看，但出来迎我时目光躲闪，嘴上脸上还有没擦干净的油渍。

这人平时在家都穿居家服，难得穿成这样。我首先注意到的是纪之楠空荡荡的裤管，还有比从前更细的腰身，再往上看，原本有些婴儿肥的脸颊也往里凹陷许多。

记得纪之楠上次在家里偷吃垃圾食品，晚上闹肚子折腾了一宿，不知道的还以为被我虐待，没有正经饭吃。

我有些不高兴，对纪之楠说："以后不要再吃那些。"

纪之楠愣了一下，抬胳膊嗅了嗅，然后垂眼低声道："好。"

纪之楠对我的要求从来没有说过"不"字。

我一边享受纪之楠的逆来顺受，一边又觉得这样太没主见；一边嫌弃纪之楠整天在家无所事事，一边又想把小家伙圈在家里，最好哪儿都别去。

这种相互矛盾的古怪想法早就露出端倪，可我是在别人的点拨下才意识到这有多不对劲。那天我和其他公司谈合作，对方代表在席间说到他最近入股一家娱乐公司。由于不是第一次合作，我和他已经很熟，算是半个朋友，他想卖我人情，说手上有一部名导的电影正处于选角阶段，问我家里那位有没有意愿参与，他可以帮忙引荐。

我想都没想就拒绝了。那位朋友看着我，意味深长地说："秦总对家里那位果真爱护得紧。也是，哪个有本事的男人希望自己的另一半整天在外面抛头露面呢。"

他这番话如同一记重锤，敲响了我脑袋里的警钟。我对其他任何人都没有过这样的情绪，自私、病态。我想把纪之楠捏在手心，让纪之楠只听我一个人的话。

散席后，我去卫生间用冷水冲了一把脸。看着镜子里的自己，我开始害怕，遗传精神病这种荒谬的念头都出现在脑海中。

看到纪之楠的第一眼我就知道，这个人是不一样的，被那双黝黑的眼睛看着，好像整个人都要被吸进去了。

我讨厌这种感觉。

我要远离纪之楠。

纪之楠是真的傻，完全没有察觉我的回避之意。

无论多晚，只要我推开家门，纪之楠一定在客厅里等我。有一次我应酬到凌晨两三点，纪之楠还蜷在沙发上，结果第二天就发起烧来。

我让纪之楠以后不要再等我了，纪之楠抱着毯子说："反正我在家也没事，你就让我……"

我打断道："不需要，你管好自己。"

我不喜欢纪之楠，自然不会包容纪之楠，他更没有资格在我面前提要求。

纪之楠被我的话噎住，过了好半天才说了句"早点睡"，然后把毯子放在沙发上，独自上楼去了。

入冬后，我的工作更加繁忙，早出晚归成为常态。我跟纪之楠分房睡，晚上纪之楠听话不再等我，白天却起得很早，吃早餐的时候是我和纪之楠一天当中唯一能碰面的时间段。

十二月末的某一天，纪之楠在餐桌上问："元旦要去你家过吗？"话语中竟带着期待。

纪之楠很少在吃饭时跟我说话，我抬头，发现纪之楠比从前更白了，脸颊上全无血色，皮肤在窗外阳光的照射下竟生出些透明感。我不禁皱眉，在家待着分明没有拍戏辛苦，怎么一点肉都没养出来？

鉴于纪之楠的要求并不无理，我答应了。

我以为纪之楠是一个人在家待着无聊，想找人说说话，结果到了秦家依旧闷不吭声，坐在边上听别人说话，脸上带着淡淡的笑意。

下午吃过饭，准备回去时，我到处找不到纪之楠。阿姨说楼上暖气足，纪之楠可能上楼去了。我推开自己房间的门，这里许久没人踏足，空气中都飘着灰尘的味道。

纪之楠趴在我的书桌上睡着了，面前放着我中学时的笔记本，扉页上龙飞凤舞地写着"秦岳"两个字。

纪之楠的头发有点长，盖住纤长的睫毛，发尖随着呼吸轻微颤动，像掩盖着展翅欲飞的蝴蝶。我突然有一瞬间的慌张，怕纪之楠就这样飞走了，回过神来又觉得可笑，纪之楠怎么会走呢？

从秦家出来，我顺路带纪之楠去剪头发。

理发的造型师对纪之楠黑亮的头发赞不绝口，说这发色跟眼睛的颜色特别配，又问纪之楠是不是明星，好像在哪里见过。

纪之楠笑着说："你猜啊。"

回去的路上，纪之楠小声地哼歌，手指在膝盖上打节拍。出趟门就这么高兴，这小家伙还真是好哄。

过了春节，气温回升，万物待兴，终于到了撒网的好时候。

华晟地产不能智取，那就豪夺，筹谋的时间足够久，准备也足够充分，再加上手上纪家的公司和集团股份作为助力，这次我势在必得。

于是我回家的时间更少了，上个月纪之楠的生日也没有回去，只来得及差遣助理订了花和蛋糕送回家。纪之楠打电话对我说谢谢，我那时正在开会，随便"嗯"了一声就挂掉电话了。

我想，毕竟纪之楠帮了我，我可以把小家伙留在身边，家里多养一个人而已，等这段忙碌的日子过去了，我也可以偶尔带纪之楠出去玩，哄哄纪之楠开心。

小家伙才二十三岁，以后的日子还长。

整个四月份我几乎没有回家，直到月底的某个夜晚回去一趟，阿姨欲言又止，跟我说纪之楠最近状态不太好。我上楼去看，才知道眼前这人居然憔悴得用面黄肌瘦来形容也不为过。

我问纪之楠有没有去看医生，纪之楠摇头，说只是吃得少，多吃点就没事了。我看见床头摆着的平板电脑，屏幕上显示的标题是"《覆江山》收视再创新高，观众称：某纪姓演员一颗老鼠屎坏了一锅粥"。

我赶紧退出网页，按灭屏幕。

纪之楠拉拉我的袖子，小声问："我能不能……养一只狗啊？"见我面色不虞，忙解释道，"一个人在家没事做。我不让它去你的房间，一定每天都把它拾掇得干干净净的。"

我没答应，让纪之楠先好好休息，养好身体再说。不知从何时起，我发现自己的自控力大不如前，越是忙碌，脑中乱七八糟的念头反而越多。

纪之楠的脸和声音频繁出现，甚至难得的午休时间，都要来打扰我的睡眠。梦里的纪之楠一会儿咧开嘴冲我笑，一会儿又垂着眼问我能不能早点回去陪陪自己。

我心中无比烦闷，纪之楠不过是个惯会曲意逢迎的戏子，何以弄得我心神不宁？

“你呀，就是喜欢小楠，自己还不肯承认。”纪之樟说。

我不相信自己的耳朵，反问道：“你说什么？”

纪之樟倒了杯茶放到我面前，说：“你喜欢小楠啊，这是显而易见。”

我听了很生气，腾地站起来，怒道：“我来这里不是为了听你说这些，先走了。”

我来找纪之樟，是因为纪之樟客观、理智，可以帮我出谋划策，给我最近的反常提些指导性意见，万万没想到纪之樟会说出这样不着边际的话。

“哎，你等一下。”纪之樟拦住我，“不如我们做个实验。”

纪之樟从旁边的饼干袋里拿了一片饼干出来，道：“你仔细想想，小楠喂你吃，你会不会主动张嘴，然后换成我……”

为了证明给纪之樟看，我想都没想就张嘴一口把饼干吃进去，并不去思考这荒诞无稽的假设。

纪之樟先是一愣，然后摇头叹气道：“你啊，别太固执，小心将来后悔。”

后悔？不可能。我从不做让自己后悔的事。

六月底七月初，城市温度还在逐日攀升，秦氏集团内部的斗争也到了白热化阶段。就在这撒网收鱼的关键时刻，纪之楠不知发什么疯，在我难得回家的某个晚上，突然冲我哭闹，问我既然不喜欢自己，为什么要结婚。

直觉告诉我，纪之楠可能是听到什么传言，毕竟最近我插手纪家公司，把原来的高层领导替换成自己人手的事情在圈内已不是秘密。

长时间高负荷工作让我很累，我也不想多做解释，这都是事实。我只回应纪之楠一句“别闹”。

纪之楠失魂落魄地回房间，我也莫名其妙地一整晚都没睡好，明明累得眼睛都睁不开，心跳却快一阵慢一阵，不知道在害怕什么。直到第二天中午照常收到了家里送来的饭菜，我才放下心来。

纪之楠只是想引起我的注意罢了，并没有真的生气。

七月中旬，我正式接手华晟，上任第一件事，就是进行全员整顿，把在公司占着工位却没有作为的员工全部辞退，我不允许自己的公司里有得过且过、拿不出业绩的米虫。

眼看就要成功了，我已经走到这一步，决不能出半点差池。

又是一周没有回家，下午临近下班时间，我接到一楼前台的访客汇报，说下午纪之楠来过。可我一下午都在办公室，纪之楠并没有上来找我。

晚上我回去，阿姨不在，纪之楠看见我，似乎很惊讶。我以为纪之楠又背着我在家吃垃圾食品，走进厨房，只看到灶台上摆着半锅小米粥。

“晚上就吃这个？”我问。

纪之楠忙道：“你想吃什么？我给你做。”

这人答非所问。

我看着纪之楠细瘦的肩膀，觉得心烦，想不通整天在家无所事事的人怎么会弄成这副样子。过一会儿，纪之楠到书房给我送咖啡，转身出去时不知在想什么，只听见“啪”的一声，书架上的东西被纪之楠碰掉在地上。

我站起来去捡东西，看见纪之楠拿着一张照片出神。掉在地上的是一本相册，里面装着和这份记忆有关的一切，被纪之楠拿在手上的是中学时我趁纪之樟睡着时拍的一张照片。

这本相册当年跟着我去F国，我却从未打开过，什么时候放到书柜里的，我自己都记不清了。我无端地有些慌张，手忙脚乱地把那堆东西收起来，抬眼便看到纪之楠垂着的手上有个显眼的红印。我问纪之楠怎么了，纪之楠说不小心烫到了。我伸手想去触摸，纪之楠飞快缩回手，说什么杯子消过毒，让我放心喝。

我被纪之楠这番举动弄得心情很糟，把相册放到书柜里不常碰的高处之后，还是压住脾气问纪之楠最近有没有空，想去哪里玩。

纪之楠这回总算没有答非所问，说完便溜了，走路像猫一样，一点声音都没有，怪不得平时在家里都让人听不见动静。

第二天，外头骄阳似火，我刚在一个公司开完例会，就马不停蹄往华晟赶，路上开着笔记本电脑上旅行网。昨天纪之楠说想去海边，我能空出来的时间不多，只能争分夺秒地看看下周南半球哪座海岛天气晴好，适合游玩。

下车时，我意外地看见一个熟悉的身影躲在华晟大楼下的角落里，不是纪之楠，还能是谁？

纪之楠似乎不想被我发现，抬手抹了一把通红的眼睛，然后假装没看见我，转身拐进墙角。我不禁皱眉，不知道这个小家伙又怎么了。我抬腕看时间，没有追过去，华晟刚刚走上正轨，新的高层领导都在等我开会。

晚上有空的话，我再回去一趟好了。我想，下周带纪之楠去旅游，回来找个家庭医生好好帮纪之楠调养身体。

纪之楠真的想养狗的话，那就养一条吧，待在家里总比在乱七八糟的娱乐圈里待着好，那里不适合纪之楠。我可以养纪之楠一辈子，只要回家的时候，打开门就能看到小家伙对我笑。

下午我接到那通陌生电话时，在外面聚集闹事的人刚被疏散。这些天发生太多翻天覆地的事情，我还以为自己听错了，或者出现了幻觉。

过了许久，我才问电话里的人："你说什么？"

那头用不带感情的声音重复一遍："请问是纪之楠的家属吗？请到市三院来认尸。"

我不知道自己是怎样来到医院的，只知道走在冰冷、寂静的走廊上时，全身的毛孔都在涔涔往外冒冷汗。推开门，看到悄无声息躺在那里的人，我脑中一片茫然，那堆挤在里面闹哄哄的，被我看得比什么都重要的会议、公司、妈妈、秦家、报仇……都凭空蒸发了。

纪之楠闭着眼睛，抿着嘴唇，端端正正地躺在那里。纪之楠的头发又有些长了，从我上次带去剪过之后，纪之楠就没有再自己出去打理过。

我用手轻轻拨开黏在纪之楠额头上的碎发。真傻，我忙得家都没空回，怎么有时间带小家伙去剪头发。

我看了纪之楠一会儿，接着去摸纪之楠垂在身侧的手，慢慢牵起来。除了婚礼上戴戒指那次，这是我第一次牵纪之楠的手。我想，如果昨天晚上不顾纪之楠的躲闪，硬是要抓这只手看一看、摸一摸，说不定它就不会凉成这样。

现在这人倒是听话，一动不动地任我牵着手。可是无论我将这只手放在手心握多久，都不会再暖起来了。

送纪之楠走的那天来了很多人，纪之楠的父亲、哥哥、许久不见的母亲，还有粉丝。小姑娘们情感丰富，泣不成声，甚至晕过去两个。我没有哭。自打记事以来，我就没有哭过。弱者才会流眼泪，我分明已经得到一切，没什么值得哭的。

照片上的纪之楠在笑。我对纪之楠不好，可现在回想起来，纪之楠面对我的时候几乎都是笑着的，伤心和委屈好像都被藏起来了。

纪之楠是个开朗话多的活泼性子，跟我结婚快两年了，却什么都没有往外说，以至于到现在都没有人来替纪之楠狠狠揍我一顿。

过去整整半个月，我才踏进纪之楠的房间。

房间被阿姨收拾得干净整齐，反倒不像纪之楠住的地方了。我记得纪之楠很不擅长收拾，房间里总是扔了一堆乱七八糟的东西。打开窗帘，让阳光照进来的那一刻，望着空荡荡的房间，我才意识到纪之楠是真的走了。

我只让纪之楠带走了左手无名指上的戒指。

说我自私也好，虚伪也罢，纪之楠不在的时候，纪之楠的东西如何处理只能由我说了算。我慢慢躺在纪之楠躺过的床上，枕头上还留着一点纪之楠头发上的清香，味道若有若无，我侧头想将它抓住，枕头边上两个亮晶晶的东西映入眼中。

我看了许久，才想起来这是去年我送纪之楠的生日礼物，一对钻石袖扣。它们从未出现在纪之楠身上，原来是被安置在了这里。

不怪我一眼没认出来，袖扣的铂金底托都氧化变暗了，失去了刚买回来时的光泽，如果好好地收在盒子里，不会变成这个样子。

我伸手去摸，袖扣正好放在稍稍侧身就能摸到的地方，钻石随着角度的变化发出细碎的亮，上面似乎还留着纪之楠藏起来、不想让我看到的眼泪。

晚上，我翻开纪之楠藏在衣柜里的日记本。

纪之楠真的很懒，写日记都三天打鱼，两天晒网，几百页的本子从中学毕业一直用到现在。

第一年——

9月30日 天气晴 心情不好

他没有留下来吃晚饭。本来我想吃过饭就跟他说我叫小星，这下只能下次再找机会了。

第二年——

6月15日 下雨了 心情不好

他出国了，不知道什么时候回来。

如果知道那是最后一次见面，我一定会主动跟他说话的，哭哭。

第三年——

2月14日 天气阴 心情不错

我从二哥那里偷来了他的博客地址，可我太笨了，光注册就花了半天时间，而且给他的第一条留言就拼错单词了，丢脸。谁告诉我怎么删除啊？！

第四年——

5月23日 天气晴 心情迷茫

决定去拍戏啦，很喜欢扮演不同角色，体会不同的经历的感觉。

希望他喜欢我在屏幕上的样子。

演员星，加油！

第五年——

12月31日 天气阴 心情好

拿到最佳新人奖，超开心！

想告诉他这个好消息，可是不会贴视频网址，我好笨啊……

今天量身高，我长高啦，等他回来，我就不会一脑袋扎进他胸口了！

希望他快点回来。

第六年——

11月15日 天气晴 心情不能不好

秦岳，生日快乐。

我好想你。

第七年——

12月13日 小雪 心情好到爆炸

我要跟秦岳结婚了！！！

我要跟秦岳结婚了！！！

纪小星要跟秦岳结婚了！！！

……

我一页一页地翻着日记，一个字眼都没有错过。可是日记越往后越少，结婚后的内容大多是备忘录，诸如秦岳不喜欢这个，秦岳不喜欢那个，下次不要给他做。

再往后翻，中间空白好几页，再次出现字迹时，仿佛不是同一个人写的日记了。

11月15日

没回来。

生日快乐。

11 月 16 日

没回来。

11 月 17 日

没回来。

……

最后一篇日记的时间是我们吵架的那天晚上。

7 月 10 日

回来了。

我错了，你别走。

我反复抚摸最后那行字，在心里不停地说：好，我不走，我不走。

再厚的一本日记，一个晚上也能读完，就像我给纪之楠的伤害那么多，却只能化成轻飘飘的几页文字。

窗外晨光熹微，太阳跃出地平线，把屋子里的每个角落照得透亮。我站在阳光下，每一道光线都像针一样扎进皮肤，戳穿心脏，像是用响彻云霄的声音告诉我，怀着世界上最干净纯粹的爱意，用八年时间写下这本日记的人，再也回不来了。

太阳东升西落，不知又过去多少个日夜。

初秋的清晨，我从主卧出来，下楼准备去上班。阿姨小心翼翼地指了指我的脸，问我要不要去医院看一下，我这才想起昨天喝了点酒，和别人动了手。

被我打的人是新项目的合作商，原因是饭吃到一半，他叫来几个小明星，要往我身边塞。我明确表示拒绝，他偏要推着一个小明星给我敬酒。小明星手一歪，酒洒在我身上，我当即就向其背后的人挥出拳头。

那人被我打得鼻青脸肿，还有力气讥笑："你从前不也这样吗，装什么清高？"

我不顾身边人的劝阻，扑上去又狠狠给他几拳。

我的纪小星怎么能跟那些人一样？

小星是我明媒正娶的老婆，干干净净，清清白白，是要跟我过一辈子的。

回到车上，我从胸前贴身的口袋里掏出两个薄薄的红本子，那天从纪之楠身上找到已经湿透的结婚证，它们就从未离过我的身。

结婚证上又沾了些味道难闻的酒，照片上纪小星的脸更模糊不清了。我拿出手机，疯狂地在网上搜纪之楠的名字，看照片。网上有很多纪之楠的照片，剧照、定妆照、现场照，可哪个都不是我脑海中的样子。

纪之楠只有看着我笑的时候才是最美的。

我后悔了，纪之楠对我笑过那么多次，我却没有给纪之楠拍过一张照片。

我再也看不到那样的笑容了。压抑许久的痛苦终于在黑暗中爆发出来，起初只是密密麻麻的刺痛，很快便转为铺天盖地的钝痛，它们迅速缩小范围，密不透风地将我包围，身体里面许多双手在撕扯着我的心脏，让我喘不过气来。

我抱着两本结婚证，在主卧的窗边坐了一夜。

早上照镜子，我才发现脸上不只有打架弄出来的伤，还有满脸纵横交错的已经不知干掉多久的泪痕。

二十七岁生日那天，从零点开始，我就没再合眼。

我一直在猜，上一个生日，我的小星给我准备了什么生日惊喜。阿姨说那天桌上放着一个小星亲手做的蛋糕，可最后我连一口也没吃。一定还有别的，我想，我的小星一定还给我准备了其他礼物。

我照常上班，上午就把今天的所有工作全部做完，中午助理代表公司送来蛋糕，我尝了一口，没有纪小星做的万分之一甜。

我突然想起纪之楠曾经在我的博客下留言，说吃蛋糕会让人的心情变好。我打开网页，进入许久没打理的博客，然后顺着 LittleStar 给我的留言，点进纪之楠的博客。

纪之楠发最后一篇博文，是在我们领证那天，没有配图，只有一句简单的英文——Fly me to the moon.

我下意识摸了摸左手无名指上的戒指。

晚上，我开车下山，车窗大开，迎着夜风和头顶的星光。

我不知道这是个梦。

这是个梦，真好。

这次，换我来追你，好不好？

# 番外二
## 情人节最好的礼物

消息来得猝不及防，两个小时前，纪之楠还在保姆车上跟秦魏宇发微信。

纪之楠：［跳起来打你 .jpg］

纪之楠最近爱上了自制表情包，存了一手机各种各样、千奇百怪的图。

秦魏宇与时俱进，十分配合：［幼小可怜又无助 .jpg］

与此同时，纪之楠的微博话题里正热闹着。这次拍戏没有保密地点，有几个前线大粉丝顺藤摸瓜找到当地影视城，在外面驻扎，早上拍到了纪之楠今天的上工图，导出来放大的时候看到纪之楠领口边露出来的隐隐约约的痕迹，几个人讨论一番，决定全部 P 掉再发，于是粉丝们看到的都是干净清爽的美照，微博话题一派温馨和谐。

前线大粉丝们却围在一起愁白了头：我们宝宝谈恋爱了？对方是什么样的人啊？那么白的脖子，怎么下得了口啊？

这几个大粉丝都跟了纪之楠很久，可以说是理智事业粉丝了，她们知道，对纪之楠来说，无论是谈恋爱还是结婚，现在爆出来都不合适。纪之楠还年轻，毕竟还处在偶像和实力演员的分界线上。

尤其是去年《覆江山》在各大卫视播了一遍又一遍，纪之楠凭沈彦安这个角色不仅拿了年底的最佳配角奖，更是吸粉无数，上到退休的大姨大妈，下到新生代零零后，年龄跨度大，覆盖面极广，但粉丝素质参差不齐，前阵子就因为某时装发布会没给纪之楠站最佳位置，一群新晋粉丝就跑到人家官方微博下面去闹，老粉丝拦都拦不住。

几个大粉丝一合计，准备去微博话题发篇抒情小散文带带节奏洗洗脑，主旨就是“咱们小楠今年二十四了，到了可以享受爱情的年龄，平时工作那么辛苦，希望有个人真心对小楠好”，做个小铺垫打个预防针，到时候真发生什么事，大家也好有个心理准备。结果稿子还没写出来呢，一个重磅“炸弹”从天而降。

先是一个不知名微博小号发微博晒出一张照片，粉底带花边的结婚证，照片和持证人信息被打码，领证双方的身份证后几位数字和发证日期却被保留。该条微博配的文案是：猜猜是哪位明星！

该微博迅速被各大八卦号营销号转发，原文不到十分钟就删除了，然而截图已经被存下来，传得到处都是，一小时后“明星隐婚”就上了热门话题。

当今社会，信息传播速度极快，闲来无事的群众为了看八卦，练就一身强悍的侦查能力，很快就扒出了出生年月相符的流量明星三名，一个是十一月十五日出生的、刚过完二十八岁生日的橘子卫视主持人辛浩，另外两个是百度百科资料都写着生日是三月十八日的二十四岁演员方子成和纪之楠。

辛浩那边刚转发新节目的宣传微博，网友们一窝蜂人去下面评论询问，他发布一条新微博：情人节前一天被结婚，这真是对单身狗的致命暴击啊！[哭]

辛浩做主持人幽默风趣，再加上平时作风良好，还是CCNV公益广告宣传大使，说话可信度较高，众人立刻将他从名单中排除。于是只剩下两名“嫌疑人”。

“嫌疑人”之一纪之楠上午有戏要拍，等一场戏拍完回到场边休息，莉莉迎上来告知这件事。纪之楠听完，整个人都蒙了。手机上全是未接来电，秦魏宇的，几个圈内朋友的，还有父亲母亲的，存在通讯录里、几年都没联系过的人也冒出来了。纪之楠出道以来还没遇到过这么大的危机，握着手机的手都有点发抖。秦魏宇的电话再次打进来，纪之楠滑了好几下才接通。

“喂，小星吗？不要怕。”

秦魏宇令人安心的声音从电话那头传过来，纪之楠深呼吸，然后轻轻“嗯”了一声。

秦魏宇见纪之楠还算冷静，也松了口气，道：“明天没有戏吧？我下午带你回家。”

“干……干什么？”纪之楠脑袋里还是乱的，前因后果都串不起来了。

秦魏宇道：“我们公开。”

纪之楠捏紧了手机。

秦魏宇声音温柔，近得像在耳边说：“别怕，有我在。”

还没到下午，方子成的粉丝就提出自家偶像百度百科上的生日是农历而非公历，并甩出某访谈视频，里面方子成说过，实际上他是四月份出生的，但身份证上一直没改。紧接着，方子成工作室发布声明，说方子成先生截至目前确认单身，出生日期也确实不是三月十八日，请大家不要妄加揣测。

这下好了，所有证据指向纪之楠。纪之楠人气高，国民认知度也高，一时间，全网男女老少都来看热闹。就连粉丝内部也分成好几派，有的表示“我不信我不信，这一定不是我楠”；有的承认事实，但一时无法接受；剩下的老粉丝都在安抚大家，说“我们应该只相信楠楠本人，少安勿躁，等纪之楠出来解释吧”。

几个还蹲在影视城门口的前线大粉丝自然也刷到这条热门消息，她们大眼瞪小眼，不知道该怎么办，讨论一番后，乐观地觉得结婚也不是那么难以接受。

“唉，不知道是谁运气这么好……”前线 A 哀怨道。

前线 B 不受打击，打开小镜子，边补妆边说：“原来楠楠喜欢年纪大的，我有机会了。”

“都结婚啦，还想撬墙脚？”

“那谁谁谁不是整天结了离、离了结嘛，梦想总是要有的。”

前线 C 托着腮，若有所思道：“你们怎么知道……”

前线 A 和前线 B 一齐侧头看她，眼神神秘莫测。

纪之楠下午拍戏休息时一直在刷微博，大号不敢上，用的是新注册的小号，做贼一样地点进自己的微博话题，里面不出意料地乱成一锅粥。

纪之楠有点想一不做二不休，上大号承认算了，自己结婚又不是丢人的事情，有什么遮遮掩掩不敢说的？可周茹姐左一个电话，右一个电话来劝纪之楠不要冲动，让纪之楠听秦魏宇的安排，争取把对粉丝的伤害降到最低。

纪之楠如今并不怀疑秦魏宇对自己的真心，但又始终记得，梦中的秦魏宇有多反感自己做演员，在这件事上，他真的会尽心尽力帮自己吗？

纪之楠头疼得直接按太阳穴，退出微博，偶然看见有未读信息，点进去扫一眼，居然有隋懿发来的一条信息躺在里面。上午未接电话太多，纪之楠忽略了短信，点开一看，里面只有五个字：我手机丢了。

收到信息的时间是早上七点多，那会儿纪之楠刚上工，距离那条微博发出来还有一个多小时。乍一看这条信息，纪之楠有些摸不着头脑。手机丢了，那他的短信是怎么发的？不过纪之楠稍作思考便明白过来，短信是宁澜发的，他在提醒自己做好准备。

这就更奇怪了。在知道结婚证曝光的那一刻，纪之楠就猜到是宁澜捡到结婚证那会儿拍照留了底，见过自己结婚证的人统共就几个，除了宁澜没别人了。

纪之楠也早做了心理准备，宁澜哪天一个不高兴，说不定就会把这事捅出去。所以眼下这条短信，是他在事发前装模作样提醒自己，还是手机确实丢了？

纪之楠陷入迷茫。傍晚收工前，纪之楠收到秦魏宇发来的微信，说他已经在后门等着了。前门早就围了一圈闻风赶来的记者，都等着纪之楠出去，好问出第一手消息。后门安插了保安，一般人没法靠近。

前线的几个大粉丝就不一样了，没扛摄像机，身量又不高，蹲在灌木丛里，根本没人发现，所以能够精准地看见戴着鸭舌帽和口罩的纪之楠从里面出来。

“出来了出来了！”前线 A 压低声音道。

几个大粉丝目不转睛地瞅着，只见停在后门的一辆黑色轿车的车门被打开，一个高个子男人长腿一迈从车上下来，向纪之楠走过去。

前线 B 伸长脖子看了好几眼，纳闷道：“这个男的……有点眼熟啊。”

“哎，他不是那个小哥……”

几人还在好奇，就看见那个男人直接伸手把纪之楠搂进怀里，安抚似的拍了拍纪之楠的背，然后很自然地牵着纪之楠的手，将人安置在副驾驶座上。

直到车子开远，几个大粉丝还大张着嘴，面面相觑。

在路上，纪之楠就把宁澜用隋懿的手机发短信来的事情跟秦魏宇讲了。

秦魏宇沉吟片刻，然后把隋懿和他交流的内容也告诉纪之楠。原来上午事发后，隋懿就主动联系秦魏宇，说宁澜手机丢了，上面存有纪之楠的结婚证照片。

纪之楠问："真的是不小心弄丢了？"

秦魏宇不置可否，道："说昨天晚上就丢了，今天早晨才发现。"

纪之楠皱眉，如果宁澜是故意把照片放出去，那何苦演一场丢手机的戏？

可如果他是不小心丢了手机，那捡到手机又不打算还的人看到这样的爆炸信息，应该会直接传到网上，为什么要打马赛克，先挑起大家的兴趣，然后让事情发酵扩大？这个举动实在太刻意了。

秦魏宇看不得纪之楠愁眉不展的样子，空出一只手握住纪之楠的手，拇指在纪之楠的手背上轻轻摩挲，安抚道："交给我，我去查，你只管吃饭、睡觉、拍戏，我保证，一定不会有事。"

纪之楠感受着手上的温度，突然觉得下午自己的担心无比多余。秦岳现在做的每一件事里都添了一个纪小星，他怎么会为了一己私欲，不顾纪小星引以为傲的事业呢？

见纪之楠的眉目慢慢舒展，秦魏宇微笑着说："如果纪大明星在拍戏之余记得给属下打个电话或者发条短信，属下干活就更有劲了。"

纪之楠挑眉看他，恍然大悟一般道："哦……原来还有条件。"

秦魏宇用食指在纪之楠手心勾了勾。

第二天，纪之楠被秦魏宇叫醒，两个人简单吃了早餐，坐车出门。以往都是秦魏宇自己开车，今天难得雇了司机，若不是这一点不同，纪之楠差点就以为今早与平常无异。

快到地方时，纪之楠才愣愣地问身边的秦魏宇："我要准备点什么吗？"

秦魏宇神态自若，拍拍纪之楠的手背，温声道："你在旁边坐着，抬头挺胸就好，我们是结婚，又不是偷情。"

不知道是不是这句略显古怪的话给了纪之楠一点勇气，整个新闻发布会纪之楠都没有怯场，全程没有坐下，而是站在秦魏宇身边，陪着他一起。

秦魏宇发表的内容很简单——

一、我和纪之楠于前年结婚，目前感情很好，打算一辈子走下去。

二、隐婚是我提出的要求，与纪之楠无关，很抱歉瞒了大家这么久。

三、这两年，纪之楠的努力和成绩大家有目共睹，希望大家不要因为私人生活，影响对作品的公正评判。

短短几分钟的发言让纪之楠听得心神震动，仅剩下的一丁点惶恐不安也消散殆尽。鞠躬退场时，纪之楠主动伸手，秦魏宇立刻反握住，两人的手在桌下紧紧牵在一起。对他们来说，这大约是情人节最好的礼物了。

回到家里，纪之楠就抱着手机，一会儿打开，一会儿关闭，对着微博图标迟迟不敢点下去。秦魏宇干脆打开自己的微博，把手机递过去。纪之楠突然看到亮着的屏幕，吓得捂眼摇头，惊慌道："拿开拿开，我不看我不看！"

秦魏宇在纪之楠面前蹲下，温声劝道："看吧，别怕，你的粉丝都很善良。"

纪之楠慢慢张开手指，露出两个漆黑的瞳仁，眨了下眼睛，怀疑道："……真的？"

秦魏宇笑了，轻声答："真的，我不会骗你。"

纪之楠咽了口唾沫，慢吞吞接过手机。秦魏宇微博下面已经闹翻天了，随手一翻，全是顶着纪之楠头像的粉丝。起初的评论都是询问事情真相或者表示不敢相信的，发布会后也不乏一些难听的谩骂之词，然后又有知情粉丝前来科普，说小哥哥对小楠很好，还加入了后援会。

到最后，不知是谁起的头，所有人都整齐地刷起了"好好待我们楠宝贝［爱心］"，评论数还在不断上涨，没有人破坏队形。

纪之楠回到自己的微博，那边也炸开了锅，从后面往前看，又是一个整齐的队列长龙——"一定要幸福［心］"。

纪之楠翻看许久评论，然后狠狠吸了吸鼻子。秦魏宇看见自家老婆眼角和鼻子开始发红，就在边上备好了纸巾，随时准备上场。结果纪之楠硬是把在眼眶里打转的"金豆豆"憋了回去，笑着抬脚踹他，没好气道："走开走开，我不哭。"

秦魏宇捉住纪之楠的脚，对着脚心一通乱挠。纪之楠怕痒，笑得停不下来，又挣不过他，只能躺在床上打滚，刚憋回去的眼泪又给笑出来了。

秦魏宇早上为参加发布会梳得一丝不乱的头发也落了几缕在额前，陷在阴影中的眉眼显得更加深邃。纪之楠目不转睛地看着眼前的人，心想真好，可以肆无忌惮地看他，不用再躲在角落里独自悲伤。

“头发都这么长啦。”纪之楠揪着他的一撮头发说。

秦魏宇看着纪之楠，认真地问：“还想看我剃寸头吗？”

纪之楠想到他那扎手的短发，忍不住又笑起来，道：“别发神经，剃得跟劳改犯似的。”

“我真去坐牢了，你会给我送饭吗？”秦魏宇不着边际地问。

未料纪之楠摇头道：“不，不送，丢死人了。”

“不过，”秦魏宇嘴角扬起，眼神深邃，“现在全世界都知道你是我的了。”

两人住在一起一年多，秦魏宇的黏人程度有增无减，隔三岔五跑来剧组跟纪之楠挤一间房，心甘情愿地当贴身助理。

这是两个人第一次真正意义上的谈恋爱，纪之楠嘴上嫌弃，心里其实十分受用，每天收工都盼着打开门能看见秦魏宇，祈求热恋期永远不要过去。

因为这次隐婚风波，纪之楠在家里待了两天，外面的风言风语听不见，刷个微博、上个超话，负面言论都被清理得干干净净。在没有新戏和新综艺节目可刷的日子里，粉丝们已经无聊到开始剪纪之楠和秦魏宇的组合视频了。

纪之楠饶有兴致地点开几个视频看了，有甜有虐，挺有意思。

翻着翻着，纪之楠看到一条微博：还有人记得大明湖畔的懿楠组合吗？这对组合是不是要解散啦？在评论的指路下，纪之楠看见宁澜昨天晚上发的微博，只有五个字：对不起，再见。

下面 AOW 的粉丝们集体疑惑，都不知道发生了什么事。

纪之楠猜想他的这条微博跟自己的结婚证被曝光没有关系。昨天秦魏宇那边就查到了，幕后黑手是薛莹的团队。她与圈外男友感情发生变故，逼婚上位不成的丑闻刚爆出来没多久，这个时候她把纪之楠隐婚的事捅出来，分明是想转移群众视线。纪之楠当时就想起薛莹在《覆江山》拍摄期间应该就已经知晓自己结婚的事，至于宁澜的手机怎样落到她手上，只有他们自己清楚了。

薛莹那边大概没想到纪之楠这边的粉丝和团队这么给力，处理危机这么快，也没想到秦魏宇真有本事查到他们头上，害他们白白做了一场无用功。

娱乐圈就是这样一个神奇又可怕的地方，不知道哪天就会祸从天降，越红就有越多双眼睛盯着，每天都像在钢丝上行走。纪之楠以前也很怕惹祸上身，待在圈子里整日提心吊胆，靠着对演戏的一腔热忱在咬牙坚持，如今身后有人保护，自己也问心无愧，遂昂头挺胸，完全没有在怕的。

晚上吃完饭，秦魏宇把手机扔给纪之楠，边撸袖子边道："你的粉丝要看我们秀恩爱，你来。"

纪之楠一脸黑线，心想那群小可爱接受能力也太强了，亏自己还担心得要命，怕伤了大家的心。殊不知，幸好对象是秦魏宇，他在圈里算个大粉丝，纪之楠的现场几乎都能看到他，他还主动给后援会出资做应援，再加上长得让人赏心悦目，如果换了别人，粉丝们恐怕没这么容易接受。

纪之楠拍了一张秦魏宇做木工的照片，加个滤镜，发了出去。

粉丝们迅速抵达，欢呼支持。

"小哥哥好帅，让我先晕一会儿……"

"说好的秀恩爱呢？怎么只有一个人？差评！"

"拍照的一定是我楠，对不对对不对？"

"咩哈哈哈哈哈，我一个托马斯回旋！我偶像发糖啦！！！"

"啊啊啊啊！来晚了，赶紧加特别关注，从此以后多了一个偶像呢，嘿嘿！"

纪之楠刷了会儿评论，看到终于有人问："这是在做什么呀？"

纪之楠回复道：狗窝。

等这部戏拍完，他们准备养一条小狗。想到这里，纪之楠退出微博，上购物网站美滋滋地看了一晚上宠物用品。第二天回剧组的车上，纪之楠还在购物网站上看狗狗食盆、狗狗咬胶、狗狗零食，连狗的名字都想好了，叫月月。

秦魏宇听到这个名字后脸黑了一路，抿着双唇，一副山雨欲来的样子。纪之楠心知他不会对自己发火，一会儿唱《月亮之上》，一会儿念《静夜思》，忍笑忍得肚子都疼了。到了影视城门口，纪之楠拖着行李刚要进去，就被秦魏宇拽住。他将纪之楠一把拉进怀里，压在车门上亲了一会儿。

秦魏宇捏着纪之楠的下巴，让他抬头，道："你的月月能这样吗？嗯？"

纪之楠被他亲得晕头转向，第一反应是抬手去捂他的嘴。虽然四下无人，但脸皮薄的纪之楠还是羞得不行。

秦魏宇又往前凑，纪之楠以为他又要亲，吓得往后躲，结果他手指一勾，把挂在纪之楠脖子上的黑绳挑出来，将戒指摘下，然后戴到纪之楠左手无名指上。

纪之楠一动不动地呆呆看着他。戴上戒指后，秦魏宇顺势把纪之楠的手抬起来，在手背上落下一吻，脸上的阴霾一扫而光，眼中尽是笑意，道："现在可以正大光明地戴了。"

远处灌木丛后面，前线大粉丝们互相捂眼，嘴里念着"非礼勿视"，但一个个又都忍不住想看，最后改成互相捂着嘴，怕叫出声来。

等秦魏宇的车开走了，她们认命地导出新拍的照片开始修图。

晚上，纪之楠身边空荡荡的，连着跟那家伙同住好几天，突然一个人，还真有些不习惯。手机振动，秦魏宇发来消息：你今天少唱了一首歌。

纪之楠翻了个身，一边回短信问他是什么，一边举起左手，迎着窗外的光看戒指上的月亮。秦魏宇发过来一条语音消息，纪之楠放到耳边听，听着听着，耳朵就烫起来了。接下来连续好几晚，纪之楠的梦里都萦绕着一首歌的旋律。

"我的情不移，我的爱不变，月亮代表我的心。"

## 番外三
## 任何人都无法再将他动摇

婚后第五年，纪之楠再次得到最佳主演提名。

前几次纪之楠都没放在心上，因为知道自己资历浅，有个提名能去露露脸就不错了，而这次纪之楠有很强烈的拿奖预感。今年上映的、由纪之楠主演的一部悬疑片实现了票房与口碑的双丰收，比起纪之楠之前获得最佳主演提名的《夜奏》，这部电影的剧情冲突更强，再加上动作场面精彩华丽，在今年上映的所有国产影片中几乎被封神。

纪之楠捏捏自己的胳膊，前年为了拍这部电影，自己突击健身半年，也算是自己人生中体脂率最低的一段时间了，腹肌线条初见轮廓。

然而现在，纪之楠已然被打回原形，肚子软乎乎的。比起能不能拿到大奖，这件事更让纪之楠在意。吃晚餐时，秦魏宇往纪之楠碗里夹第七块糖醋小排，纪之楠忙挡住碗口不让放。

“我吃饱了，你吃吧。”纪之楠非常有骨气地说。

秦魏宇顿觉诧异，纪小星很好养活，平时都是给什么吃什么，给多少吃多少，来者不拒。

他立刻问："怎么了？哪里不舒服？"

纪之楠垮脸："马上要参加颁奖礼，不能让观众觉得我跟电影里差太多啊。"

秦魏宇明白了，纪之楠又要减肥。他上下打量纪之楠一圈，说："没胖，别减了。"

纪之楠对他睁眼说瞎话的举动也习以为常，擦擦嘴站起来道："你吃吧，我去跑步。"跑完步的纪之楠像条咸鱼一样躺在床上"挺尸"，脚挂在外面，脚边趴着一条肥嘟嘟的柯基。

"朋朋，回去睡觉。"秦魏宇进屋后喊道。

叫朋朋的小狗哼唧两声，甩了甩尾巴，高傲地扭头，表示不乐意。

秦魏宇过去抱它，它屁股一扭站起来，后腿一蹬跳上床，窝在纪之楠身边，蹭蹭纪之楠的大腿。

秦魏宇："……"这小朋朋爬楼梯上不来，爬床倒是很溜。

狗狗最终没有叫月月，纪之楠说怕混淆，自己的月亮有一个就够了。

朋朋从来的那一天开始就不太听秦魏宇的话，对纪之楠倒是言听计从。纪之楠躺着懒懒地做了个手势，它就乖乖跳下去，扭着屁股往外走。秦魏宇把不会下楼梯的狗抱回楼下狗窝，返回楼上时听见纪之楠在打电话。

"嗯……没准备呢……你们俩都去？……哇，要公开？……我哪有经验传授啊……哈哈，你们加油吧。"

秦魏宇在纪之楠身边躺下，问："郭昊？"

"嗯。"纪之楠翻身面对他，"他和他对象打算在电影节上公开。"

秦魏宇也侧转过去，道："恭喜。"

纪之楠摸他领口的纽扣玩，边玩边说："他向你讨教经验呢。"

秦魏宇沉吟片刻，而后说："勇敢。"

纪之楠捶他一拳，问道："公开和我的关系就那么可怕？"

秦魏宇摇头道："想到你可能会面临的危机，可怕。"

纪之楠心头一暖，手又捣他一拳，笑道："怕什么，大不了你养我咯。"

秦魏宇捉住纪之楠作乱的手，送到嘴边亲了一下。

梦中的他总想把纪小星圈在家里，恨不得只有他一个人能看到，现在他想明白了，就像星星只会在夜空里发光一样，他的纪小星只有在舞台和荧幕上才是最自信、最耀眼，也是最吸引他的。

"那个……"纪之楠欲言又止，"手上……手……"

"嗯？怎么了？"

"刚刚……朋朋也舔了……"

秦魏宇登时黑脸。

纪之楠想了想又说："你和它的某些爱好真是惊人的一致啊。"

听见自己被拿来跟宠物比较，秦魏宇的脸更黑了。

纪之楠扑哧笑出来，忍不住伸出手指戳他紧绷的脸，笑道："所以，我才会在见到它的第一眼就想把它带回家。"

秦魏宇听出话里另外一层意思，表情瞬间缓和，握着纪之楠的手又亲了一口，说："我也是。"

休息一会儿后，恢复体力的纪之楠跑到楼下，给朋朋喂了加餐罐头，洗过手回到房间，把床尾朋朋趴过的小毯子收起来，才又躺回去。秦魏宇洗完澡出来时，纪之楠正在为颁奖礼穿什么发愁。

"咱妈不是从国外给你寄了一套新正装吗？就穿那个吧。"秦魏宇建议道。

纪之楠摇头道："那套太正式了，又不是上台演奏。"

"X 牌的品牌赞助呢？"

"今年没有出我喜欢的款式……哎，对了，"纪之楠灵光一闪，"粉丝想看我穿什么？"

粉丝代表秦魏宇去粉丝群转了一圈，沉默片刻后说粉丝给的意见不适合作为参考。

纪之楠问道："什么嘛？你告诉我呗，能满足粉丝，肯定尽量满足啊！"

不料秦魏宇斩钉截铁道："不行。"

纪之楠更好奇了，跳起来抢他手机，他拗不过，无奈地招了："粉丝说，最好什么都别穿。"

纪之楠："……"

颁奖礼当天，纪之楠还是选了赞助商赞助的那一身。

走红毯的时候，有粉丝在外围喊："楠楠，你家先生呢？"

纪之楠闻声回头，先抛过去一个笑容，然后指指前面，掩着嘴用口型说"他在里面等我"。

主办方其实也邀请了秦魏宇，但他不是圈内人，只答应参与颁奖礼，不走红毯。纪之楠到里面嘉宾休息室转了一圈没找到人，打电话给他，他说在帮后援会摆花墙。等了十分钟，人就过来了，还给纪之楠带了吃的。

“人家上台前都在补妆，就我在吃东西。”纪之楠在秦魏宇的掩护下鼓着腮帮子，边吃边说。

“能吃是福。”秦魏宇又递一块小蛋糕给纪之楠，“等颁奖礼结束都半夜了，你拿了奖，说不定还会被他们拉去庆功，趁现在赶紧多吃点。”

纪之楠深以为然，把他带回来的食物消灭得干干净净。

秦魏宇边给纪之楠擦嘴边低笑出声，纪之楠问他笑什么，他说：“你后援会的粉丝本来只给你准备了两盒水果，我说不够你吃的，她们说你以前可没这么能吃。”

纪之楠听完差点跳起来，愤愤地瞪了秦魏宇一眼，进场去了。两人的位置没被安排在一起，纪之楠和艺人们坐在一处，秦魏宇则坐在前排的贵宾席。两人对外比较低调，加上秦魏宇不喜欢上镜头，按圈内和圈外分开坐也是他们主动提出的要求。

表演环节穿插颁奖，晚会载歌载舞地进行到一半，几个重量级奖项都在后面等着，所以相比前半夜，大家的兴致更高昂。纪之楠上台为最佳新人颁奖后，回到座位就开始坐立难安。快了，快了。

越紧张，时间就走得越慢，等到大屏幕上开始播放最佳主演候选名单时，纪之楠后背上已经覆了一层薄汗。

台上的颁奖嘉宾神神秘秘、欲语还休，纪之楠抬眼便看到前排的秦魏宇正扭着头，越过人群往自己这边瞧，脸上带着微笑，给自己最踏实的鼓励。

纪之楠突然就不紧张了，好像能不能拿到这个奖已经不再重要。

当“纪之楠”三个字响彻会场时，纪之楠松了一口气，如释重负般地站起来，接受周围人的道贺，然后迈着从容的步伐上台，心里想着：终于拿到这个梦寐以求的奖，回头跟秦岳要点什么好呢？

纪之楠满心都是欢喜和期待，往昔的艰难苦痛一点都想不起来了，捧着奖杯谢了一圈，脸上只有笑容，涌入眼眶的泪也是幸福的。

真好啊，有这么多美好的事情降临。

感谢完粉丝，纪之楠握住话筒，面带羞涩道：“还要感谢一个人。下个月是我和他的五周年纪念日……”

听到这里，台上台下都哄闹起来，大家都往秦魏宇那边看。作为大明星的老公，秦魏宇已经不是第一次被围观。他不躲不闪，大大方方地看着台上的爱人，认真倾听纪之楠的发言。

“我希望……”纪之楠忽然笑起来，耸了下肩膀，“其实我的愿望都实现了，希望他能陪我去千叶山还个愿吧。”

主持人辛浩想套纪之楠话，神秘地附耳过去说：“我跟你先生同年同月同日生，来来来，悄悄告诉我没关系。”

这话瞬间让大家记起三年前轰动娱乐圈的隐婚事件，台下哄闹得更厉害了。

不过纪之楠早已不像三年前那样稚嫩、胆怯，眨眨眼睛狡猾道：“求您早日脱单，我也想加入八卦大军。”

庆功宴参加到一半，秦魏宇就拖着纪之楠回家了。

纪之楠喝了点酒，下车时晕乎乎的，站都站不稳，还不忘拿上今天收到的礼物，抱进屋摊在地上挨个打开看。朋朋摇着尾巴在纪之楠身边转悠，纪之楠每拆一个，它就凑上去闻。但纪之楠拆到一瓶红酒，朋朋嗅了嗅，哼唧几声，像是在嫌弃，然后扭着屁股钻进它的木屋里去了，只探了半颗脑袋在外面。

“喝酒，喝！”纪之楠举着红酒嚷嚷着要弄开，秦魏宇无奈地按住纪之楠，说：“不能再喝了。”

纪之楠拍着地板喊：“红酒没事，我就喝一口，打开打开！”

秦魏宇无奈地接过酒瓶，放在桌上端详片刻，突然觉得这红酒似曾相识。

酒自然是没喝成，纪之楠被秦魏宇扛上楼，脑袋刚挨着枕头就睡了过去，一觉沉沉睡到日上三竿，醒来睁开眼睛对焦半天，发现窗边坐着的确实是秦魏宇本人，不是在做梦。纪之楠看了看外面的太阳，挠着头说：“今天不上班吗？”

秦魏宇沉声道：“不敢。”

纪之楠清醒过来，对秦魏宇的严肃脸有点犯怵，小声问：“……怎么啦？”

秦魏宇没有回话，还是冷冷地看着纪之楠。

纪之楠慌了，爬出被窝，没穿鞋就站起来，光着脚刚迈一步，就被秦魏宇先一步扛起来扔回床上。

“呼……”纪之楠反而松了口气似的拍拍胸口，“吓死我了。”

秦魏宇边把纪之楠塞进被窝里边问：“怕什么？”

纪之楠抬手摸他的脸，轻声道：“我还以为自己在梦里呢。”

秦魏宇愣住了。

纪之楠用纤长的手指一寸一寸在他脸上描画，目光跟着手指扫过他的眉峰、眼角，慢慢道：“梦里你就对我冷冰冰的，永远都是这副表情，面冷，心也冷，怎么都焐不热。”

手指抚过嘴唇，秦魏宇说不出话来，心里除了惊讶，慢慢浮起密密麻麻的心疼。怪不得他每天醒过来，纪之楠都会一声不吭地看着他，等他先开口，眼神里有期待，也有说不清、道不明的恐惧。

他的纪小星是想确认眼前这个秦岳是哪一个，是现在对自己温柔深情的那个，还是梦里冷酷无情的那个。原来纪之楠怀着紧张又害怕的心情过了那么多个早晨。

或许他们共同经历的那场梦境，正是命运安排的他们对彼此的救赎。

若没有这一切，秦魏宇还是一如从前般冰冷，面具之下是纪之楠以为自己永远焐不热的心。但梦醒时分，秦魏宇真真切切读懂了纪小星对自己的深情与厚爱，也察觉到自己心中纪小星举足轻重的分量。

若非如此，他也不会知晓失去挚爱是什么感觉，或许也学不会珍惜。

秦魏宇把人按进怀里，亲吻纪之楠的侧脸，好半天才组织出一句话：“我永远都爱你，不管是梦里还是现在……我爱你。”

他决定以后的每个清晨都对纪之楠说一句“我爱你”。

纪之楠拍拍他的后背，反过来安慰他：“嗯，知道啦。”

小家伙很容易哄，但是秦魏宇愿意多哄一会儿，等黏黏糊糊哄完了，心里那点儿火气早就散得一干二净，若不是纪之楠主动提起，那事儿可能就这么揭过去了。

秦魏宇实在端不起严肃的架子，尽量板着脸认真道：“以后粉丝送的食物，必须经由我查验之后，你才可以吃。”

纪之楠撇嘴不满道：“为什么呀？”

秦魏宇把地上的红酒拿起来：“这个人已经不是第一次作案了。”

这下轮到纪之楠受到惊吓了。纪之楠的脑袋里百转千回，两分钟之内把时隔多年的那件事从头到尾过了一遍。当年的红酒确实是粉丝送的，纪之楠对粉丝从来不防备，打开礼盒看到是红酒就收在家里，想着有机会和秦魏宇喝一杯。

二十二岁生日那天，纪之楠在牛排上淋了不少红酒，但自己并没有喝。

纪之楠越想越后怕，还有点不好意思，手指攥着身上盖着的薄被，一点一点盖住自己的脸，只留一双眼睛在外面不安地乱瞟。

秦魏宇轻咳一声，打破平静道："先吃饭吧，阿姨已经准备好了。"

吃到一半，纪之楠好不容易从丢人的情绪中挣扎出来，问秦魏宇："知道是哪个粉丝送的了吗？"

秦魏宇道："没有，堆礼物的地方是监控死角，这次拿到应援入场名额的粉丝全部没有实名。"

纪之楠咬筷子，思索片刻后道："后援会是不是该加强管理了？我回头让莉莉跟会长说一下。"

"不用。"秦魏宇淡定地给纪之楠夹菜，"我跟她说过了。"

纪之楠咋舌，动作这么快？秦魏宇什么时候打入了后援会核心高层？

后来纪之楠才从莉莉那边了解到，秦魏宇早在前年就被推举为后援会副会长了，去年会长姑娘生孩子休产假，他还做了大半年代班会长。纪之楠心想，怪不得这两年后援会的配置越来越好，从简单的手幅一跃到人手一块灯牌，粉丝们甚至统一穿上了漂亮的会服，整齐的口号一喊，非常给偶像长脸。

谁能想到在商场上运筹帷幄的秦先生，居然会把自己谈生意时的谨慎和耐心花在追星上，着实令人刮目相看。

结婚纪念日那天，两人开车上了千叶山。为避开人群，他们下午两点多才出发，到山上时已经接近傍晚。纪之楠虔诚地还愿，秦魏宇在旁边给寺庙捐香火钱，慈眉善目的老和尚鞠躬表达感谢。两人在山上住了一晚，第二天舒舒服服地泡了温泉，天黑才打道回府。

车行驶在环山公路上，秦魏宇怕纪之楠着凉，不给开窗，纪之楠就脸贴着车窗玻璃往外看。冬日的夜空阴沉沉的，车里却是暖的，把寒冷和寂寥挡在外面。

"啊……天上什么都没有。"纪之楠失望道。

“嗯，”秦魏宇说，“因为你在我身边。”

纪之楠愣了会儿才反应过来，说他三十岁的人了还油嘴滑舌，简直为老不尊。

车子驶过似曾相识的道路，眼前的景致让他有一瞬的恍惚，唯一不变的是，两次的心境都开阔而坚定，任何人、任何事都无法再将他动摇。

旁边的纪小星百无聊赖地往窗户上呵了口热气，画了个爱心，然后哼起不知名的歌，手指在膝盖上打节拍，打着打着就把一只手转移到秦魏宇的腿上，幼稚地挠他痒痒。

挠了半天，见驾驶员一点反应都没有，纪之楠泄气道：“你怎么都不笑啊？”

秦魏宇咧开嘴配合着干笑了两声，拙劣的演技反而把纪之楠逗得捧腹大笑。

身后的寺庙越来越远，香烛燃烧的味道却犹在鼻间。这次那位老和尚没有问秦魏宇想求点什么。

守住当下，别无所求。

# 番外四
## 没有人比我更爱你

三月十七日，秦魏宇来电话说海外分部临时出了点状况，要晚点回去。

他的原话是这么说的："打个晚归申请报告，望领导批复。"

纪领导咬咬嘴唇，从牙缝里挤出一个字："好。"

随着电话挂断，纪之楠地嘴角垮了下来，为了显示贤惠懂事而打肿脸充胖子，说的就是自己了。

什么临时工作这么不凑巧啊？

非要他在那儿看着，回来远程监控不行啊？那点钱不挣又怎么样啊？老板都还没发话呢！不知道老板明天生日啊？

纪之楠心里苦，拿起奶茶吸了一口，整张脸都皱起来了，气呼呼道："这奶茶是不是没加糖？"

莉莉跑过来，惊讶道："不可能啊，我还让店员多加了几勺糖呢。"

"骗人，苦的。"纪之楠把奶茶重重放在桌上。

莉莉把杯子转了一圈，指着上面的标签道："全糖，括号多加糖，纪老师您看看。"

纪之楠斜眼一瞥，犟嘴道："贴错了。"

莉莉发现这祖宗年纪越大，傲娇值越往上飙，也不知道是谁惯的。

"好好好，贴错了……我再去给您买一杯？"

纪之楠叹气道："不用了，明天开生日会，我怕脸肿。"

莉莉在心中感叹，纪老师果然还是那个坚守职业道德的业界标杆。

"等一下。"纪之楠改口，"还是买吧，反正明天他又不回来。"

莉莉："……"当她没夸。

买完奶茶回来，莉莉才后知后觉抓住重点，问："秦先生明天不回来啊？"

纪之楠嘴巴噘得能挂油瓶，又气道："不回。"

莉莉两眼放光，忙问："那不就可以穿那件衣服上台了吗？"

纪之楠喝了口奶茶，有点犹豫，问道："真的要穿啊？"

"穿呗，多好看啊，大家都想看，保证轰动全场，后天一早，哦不，明天晚上就上头条！"莉莉不遗余力地撺掇。

纪之楠还是觉得别扭，想到那件衣服都觉得脸热，咕哝道："你们这些粉丝怎么都这样啊……都不爱看我穿正经衣服吗？"

"爱看啊，不过您想想，一年就一次，穿那些普通的，一点惊喜都没有，生日会哎，这个时候不放飞自我，还等着过年啊？"

纪之楠被说动了，反正明天那家伙不在，生日都不陪自己过，还不准自己找点乐趣吗？

三月十八日当天，刚到中午，场馆门口就已经聚集了上百名粉丝。这次生日会的座席只有三百一十八个，全部从后援会会员名单中随机抽取，很多没被抽到的粉丝相约来门口围观，说能亲眼看着楠宝进去也是好的。

她们还排练了口号，等到纪之楠从保姆车上下来，整齐划一地喊："一——二——三——楠宝宝生日快乐！"

无论多大岁数、成家与否，纪之楠都是她们眼中需要疼爱的宝宝。

纪之楠让莉莉给粉丝们发甜品和饮料，既感动又臊得慌，无语道："楠宝宝……还女宝宝呢。"

粉丝们笑成一团，纪之楠在门口逗留片刻，和她们说了会儿话，就被周茹拖进去彩排。

周茹现在只负责纪之楠一个人，精力过剩，把秦魏宇交代她的那句"好好带”放在心上，把另外一句“别让楠楠太辛苦”忘了个干净，斗志昂扬地说要在退休前把纪之楠捧成名扬海内外的知名演员。

纪之楠喊累，她就语重心长地教诲道：“年纪轻轻的不多演，等年纪大了有你后悔的。”

纪之楠想回家，她就义正词严地教育道：“你回家，眼一闭一睁，一天就过去了，但在这儿，一天能拍好几场戏，而多拍一场，就多了一分拿奖的机会。”

纪之楠挺起胸脯说“我拿过最佳主演了”，她就恨铁不成钢地双手叉腰道：“拿一次就满足啦？不想蝉联吗？不想拿国外的大奖吗？看到小金人在向你招手了吗？”

现在的周茹姐简直是行走的鸡汤，励志得不要不要的。

此时周茹正押着纪之楠化妆、试衣服，生日会三套服装，每套都要试，到最后一套，纪之楠拿起来，对着镜子比画了一下，肯定道：“嗯，没问题，这套就不试了。”

周茹不由分说把纪之楠往试衣间推，吩咐道：“时间还早，给我进去试，现在有问题还来得及换，别偷懒！”

纪之楠只好关上门试了一下。这衣服的来历很是奇葩，上个月某时尚杂志开设了一个新版块，介绍各大品牌新款的时候，顺便问网友觉得最适合穿这些新款的艺人是谁，并在官方微博上正儿八经搞投票让大家选。粉丝们自然不会放过这个宣传推荐自家偶像的好机会，说不定自家偶像就被品牌商注意到了呢，接个代言或者赞助岂不美滋滋？

于是这活动在粉丝圈里传得沸沸扬扬。纪之楠也收到各种消息，其中这件衣服是呼声最高的，投票结果将第二名甩出去老远。月初纪之楠就接到了品牌商的消息，说愿意赞助该服装一件。

纪之楠工作室自然笑纳，后援会副会长看见这衣服却沉了脸，用严肃的表情沉默着说“NO”。纪之楠工作室和后援会都是副会长一手出资打理，他拥有绝对的话语权，于是这件衣服就被搁置了。

此时纪之楠本人想到秦副会长的冷脸，顿时打了个哆嗦，然后自我安慰：没关系，他今天不在，那边有时差，不会看到我穿这件衣服的，一定不会。

时针指向七点半，纪之楠生日会准时开始。

前半段是粉丝互动，主持人抽取幸运粉丝上台和偶像一起玩游戏，获胜的可以赢得奖励以及和偶像的合影机会。现场气氛热烈，并在播放来自五湖四海的粉丝们录制的视频时达到高潮，纪之楠险些泪洒当场，九十度鞠躬感谢所有在场的和没能来的粉丝。

纪大明星正感动着，台下的姑娘们指着屏幕喊纪之楠回头，纪之楠愣愣地扭头看，原本已经放完祝福视频，已经黑屏数秒的大屏幕，重新亮了起来。

屏幕正中间只有一颗亮晶晶的星星，一个低沉而有磁性的男声从音响里传出来："小星，生日快乐。"中间停顿两秒，接着男人又深情道："我爱你。"

纪之楠的脸腾地红了，自己怎么会听不出这是秦魏宇的声音？

简单的两句话使台下鬼哭狼嚎、一片沸腾，大家纷纷抱头痛哭，大呼"别人家的老公从来没让我失望过"。

因为秦魏宇不能回来陪伴的失落情绪散去不少，纪之楠高高兴兴唱完生日歌、吹完蜡烛，回后台换装。

生日会，纪之楠是主角，主持人顶不了太长时间。纪之楠一边在更衣室飞快地换衣服，一边交代外面的莉莉，待会儿表演完了，记得快点把外套拿上来。最后一个环节是拍手会，纪之楠实在不好意思穿成这样跟粉丝们面对面。

纪之楠一上台，粉丝们的呼喊声险些将屋顶掀翻。舞台上方柔和的灯光打下来，配着服装营造出来的朦胧效果，衬得纪之楠更加肤白胜雪，衣服的收腰设计显得纪之楠腰细腿长，配着那张因为害羞而泛红的小脸，用粉丝们的话说，简直秀色可餐。

唱歌并不是纪之楠的专长，再加上衣着清凉，没什么安全感，纪之楠光顾着把使劲儿往上蹿的衣服拽住，中途甚至忘了两句歌词。

唱完鞠躬的时候，衣服差点滑到胸口，纪之楠的脸烫得能煮鸡蛋，幸好莉莉上来得快，给纪之楠披上外套。她还在纪之楠耳边说了句什么，但现场正在搬桌子准备拍手会，声音嘈杂，纪之楠没听清。

等到挨个和三百多个粉丝的手拍完手，时间接近晚上十点，纪之楠依依不舍地同粉丝们告别，然后拢紧衣襟，一个人往后台走。

纪之楠边走边四处张望，莉莉不知道去哪儿了，没在下面接应，一路上连个人影都见不到，后台休息室也黑漆漆的，一点声音都没有。

"莉莉？"纪之楠唤了一声，心里有点怵。

惊喜也不是这么搞的吧！纪之楠头皮发麻地想。突然，身后的门“砰”的一声关上，阻断了外面的光源，纪之楠吓得背脊直冒冷汗，循着声音往门口摸。

结果门没摸到，纪之楠摸到一只暖乎乎的手。

事情发生在电光石火间，纪之楠甚至没来得及做出反应，心脏咚咚咚跳得飞快，在感受到熟悉的气息后才放缓速度，紧绷的身体也慢慢松弛。

纪之楠不由自主地抬起胳膊圈住偷袭者的脖子，小声地喘着气，半生气半撒娇地说：“你怎么这么坏啊，提前回来也不说一声？”

秦魏宇意犹未尽，凑过来又亲了一口，看着纪之楠的眼睛说：“要是告诉你，岂不是看不到那么精彩的表演了？”

纪之楠被惊喜弄昏了头，又有些缺氧，这才迷迷糊糊记起自己身上穿的是什么。纪之楠把手放下来拢衣襟，此地无银三百两地说：“什么啊？我没穿什么奇怪的衣服啊……”

休息室里只亮着一盏小夜灯，适应黑暗后还是能看清眼前的人，秦魏宇看着纪之楠那双波光潋滟的眸子。这次出差长达半个月，天知道他在大洋彼岸有多想他的纪小星，忙完工作就赶最近的一班飞机回来，时差都顾不上倒，下了飞机就往生日会场地跑，就是为了早点见到这个小家伙，当面亲口说一句“生日快乐”。

秦魏宇望着纪之楠那双黝黑的瞳仁，觉得整个人都快被吸进去了。再也不会有一个人让他这么喜欢了，喜欢到心甘情愿沉溺其中，一颦一笑都牵动着自己所有的情绪。

第二天早上，纪之楠是被电话吵醒的，莉莉咋咋呼呼地喊：“纪老师快上微博，你上热门啦！”

纪之楠起来第一件事，就是迷迷糊糊摸索着去找昨天穿的那件衣服，怕弄出声响惊动副会长，便没穿鞋子，赤着脚到处转悠，最后在二楼天台的晾衣架上找到了。

纪之楠把衣服拿下来仔细端详，冷汗都吓出来了，心想幸好昨天唱歌的时候没有在台上跑来跑去，不然秦魏宇指不定怎么收拾自己。纪之楠拿了衣服准备毁尸灭迹，一转身就撞进副会长怀里。

秦魏宇见纪之楠没穿鞋，二话不说把纪之楠抱回房间，用被子捂好。三月的天气乍暖还寒，某人昨天为了开生日会穿得那么少，一点都不叫人省心。

纪之楠拥着被子，戳戳副会长板着的脸，弱弱道：“还生气呢？”

秦魏宇冷淡道：“不生气。”

纪之楠想：口是心非明明是我的专利，怎么这家伙也学上了？

说到底还是自己理亏，纪之楠决定让让他，伸出手比了一个“1”，道：“就这一次，以后我不穿那样的衣服了，好不好？”

秦魏宇见纪之楠服软，心哪里还硬得起来？他把纪之楠的手按回被子里，慢悠悠问：“不是说粉丝爱看吗？不是说最爱粉丝吗？”

纪之楠撇嘴，心说，听听这话，浓浓的酸味儿。

心里这么说着，脸上却笑了起来，纪之楠把两只手都伸出来，张开胳膊搂住秦魏宇，示爱道：“可是……我更爱你啊。”

秦魏宇站在床边愣怔片刻，原本略显冷淡的眉眼舒展开来，像河面上缓慢解冻的冰，化成清凌凌的水，融入温暖的春日。

只有这颗星星在身边，他才是活着的，嗅到的空气才是甜的，沉寂的心脏才会掷地有声地跳动。

秦魏宇回抱住纪之楠，在纪之楠头顶落下一吻。

——没有人比我更爱你。

## 番外五
## 平行时空

秦魏宇察觉到的第一个不对劲之处，是身边没有人。

昨天他刚把纪之楠从机场接回来，两人在家煮了火锅，纪之楠吃撑了走不动，他整晚都在给纪之楠揉肚子，揉着揉着就睡着了。

然而现在纪之楠没在他身边，不仅没在，旁边根本没有其他人待过的痕迹，他一个人睡在大床正中央。

盛夏时分，窗外蝉鸣阵阵，他慢慢坐起来，周围的摆设让他觉得熟悉又陌生。他掀开蓝灰色的薄毯，光裸的小腿上没有那条蜿蜒的、事故造成的伤疤，抬手摸后脑，头皮也是光滑平整的。

秦魏宇长长吸了一口气再吐出来，后背上早已渗出一层冷汗。

他连早饭都没顾上吃，就出门去了。秦家离市中心远，他现在没有车可以开，循着印象跑到后院把墙边的单车推出来，骑上就沿着小路往市里方向去。

到市里正值上班高峰期，等了许久也打不到车，秦魏宇当机立断去乘地铁，辗转一个多小时才到达纪家大门口。

来开门的是纪之樟，他边打哈欠边问："来这么早干吗？今天有课吗？"

十八岁的纪之樟穿着睡衣，还在揉眼睛，秦魏宇就越过他挤进门，三步并作两步往楼上跑。

他知道自己这举动十分不礼貌，可是他顾不上许多。

他又回到了梦里，带着所有记忆，回到了遇见纪之楠的那年夏天。

那年发生了太多事，他和纪之樟成为朋友，他决定出国，开始上托福课。

他还遇到了这辈子最爱的人。

纪之楠的房间在二楼尽头，秦魏宇风风火火地跑到门口，突然顿住脚步，抬起的手在迟疑片刻后又放下了。

这是现实还是梦境他都无所谓，唯独不希望这个平行时空里的纪小星又是受过伤害的那个。

他不怕耗费时间再追纪小星一次，这样刚好可以弥补从前种种错失的二人相处时光，可他怕他的纪小星再伤一次心。

推开门，屋内扑面而来的凉气让秦魏宇紧绷着的身体稍稍放松。

床上圆鼓鼓一团，纪小星还是老样子，既怕冷又怕热，夏天总是爱开着空调再裹着被子睡觉。

秦魏宇走过去，怕吵醒床上的人，慢慢在床边蹲下。纪小星半张脸埋在被子里，好梦正酣，长而浓密的睫毛随着呼吸颤动着，白皙的脸颊在日光的照射下透着自然健康的粉色。

秦魏宇伸出还在发抖的手，轻轻抚了抚纪小星鬓边的发。

纪家中午有客，家里阿姨多做了几个菜。

纪之楠一觉睡到十一点多，看到在沙发上端坐着的秦魏宇，跳起来就火烧屁股般地溜回自己房间，再次出来的时候T恤、长裤穿得整整齐齐，翘在头上的头发也抚平了。

席间，纪之楠平生头一回体会到了什么叫“食不知味”。

纪之楠和旁边坐着的人是第二次见面了，两天前，自己很丢人地抱着习题册扎进人家怀里，应该没给人家留下什么好印象。

纪之楠不敢抬头，呆呆地咬筷子，被父亲训斥没礼貌，便傻乎乎地站起来给客人倒茶。

秦魏宇也站起来，把杯子送到纪之楠跟前，方便纪之楠倒茶，末了两个人异口同声地向对方说“谢谢”。纪之樟笑得前仰后合，说他们俩傻。

饭后，纪之楠才开始后悔没多看他两眼。

下午秦魏宇和纪之樟一起去上托福课，纪之楠一个人在家做题，做了两题就咬笔，咬着咬着就想睡觉，醒来一看，满纸口水。

好巧不巧地，昨天纪之樟刚给纪之楠布置了新作业，说今天下午检查。眼看纪之樟就要回来了，纪之楠胡乱把口水擦干净，随便写了一堆 ABCD，然后捧着本子小心翼翼地挪到纪之樟房门口，祈祷亲爱的二哥今天又在睡觉。

纪之楠刚挪到门口，门就开了。

秦魏宇微微弯起嘴角，似乎在冲纪之楠笑。

给纪之楠辅导课业的任务，莫名其妙就落到纪家二公子的某位同学身上。

纪之樟还嫌他们吵，让秦魏宇直接去纪之楠的房间，让他们别来影响自己睡觉。

起初纪之楠觉得秦魏宇有心认真教，后来可能是自己太笨了，秦老师渐渐失了耐心。纪之楠又一次把脑袋从习题册里抬起来，发现他也在看自己。

"我我我是不是又把公式写错了？"纪之楠局促地搓着书页边角，虽然不想在这人面前露怯，可是自己真的笨，怎么都学不好。

秦魏宇凑过去看了一眼，说："没，你继续。"

一道大题解到最后，纪之楠又咬着嘴唇悄悄看他，结果他还在定定地看着自己。

他到底是看到我看他才看我，还是本来就在看我啊？纪之楠心里直打鼓。

纪之楠撑起胳膊支着下巴，试图挡住自己的脸，却不知道红透了的耳朵尖尖还露在外面。

数学完了是英语，纪之楠最苦恼的科目。

秦魏宇看着纪之楠鬼画符般的 ABCD 哭笑不得。纪小星不喜欢英语，他是知道的。

他把桌上的习题册合上，站起来道："走，出去透透气。"

纪之楠本以为秦魏宇在跟自己生气，故意叫自己出去，就跟课堂上打瞌睡的同学被老师发现，然后被扔到教室外面罚站如出一辙。

而且这个大哥哥之前对自己冷冰冰的，讲题一本正经，一句私人的话都不愿意同自己聊，怎么会带自己一起玩呢？纪之楠想。

两人去到附近的一个公园里，下午太阳并不火辣，纪之楠看到秋千就跑过去坐，饶有兴致地晃了几下，扭头问："你要不要玩啊？"

秦魏宇摇头，在后面轻轻推纪之楠，看着纪之楠细软的短发迎风飘荡。

隔天，秦魏宇带着纪之楠穿越大半个城市，来到连绵的群山脚下，从路边推出来一辆自行车。

背着书包的纪之楠一脸茫然，秦老师说带自己出去放松放松，自己还以为要去图书馆之类的地方继续学习，便把所有习题集都装包里了。

秦魏宇伸手接过纪之楠的书包，单肩挎在背后，然后拍拍单车，邀请道："坐。"

纪之楠上前两步，把车子从头至尾打量一遍，抬手放在嘴边要啃，又意识到这举动幼稚，赶紧放下手背到身后，面上隐隐露出为难之色，支支吾吾地问："这……这坐哪儿啊？"

盛夏烈日炎炎，马路上的空气都被烤成热辣辣的，原本不是个出行的好日子。纪之楠坐在单车前杠上，秦魏宇骑车，两人一起穿梭在斑驳的树影中，迎面吹来的微风里带着树叶的清爽的味道，如果能忽略这尴尬的姿势的话。

纪之楠浑身僵硬，脖子都不敢伸长，刚才颠簸了一下，自己的脑袋冷不丁撞上秦魏宇的侧脸，臊得纪之楠恨不得跳车逃跑。

秦魏宇以为纪之楠担心挡住视线，说："好好坐，我看得见前面。"

幸好路程不长，来到那幢民国风建筑跟前，纪之楠站在院子里朝楼上看，猜哪一间是秦魏宇的卧房。

秦魏宇把单车停好，走到纪之楠身边，问道："来过这儿？"

纪之楠歪着头，看向挂着蓝灰色窗帘的那扇窗户，平地而起的一阵风吹得自己有些恍惚。纪之楠认真想了想，说："应该没有。"

秦魏宇笑了笑，带纪之楠上楼。

二楼是后来用钢筋水泥隔出来的，因着层高的关系，比普通房子凉快许多。

纪之楠捧着书端正地坐在书房里做题，做着做着又开小差，想去秦老师的房间看看。

于是趁着秦魏宇出去拿水果，纪之楠悄悄溜到走廊尽头的房门口，拧动门把，开了门。

房间里很干净，床单和窗帘都是蓝灰色，书桌边上有一摞书。纪之楠小心翼翼翻开最上面一本书的第一页，没有看到秦魏宇的名字，只看到一颗星星，和拥抱着星星的月亮。

整个暑假，两人几乎每天都见面，不是秦魏宇来纪家，就是纪之楠去秦家。所幸大人们工作忙，也没人管着这两个小孩。

八月初，秦魏宇报了个游泳班，游说纪家那两位一起去。纪之樟最讨厌的就是运动，把纪之楠往前推，纪之楠赶鸭子上架答应了，当天秦魏宇就帮纪之楠报了名。

换好装备的纪之楠在更衣室里瞅了瞅自己干瘦的小身板，果断又打开柜子把白T恤套了回去。

秦魏宇见纪之楠扭扭捏捏的，也没笑话，十分认真地教游泳，比教英语时还认真。

游了一下午，胳膊酸腿麻的纪之楠抱着胳膊坐在游泳池边上，哆嗦着对还在水里的秦魏宇说："秦老师，咱们还是回去学英语吧。"

一周后，纪之楠勉强适应了水下活动，但如果要松开秦魏宇自己游一段还是不行。

有一次秦魏宇见纪之楠游得不错，慢慢收走了托住纪之楠身体的手，纪之楠反应极大，扑腾着捞住他的胳膊不撒手，慌得整张脸都白了。

这是秦魏宇第二次教纪之楠游泳，上次是在他二十八岁的时候。

年少的纪之楠显然胆子更小，纪之楠的怕水是与生俱来的。秦魏宇思忖片刻，把小家伙抱上了岸。

以后有他在，小家伙不会游泳又有什么要紧？

纪之楠像刚来学游泳时那样蜷着身体坐在泳池边，也不知道自己在害羞什么。

秦魏宇一个利落的翻身跳上岸，拍拍纪之楠的肩膀，道："走吧，咱们不学了。"

冲完澡出来，纪之楠还在忐忑，以为自己又让秦老师失望了，垂着脑袋跟在他后面，生生比他矮了半个头。

到家门口纪之楠还是蔫巴巴的，蚊子叫似的问他明天还来吗。他猜纪之楠又在瞎琢磨，从背包里拿出一本习题册，说明天开始做这本。

纪之楠头一回看到习题这么高兴，头点得像小鸡啄米，蹦跳着进门，过了一会儿又唰地把门打开，露出半张小脸，对还站在原地的秦魏宇说："明……明天想喝果茶吗？"

秦魏宇点头道："当然想。"

他每天都想，都快想疯了。

结果第二天果茶没喝成，因为纪之楠的脚扭伤了。

“你是没看见，这孩子可有能耐了，五级台阶直接往下跳，就算劈叉也没这么长的直径，我看应该送去学跨栏，说不定能为国争光。”

纪之樟平时温文尔雅，发起火来却一点不饶人，话里都是刺。纪之楠被训得可怜巴巴地垂着脑袋，小声解释：“水，水开了，我要做，做果茶。”

后半句，声音小到几乎听不见。

“你做的比阿姨做的好喝？”纪之樟问。

秦魏宇把梗着脖子不说话的纪之楠解救出来，纪之楠闷不吭声好半天，然后站起来单脚往楼上蹦，才蹦了五级台阶就累得气喘吁吁，倚靠着扶手上下张望，感觉哪条路都不是好选择，尴尬地卡在中间，憋着一口气，就是不开口求助。

秦魏宇见纪之楠吃够教训，上去扶纪之楠，问：“要回房间？”

纪之楠还倔着，赌气道：“我不要你扶。”

秦魏宇就真松了手，纪之楠咬紧牙关按原路返回，可下去比上来更难，一个单脚跳没踩稳，被秦魏宇眼明手快地接住。

坐回沙发上，纪之楠的眼睛红得像兔子，秦魏宇终究狠不下心，坐过去，给纪之楠倒了杯果茶，温声道：“很甜的，喝不喝？”

纪之楠看了一眼，接过果茶小口小口喝，喝完又觉得不好意思，更不敢看秦魏宇了。

英语学不好，游泳学不会，走路都能摔一跤……纪之楠觉得自己在秦魏宇眼里就是个十足的大蠢蛋。

纪之楠闷闷不乐地吃完晚饭，秦魏宇居然还邀纪之楠出去散步。纪之楠难为情地问阿姨家里有没有拐杖，秦魏宇说不需要那个，就扶着纪之楠出了门。

夏末的夜晚凉意袭人，纪之楠刚走出院子，艰难地蹦到林荫道上，秦魏宇就正色问纪之楠：“以后还调不调皮了？”

纪之楠委屈巴巴地垂着眼，低声道：“不皮了，以后一定好好走路。”

秦魏宇得到满意的答案，松开手让纪之楠站稳，接着屈膝半蹲，道：“上来，我背你。”

纪之楠的心跳骤然加快，见四下无人，咬着手指踌躇片刻，慢吞吞地趴到秦魏宇宽阔的背上。

一个人背着另一个人在路灯下慢慢地走，纪之楠穿着拖鞋的脚丫子在秦魏宇身侧一荡一荡，觉得这比坐秋千好玩多了。

啪嗒，晃得太厉害，一只拖鞋被甩脱而掉在地上，纪之楠伸伸舌头，不好意思道："放……放我下去吧。"

秦魏宇伏低身子帮纪之楠捡起拖鞋，套回脚上，把人往上掂了掂，继续漫无目的地走。

"你还记不记得……"他说到一半就收了声。

纪之楠好奇下文，在他耳边催促道："记得什么？"

"没什么。"秦魏宇勾起唇角笑了笑，甩开脑中偶然回闪的记忆。

他第一次背这个小家伙，也是在小家伙扭伤脚的时候。

——我早就该这样背着你了。

即便纪之楠在心里拼命挽留，这个夏天依旧过得飞快。

暑假最后一天，纪之楠在秦家吃饭，本不想在这里多留，秦魏宇的二哥特别讨厌，可纪之楠想，秦魏宇每天都要面对这样的哥哥，还有看起来不怎么喜欢他的母亲，如果自己再不陪陪他，他就太可怜了。

秦魏宇跟父亲谈好自己要提前出国的事，回到房间，纪之楠正在艰难地削苹果，苹果皮一片一片地掉在桌上，连着不少果肉。

"我来吧，你坐着别动。"秦魏宇夺过苹果，三下五除二就把皮削了个干净。

纪之楠接过苹果，满足地咔嚓咬了一大口，察觉秦魏宇看着自己的玩味眼神，嘴硬道："我只是不会削皮，我写字就很好看。"

秦魏宇拿出纸笔让纪之楠现场示范，纪之楠硬着头皮上，写下圆滚滚的两个字——纪星。

纪之楠写完才想起自己没告诉过秦魏宇自己的本名。秦魏宇竟也没表示疑惑，只是问："还有呢？"

"还有什么？"纪之楠懵懵的。

秦魏宇走到纪之楠身后，伸出一条胳膊，握住纪之楠还拿着笔的那只手，笔尖抵着纸面，一笔一画地写了两个字。

纪之楠被他拥在怀里，连他的呼吸声都听得一清二楚，忍不住咽了口唾沫，小声问："秦……岳……是谁啊？"

"你猜是谁。"秦魏宇微笑道。

秦魏宇在这年的秋天坐上了去F国的飞机。

纪之楠上个星期还跟他一起吃月饼和大闸蟹，晚上一个人偷偷在自家院子里用小石子写下"纪星""秦岳"，不信他舍得走。

纪之楠没去机场送他，只在夜深人静的时候给他发了条短信，可一直到天亮都没收到回复。

于是秦魏宇来加纪之楠的QQ时，纪之楠赌气半个小时没有通过验证，想让他尝尝等待的滋味。

我很快就回来——这是秦魏宇在QQ上给纪之楠发的第一句话。

纪之楠抿紧嘴唇。

——很快是多快？

——还不是要我等你吗？

纪之楠心里气着怨着，却还是打出一个"嗯"字，按了Enter键。

暑假，纪之楠给秦魏宇发QQ消息：今天有人给我递情书。

秦魏宇：不准拆。

纪之楠眉飞色舞：已经拆了。

秦魏宇：丢掉，拒绝。

纪之楠：凭什么呀？

纪之楠本想让秦魏宇着急，谁料这人固执成这样。

秦魏宇：你答应过，会等我。

纪之楠看着屏幕良久，最终没狠下心做那言而无信的负心人。

寒来暑往又一年，纪之楠注册了博客，没告诉任何人自己的ID名叫LittleStar，跑到秦魏宇的博客下留言：Do you go to home for summer vacation？

晚上纪之楠在QQ上熬到半夜，一看到秦魏宇上线就给他发视频，结果他那头秒挂，发文字来说在上课。

纪之楠执拗劲儿上来，非要看到他，又点了一次视频，他接了。

画面里的男人没露脸，只能看到脖子以下部分，他身穿白衬衫和厚外套，修长的手指间或在笔记本电脑键盘上敲击，纪之楠撑着下巴看了一个多小时都没觉得腻。

等到秦魏宇下课插上耳机，画面里的人已经趴在电脑前睡着了。

次日，纪之楠装路人去偷看秦魏宇的博客，看见他发了一篇新博文，先是纠正了昨天某条留言的语法错误，纪之楠咬牙切齿地往下翻，下面是一张视频截图，里面只有一个黑黢黢的发顶，下面写着：My LittleStar。

可再叫人脸红心跳的对白，也掩盖不了他两年没回来的事实。

纪之楠在痛与快乐中挣扎，今天觉得“距离产生美”很有道理，明天又为“在我需要你的时候你不在，那以后你也不必在了”点赞。

纪之楠在即将迈入十八岁的除夕夜，躲在自己房间里，对着航空公司官网页面发呆。纪之楠现在已经可以在看到首都时间的下一秒迅速换算出F国时间，甚至每一趟航班何时起飞、何时抵达，都深深刻在脑海里。

秦魏宇在零点钟声敲响的那一刻，准时给纪之楠打电话：“新年快乐，恭喜小星又长大一岁。”

纪之楠在床上翻了个身，闷在被窝里说：“新年快乐。”

秦魏宇察觉纪之楠的声音不对，忙问：“怎么了？哭了？”

纪之楠吸吸鼻子，回：“没有，就是……就是今年要高考了，紧张。”

秦魏宇笑了，安慰道：“还早呢，放轻松。无论结果怎么样，都没关系。”

纪之楠不想听这个，还是没忍住，问：“你……想不想我啊？”

电话那头的人沉默片刻，然后说：“想。”

纪之楠看到希望，乘胜追击，又问：“那今年暑假回来吗？我六月就考完了，你不用回来太久，一个星期……实在不行四五天，四五天就够了，我可以帮你买机票，你不用担心……担心……”

秦魏宇知道纪之楠没说出口的是“钱”。

现在他手头确实紧张。来F国留学是他主动向父亲提出的，并且他将时间整整提前了一年，父亲多半受到继母的撺掇，对他十分严苛，走之前就给了他一张金额并不大的卡，作为他这几年的花销。

虽然经济不宽裕，不过来回机票钱还是挤得出来的，只是研究生毕业之前不回国是秦魏宇自己的决定。

“考试完就在家好好休息，我每天都会给你打电话。”秦魏宇说。

纪之楠咬了咬下唇，气呼呼地喊：“别给我打，我不接！”然后果断挂断了电话。

秦魏宇听了半晌电话里的忙音，才把手机放回口袋，回教室学习。

对他来说，更紧张的是时间，他想用最短的时间完成本硕连读，必须比从前还要快，为了今后的每一天都能陪在纪小星身边。

纪小星这次生气的时长远远超过半个小时，第三天才慢吞吞地接了秦魏宇的电话。

“你那边有没有香肠和腊肉啊？”纪之楠在电话里问他。

两人都没再提起除夕夜的事，秦魏宇让纪之楠开电脑，在视频里把他在超市买的香肠展示给纪之楠看，纪之楠撇撇嘴，道：“一看就很难吃。”

秦魏宇看着视频里唇红齿白俏生生的小家伙，忍不住抬手摸了摸屏幕。

纪之楠在这头捂着嘴笑。上次纪之楠的笑声太响，把隔壁刚从实验室回来的纪之樟弄醒了，被他揪着耳朵好一通训斥，说人还没回来呢，别先把自己给弄疯了。

纪之楠心道，谁疯还说不准。

再说用不着等人回来，纪之楠已经决定了。

三月十七日首都时间二十三点四十五分，秦魏宇急匆匆地给纪之楠发了条消息：汇报时间提前了，别等我。宝贝，生日快乐。

两小时后报告会结束，秦魏宇打开手机，没有看到任何回复。

纪之楠是个特别有仪式感的人，生日、纪念日必须卡点送祝福，秦魏宇以为纪之楠闹小脾气，眼看那边已经半夜两点，便没再打电话。

三天前他就在网上订了蛋糕，十八号早上会准时送到纪家。以他对纪之楠的了解，到时候小家伙一定会主动联系他，别别扭扭地说谢谢，然后嫌弃蛋糕太大，一个人吃不了。

他的小星喜欢嘴上傲娇耍赖，其实心最软，根本不忍心让别人难堪，尤其是他。

秦魏宇安心地在图书馆待到晚上闭馆。四月份有考核，他想再跳一级，这样就能提前半年回国。出去的时候才发现外面下雪了，他把书夹在胳膊下，迈着大步冲进风雪中。

把记忆中的日子全都算上，他在F国L城待了足有十二年，早就适应这里阴冷的环境。要不是这所学校纪律严格，必须修满学分，他恨不得只过来考个试拿个毕业证，然后直接回去。

雪不大，临近公寓时，身上只落了薄薄的一层，秦魏宇一边掏钥匙准备开门，一边想着进屋先洗个澡，等纪之楠醒来，今天无论如何要视频的，过生日的人最大。

秦魏宇加快步伐，到离门口五米的地方，才看见有个人蹲在那里。

纪之楠穿着上次视频里穿过的白色羽绒服，蜷成一团坐在门口，听见脚步声抬起头，冻得苍白的小脸上立刻绽开笑容。

秦魏宇拿钥匙的手都在发抖，折腾半天才把门打开，拉着纪之楠进房间，开暖气，接着掀开床上叠好的被子裹在纪之楠身上，半蹲在床边，攥住纪之楠的手。

纪之楠双手冰凉，秦魏宇心疼得话都说不出来，解开自己的衣襟就把那双手往怀里塞。

“你干吗呀？”纪之楠哆哆嗦嗦地开口了，“我不冷，不冷……”

秦魏宇没听，用体温给纪之楠暖手，待到那双小手不那么冰了才拿出来，放在唇边轻轻呵气，心疼道：“你傻不傻？没人在家，不知道给我打电话？”

公寓是他和另一个留学生合租的，对方最近整夜泡在实验室，现在都还没回来。他懊恼极了，要是知道纪之楠会突然跑过来，无论如何也不会在图书馆待到这么晚。

“手机没电了。”纪之楠缓过来一些，脸颊也恢复浅浅的红晕，“我才不傻……我把你的地址抄在本子上了，只抓了两个人问路，就……就找到这里了。”

纪之楠的嗓子干得厉害，秦魏宇起身去倒水，结果纪之楠拽着他的衣角不放，黑白分明的大眼睛锁定他，小声说：“你不……不抱抱我吗？”

秦魏宇的心立马软成一滩水，反身把纪之楠按进怀里，亲口对小家伙说：“生日快乐，我的宝贝。”

这个时间甜品店都关门了，两人吃完阳春面配香肠腊肉，纪之楠捧着刚充上电的手机，给纪之樟留言让他帮忙收一下蛋糕，就眼巴巴地盯着房门，等秦魏宇洗漱出来。

秦魏宇走进房间，纪之楠立刻装睡，他也不戳穿，走到床边躺下，翻开一本书看。

纪之楠没多久就耐不住，在被子里扭了几下，假装睡醒了，揉着眼睛说：

“几点了？你还不睡啊？”

秦魏宇说：“马上。”

纪之楠凑过来看他的书，整页的英文字母看得人头晕，断断续续读了不到一行就又栽倒回去，见秦魏宇不为所动，忍不住用脚碰了碰他，说道：“我长高了。”

秦魏宇侧头看纪小星，那双眼睛里似是盛满了星光，而此刻所有的“星光”都在为他闪烁。

“嗯。”秦魏宇说。

纪之楠眨眨眼睛，又道：“我满十八岁了。”

这一点不必纪之楠说，秦魏宇怎么会不知道。他点头道：“嗯，长大了。”

纪之楠在这边待了两个星期才不情不愿去网上订机票。秦魏宇问会不会影响上课，纪之楠神采飞扬地告诉他，自己被星探发掘了，过一阵子就要进组拍戏。

他的纪小星到底还是要走这条路。

不过秦魏宇早就做好心理准备，也从未打算阻止纪之楠进娱乐圈。只要有他在，他的宝贝可以尽情去做自己喜欢的事。

纪之楠在二十岁生日那年，举办了人生中第一场生日会。

去年年底刚拿下最佳新人奖，纪之楠的风头一时无两，除了百名幸运粉丝，还有大批记者得到入场机会。生日会之前，纪之楠会先举行一场媒体见面会。

在后台，周茹捏了捏眉心，无奈道：“你要说就说吧，只是别透露对方姓名，除非你想让他也过上整天被狗仔盯的日子。”

纪之楠不太明白，歪着头说：“可是他马上就回来了，会跟我住在一起，狗仔总有一天会拍到他啊。”

周茹的额角青筋突突直跳，她不知道自己是倒了什么霉，好不容易捧红一位一线流量演员，结果是个有主的。

“您放心吧，他支持我演戏，也不嫌麻烦，他很好的。”纪之楠笑眯眯说。

周茹叹了口气，这家伙还挺单纯、痴情的。

纪之楠在二十岁生日会上说出自己已经有结婚对象的事，引起舆论一片哗然，毕竟很少有演员敢在事业上升期公开另一半。

生日会下午开始，傍晚结束，纪之楠从场馆里出来，便坐车直奔机场。

路上，纪之楠刷了会儿博客。近两年微博兴起，纪之楠却用不习惯，除了看粉丝评论，很少上微博，清净又充满回忆的博客才是纪之楠愿意逗留的地方。

秦魏宇在十二小时前发了一篇博文，只有一行字：Fly me to the star。

纪之楠怔住了，自己经常为秦魏宇总能猜到自己心中所想而惊讶，以为他和自己心灵相通、默契超群，在看到这行字的瞬间，却突然萌生出一种与之前迥然不同的情愫。

闭上眼睛，纪之楠整个人忽而有如置身于大片广袤土地的中心，眼前掠过无数望不到尽头的风景，数不清的日升月落飞入脑海中，好像在短短的几秒内过尽千帆，又在须臾间全盘蒸发，最后耳边只余一串轻缓连绵的钟声，伴着和煦的微风飘来。

在机场远远地看见秦魏宇往出口走来，纪之楠微微恍惚了一瞬，只短短一瞬，便疾奔上前，扑进他怀里。

秦魏宇松开行李箱，往后退了一步才站稳，旋即揽住纪之楠的腰，温柔地吻纪之楠的侧脸，轻声道："我回来了。"

纪之楠眼睛发酸，问："还走吗？"

"不走了，再也不走了。"

两人又抱了会儿，纪之楠把眼里刚漫上来的水汽逼回去，开心道："好啦，回去我做饭给你吃。"

秦魏宇拥着纪之楠往外面走。

他们认识的日子，前前后后加起来足有二十年，世事轮回沧桑，他们却依旧在一起，依旧悲喜与共。

怅然过后便是开朗，纪之楠没再扭捏，主动牵住秦魏宇的手，与他十指紧扣。

秦魏宇正诧异于纪之楠突如其来的大胆，纪之楠摘下口罩，凑到他耳边说："回家啦，老公。"

但愿这次，他们可以携手到老。